FRITZ HABECK

Wind von Südost

ROMAN

PAUL ZSOLNAY VERLAG
WIEN · HAMBURG

Umschlagentwurf: Walther Götlinger
Fotosatz: Typostudio Wien
Druck und Bindung: Wiener Verlag
Printed in Austria
ISBN 3-552-03117-0

CIP-Kurztitelaufnahme der Deutschen Bibliothek
Habeck, Fritz:
Wind von Südost: Roman / Fritz Habeck. –
Wien, Hamburg: Zsolnay, 1979.
ISBN 3-552-03117-0 Lw.

Wind von Südost

1

Acht Jahre war er nicht hier gewesen, und es schien ihm, als fahre er unter südlicherem Himmel durch diese flimmernden Luftschichten auf heißer Erde, quer über diese grausilberne Ebene mit ihren fernen Alleen, die sich wie Holzperlketten von einem scharf emporstechenden Kirchturm zum andern zogen, weit hinein bis in die Tiefe des Landes, und diesem sonderbaren Kanal, schnurgeradem Schnitt durch die Felder, da und dort von einer gewölbten Steinbrücke überspannt, dahinter vielleicht eine Pappel, die man nur als Zypresse zu sehen brauchte, und schon glaubte man sich bei Nîmes oder Verona, diesem Kanal, den Kaiser Franz für Schiffe hatte bauen lassen und der nun höchstens einen Waschtrog aufnehmen konnte; vor ihm die Berge, unten an den Hängen getupft mit Wein, in die Mulden geschmiegt die Dörfer, jeder Hof weithin ganz deutlich als Einheit erkennbar, und oben die Schirmföhren, österreichische Pinien, die Bäume seiner Kindheit. Ob er wollte oder nicht, er mußte an damals denken, an das Dreirad, das auf den gekiesten Gartenwegen nicht rollen wollte, an den Springbrunnen mit dem geborstenen Becken, an Vaters verkrustete Pfeifen und an die gekerbten Bänke der alten Volksschule.

Die Häuser beiderseits seiner Strecke kannte er nicht, manche waren wahrscheinlich erst vor kurzem erbaut, die andern renoviert worden, und die Straße wirkte neu, ihr Verlauf zwar der gleiche, aber der Asphalt schimmerte wie Achat, die gestrichelte Leitlinie in der Mitte blendete weiß, und an diesen kurzen Strichen fuhr er entlang, flache Kurve links, flache Kurve rechts, immer die Striche neben sich, die zuckten wie ein beschleunigter Pulsschlag. Trotzdem wußte er immer noch, wo er abbiegen mußte, weg von der vorgezeichneten Bahn, nach rechts auf den Karrenweg, quer über das heiß atmende Feld auf das Gehölz zu, eine Eiche stand am Rand, halb belaubt, halb kahl, und auf den toten Ästen saßen die schwarzen Vögel, keine Raben mehr, nur noch Krähen. Als ihn dann Birken und Erlen umgaben, überfielen ihn die Stechmücken, plötzlich wurden die Fahrrinnen feucht, der Wagen begann zu schleudern, er gab Gas, schlitterte durch eine Kurve und mußte jäh bremsen, weil ihm ein Mann mit einem Schubkarren entgegenkam. Der Mann war alt, er trug einen dunklen Anzug und paßte nicht zu seinem Karren; vielleicht war er auch gar nicht gewöhnt, so einen Karren zu schieben, denn er warf ihn um, als ihn der Wagen so unvermutet ansprang, kam dadurch selbst zu Fall, lag im Schmutz der Fahrrinnen, und die Last verschwand im Farnkraut unter dem Birkengestrüpp. Gernot stieg aus, half dem Mann auf die Beine und entschuldigte sich. Der Mann antwortete nicht, bemühte sich vergeblich, erst die Hände, dann Hose und Ärmel zu säubern, hob endlich seinen Hut auf und setzte sich auf den umgestürzten Karren. Was ihm mit dem Anzug nicht gelungen war, versuchte er nun mit dem Hut; immer wieder strich er über ihn hin und verrieb den Schmutz, statt ihn zu entfernen.

„Haben Sie sich verletzt?“ fragte Gernot. „Steigen Sie ein, ich bringe Sie zu einem Arzt, es ist besser, wenn –“

„Schon gut“, unterbrach ihn der Mann und stülpte den schmutzigen Hut auf den Kopf. Wenn er sprach, zuckte zwischen den Sehnen des hageren Halses ein großer Adamsapfel, zuckte darunter der Knoten einer ausgefransten schwarzen Krawatte. „Schon gut. Mir ist nichts passiert, und Sie haben rechtzeitig gebremst. Wissen möchte ich nur, warum Sie von der falschen Seite kommen. Fahren doch alle drüben.“

„Wer fährt drüben?“

„Die Autos. Zur Applanie.“

Gernot erinnerte sich, daß man hier unter Applanie einen zur Einebnung bestimmten Müllabladeplatz verstand, er erinnerte sich, wie sein Vater getobt hatte, als der Ziegelofenteich hinter dem Park zur Applanie erklärt worden war und nichts ihm geholfen hatte, keine Beschwerde bei den Behörden und kein Vorschieben einflußreicher Bekannter: die Applanie war geblieben, und man hatte begonnen, den Teich zuzuschütten, diesen rundum verschilften

Teich, dessen Wasser früher so klar und blau gewesen war. Alle hatten sie als Kinder darin gebadet, schon der Vater, später Gunther, Kriemhild und er; Gunther hatte ihm den Kopfsprung beibringen wollen, dann aber war einmal der Vater gekommen und hatte Gunther gewarnt, daß bei Gernot jede Mühe vergeblich sei, der Name mache noch keinen Nibelungen, in jeder Generation gebe es einen Versager, und Gunther hatte mit den Schultern gezuckt, Kriemhild gelacht und Gernot den Kopfsprung erst in der Verbannung gelernt. Das lag viele Jahre zurück, mehr als fünfzehn Jahre länger als der Bescheid zur Applanierung, nach diesem Bescheid aber waren die Lastwagen herangetorkelt und hatten ihre Ladungen ins Wasser gekippt, das trübe wurde und gelb, die Rainkirchner hatten ihren Dachbodenkram hier versenkt, vom zerbrochenen Kanapee bis zu abgefahrenen Pneus, und langsam war aus dem Teich ein Hügel emporgewachsen, der freilich schnell verrottete, aber von immer neuen Fuhren wieder aufgebaut und vorgeschoben wurde. Ziemlich bald nach seinem wütenden Protest ärgerte sich der Vater nicht mehr, hatte sich abgefunden, denn inzwischen war ja das neue Gebäude mit dem Eingang nach Westen entstanden, dort führte die neue Straße vorbei, und von dieser neuen Straße erhielten auch die Müllautos ihren neuen breiten Weg zur Applanie, auf dem man Entgegenkommenden leichter ausweichen konnte. Die ehemalige Zufahrt zum Sitz der Rabeners wurde fast vergessen und nur von jenen Rainkirchnern benützt, die nach wie vor kleinen Abfall hinter dem Rabener-Park abluden und manchmal von dort Gegenstände heimholten, die andere zwar weggeworfen hatten, die ihnen aber noch brauchbar erschienen.

Der Mann war aufgestanden, hatte dabei das Nummernschild des Wagens entdeckt und nickte nun. „Aha. Deutschland. Vor euch ist man nirgends sicher. Wohin wollen Sie denn? Wenn Sie da weiterfahren, kommen Sie nur zu einem Misthaufen."

Gernot lachte nicht. „Ist das verboten?"

„Was verbieten die schon? Nur, was früher erlaubt war. Und was früher verboten war, ist alles erlaubt. Na, mir kann das ja egal sein." Er ging hinüber zum Farnkraut, bückte sich und betrachtete, was er da vom Müll geholt hatte. Gernot trat hinter ihn, schaute ihm über die Schulter: zwischen den Farnen lag ein Harmonium. Der Mann klappte den Deckel auf, prüfte die Tastatur, zog an den Registern, drückte auf die Pedale. „Ich glaube, dem ist auch nichts passiert. Genau kann man das natürlich jetzt noch nicht sagen."

„Woher haben Sie es?"

„Woher? Vom Mist. Oder denken Sie, daß ich es aus Wien gebracht habe, zu Fuß, auf einem Schubkarren?"

„Von der Applanie?"

„Ja. Irgend jemand hat es weggeschmissen. Meine Tochter war gestern da, sie hat ihren alten Ofen hergebracht, und dabei ist es ihr aufgefallen. Sicher kaputt, aber ich habe mir immer ein Harmonium gewünscht, und vielleicht kann ich es reparieren."

„Alles? Sogar einen zerrissenen Balg?"

„Warum nicht? Auch ein Ventil. Ich habe Zeit und Geduld, notfalls sogar Freunde mit Werkstätten, die größer sind als meine." Er beugte sich vor und richtete ohne merkbare Mühe das Instrument auf; da stand es nun, rotbraun und fremd im dampfenden Grün, von Mücken umschwärmt und von den schwarzen Vögeln auf der nahen Eiche mißtrauisch beäugt. Gernot wollte dem Mann helfen, der aber wies ihn mit einer leicht verächtlichen Handbewegung zur Seite und kantete den schweren Kasten mit wenigen Drehungen zur Wegmitte. Er keuchte nicht, er schwitzte nicht einmal, er sagte ruhig: „Fürs Zusammenarbeiten muß man einander kennen. Würden Sie jetzt bitte den Karren aufs Rad stellen? Alles übrige mache ich."

Gernot gehorchte. Der Mann deutete ihm, daß der Karren noch ein wenig näher stehen müsse, kippte dann mit einem einzigen Griff das Harmonium darauf, hielt plötzlich inne, schüttelte ärgerlich den Kopf, nannte sich einen Idioten, kippte das Harmonium wieder herunter, kantete es zurück ins Farnkraut, führte den Karren auf die andere Seite des Weges, wies auf den Wagen und befahl: „Fahren Sie! Los! Fahren Sie!"

„Warum? Was habe ich Ihnen getan?"

„Ist das so schwer zu verstehen? Wie soll ich an Ihnen vorbei?"

Gernot begriff, stieg in seinen Wagen, fuhr ein kurzes Stück, hielt an, kam zurück. Inzwischen hatte der Mann schon wieder seinen Karren in die richtige Stellung gebracht, kantete eben das

Harmonium hinzu und kippte es auf den Karren, bevor ihm Gernot noch helfen konnte. „So, das wär's", sagte er und rieb die Handflächen aneinander. „Gute Reise zum Misthaufen. Und passen Sie auf. Nach ungefähr hundert Meter bleiben Sie ganz rechts. Links ist ein richtiges Sumpfloch."

Er nickte, wandte sich um, hob die Holme seines Karrens an und machte sich auf den Weg. Gernot sah ihm nach, sah ihn hinter den Büschen verschwinden und hörte ihn wenig später laut pfeifen, ein Lied im Marschrhythmus, aber es war gar kein Marsch, es war das Gloria aus Schuberts Deutscher Messe, und als er an den Schulgottesdienst dachte, wußte er plötzlich, daß er eben seinem alten Lehrer aus Rainkirchen begegnet war.

Er lachte laut. Die schwarzen Vögel erschraken und flogen auf.

2

Knapp hinter dem Sumpfloch kam er an die Mauer und fuhr eine Weile an ihr entlang; dann sah er links das altvertraute Gittertor, ein wenig schief und verrostet zwischen seinen gemauerten Pfeilern, die an der Spitze von steinernen Turnierhelmen geadelt wurden. Dieses Tor hatte man früher passieren müssen, um Schloß Roppendorff zu erreichen; nun zweigte vom Weg zur Applanie ein kaum mehr erkennbarer, von niedrigen Sträuchern überwucherter Pfad ab. Gernot hielt, stellte zufrieden fest, daß die beiden Mittelstäbe des Tors wie seinerzeit von einer Kette mit großem Vorhängeschloß zusammengehalten wurden, stieg aus, prüfte zunächst, ob die Stämme der Sträucher dem Wagen nicht schaden könnten, untersuchte hierauf die Kette und nickte: immer noch war eines ihrer Glieder ein wenig auseinandergebogen. Er löste es, nahm die Kette ab, öffnete das Tor, fuhr den Wagen hindurch, legte Kette samt Schloß fürsorglich wieder um die Stäbe, und fuhr weiter. Hier zumindest hatte sich nicht viel geändert.

Draußen blieb der Misthaufen, von dem der Lehrer gesprochen hatte, er selbst war nun drinnen im Besitz der Rabener, selbst ein Rabener, auf diesem Boden gezeugt und geboren, ein wenig sogar aufgewachsen, bevor ihn der Vater hinausgetrieben hatte. Viel Erinnerung und trotzdem keine Heimat. Dort drüben beim Weißdorn war einmal der Hasenstall gewesen, nein, natürlich keine Hasen, nur noch Kaninchen, wie es auch keine Raben mehr gab, nur noch Krähen; nach dem Krieg hatten sie so ein Kaninchen als Weihnachtsbraten eingehandelt, die Kinder spielten damit, nannten es Kasimir, und als es dann auf den Tisch kam, hatte sich Gernot geweigert, Kasimir zur Feier von Christi Geburt zu verzehren. Der Vater war böse geworden, denn er glaubte fest daran, daß dieses Leben mit einem weichen Gemüt kaum zu meistern sei, und wenn das Pech schon wollte, daß eines seiner Kinder weich war, dann mußte es eben zur Härte erzogen werden. Gernot war also gezwungen worden, zumindest einen Bissen Kasimir hinunterzuschlingen, und hatte diesen Bissen gleich darauf wieder erbrochen.

Links die Krocketwiese mit dem achteckigen weißen Pavillon, Salettl genannt. Als es um 1950 den Rabeners wieder besser zu gehen begann, hatte der Vater eine Lichtleitung hierher legen lassen und zu Gartenfesten eingeladen; hundert Lampions erhellten dann den Platz, und im Hintergrund brannte ein großes Holzfeuer, das die Gelsen vertreiben sollte; im Pavillon saß ein Harmonikaspieler, der am frühen Abend Heurigenschnulzen, später Filmschlager und schließlich Soldatenlieder spielte, bei denen die Männer wieder jung wurden und begeistert zu grölen anfingen, vom Wind über dem Westerwald, von der Erika oder von den grauen Kolonnen im Feindesland. Einmal hatte sogar jemand das Horst-Wessel-Lied angestimmt, war aber vom Vater sofort unterbrochen worden. Immerhin saßen ja die Russen im Land, ihr Hauptquartier war im nahen Baden, und auch mit den österreichischen Behörden durfte man nicht spaßen, wenn solche Jugendgesänge nicht bloß alte Soldatenlieder waren, sondern politischen Inhalt hatten. So hart der Vater sein konnte, achtete er doch nie genau darauf, wann die Kinder schlafen gingen, und Alkohol war ihnen keineswegs streng verboten. Bei einem der Gartenfeste hatte der elfjährige Gernot zuviel genippt, begann zu taumeln und wollte auf sein Zimmer fliehen, der Vater aber hatte ihn beobachtet, holte ihn zurück und setzte ihn an den Tisch der grauen Kolonnen vor ein volles Glas

Rotwein. Erst als er das ausgetrunken hatte, durfte er sich ordnungsgemäß abmelden, mußte sich bei sämtlichen Tischgenossen mit Handschlag verabschieden und dann, von zehn Männern mit spöttischer Sympathie beäugt, in aufrechtem Gang über die Wiese zum Schloß gehen. Wenn du trinken willst wie ein Mann, mußt du auch Haltung zeigen wie ein Mann, hatte der Vater gesagt.

Rechts die beiden Buchen, zwischen denen die Schaukel gehangen war, weiter vorn die Platane, die Gunther einmal als Marterpfahl für den Bruder benutzt hatte; Gernot wußte sehr gut, daß von Gunther trotz seiner wilden Kriegsbemalung nichts zu fürchten war, aber Kriemhild hatte Streichhölzer unter seinen Fingerspitzen angebrannt, heulend war er zur Mutter gelaufen, die hatte Kriemhild geohrfeigt, heulend war Kriemhild zum Vater gelaufen, und der hatte sich Gernot vorgenommen: erstens müsse man Schmerzen ertragen lernen, zweitens dürfe man als Bub einem Mädchen keinen billigen Triumph gönnen, und drittens sei ein Denunziant das dreckigste Lebewesen unter der Sonne.

Endlich das Schloß mit beiderseits abwärts gekrümmter Freitreppe und gekiestem Vorplatz. Rosenbeete, Springbrunnen, Tisch, Sonnenschirm, bunte Gartenstühle, ein wenig abseits der neue Swimming-pool, den Gernot noch nicht kannte. Er stellte den Wagen in den Schatten der Platane, ging über den Vorplatz zum Tisch. Der war nicht abgeräumt, Tassen mit Kaffeeresten standen vor drei Plätzen. Von einem Stuhl nahm er eine Kühltasche, öffnete sie, holte die Flaschen mit Wodka und Fruchtsaft heraus, suchte ein sauberes Glas, fand keines, nahm ein gebrauchtes, füllte es und ging, das Glas in der Hand, zum Springbrunnen.

Sehr heiß. Thermenlinie, Vegetation wie nirgends sonst in dieser Breite, Nîmes, Pappeln als Zypressen, geborstenes Becken, drüben das blaue Wasser des Swimming-pools, aber es erinnert an Plastik, Wodka-Lemon vor einer Freitreppe aus dem achtzehnten Jahrhundert. Er setzte sich an den Tisch, an dem er so oft als Bub gesessen war, hielt immer noch das Glas in der Hand, drehte es langsam und starrte in die Flüssigkeit. Eine junge Frau stieg die Treppe herunter, kam auf ihn zu. Sie trug ein kurzärmeliges weißes Leinenkleid, warm hob sich die braune Haut davon ab, das volle blonde Haar war im Nacken aufgesteckt, das Gesicht wirkte breit und ein wenig bäurisch.

„Sie sind wahrscheinlich Herr Doktor Rabener aus Deutschland", sagte sie. „Wir haben Sie erst abends erwartet. Von den Herrschaften ist niemand zu Hause, nur die alte gnädige Frau, wenn Sie die begrüßen wollen. Sie wohnen im zweiten Fremdenzimmer. Ich werde es Ihnen zeigen."

„Das mit den Jagdstichen?"

„Ja, und mit dem Einzelbett. Im ersten sind Herr und Frau Doktor Kos, sie kommen zum Wochenende. Das dritte ist für Frau Schwarzrock und ihre Kinder. Oder Frau Kommerzialrat Leinwater. Je nachdem."

„Gut. Bringen wir es hinter uns. Ich hole meine Koffer."

Er trank sein Glas leer, stand auf und ging zur Platane. Sie folgte, blieb hinter ihm stehen. Als er die Wagentür öffnete, sprach sie zu seinem Rücken. „Sie sind den andern Weg gekommen, den kennt fast niemand mehr. Er ist schlecht. Vorne haben wir einen betonierten Parkplatz."

„Ja. Mit Wächter und rot-weiß-rotem Schlagbaum."

„Und hinten ist eigentlich zu. Wenn man nicht weiß, daß die Kette kaputt ist."

Er hob die Koffer heraus, stellte sie ab, sah die Frau an. „Und woher wissen Sie das?"

Sie erwiderte den Blick nicht, bückte sich, wollte die Koffer nehmen. „Von Ihrem Vater. Die Kette muß ja schon seit langem kaputt sein."

„Seit zehn Jahren. Lassen Sie nur." Er nahm die Koffer selbst. „Hier ist alles noch so altfränkisch. Sie kennen mich. Ich kenne Sie nicht. Darf ich Sie um Ihren Namen bitten?"

„Antonia Steiner. Im Haus Toni."

„Also werde ich Sie Toni nennen, und Sie werden zu mir Herr Doktor sagen. Das ist nicht nach meinem Geschmack, ich lebe schon lange nicht mehr in Rainkirchen. Und ich trage die Koffer selbst, Frau Steiner. Es sind ja meine. Auch das Zimmer brauchen Sie mir nicht zu zeigen. Ich weiß, wo es ist."

Sie beobachtete ihn, wie er die Koffer aufnahm, sie schwieg, und weil sie schwieg, stellte er die Koffer wieder ab. „Na? Irgend etwas unklar?“

„Unklar? Nein. Von mir aus. Wenn es Ihnen Spaß macht.“

„Es geht nicht um meinen Spaß.“

„Dann um Ihr gutes Gewissen. Aber die sogenannte Gleichberechtigung ist ja nur Augenauswischerei.“

Er schüttelte den Kopf. „Das hätte mein Vater sagen können.“

„Hat er auch.“

3

Dem Namen nach mußte Roppendorff von den Roppendorfern erbaut worden sein, aber deren Spuren waren bald verweht, und als das „von Wasser umgebene feste Haus“ im vierzehnten Jahrhundert zum ersten Mal in einer Urkunde erwähnt wurde, berichtete die Eintragung lediglich von einer Verpfändung der Herrschaft durch die Stilzen an die Pottendorfer. Später fiel es an Matthias Corvinus, dann an die Landesfürsten, die es hundert Jahre später den Kienburgern abtraten. Es folgten Capell, Lamberg, Trauttmannsdorff und etliche andere, bis es 1710 von dem österreichischen General Jean-Baptiste de Samboeuf gekauft wurde, der nicht nur die bäuerlichen Abgaben beziehen, sondern dort wohnen wollte und darum den Wassergraben zuschütten, die alte Burg niederreißen und ein Schlößchen an seiner Stelle errichten ließ. Bei der Familie Samboeuf blieb es über hundertfünfzig Jahre, und als hätte man mit der Burg auch die Geschichte beseitigt, verschwand der Name Roppendorff; bis 1920 hieß das Schlößchen Samboeuf, und noch Gernot hatte in seiner Kindheit von alten Rainkirchnern gehört, daß er im „Sammbeff-Baledscherl“, also dem kleinen Palais der Barone Samboeuf, wohne. Ludovica, die letzte Samboeuf, unverheiratet und über fünfzig, verkaufte 1865 ihr Erbe dem Fabrikanten Ignaz Stiermayr und zog nach Wien in ein Damenstift; da die früher zur Herrschaft gehörenden Güter inzwischen durch die Bauernbefreiung weggefallen und nur Schloß und Park mit etwa fünfzehntausend Quadratmetern Boden übriggeblieben waren, brachte der Besitz nichts mehr ein

– er kostete nur. In den folgenden drei Jahrzehnten hielt kein Eigentümer länger als fünf Jahre auf Samboeuf aus, keiner von ihnen steckte Geld in die Erhaltung, und das Gebäude begann zu verfallen. 1898 endlich erwarb es der Bauunternehmer Joseph Calasanza Rabener, der Schloß und Mauer erneuerte; sein Sohn sorgte für die Pflege des Parks, der Enkel für den Einbau moderner technischer Behelfe. Knapp nach dem Zusammenbruch der Monarchie traf Carl Borromäus Rabener, der Sohn, in Gesellschaft zufällig einen Historiker, der ihm einiges über seine Wohnstatt erzählen konnte, so vor allem den ursprünglichen Namen, der zweifellos von den Raben abzuleiten sei; außerdem sprach er von Lamberg, Trauttmannsdorff und Matthias Corvinus, was Eindruck machen sollte und auch machte. Da Carl Borromäus, Diplomingenieur und Absolvent einer bloß siebenklassigen Realschule ohne Latein, trotzdem sofort die Beziehung zwischen Corvinus und den Raben herzustellen vermochte, erlag er der betörenden Illusion einer historischen Kontinuität, die sich von den spurlos verschwundenen Roppendorfern über den Raben Matthias bis zu den Rabenern erstreckte. Er sorgte für die Restauration des Namens Roppendorff, was ihm bei den Behörden binnen angemessener Frist, bei der Bevölkerung jedoch zu seinen Lebzeiten nicht gelang. Erst unter Hitler setzte sich Roppendorff durch, sehr zum Bedauern mancher eingefleischten Österreicher, die in der Abschaffung eines französischen Namens einen Angriff auf die übernationale Tradition ihres Vaterlandes zu erkennen glaubten.

Baron Samboeuf hatte genau gewußt, was er wollte: schöne Treppen, einen kleinen Turm und ausreichend viele Räume. Für den etwas höheren Mitteltrakt mit dem Uhrtürmchen benutzte er die Grundmauern der alten Burg, baute eine niedrige Terrasse davor und zwei Flügel an die Seiten. Von der Terrasse führten drei große Glastüren in die Halle und zwei im Viertelkreis geschwungene Stiegen mit Steinbalustraden auf den Vorplatz. Zwischen die Stiegen stellte er die Marmorstatue eines sitzenden griechischen Helden, der das Kinn auf die Faust stützte, damit Nachdenklichkeit ausdrücken sollte und offenbar als Allegorie auf das Feldherrntalent der Samboeuf gedacht war. Als die Russen nach dem Zweiten Weltkrieg das

Schloß besetzten, schossen sie einmal nach einer sehr lauten Nacht, vermutlich aus reiner Lebensfreude, mit ihren Maschinenpistolen auf den griechischen Taktiker und beschädigten ihn so schwer, daß er, nur noch Werkstoff, einem jungen Bildhauer geschenkt wurde, der aus ihm drei gut polierte, an verschiedenen Stellen durchlöcherte Eier schuf, die er nach Amerika verkaufte.

In der zweistöckigen Halle führte eine Mitteltreppe bis zur halben Höhe, teilte sich dort und erreichte mit ihren beiden Armen links und rechts den offenen oberen Quergang. Auch hier hatte der Baron für – freilich kleinere – Statuen gesorgt, einen Hermes und eine Artemis, die immer noch in ihren Nischen standen. Gernot erinnerte sich, daß Kriemhild einmal dem Hermes einen Schnurrbart malen wollte, einen Stuhl vor die Nische stellte, trotzdem zu klein war, auf die Lehne stieg und Gernot bat, sie und den Stuhl zu halten. Beim Malen verlor sie das Gleichgewicht, klammerte sich an die Statue und brachte den Gott, den Stuhl und den Bruder zu Fall. Hermes büßte zwar dabei einen Arm ein, den man wieder anklebte, der Stuhl blieb heil, und der Bruder, der als einziger Beschuldigter vor dem väterlichen Gericht den Hergang erzählte, wurde neuerlich darüber belehrt, daß ein Denunziant das dreckigste Lebewesen unter der Sonne sei.

Auf dem jetzt noch edlen Parkett der Halle hatten Gunther und Gernot, die Füße mit dicken Lappen umwickelt, eine Art Eishockey gespielt, bei dem die beiden mehr fielen und glitten als liefen; die Stöcke waren Latten mit angenagelten Querhölzern gewesen, als Scheibe diente ein alter Tennisball, und gleich nebenan lag die Kapelle, in der sie alle drei getauft worden waren, viel später dann auch Gerhard. Kriemhild, Gunther, Gernot, aber nicht Giselher, sondern Gerhard, denn inzwischen war ja einiges Nibelungenfeindliches geschehen. Was wußte die braun-weiß-blonde Frau Steiner davon, und was ging es sie an? Jetzt stieg sie pflichteifrig hinter ihm die Stufen hinauf, wahrscheinlich hatte sie die Klebestelle am Arm des Hermes nie bemerkt, und Eishockey war für sie ein Televisionssport, etwas für harte Männer, wie die Kommentatoren immer wieder entschuldigend versicherten. Er hatte sich geschworen, nie hierher zurückzukehren, und als die Eltern im Vorjahr, die Mutter nur zwei Monate nach dem Vater, gestorben waren, hatten ihm eine Grippe und dann ein Kongreß die Entschuldigung für sein Fernbleiben vom Begräbnis leicht gemacht. Warum war er nun gekommen? Weil er die zwölftausend gut brauchen konnte? Weil ihm der Auftrag Gelegenheit gab, einmal selbst bösartig zu sein, nicht nur immer wieder die Bösartigkeit der andern ohne Möglichkeit zur Gegenwehr ertragen zu müssen? Oder doch wegen – nein, nicht Brigitte. Wegen des kleinen Heinz, der jetzt schon in Amerika war?

Obwohl er wußte, daß solche Gedanken schädlich waren und er seit Tagen dagegen ankämpfte, erinnerte er sich trotzdem wieder an das Kind, wie es auf den Abruf des Fluges gewartet hatte, dicke Glasscheiben zwischen ihnen beiden, nie werde ich dich wiedersehen, mein Sohn, daheim liegt dein geliebter Stoffbär, sie hat ihn eben vergessen, das macht nichts, drüben kriegst du einen schöneren Bären, einen schöneren Vater, eine schönere Wohnung, eine schönere Welt. Alles zu deinem Besten. Leb wohl, mein Junge, die Zeit ist anders geworden, aber es ist die unsere, wir müssen uns damit abfinden wie frühere Generationen mit der ihren. Nur Großväter jammern, und Großväter sind zum Sterben da. Was weiß Frau Steiner vom Flugplatz in Deutschland, vom Winken eines kleinen Buben hinter dicken Glasscheiben? Was weiß sie von der Vergangenheit, was weiß sie von der Gegenwart? Aber sie ist immer noch da. Du mußt sie loswerden.

Ein Trinkgeld paßte nicht im eigenen Haus, außerdem hatte er die Koffer selbst getragen. Er öffnete die Tür zu seinem Zimmer, nickte der Braunweißblonden zu und schloß die Tür. Ein wenig keuchend stand er da, im Fremdenzimmer zwei. Geh zur Großmutter, dachte er. Geh zur Großmutter. Es wird ein wenig anstrengend sein, aber bringe es hinter dich wie die Koffer. Und so manches andere.

Samboeuf hatte sein Haus sehr einfach gegliedert: auf der Höhe der Terrasse die Säle, darunter die Dienerschaft, darüber die Schlafzimmer, Verbindung der Räume auf jeder Ebene durch einen Korridor in der Längsachse. Gernot brauchte nur vom linken Flügel in den rechten zu gehen und an der Tür zu klopfen, hinter der schon in seiner Kindheit das Zimmer der Großmutter gewesen war.

Er klopfte, wartete eine Weile vergeblich, klopfte stärker und hörte endlich ein freundliches: „Ja, ja, komm nur herein."

Sie war sehr klein, verschwand fast in einer Ecke ihres riesigen Ohrensessels, und Gernot sah sie zuerst gar nicht, weil sie, wie immer an heißen Sommertagen, die Fensterläden geschlossen hatte und das Zimmer im Halbdunkel lag. „Bist du es, Gernot?" fragte sie, und als er bejahte: „Willst du dich nicht zu mir setzen? Ich freue mich so, wenn mir jemand erzählt."

Gehorsam setzte er sich, setzte sich auf einen dieser unbequemen schwarzen Stühle mit steiler Lehne, maurisch oder was man 1860 unter maurisch verstanden hatte, die Polsterung roter Samt, mit Goldlitzen verziert, auch Schrank, Bett, Sekretär und Tisch maurisch, rot besamtet, litzengeschmückt, und Gernot staunte wieder einmal darüber, wie man in solcher Umgebung uralt werden konnte.

Im Mai dieses Jahres hatte Valerie Rabener ihren neunzigsten Geburtstag gefeiert, genauer: sie hatte nicht gefeiert, sondern den Tag zwar festlich begangen, sich aber jede offizielle Versammlung verbeten; nur die noch lebende Tochter, die Enkel und die Urenkel waren einer nach dem andern einzeln vorgelassen und nach ihrer Gratulation gütigst bedankt worden. Niemand hatte ihr diese Vorsicht übelgenommen, denn man kannte seit vierzig Jahren ihre schwache Gesundheit und rechnete seit vierzig Jahren mit ihrem plötzlichen Ableben.

Sie war im Kloster erzogen worden, hatte ein wenig Klavier spielen, ein wenig malen und Gedichte rezitieren, ein paar Brocken Französisch und Italienisch gelernt, und war mit zwanzig von ihrem Vater, dem Eigentümer einer auftragsbedürftigen Ziegelei, mit dem Sohn des damals eben hochgekommenen Baumeisters Rabener verheiratet worden, ohne um ihr Einverständnis gefragt zu werden. Sie gebar fünf Kinder, spielte Klavier, malte Aquarelle, rezitierte vor Gästen Gedichte oder sang Schubertlieder, wurde mit fünfzig Witwe, trug seither nur schwarze Seidenkleider mit weißem Jabot, litt an tausend Krankheiten, die vier Ärzte ins Grab gebracht hatten, und war immer demütig glücklich und vor allem gütig gewesen. Wenn Gernot das Zusammentreffen mit Valerie als anstrengend gefürchtet hatte, dann eben dieser Güte wegen; er gehörte einer

Generation an, die Güte nicht mehr ertragen konnte und immer Heuchelei dahinter vermutete. In Kindheit und Jugend hatte er darum die Großmutter stets von neuem auf die Probe gestellt, aber jedesmal feststellen müssen, daß sie nicht heuchelte. Die Güte war echt, und das schien ihm unheimlicher als Graf Draculas Eckzähne.

„Ich habe gehört, du bist geschieden."

Er nickte, erinnerte sich, daß sie nicht gut sah, auch nicht gut hörte, und antwortete laut: „Ja."

Valerie schüttelte verwundert den Kopf. „Alle lassen sich scheiden. Warum eigentlich? Mit einem andern ist es doch nicht besser, und allein hat es auch keinen Sinn. Was ist mit dem Heinz?"

„Er ist vier Jahre alt und gehört zu seiner Mutter."

„Warum nicht zum Vater? Die Brigitte ist doch von dir weggegangen, nicht du von ihr?"

„Das hat mit dem Kind nichts zu tun."

„Nein? Ich habe immer geglaubt, für Kinder braucht man eine Ehe, also zwei, und wenn einer von den zweien die Ehe aufgibt, dann bleibt das Kind eben bei dem, der die Ehe nicht hat aufgeben wollen."

Er seufzte. „Bei einem vierjährigen Buben nimmt man an, daß die Mutter für ihn wichtiger ist als der Vater."

„Wirklich? Wer nimmt das an?"

„Der Gesetzgeber."

„Wer ist das?"

„Das Volk. Wichtigster Grundsatz jeder Verfassung."

Sie schwieg eine Weile, schüttelte dann wieder den Kopf. „Das verstehe ich nicht. Erkläre es mir, wahrscheinlich bin ich zu alt oder zu dumm oder beides, aber das Volk besteht doch aus fast einem Drittel Alten und weit über die Hälfte aus Dummen. Glaubst du, die verstehen die Gesetze, die sie angeblich selber machen? Da ist eine Ehe und da sind Kinder. Für eine Ehe brauchen Mann und Frau viel guten Willen. Wenn jetzt einer von den zweien den guten Willen nicht hat, warum soll er dann für die Kinder besser sein als der andere?"

„Du verstehst nicht, weil du nicht verstehen willst. Eine Mutter ist kein Vater. Sie hat ganz andere Funktionen. Das weißt du doch genau."

„Dann wäre also auch eine Frau was anderes als ein Mann, und dabei höre ich immer wieder, man darf keine Unterschiede mehr machen."

„Rechtlich. Rechtlich, nicht biologisch. Der Säugling braucht die Herzschläge der Mutter, das Kleinkind braucht ihre Zärtlichkeit, braucht die Nestwärme und so weiter. Das ist heute alles wissenschaftlich bewiesen."

„Ja, ja, die Toni hat es mir erzählt. Und gleich darauf erzählt, daß – ebenso wissenschaftlich bewiesen – die Kinder beide Eltern brauchen. Wenn Herzschläge, Zärtlichkeit, Nestwärme und so weiter, warum nimmt dann die Brigitte ihrem Buben den Vater? Hat sie da nicht mehr an sich als an das Kind gedacht? Ich meine, ich will ihr nicht böse, ich denke nur wie der Gesetzgeber an das Kind. Und bin überzeugt, daß der Heinz bei dir besser aufgehoben wäre. Sei ehrlich, Gernot. Du hast klein beigegeben."

„Klein begegeben! Klein beigegeben! Ich war einverstanden. Und wenn ich nicht einverstanden gewesen wäre? Dann hätte eben das Gericht der Mutter das Kind zugesprochen, Ergebnis also dasselbe. Lassen wir das. Wie geht es dir, Großmutter? Immer krank und dabei kerngesund?"

„Mach keine Witze. Es ist ein Wunder, daß mich der liebe Gott noch leben läßt, und ich danke ihm jeden Tag dafür, denn ich lebe gern. Vielleicht, weil ich die Menschen mag; die meisten sterben ja, weil sie die Menschen nicht mehr mögen. Ich mag sie sehr, natürlich besonders euch. Die Kinder – na ja, da ist nur die Elsa übriggeblieben. Hat sie dir geschrieben von der Geschichte mit dem neuen Pingpong-Zimmer? Eine Sünde, eine wirkliche Sünde. Nein? Macht auch nichts. Mir hat sie gesagt, sie wird dir schreiben, aber da war sie noch sehr aufgeregt. Du, und an die Susi habe ich mich richtig gewöhnt; der Rudi hat immer erzählt, sie ist eine gute Kameradin, davon verstehe ich nichts, und Pferde kann man mit ihr stehlen, davon verstehe ich auch nichts, trotzdem bin ich heute begeistert von ihr. Die Sylvia kommt manchmal mit, sehr nett, sehr nett; vom Herbert und von der Barbara sehe ich fast nichts, mein Gott, der Herbert ist Anwalt und der Mann von der Barbara irgendwas in der

Wirtschaft, die haben jetzt schon sechs Kinder, weißt du das? Ich bringe die Namen durcheinander. Den vom Heinz weiß ich, und dabei habe ich ihn nie sehen dürfen, nicht einmal zum Begräbnis vom Vater bist du gekommen, und jetzt schickst du ihn sogar nach Amerika."

„Ich habe ihn nicht geschickt."

„Nein, nein, du kannst nichts dafür, ich habe es begriffen. Und warum bist du dir auf einmal nicht zu gut für Roppendorff? Die Toni meint, wegen zwölftausend Mark und einer Geschichte des Unternehmens. Stimmt das?"

„Ja. Hundertjahrfeier, und wenn man schon einen Historiker in der Familie hat, dann muß der eben herhalten."

Sie dachte nach, und er überlegte, wie er dem Gespräch eine andere Wendung geben könnte, aber wie gewöhnlich fiel ihm nichts Passendes ein, und nützen würde es wahrscheinlich ohnedies nichts, denn die Großmutter war nicht nur gefährlich gütig, sie war auch gefährlich zäh. Wenn sie, wie er vermutete, von Anfang an die Absicht gehabt hatte, mit ihm über seinen Sohn und seinen Vater zu reden, dann lohnte kein Versuch einer Ablenkung. Endlich riß er sich zusammen. „Ich habe da neulich in einem Brief, der ist vom Chunrat von Ahaym, Grafschaft Ortenburg, fünfzehntes Jahrhundert, aus der Zeit haben wir nicht so viele Briefe, nämlich private Briefe, ich habe also da etwas entdeckt, das wird dich sicher interessieren." Er wußte sehr gut, daß er nicht überzeugend wirkte, und sie winkte auch sofort ab.

„Darüber redest du besser mit deinen Professoren, mich interessiert etwas ganz anderes. Sie haben dich geholt, damit du ihnen diese Geschichte schreibst. Wenn du es tust, Gernot, dann vergiß nie: daß die Firma die Jahre 1935 und 1945 überstanden hat, verdankt sie nur deinem Vater. Du warst immer gegen ihn, ja, ja, ich weiß, er hat ein bisserl übertrieben, aber ganz schuldlos warst du auch nicht; das habe ich eigentlich nicht sagen wollen, ich denke gar nicht daran, jetzt noch irgend etwas aufzurühren, der Tod löscht alles aus, das gilt für mich und ebenso für dich, mit einem Wort, wenn du diese Geschichte schreibst, dann mußt du gerecht sein, Gernot. Gerecht. Nicht mehr. Nur gerecht. Versprich mir das."

Er stand auf. „Ich werde mich an die Wahrheit halten.“

„Das versteht sich bei dir von selbst.“ Sie griff nach seiner Hand, sprach mit überraschend fester Stimme weiter: „Ich habe nicht Wahrheit verlangt. Mit der halben Wahrheit kann man das Bild eines Menschen so malen, daß ein Aff daraus wird oder eine Hyäne, und wer hat schon die ganze Wahrheit? Ich möchte von dir, daß du mir versprichst, gerecht zu sein.“

„Ich verspreche es.“

„Gut.“ Sie streichelte seine Hand. „Wenn du das sagst, dann weiß ich: ich kann mich darauf verlassen. Komm wieder, du verpatzter Nibelunge. – Und hör nicht auf die Hertha.“

4

Mit der Zusage, am nächsten Tag bestimmt wiederzukommen, trat er aus dem Halbdunkel hinaus auf den Korridor mit seinen Trophäen von Hirsch, Gams und Reh, ging vorbei am hohen Spiegel, unter dem ein barocker Halbtisch mit Marmorplatte an einstige österreichische Größe erinnerte, erreichte durch eine der drei offenen Türen den Quergang der Halle, stand oben auf der Treppe und sah hinunter auf das edle Parkett, auf Hermes und Artemis in ihren Nischen.

Ein herrschaftliches Haus, dachte er und grinste. Ein herrschaftliches Haus und dazu eine unnötig breite, aber pompöse und darum herrschaftliche Treppe. Auf dieser Treppe hat sich Fredi Sirowy eine Woche nach seiner Matura ein Bein gebrochen, weil ich die ersten fünf Stufen mit Speck eingerieben habe. Die Idee war natürlich von Kriemhild, sie hat sich zwar gern von Fredi anhimmeln lassen, aber sogar in seiner Verliebtheit war er ihr immer noch zu überlegen, „den möchte ich einmal sehen, wie er hilflos zu meinen Füßen zappelt“, hat sie mir gesagt. Ich war gleich mit von der Partie, freilich nicht ihretwegen, sondern weil Fredi beim letzten Handballspiel zwischen den Gymnasien von Baden und Mödling Gunther hundsgemein gefoult hatte. Ich sehe mich noch, wie ich dort unten kniee und schwitzend die Stufen bearbeite, Kriemhild schaut schnurrend zu, und dann ruft sie Fredi an, er soll doch herüberkommen, sie braucht einen Rat für die Prüfung in Mathematik. Der Idiot springt sofort gehorsam auf sein Fahrrad, strampelt von Mödling nach Roppendorff, läuft die Treppe hinauf, rutscht aus, rollt aufs Parkett und zappelt dort wirklich, während sich Kriemhild oben im Quergang lachend über die Brüstung beugt. Leider zappelt er weiter, Kriemhild verschwindet leise, auf einmal ist sie nicht mehr da, ich will Fredi helfen, aber er ist nicht hochzukriegen, also rufe ich Gunther, auch er versucht Fredi aufzuheben, es mißlingt, also wird der Vater geholt und der verständigt den Arzt. Der Arzt stellt einen komplizierten Wadenbeinbruch, mein Vater die Speckspuren auf der Treppe fest. Verhör, Hauptverdächtigter Gernot Rabener, 14, vorbestraft. Ich leugne nicht, verschweige aber die Anstiftung durch die Schwester, weil ich sehr gut weiß, daß Denunzianten die dreckigsten Lebewesen unter dieser Sonne sind.

Leider hat der fromme Mädchenwunsch, einen Knaben um seine Überlegenheit zu betrügen, ungeahnte Folgen. Da ist zunächst der nicht eingeplante Beinbruch, der Fredi nicht nur Schmerzen und eine länger dauernde Behinderung einbringt, sondern ihn auch zwingt, auf eine Klettertour mit seinem Vater zu verzichten, der sich von der Männerzweisamkeit auf mehreren primitiven Gebirgshütten eine Besserung seiner Beziehungen zum Sohn versprochen hat und nun dem Haus Rabener kaum gewogen sein kann, während Bauunternehmer Rabener auf eine solche Gewogenheit des alten Sirowy, Gemeinderat in Mödling, wegen eventueller Aufträge größten Wert legt. Und dazu noch das Drama, das erst am Abend vorher über die Familienbühne gegangen war.

Zu meinem vierzehnten Geburtstag hat mir Vater einen eigenen Haustorschlüssel überreicht, was nicht etwa bedeutet, daß ich jetzt ohne Erlaubnis ausgehen oder gar erst spät abends hätte heimkommen dürfen – es bedeutet nur, daß von nun an andere Hausbewohner keine Rücksicht mehr zu nehmen brauchen und ruhig absperren dürfen, obwohl ich nicht daheim bin. Sicher kann man den Schlüssel als Symbol der beginnenden Reife auffassen, trotzdem aber bedeutet er kein Recht, sondern Pflicht, denn er hat seinen Platz auf einen bestimmten Haken des Schlüsselbretts neben dem hinteren

Eingang, zum Bürogebäude hin, und dort muß er auch hängen, wenn ich nicht ausgegangen bin. Jeden Abend kontrolliert der Vater das Schlüsselbrett, an diesem Abend fehlt mein Schlüssel, der Vater geht darauf in unser Zimmer, brüllt mich an und verlangt den Schlüssel. Wenn man im Alter von vierzehn Jahren aus dem ersten Schlaf geweckt wird, öffnet man zwar die Augen, das Gehirn aber schläft weiter, ich verstehe also nichts, der Vater schüttelt mich wie einen Sack, schleudert mich dann auf das Bett zurück und greift nach meiner Hose, die nicht etwa vorschriftsmäßig gefaltet auf dem Stuhl, sondern achtlos hingeworfen in einer Ecke liegt. Er findet den Schlüssel und entdeckt gleich darauf zu den zwei bereits begangenen Verbrechen von Schlüssel und Hose noch ein drittes: auf dem Tisch neben meinem Bett liegt eine sozialistische Zeitung, in der Diplomingenieur Doktor Andreas Rabener wegen angeblich arbeiterfeindlicher Maßnahmen in seinem Betrieb heftig angegriffen wird. Es ist mir klar, daß Vater es als Hochverrat ansehen muß, wenn einer seiner Söhne diese Ausgabe der Zeitung besorgt hat, trotzdem gestehe ich und verrate nicht, daß Gunther das Blatt gekauft hat, denn ein Denunziant ist ja das dreckigste Lebewesen unter dieser Sonne. Eine Ohrfeige und ein Schwall von Schimpfworten kosten schließlich nicht das Leben, und ich bin einiges gewöhnt. Daß Vater nicht schlägt, nicht schimpft, mich nur verächtlich anschaut, die Zeitung in hohem Bogen auf den Tisch zurückwirft und dann wortlos aus dem Zimmer geht, stimmt mich zwar ein wenig nachdenklich, aber ich tröste mich schnell damit, daß der unliebsame Zwischenfall nach wenigen Tagen vergessen sein wird.

Und jetzt gibt es keine wenigen Tage. Gestern Schlüssel, Hose und Zeitung, heute die mit Speck eingeriebenen Stufen, die den Verlut eines Mödlinger Auftrags zur Folge haben können, und zu all dem noch eine drohende Nachprüfung in Mathematik. Das genügt. Trotz Mutters Protesten entscheidet Vater noch am selben Nachmittag, daß der aus der Art geschlagene Nibelunge aus dem Baledscherl verstoßen und zu Onkel Hermann geschickt werden soll. Hermann Schroll, Ehemann von Vaters ältester Schwester, ist Lehrer für Deutsch, Geschichte und Geographie am Gymnasium in Steyr und gilt in der Familie als guter Pädagoge hergebrachter Art; ihm darf man zutrauen, daß er aus dem schwarzen Schaf vielleicht noch ein weißes machen kann, und es trifft sich gut, daß sein einziger Sohn vor kurzem geheiratet und die Stube im elterlichen Haus geräumt hat. Andreas Rabener ist selbstverständlich bereit, für Unterkunft, Verpflegung und Geraderichtung des verbogenen Sohnes ausreichend zu bezahlen.

Ja, so war das, damals, vor zwanzig Jahren.

Während Gernot nun die letzten Stufen der pompösen Treppe hinunterstieg, dachte er an jenen Juninachmittag, der seinem Leben eine neue Richtung gegeben hatte, und er lächelte hinüber zum Hermes und dann zur Artemis. Aus dem schwarzen Schaf, wenn es je wirklich schwarz gewesen sein sollte, hatte der Onkel auf hergebrachte Art schnell ein weißes gemacht, freilich eines, das sich nun für nichts als das Hergebrachte interessierte, was dem Vater gar nicht gefallen wollte. Wir bauen auf, hatte er gesagt, und du hast nur Augen für Ruinen! Die Ruinen haben Stil, hatte der Sohn geantwortet; was habt ihr?

Er durchquerte die Halle, trat hinaus auf die zweite pompöse Treppe der Samboeuf, sah unten den Springbrunnen mit seinem geborstenen Becken und der künstlichen Felsgruppe in der Mitte, aus der einmal, lang vor Gernots Geburt, der Strahl emporgestiegen sein mußte. Warum hatten sie diesen Brunnen nicht wieder sprühen lassen? Ein wenig wasserfester Zement und zwanzig Meter Röhren konnten doch kein Vermögen kosten, keinesfalls soviel wie diese Ungeheuerlichkeit an Swimming-pool mit blauer Plastikhaut! Aber wer weiß, vielleicht mußte man dankbar dafür sein, daß alt und scheinbar unnütz geblieben war, was heute eben nicht mehr verstanden wurde; sie hätten ja auch den Springbrunnen mit ihren Preßluftbohrern zerstören und den Swimming-pool an seine Stelle vor die Treppe legen können.

Das Jausengeschirr stand nicht mehr auf dem Tisch. Kein Mensch, kein Tier, nicht einmal ein Windhauch, nur dieser grauweiße heiße Himmel über einem schweigenden Park, einer still verwesenden Applanie, und die Schwüle, die immer drückender wurde. Wir sind zwar nicht in der Landschaft südlich von Bordeaux, wo Mauriac Leidenschaft und Sünde entdeckt hat, aber ich komme ja nicht aus Frankreich, sondern aus Franken, ich kann mir kaum vorstellen, daß es an solchen Sommertagen in Asmodées Reich heißer sein könnte als hier an diesem Thermenstrich des Wiener Beckens, sogar den Geruch der heißen Piniennadeln spüre ich deutlich. Hinkender Teufel, ich bitte dich, hebe nicht dieses Schloßdach ab, um mir die Seelen zu zeigen, es hat seinen Grund, warum ich von den Seelen zu den Ruinen geflohen bin.

Die Kapelle war immer kühl. Ist Gott kühl?

1945 waren wir Kinder sieben, sechs und vier Jahre alt, und als nach dem Zusammenbruch des Großdeutschen Reichs Gott vorübergehend wieder modern wurde, sorgte man auch bei uns für eine religiöse Erziehung. Gunther und Kriemhild nahmen sie hin wie die erzwungene tägliche Reinigung, ich aber glaubte, was man mir da von Adam, Moses, Abraham, Josef und seinen Brüdern oder Jesus erzählte, hatte Herzklopfen bei meiner ersten Beichte, fühlte mich nachher erleichtert, rannte hüpfend, singend, überglücklich nach Hause, gab dann abends der Mutter eine freche Antwort und ging aus Angst vor dem Sakrileg des Gottesraubs am nächsten Morgen vor der Kommunion zu einer Nachbeichte, um wirklich ganz sauber zu sein, wenn ich den Herrgott in mich aufnahm. Meine Mutter tat alles, um mir diesen naiven Kinderglauben zu erhalten, konnte aber damit keinen Erfolg haben, denn Bruder und Schwester lachten über mich, und Vater hatte sich nach dem Krieg nicht geändert: für ihn blieb die Welt ein Kampfplatz, auf dem man sich mit allen Mitteln behaupten mußte, und wenn man das nicht schaffte, dann ging man eben unter. Durch die Bücher von Konrad Lorenz sah er sich in seiner Meinung bestätigt, und da Lorenz seine Forschung mit Raben begonnen hatte, wurde er zum Schloßheiligen von Roppendorff. Sein Wort galt bei uns mehr als die Bibel.

Trotzdem war die Kapelle äußerlich bis zum Ende des Zweiten Weltkriegs geblieben, wie die Samboeuf sie gebaut hatten; nur eine kleine Änderung: mit der letzten Samboeuf verschwand auch das Ewige Licht. Als die Russen kamen, zerschossen sie zunächst die farbigen Fensterscheiben und requirierten das Altarsilber, dann verheizten sie das Gestühl, stachen ihre Bajonette in die acht Passionsdarstellungen, schleuderten die Bilder von der Treppe und beschmierten die leeren Wände mit Exkrementen; schließlich benutzten sie den Raum als Rumpelkammer. Die Familie, nämlich Großmutter, Vater, Mutter, drei Kinder und Tante Susanne mit Tochter Sylvia, bewohnte damals zwei Zimmer in Rainkirchen, die ihr zwei Weinhauer für einen Pelzmantel und ein wenig Gold vermietet hatten. Fast täglich ging die Mutter in den Park, um Neues über das Benehmen der Sieger zu erkunden; der Vater durfte das nicht wagen, weil man damit rechnen mußte, daß ihn die Posten erschießen würden. Nach einem solchen Spähtruppunternehmen kehrte die Mutter mit der Nachricht zurück, daß die Kapellenbilder im Becken des Springbrunnens lägen. Man erwog, ob man sie heimlich holen solle, und verwarf diesen Gedanken sehr schnell wieder. Statt dessen bat Mutter die Frau des neuen Bürgermeisters um Hilfe, und dieser, früher sozialistischer Schuldiener, aber immer treu katholisch und nun Kommunist, erreichte beim russischen Kommandeur, daß die Bilder geborgen werden durften.

Mutters wahres Interesse hatte freilich nicht dem Leidensweg Christi in acht Stationen gegolten, sondern dem Familienschmuck, der gegen Kriegsende in einer einstmals englischen Teekiste vergraben worden war. Entsetzt berichtete sie darum wenige Tage nach der Eroberung Roppendorffs, daß die Soldaten just unter der Platane zu schaufeln begonnen hätten, und kam am nächsten Morgen lachend zurück: Ziel der militärischen Aktion sei nicht etwa die einen Meter tief versenkte Teekiste, sondern eine seichte Grube gewesen, die wenig später, auf ihrem Grund mit Chlorkalk bestreut und an einer Längsseite mit einer in angemessener Höhe auf zwei Stützpfosten genagelten waagrechten Stange versehen, bestimmungsgemäß ihren Dienst als Latrine aufnahm. Besser konnte der Schatz kaum gesichert werden. Nach dem Abzug der Russen wurde er gehoben und Stück für Stück zu Geld gemacht, um die totale Niederlage zu überwinden und den neuen Anfang zu erzwingen. Einer der ersten Räume Roppendorffs, die damals wieder instand gesetzt wurden, war sonderbarerweise die Kapelle, und Gernot erklärte sich das später damit, daß der Vater eben durch den Zusammenbruch weich geworden sei, aber Kriemhild belehrte ihn sofort: „Blöd war der nie. Denk nicht an Psalmen, benutz den Verstand.

Aufträge hat der Vater doch in unserer Gegend um 1950 nur von den Kerzelschluckern kriegen können, egal, ob öffentlich oder privat! Außerdem ist sowas ein Statussymbol. Wer hat schon eine eigene Kapelle im Haus?"

Als Gerhard 1953 getauft wurde, konnte der Pfarrer zufrieden sein: es gab zwar keine bunten, sondern gelbliche Glasscheiben, keinen Altar, sondern ein klobiges Holzkreuz vor dem Fenster, kein Gestühl, sondern Stühle mit Strohsitzen wie in französischen Kathedralen, aber die acht Passionsbilder waren da und sogar ein Taufbecken, das einer von Vaters Arbeitern, ursprünglich zum Steinmetzen ausgebildet, für die Familie gemeißelt hatte. Wir waren wieder obenauf.

Gernot öffnete die Tür zur kühlen Kapelle und blieb auf der Schwelle stehen.

Die gelblichen Scheiben waren da, aber es gab kein Kreuz, keine Stühle, kein Taufbecken und keine Bilder vom Leidensweg Christi. Auf dem Steinboden ein blaugelber Plastikbelag, quer vor dem Fenster ein Pingpongtisch, davor in Längsrichtung ein Trampolin, links eine Sprossenwand, rechts ein paar Spinde, ein Gewehrkasten, ein Gestell für Golfschläger und Eishockeystöcke, eine Vitrine mit Pokalen und an der Wand hinter dem Pingpongtisch, gleich unter dem Fenster, genau dort, wo einmal das Kreuz gestanden war, das halb verkohlte Lenkrad eines Sportwagens.

5

„Mittlere Gotteslästerung, nicht wahr?" sagte jemand hinter ihm.

Gernot erkannte die Stimme, er wandte sich um, er sah den Mann, der da stand, ein Mann mit gebräuntem Gesicht und offenem Hemdkragen, Tweedrock, dichtes blondes Haar, leuchtende blaue Augen und ein lachender Mund, durchaus nichts Besonderes und trotzdem das Besondere schlechthin, denn das war eben Gunther, der einzige Mensch, dem Gernot nach seiner Vertreibung aus dem Roppendorffer Paradies nachgetrauert hatte. Achill, Scaevola, Siegfried, Roland oder Gawain: als Gernot ihnen in den Sagen begegnet war, hatten sie für ihn alle wie Gunther ausgesehen, denn Gunther war nicht nur ein Held, er war der gute, der strahlende Held, der Held der Sonne, einen besseren älteren Bruder konnte sich keiner wünschen. Gunther half immer, ohne je den Erzieher zu spielen, Gunther verriet nie, Gunther kannte keine Furcht, Gunther verteidigte stets seine Ehre und die Ehre der Familie, Gunther war keiner Unfairness, keiner Lüge, keiner Gemeinheit fähig, und seinen Namen trug er zu Unrecht, denn der Bruder Kriemhilds war geldgierig, feig und ein Ausbeuter gewesen, das mußte jeder wissen, der die Lieder von Walthari und den Nibelungen gelesen hatte.

Sicherlich war Gernots schwärmerische Heldenverehrung verblaßt, als er nach der Matura an der Wiener Universität Geschichte inskribiert hatte – er wohnte damals zwar nicht in Roppendorff, sondern in einem winzigen Untermietzimmer in Wien, kam aber oft nach Rainkirchen. Gunther zeigte so gar kein Interesse für Theorie, er war nicht imstande, sein Studium an der Technischen Hochschule mit einem akademischen Grad abzuschließen, konnte nicht diskutieren und schwieg fast immer, wenn Gernot oder Kriemhild in nächtlichen Dauersitzungen mit Freunden die Rätsel dieser Welt zu lösen versuchten. Lachend nannte er sich selbst „Kulturbremse" und hatte auch nicht das geringste Verständnis für die Geschichtsbegeisterung des jüngeren Bruders, die er aber nicht etwa als unnütz abtat, nein, Geschichte sei sehr schön, meinte er, nur fühle er sich leider ein wenig überfordert, weil ihm ja schon die Gegenwart genügend Probleme auftische.

Hätten sich Siegfried oder Roland anders verhalten? Achill und Homer sind gegensätzliche Charaktere, und erst Homers Verherrlichung des Achill schafft Kultur. Immer noch blieb Gunther ja in Handball und Fußball der ideale Mittelfeldspieler, der den ganzen Platz überblickte und mit seiner Taktik fast jeden Treffer seiner Mannschaft vorbereitete; im Eishockey wäre er, wenn nicht irgendwelche Idioten, die es immer und überall gibt, gegen den Sohn aus reicher Familie intrigiert hätten, mit voller Berechtigung ins Nationalteam berufen worden; mit seinem Sportwagen hatte er bei Rallyes und Staatsmeisterschaften Pokal um Pokal gewonnen, und obwohl Gernot nicht mehr knabenhaft für den Bruder schwärmte, stand für ihn doch weiterhin fest: verstandesmäßig mochte man an Gunther viele Fehler entdecken, gefühlsmäßig mußte man ihn bewundern, mußte man wünschen, wie er zu sein.

„Gunther!"

Vor der Kapelle, die zum Fitness-Tempel geworden war, reichten sie einander die Hände, schlugen einander auf die Schultern.

„Ich freue mich, Gernot, ich freue mich ehrlich! Acht Jahre! Was machen die Pergamente?"

„Es geht ihnen gut. Was machen die Sportwagen?"

„Sie rosten." Und auf den erstaunten Blick des Bruders: „Na, ganz so arg ist es nicht, ich fahre schon noch, bloß keine Rennen mehr, seit dem Unfall." Er zeigte auf das verkohlte Lenkrad. „Schreibfaul sind wir ja beide, aber von dem genialen Looping bei Zeltweg muß dir Hertha berichtet haben, immerhin war ich ja sechs Wochen im Spital." Er nahm Gernot am Arm und zog ihn mit sich, vorbei am Trampolin, rund um den Pingpongtisch, griff nach dem Rad, hielt es mit beiden Händen vor sich, als säße er noch im Cockpit. „Sieht gut aus, nicht wahr? Ich gebe gern an damit, und dann fragen mich manche Trottel, wie ich die Hitze überstanden habe. Natürlich war ich Gott sei Dank schon draußen, wie der Wagen zu brennen begonnen hat. Neben der Stichflamme wären meine Chancen nicht groß gewesen."

„Den Fuß hat's erwischt?"

„Ein Knochensalat von den Zehen bis zum Knie. Dazu natürlich Gehirnerschütterung, beide Schlüsselbeine, der linke Daumen, Quetschungen, Prellungen. Übrigens phantastisch, wie mich die Burschen hingekriegt haben." Er ging fünf Schritte, wandte sich um, hob die Arme. „Merkst du was? Nur zwei Zentimeter kürzer! Absatz und Einlage gleichen das aus."

„Und du fährst wirklich nicht mehr?"

Gunther senkte die Arme, einen Augenblick sah er müde und verbittert aus, aber er faßte sich schnell, zuckte mit den Schultern und lächelte ein wenig verlegen. „Keine Rennen. Du mußt das verstehen. Im Spital, nach der ersten Operation, es war noch gar nicht sicher, ob ich den Fuß behalten werde, da hat mir die Hertha das Versprechen abgenommen."

„Sehr vernünftig. Du bist nicht mehr fünfundzwanzig; lang hättest du auf keinen Fall weitermachen können."

„Eben. Habe ich mir auch gesagt. Auf Tontauben kann ich noch eine ganze Weile schießen, und für Golf oder Tennis gibt es überhaupt keine Altersgrenze." Er hängte das Lenkrad zurück an die Wand, sprach weiter, ohne den Bruder anzusehen: „Die Weiber haben sich aufgeregt wegen der Kapelle. Nicht die meine, die ist immer für das Neue, nein, Großmutter und Tante Elsa, war schließlich anzunehmen, beide über sechzig, aber sogar Tante Susi, von der hätte ich das nicht erwartet, die mit ihrer treudeutschen Erziehung, ich weiß wirklich nicht, was die an Kapellen findet, wird eben auch alt, wahrscheinlich. Kriemhild natürlich, das muß ja sein, du kennst sie, immer aus Prinzip dagegen. Na, und jetzt sind sie so glorios bestätigt worden, sogar durch die Metaphysik, wie sie sagen."

„Die Metaphysik? Wieso?"

„Was weiß ich, für mich ist es einfach blöd. Komm, wir haben uns einen Kognak verdient." Wieder nahm er Gernot am Arm, brachte ihn zurück in die Halle, drückte dort auf den Klingelknopf, führte Gernot über die Außentreppe hinunter zum Tisch neben dem Springbrunnen. Sie setzten sich. „Weil du fragst: hat dir denn Tante Elsa nicht geschrieben?"

„Nein."

„Das war doch ausgemacht. Also gut: Vater spukt."

„Bitte?"

Auf der Treppe erschien Frau Steiner, Gunther entdeckte sie sofort aus dem rechten Augenwinkel, rief: „Den Kognak, Toni!" Deutete gleich darauf, ohne auf sie zu achten, hinüber zum Wagen unter der Platane. „Zufrieden mit der Mühle? Dreizehnhundertdrei, nicht wahr?"

„Ja, mehr kann sich ein Dozent nicht leisten."

„Wenn er will, kann er. Aber warum? Tadelloses Fahrzeug."

„Das sagst du mit deinem Jaguar."

„Um Gottes willen! Ich habe einen Porsche."

Gernot lachte. „Verzeih mir, bitte! Das eine Mal noch! Was verstehe ich schon von Autos. – Zurück zum alten Thema, laß mich nicht dumm sterben. Vater spukt? Was soll das heißen?"

„Was das heißen soll? Daß er spukt. In der Kapelle. Er spielt Pingpong. Um Mitternacht."

„Das darf doch nicht wahr sein. Wer hat ihn gesehen?"

„Niemand. Aber gehört."

„Du selbst?"

„Bewahre! Ein Phänomen, ausschließlich für Damen wahrnehmbar."

„Und woher weiß man, daß er es ist, der spukt?"

„Einmal, Tante Elsa war gerade zum Wochenende hier und hat das Haus bewacht, in der Nacht natürlich, wann wacht man schon, und schlafen kann sie auch nicht, wahrscheinlich der Unterdruck oder die Übersäuerung oder das Rheuma, mit einem Wort, sie wandelt durch die Gemächer, hört den Ball auf dem Tisch in der Kapelle hin und herspringen, ping-pong, ping-pong, ping-pong, fragt mutig und tantenhaft, wer da um Mitternacht spielt und sie beim Schlafen stört, weiß also jetzt endlich, warum sie nicht schlafen kann, und kriegt ein Grunzen zur Antwort, ein Grunzen, wie es angeblich nur Vater zuwege bringt oder gebracht hat. Schwerer Schock bei der Tante, drinnen ungeniert weiter ping-pong, ping-pong, und dann ein Spruch, an dem sie Vater zweifelsfrei erkannt hat."

„Was für ein Spruch?"

„Sancta simplicitas! Wie viele Sprüche gibt es denn? Natürlich der von Götz, etwas verkürzt zu einfachem Leckarsch. Tante Elsa, ins Mark getroffen, flieht auf ihr Zimmer."

Frau Steiner brachte ein Tablett mit Kognak und zwei Schwenkgläsern, die Brüder dankten, Frau Steiner zog sich zurück. Gunther schenkte ein, hob sein Glas. „Auf die glückliche Heimkehr!"

Sie nippten.

„Heimkehr ist übertrieben", sagte Gernot. „Ich habe einen Auftrag."

„Ja, ja, ich weiß, hundert Jahre, Festschrift, historischer Rückblick and all that jazz. Das wirst du schon machen, keine Sorge, warum haben wir den gescheiten Buben sonst studieren lassen. Hauptsache, du bist wieder einmal da, nach acht Jahren, eine halbe

Ewigkeit. Kriemhild wird immer ein Scheusal bleiben, Gerhard ist viel zu jung. Mit dir lebt die Jugend richtig auf, gleich fühle ich mich wie damals, weißt du noch, wie wir gegen Mödling zwölf zu elf gewonnen haben, oder früher, wie wir in der Fabriksruine Stalingrad gespielt haben, mit dem Franzi Mattel und den Wasilewski-Buben, und der Gendarm uns erwischt hat, der wirklich in Stalingrad war? Und wie der Gendarm uns erst furchtbar die Leviten gelesen und dann gezeigt hat, wie er einen Keller voll Russen bei der Roten Barrikade ausgeräuchert hat? Oder der Krieg gegen die Stadlmeyer-Platte aus der Hauptschule? Ich war damals Chef des Generalstabs und der Erich Hochgatterer die Panzerreserve. Und das Eishockeymatch gegen Mödling, bei dem mir der Rudi Ertl, der Sohn von dem Anwalt in Mödling, mit dem Stock das Augenlid gespalten hat – nein, das war später, da warst du schon in Steyr. Wirklich ein Blödsinn, daß Vater dich nach Steyr geschickt hat."

„Ob Blödsinn, kann ich nicht sagen, aber auf jeden Fall entscheidend. In Steyr waren Onkel Hermann und damit die Geschichte. Hier auf Roppendorff hätte Vater auf Jus bestanden, und heute wäre ich Rechtsbeistand in deiner Firma."

„Unserer Firma."

„Deiner. Ich habe nur den Namen, du hast die Geschäftsführung."

„Nebbich, was ich schon die Geschäfte führe. Unterschriften, das ja, alles andere macht Hertha, sie ist großartig, hat ihren Spaß daran, Betriebswirtschaft war ja seit jeher ihr Steckenpferd, und heutzutage geht es doch nicht mehr ums Bauen, es geht um die Organisation, Verwaltung, Verwaltung und noch einmal Verwaltung. Vater ist anfangs mit drei Zeichnern und drei Büromädchen ausgekommen, am Schluß waren es fünf Zeichner, aber schon acht Mädchen, und Hertha hat zehn. Was glaubst du, wie schwierig bei den heutigen Gesetzen allein die Lohnverrechnung geworden ist? Unser Urgroßvater hat wahrscheinlich selber das Geld in die Lohnsäckchen gefüllt, und was dort drinnen war, das hat er bestimmt. Damals war man Herr im eigenen Unternehmen, heute ist man sein Sklave, und ich werde mich doch nicht für so etwas zerfransen. Lieber Tontauben und Golf. Hätte schon Vater sagen sollen."

„Er war nicht der Typ."

„Nein, das war er nicht. Leider. Und dann hat er sich eben umgebracht."

Es blieb eine Weile still zwischen den beiden. Auch der Park war still, nur von weither hörte man die Motoren auf den Straßen und manchmal den Schrei einer Krähe. Die Hitze wurde immer drückender, Gernot holte tief Atem und wischte sich den Schweiß aus den Brauen.

„Wie meinst du das? Überarbeitet?"

„Natürlich. Warum hätte er sonst die Schlaftabletten nehmen sollen? Im vorigen Jahr war doch alles bestens. Gut, meinetwegen, wir haben die Krise gespürt, wer hat sie nicht gespürt, aber wir waren alle überzeugt, auch der Vater war überzeugt, daß wir nur ein paar Monate durchhalten müssen, dann ist der Spaß vorüber. Inzwischen hat sich leider herausgestellt –"

Gernot hatte beide Arme gehoben, unterbrach den Bruder. „Halt! Augenblick! Wieso Schlaftabletten? Es war doch ein Herzversagen!"

„Herzversagen, klar, immer Herzversagen. Das Herz versagt auch, wenn man ein Messer hineinsticht, mein Herz hätte versagt, wenn mir vom Lenkrad die Brust eingedrückt worden wäre, schließlich ist jeder Tod ein Herzversagen." Er schüttelte unwillig den Kopf, verriet deutlich, wie peinlich es ihm war, nun wieder berichten zu müssen, was der Bruder längst hätte aus Briefen erfahren sollen, griff nach der Flasche, füllte sein Glas, sprach dabei weiter. „Du weißt also nichts davon. Möchte nur wissen, was sie dir eigentlich geschrieben haben, von der Toni wahrscheinlich und vom alten Heinrich und von den Kartoffelpreisen und daß sie Gerhard besoffen in Baden festgenommen haben. Schön. Bleibt an mir hängen. Herzversagen nach außen, aber nach einer Überdosis Schlaftabletten. Abschließender Befund, abschließendes Protokoll: Selbstmord."

„Selbstmord? Vater und Selbstmord? Unmöglich."

„Schwer verständlich, aber nicht nur möglich, sondern wirklich passiert, überprüft und nachgewiesen."

Gunther sah zur Treppe und stand auf. Gernot folgte dem Blick.

Auch er stand auf.

Die Frau des Bruders hatte sich kaum verändert, immer noch mußte sie der Wunschtraum jedes Werbefachmanns sein, der Frische und Sauberkeit durch ein Bild glaubhaft machen sollte: sei es nun das blonde Haar mit seinen breiten Wellen, in denen keine Strähne aufbegehrte, sei es die glatte Haut, der Schwung der Brauen, die natürlich langen Wimpern, die regelmäßigen Zähne, die schmalen gepflegten Hände oder auch der faltenlose graue Rock, die makellos weiße Bluse, und diese Vollkommenheit an Reinheit und Kühle selbst nach einem arbeitsreichen Tag in dieser Treibhausatmosphäre. Sie stieg eben von der letzten Stufe auf den Vorplatz, aber nicht etwa auf der Seite des Jausentisches, sondern drüben, so daß sie den Springbrunnen umrunden mußte, um zu ihnen zu gelangen.

6

Da ist nichts Festes; was fest scheint, ist das zum Himmel weisende Bauwerk unserer Gedanken, und nun müßte man erst wissen, wo dieser Himmel ist, über uns, unter uns, in uns. Illusion der Zeit, Illusion des Ichs, der Körper verändert sich ja, auch der Geist ändert sich, angeblich bleibt die Desoxyribonukleinsäure unserer Gene, schwacher Trost, den unsere Wissenschaft bietet, könnte es nicht wenigstens der Charakter sein, oder ist alles nur Name und Erinnerung des Einzelnen, der diese erdachte Kontinuität braucht? Was wir waren, hatten wir von Gott. Was sind wir heute?

Es ist dieselbe Hertha, die ich damals gesehen habe, sechzehn Jahre ist es her, auf dem Eislaufplatz in Steyr, sie fünfzehn, ich achtzehn, ich überhole sie und schneide sie ganz knapp, sie ist empört, sieht noch nicht aus wie aus einem Modeheft, die blonden Haare fliegen, die Wangen sind rot, die Augen glühen vor Wut über mein Benehmen, keine kühle Statue, jung und lebendig, eine zornige kleine Prinzessin aus einem deutschen Märchen. Nachher frage ich, wer das ist: die Tochter vom Thomas Arbeseder, unserem Mathematikprofessor, dem armen Narren mit dem Kopfschuß. Etwas später schneide ich sie wieder, derselbe Ärger, und das Eis knirscht unter unseren Schlittschuhen, der Lautsprecher kennt noch Walzer, der Himmel ist blau und die Welt voll von Verheißung.

Auf dem nächsten Bild gehe ich eine der Stiegen in Steyr hinunter, die Berggasse und Hauptplatz verbinden, das blonde Mädchen läuft herauf, denn hier wohnt es ja, in einem Haus, das sich stufenartig an den steilen Hang schmiegt, oben tritt man neben einem winzigen Garten ins Vorzimmer, links ist die Küche, aber eine Treppe führt hinunter in die Wohnräume, wieder eine Treppe tiefer liegen die Schlafzimmer, hinter ihnen eine Tapetentür, und nur wenige Schritte weiter ein Notausgang zur selben, von drei Schwibbögen überspannten Stiege der Stadt. Das Mädchen keucht, der Mund ist leicht geöffnet, die Tasche trägt es unter dem Arm, es nimmt, gar nicht damenhaft, immer zwei Stufen auf einmal, und obwohl es mich fast niederstößt, sieht es mich doch nicht. Wahrscheinlich ist es ein wenig verspätet, und der Vater duldet das nicht, armer Vater, in der Schule kennen wir kein Mitleid, er brüllt und wir lachen, was kümmert uns sein Leiden. Im Krieg war er auf einem Zerstörer in der Nordsee, der Splitter eines Geschosses hat ihm den Schädel zerschmettert, ein paar Stunden ist er im Salzwasser gelegen, dann haben sie ihn weggeschleppt und den Schädel zusammengeleimt, aber seither kann er seine pausenlosen Kopfschmerzen nur mit einer Überdosis von Tabletten ertragen, und drei Jahre nach meiner Matura verzehnfacht er die Dosis, um sich weitere Tabletten zu ersparen.

Im Mai begegne ich ihr auf der Brücke beim Innerbergstadel, fünf Mädchen, sie plappern miteinander, sie kichern, sie sehen nichts als einander, sie würden uns niederrennen, aber Hannes, mein Begleiter, Sohn eines Arztes und jetzt selbst Internist in Wien, drängt sie brutal auseinander. Sie beachten ihn kaum, kichern weiter, weichen willig aus, Hertha läßt ihre Tasche fallen, sofort bückt sich ein Mädchen danach, gleichzeitig fährt ein Pferdewagen vorbei, damals gibt es noch Pferde, das Pferd äpfelt, die Tasche liegt nicht weit davon, die Mädchen explodieren fast vor Gelächter, unter uns rauscht die Enns, und eine dicke Frau mit Kopftuch und großem Marktkorb vor dem Bauch keift über die dummen Gänse. Ich sehe das im Gesprächseifer leuchtende Gesicht, ein paar Härchen tanzen vor den Augen, während sie auf die andern einredet, ich sage zu Hannes: die ist hübsch, die kleine Arbeseder, und er antwortet: ein Provinztrampel wie alle hier in Steyr.

Es gibt noch viele Bilder, aber diese drei schieben sich vor die andern, weil sie Jugend sind und Anfang, da ist kaum ein Früher, aus dem ein Später wachsen könnte, alle Wege sind offen. Wie wird aus einem solchen Mädchen diese Frau mit dem Zahncreme-Lächeln, diese Frau, die jetzt auf uns zukommt? Was hat uns dazu gemacht, daß wir sind, wie wir sind? Diese Frage hat dich immer gereizt, kein Wunder, Geschichte will ja nicht nur wissen, was früher war, will auch wissen, warum es so geworden ist, ewig gleiche Jagd nach der Kausalität, Fessel des Prometheus. Und warum bin ich Historiker geworden? Anlage, ja. Onkel Hermann, ja. Und wer hat mich zu Onkel Hermann geschickt?

Sie begrüßte ihn, den Gast, reichte ihm beide Hände, küßte ihn auf die rechte Wange, auf die linke, nein, doch keine Statue, nichts Kühles, nichts Unpersönliches, echte Freude, Augen, Mund und Stimme verraten es deutlich. „Ich bin so froh, daß du gekommen bist, und kein bißchen hast du dich verändert, derselbe Gernot wie vor zehn Jahren, das ist der Vorteil, wenn man sich in einer Universität versteckt. Wir werden vom Leben zerkratzt wie alte Schallplatten. Ich freue mich, Gernot, die Jugend wird wieder lebendig."

„Meine Worte", sagte Gunther. Sie hauchte einen Kuß auf seine Schläfe, setzte sich, die beiden Männer setzten sich, fast ohne Pause sprach sie weiter: „Wie geht es dir? Gut. Das sieht man. Woran arbeitest du?"

Gernot war nicht ruhig, er spielte die Ruhe, lächelte ein wenig, dachte daran, daß dieses Lächeln um nichts echter wirken konnte als das ihre, mit dem sie den Springbrunnen umrundet hatte, zuckte verlegen mit den Schultern, vermied ihren Blick. „Ein paar Kratzer habe auch ich abgekriegt, ganz neu ist die Platte nicht mehr, übertrieben gut geht es mir nicht. Ich arbeite an den verschiedenen Formen der bäuerlichen Leihe im späten Mittelalter und in der frühen Neuzeit."

„Ach, Leibeigenschaft!"

„Von der hört man in der Schule, sie ist so romantisch, da kann sich der heutige Sadismus austoben, gleich denkt man an Sklaven, Peitschen, Folter, Vergewaltigung. Nein, nicht Leibeigenschaft, die war im Süden sehr selten. Unsere freie bäuerliche Leihe konnte Erbpacht sein oder Pacht auf Lebenszeit oder Pacht auf Jahre. Ich beschäftige mich mit den Änderungen bei Abgaben und Diensten."

„Ich habe immer geglaubt, früher waren die Bauern hörig."

„Ja, glebae adscripti, wie es so schön heißt, mit der Scholle veräußerlich. Nicht in unserem Raum."

„Und die berühmte Bauernbefreiung? Wovon sind dann die Bauern befreit worden?"

„Vom Grundherrn, den sofort der Staat abgelöst hat. Was einmal Kaufrecht hieß, ist jetzt Erbschaftssteuer, der Zehent wird zur Einkommens-, Vermögens- und Grundsteuer, statt des Rüstgeldes holt man die arbeitsfähigen Söhne zum Militär, und auf sogenannten Güterwegen wird immer noch gerobotet. Untertan bleibt Untertan."

Ich halte Vorträge, dachte er, ich doziere wie im Hörsaal, sie hat nicht von Brigitte reden wollen, darum die Frage nach meiner Arbeit, sie ist höflich und ich reagiere wie der letzte Provinzler, langweile sie, langweile Gunther, zum Teufel mit dem Eislaufplatz in Steyr, mit der Stiege zur Berggasse und der Brücke beim Innerbergstadel, ich bin doch kein Gymnasiast. „Lassen wir das", sagte er ein wenig ärgerlich. „Verzeiht mir meine Fachsimpelei."

„Wieso Fachsimpelei? Ich finde das sehr interessant!"

Gunther grinste und zuckte mit den Schultern. „Ich passe, genau wie vor zehn Jahren, aber das braucht euch nicht zu stören, hat euch auch damals nicht gestört. Erkläre, Gernot, erkläre nur weiter, und wenn du redest, ist alles so, als könnte ich morgen wieder ein Rennen fahren."

Von der Applanie kam das empörte Gekrächze mehrerer Krähen, wahrscheinlich hatte sie jemand gestört, sie waren aufgeflogen und auf ihre halbtote Eiche geflohen. Der Abend näherte sich, die Hitze ließ nicht nach, immer noch spürte man keinen Windhauch, der Park begann zu dampfen, Gernot seufzte und glitt tiefer in seinen Sessel, als erhoffe er sich davon wirksamere Kühlung. Aus dem Augenwinkel sah er, wie Hertha ihrem Mann zulächelte, und er konnte nicht entscheiden, ob dieses Lächeln zärtlichem Mitleid oder Verachtung entsprang. Sie braucht ihn zum Unterschreiben, braucht ihn für die Firma, also für sich und ihre Kinder, Rennen können einer solchen Planung nur schaden, sie sind zwecklos und gefährlich.

„Reden wir lieber von euch. Was macht die Firma? In der Bundesrepublik haben der Krise wegen schon eine ganze Menge Bauunternehmen zugesperrt."

Jetzt waren sie beide ganz einig, aber Gunther nickte nur, während Hertha sprach: auch wenn die Krise in Österreich weniger spürbar sei, solle man trotzdem zusperren, freilich nicht nur die Rabener in Rainkirchen, sondern alle privatwirtschaftlichen Betriebe in Österreich, dann könnten die Regierer einpacken mit ihrer halbkommunistischen Republik, die nur vom Geld der letzten Unternehmer lebe.

Gott, es ist dasselbe wie in der Bundesrepublik, was lebt, parteit sich, ob nun Politik, Wirtschaft, Sport, Wissenschaft oder Kultur, der eine steht da, der andere dort, dazwischen liegt die Objektivität oder der gesellschaftliche Friedhof, wie man es nennen will, wahrscheinlich aber auch die Vernunft, mit der allein wir die Katastrophe abwenden könnten. „Was wollt ihr denn?" fragte er müde, ohne zu bemerken, was er da sagte. „Es gibt eben ein paar Anfangsschwierigkeiten und ein paar unangenehme Begleiterscheinungen, trotzdem stehen wir – ob uns die Entwicklung paßt oder nicht – längst mitten im Sozialismus. Seit der Niederlage Hitlers hat der Kapitalismus keine Chance mehr, es geht nur darum, was man von seiner Erbschaft verwenden kann. Als System ist er ein verwesender Leichnam."

Es entstand eine peinliche Pause, Gunther holte tief Atem, Hertha lächelte, aber bevor sie antworten konnte, erschienen oben auf der Treppe zwei Gestalten. Es war das Märchen selbst, das da kam. Gernot dachte ans Kino der Vorkriegszeit, der Herzog von Arkadien, die typische stocksteife Haltung des leicht vorgeneigten Oberkörpers, der lange Hals im hohen Kragen, das schüttere, an den schmalen Schädel gebürstete graue Haar – und daneben, immer noch viel größer als der plebejische Durchschnitt, seine Gemahlin, der zur wirklichen Königin nur das Hausbackene fehlte, ein Weibchen aus dem guten Stall, den Gernot so genau kannte, mit einem Wort, die Nibelungen sammelten sich vor ihrem Springbrunnen, denn das war Kriemhild mit ihrem Siegfried, der freilich seine hürnerne Haut erst entwickelt hatte, nachdem er wider Erwarten den Drachen nicht getötet hatte.

„Es darf nicht wahr sein!“ rief Hertha, die den beiden entgegenging. „Ihr habt doch heute Premiere in der Josefstadt!“

„Habt? Hätten, hätten, hätten“, antwortete Kriemhild, die Königinnen umarmten und küßten einander, die Männer schüttelten einander die Hände, und Kriemhild redete weiter: „Manchmal explodieren die Erleuchtungen am hellen Nachmittag, schlagartig ist mir klar geworden, daß ich genug habe vom heutigen Theater, ordinär allein ist doch noch keine Kunst, früher hat man geschimpft, daß nur Fürsten über die Bühne torkeln, heute müssen es Gammler und Zuhälter sein, ich weiß nicht, was daran so schön sein soll, keine Erziehung und keine Lebensart zu haben, auf jeden Fall, ich streike und, auf die Gefahr hin, daß die Gewerkschaften mich auf die Schwarze Liste setzen, mir ist auch das Publikum zuwider, ich kann die Allgegenwart der Bagage einfach nicht länger ertragen, früher waren diese Leute in ihren Proletenbezirken, heute kommen sie überallhin, benützen die Möglichkeiten, die Leute mit Kultur geschaffen haben, gleichen sich aber nicht an, sondern wollen ihre Unkultur zur verpflichtenden Maxime erheben, verpesten die Atmosphäre mit ihrem ekelhaften Neuwienerisch. Und da erzählt mir übrigens neulich der Bubi Schwab, daß die berühmte Geschichte vom tschechischen Wiener Telephonbuch gar nicht stimmt, vielleicht hat München heute mehr türkische oder südslawische Namen, auf jeden Fall können sich bei uns die Dworaks oder Nowotnys vor den Müller, Meier oder Schneider verstecken. Ich habe nichts gegen die Slawen, sie gehören zu Österreich, es muß nur einmal etwas gegen die dauernde Verfälschung der Tatsachen in den Zeitungen gesagt werden, es ist dasselbe wie mit den Weißen in Afrika und den Farbigen in London, die einen müssen weg, die andern natürlich bleiben, obwohl sie in England nichts verloren haben, und wir Idioten hören uns das ruhig an, weil wir Angst haben, daß man uns Faschisten nennt, wenn wir uns dagegen wehren.“

Alle hatten sich inzwischen gesetzt und ihr höflich zugehört, nur einer schien von solcher Höflichkeit nicht viel zu halten, das war ihr Mann, der sofort nach der Wodkaflasche gegriffen, ein Fruchtsaftglas bis zum Rand gefüllt und sich seither diesem allein gewidmet hatte. Willy Kos, utriusque iuris et philosophiae doctor, war gewiß nicht gewesen, was sich Andreas Rabener als Schwiegersohn gewünscht hatte, und wenn es ihm trotzdem gelungen war, dessen einzige Tochter heimzuführen, dann verdankte er das nicht nur seinem Äußeren, sondern auch Kriemhilds Überlegung, daß ihr charmanter Gemahl berechtigte Chancen habe, aus der Journalistik in die Politik vorzustoßen und seiner Telegenität wegen einmal Kanzler zu werden. Um in einer Partei an die Spitze zu gelangen, genügen freilich nicht bloß schnelle Auffassungsgabe und Bedenkenlosigkeit, man muß auch den Riecher für die künftig herrschende Gruppe haben, und leider irrte sich Willy in der Wahl seines Protektors; als dieser nach einem der internen Machtkämpfe ausgebootet wurde, war Willys politische Laufbahn zu Ende, und obwohl er weiterhin als Spitzenredakteur für Auswärtiges und später als Fernsehkommentator im Rennen blieb, haftete doch das Odium an ihm, seinerzeit auf das falsche Pferd gesetzt zu haben. Durch Erfahrung geschult, wußte er genau, was das bedeutete, und wandte sich darum entschlossen der Vergangenheit zu, nämlich dem Studium der alten österreichischen Monarchie, vor allem der Bewaffneten Macht und hier wieder besonders der Marine. Seither trug er nur noch maßgeschneiderte Hemden und entwickelte seinen Pessimismus so traditionstreu, daß ihn moderne Probleme wie Atomkraft, Umweltverschmutzung und Übervölkerung in seiner sicheren Erkenntnis des ohnehin unvermeidlichen Unterganges nicht mehr berühren konnten. Zu der Nachricht vom Abschuß Hunderter Raketen mit dem Ziel Wien hätte er lediglich müde genickt, weil sie ja seine Überzeugung bestätigte; um ihn zu wecken, mußte man das Turmschlachtschiff „Habsburg“ oder Linienschiffsleutnant Egon Lerch vom U-12 erwähnen. „Ein echter Graf kann nie so echt wirken wie er“, hatte Kriemhild einmal gesagt, und wenn es den Titel nicht schon gäbe, müßte man ihn für Willy erfinden. Klemm ihm ein Monokel ins Aug, leg ihn in die Serviettenpresse, und eine Stunde später hast du ein Blatt aus dem Simplizissimus vom Jahr 1905."

Willy trank, Gunther betrachtete nachdenklich seine Fingernägel, Hertha bat die pflichtbewußt herbeigeeilte Toni, die Aperitifs in den Park zu bringen, Kriemhild aber wandte sich an Gernot und legte ihre Hand auf die seine. „Immer noch böse auf die unmögliche Schwester?" fragte sie lächelnd. „Mein Gott, wenn ich dich so sehe, wie lange ist es her, acht Jahre, zehn, zwölf, wenn ich dich so sehe, die ganze Kindheit wacht wieder auf. Der kleine Gernot, unser Zwergerl mit den unwahrscheinlich treuen blauen Augen, verboten gutherzig und hilfsbereit, wirklich rührend, und wir zwei älteren haben das natürlich ausgenützt, Kinder sind mitleidlos und grausam, ich kann sehr gut verstehen, daß du mich nicht in freundlicher Erinnerung hast, ist ja meistens so, geradezu Klischee, neulich erzählt mir da die Loni Mercader, sie sind zu dritt, drei Schwestern mit einem jüngeren Bruder, wahrscheinlich haben die Eltern immer wieder probiert, bis es endlich ein Bub geworden ist, auf jeden Fall, jetzt hat der gute Walter ausgerechnet an seinem dreißigsten Geburtstag den Schwestern eröffnet, daß sie von nun an für ihn gestorben sind, Gouvernanten satt, weiterer Kontakt unerwünscht. Ganz klar, daß seine Frau dahintersteckt, die sich mit den Schwägerinnen nicht verträgt, also laufend Spitzen lanciert, klar, daß die Loni und ihre Schwestern das Spiel nicht weniger gut beherrschen, so oder so, Fazit: großes Faché, und zwar rundum, weil das ja seine Kreise zieht. Mein kleiner Gernot hat mir das erspart, er ist lieber ausgewandert, kleiner Gernot, mein Gott, ich habe gehört, du bist Dozent, jetzt wirst du bald Universitätsprofessor, mußt langsam üben, richtig zerstreut zu sein, und stimmt das eigentlich, daß du dich hast scheiden lassen?"

„Es stimmt."

„Was sagst du, Willy?" fragte Gunther ein wenig schnell. „Wie ist das mit Afrika? Es schaut nicht gut aus."

Willy starrte in seinen Wodka. „Erstens ist mir heiß", antwortete er, „heißer als in Afrika, mir war schon heiß in Wien, Kriemhild hat mir eingeredet, hier wird es kühler sein, ganz im Gegenteil. Was soll schon sein mit Afrika? Wir verlieren es. In ein paar Jahren wird man sich daran erinnern wie wir an Triest oder Pola. Es gibt Leute, die behaupten immer wieder öffentlich, wir Österreicher wären hinter der Bundesrepublik um fünf Jahre zurück. Was den allgemeinen Rückzug aus der Weltherrschaft anlangt, sind wir Europa um zwei Generationen voraus."

„Afrika interessiert ihn nicht mehr", sagte Kriemhild ebenso schnell wie vorhin Gunther. „Wenn ihr wißt, daß dem Tegetthoff, der nach unserer gloriosen Seeschlacht bei Lissa seinen Offizieren ein Bankett auf dem Flaggschiff gegeben hat, die Kosten dafür von seinem Gehalt abgezogen worden sind – dann steigt ihr in seiner Achtung; wenn ihr wißt, daß in sämtlichen Marineschulen der Welt die alte österreichische Marine ein wichtiges Thema ist, weil ihr Aufbau beispielgebend war und sie Gott sei Dank – das ist wesentlich für Schulen – gar nicht mehr existiert –, beginnt er aufzutauen; wenn ihr wißt, daß Bücher über diese Marine nicht vielleicht in Österreich, sondern in den Vereinigten Staaten erscheinen – dann wird er sogar gesprächig werden, bei Afrika kaum, und mit so etwas soll man gegen die Farbigen bestehen. Ich bin aber nicht der Marine wegen nach Rainkirchen gekommen, sondern wegen Gernot. Du machst dich also wirklich an unsere Chronik?"

„Chronik wäre zuviel gesagt. Eher ein kurzer Abriß für eine Festschrift."

Kriemhild lachte. „Kurzer Abriß, in der Kürze liegt die Würze, nicht wahr? Hundert Jahre, und ein Drittel davon über Herrn Diplomingenieur Doktor Andreas Rabener, der alles, was hier in der Familie geschehen ist, seinem angeblichen Versager Gernot angelastet hat, jetzt aber schreibt eben dieser Gernot seine Laudatio, ich finde das einfach riesig."

„Ich habe der Großmutter versprochen, gerecht zu sein."

„In Wien gibt es einen alten Spruch: erzähl das deiner Großmutter."

Toni kam über die Treppe, lief auf den Jausentisch zu, blieb vor Hertha stehen, sagte ein wenig kurzatmig: „Gnädige Frau, ich habe der alten Gnädigen Frau melden wollen, daß wir bald servieren und daß die Herrschaften, auch Herr und Frau Doktor Kos, im Garten den Aperitif nehmen, der alten Gnädigen Frau geht es gar nicht gut, ich glaube, Gnädige Frau, die alte Gnädige Frau ist tot."

7

Nach Ansicht des Arztes hatte die besonders „kreislauffeindliche Wetterlage", nämlich ein plötzliches hohes Ansteigen der Luftfeuchtigkeit in einer schon seit Wochen andauernden Hitzeperiode, den Gehirnschlag ausgelöst, an dem Valerie gestorben war, und obwohl jeder gewußt hatte, daß täglich mit ihrem Ableben gerechnet werden mußte, nannten nun doch alle, weil Vorwarnungen ausgeblieben waren, diesen Tod unvermutet und erschütternd. In Wahrheit war niemand erschüttert: neunzig Jahre genügen, darin sind fast alle Menschen derselben Meinung.

Die Hitze blieb, der Feuchtigkeitsgehalt der Luft stieg weiter, aber es regnete nicht. Am Tag der Beerdigung klebte allen Herren der Kragen am Hals und der schwarze Anzug am Hemd, denn selbstverständlich konnte man eine der letzten Damen nicht im Buschhemd zu ihrer neuen Heimat in der Familiengruft begleiten; peinlich genug für Valerie, daß sie als erste – seit die Rabener Roppendorff erworben hatten – nicht in der Kapelle aufgebahrt werden durfte. Schwedische Leitern als Hintergrund für den Katafalk waren von der ganzen Familie als unpassend abgelehnt worden, also stand der noch offene Sarg eben in der Halle, bloß bewacht von einem winzigen Kruzifix zu Häupten der Toten, während links und rechts Hermes und Artemis in voller Größe mit ihren glanzlosen Marmoraugen ungerührt ins Nichts starrten. Zur Einsegnung waren nur die Verwandten und nächsten Bekannten geladen worden, immerhin an die vierzig Menschen mit verkrampft ernsten Mienen, und wie immer bei solchen Anlässen hatten die Herren ihre Hände auf dem Bauch verschränkt, die Damen aber kneteten ihre Handtaschen, wie üblich wußten alle nicht recht, wohin sie nun schauen sollten, ohne unziemliche Neugier zu verraten, wie üblich erhob sich da und dort über das Flüstern ein Schluchzen und die Blumen rochen nicht nach Freude, sondern nach Tod. Dann kam der Priester und sprach düster von der fröhlichen Auferstehung, Weihrauchschwaden schwebten durch den Raum, das Schluchzen verstärkte sich, immer öfter wechselten die Trauergäste das Standbein, alle zählten die Minuten, aber der Text war vorgeschrieben, das Ritual duldete kein Erbarmen. Endlich versickerte die Zeremonie in Schweigen und man „begab sich" zu den Autos. In der Halle schlossen sie inzwischen pietätvoll den Sarg und machten ihn fertig zum Transport.

Gunther packte Gernot am Arm. „Wir haben umdisponiert. Du fährst mit mir. Hertha bringt die Kinder. Ich muß mit dir reden." Sie stiegen ein, warteten aber mit laufendem Motor auf den Leichenwagen, dem die Kolonne im Schrittempo zum Friedhof folgen sollte. „Eine blöde Situation", sagte Gunther nach einer Weile, entzündete eine Zigarette und sah mißmutig hinaus auf den Parkplatz, wo auch die andern reglos in ihren Autos saßen und warteten. „Wirklich blöd. Hast du inzwischen unseren Gesellschaftsvertrag studiert?"

„Weder bekommen noch verlangt."

„Wäre aber doch nicht unwichtig für deine Geschichte."

„Für Geschichte sicherlich nicht, für den Rückblick in einer Festschrift: ja."

„Meinetwegen, was verstehe ich davon. Ich werde dir erklären, worum es geht. Der Urgroßvater hat noch auf der offenen Handelsgesellschaft bestanden, für ihn war die Gesellschaft mit beschränkter Haftung so suspekt wie ein fünftes As im Ärmel. Nach seinem Tod hat der Großvater sofort die Gesembeha gegründet, mit 51 Prozent für sich, 23 für seinen Bruder – den Kopfschüßler, vielleicht kannst du dich an ihn erinnern – und 26 für die Großmutter, die ja bei der Heirat eine ganze Menge beigesteuert hat. Die Kinder von Großonkel Johannes sind ausgekauft worden, und Hedwig hat verzichtet, weil sie in Italien reich verheiratet war. 1934 ist Großvater gestorben und Vater hat gemäß Testament die Firma übernommen, aber die Lage war damals eher trist, im Nachlaß praktisch nichts außer den Firmenanteilen und dem Grundbesitz, also hat man Anteile abgegeben: Tante Regine 7 Prozent, Tante Elsa 7 und dem jüngeren Rudolf 7; die Großmutter behält ihre 26, der ältere Rudolf seine

23, für Vater bleiben demnach nur 30. Trotzdem ist seine Mehrheit immer gesichert, wenn die Großmutter hinter ihm steht, und das hat sie natürlich immer getan. 1944 geht es drunter und drüber, man kann die 7 Prozent des gefallenen jüngeren Rudolf nicht zurückkaufen, und als der ältere Rudolf 1948 stirbt, stecken seine Erben die 23 Prozent ein. Außerdem legt Vater nun Wert darauf, als Geschäftsführer sozialversicherungspflichtig zu werden, eine dreißigprozentige Beteiligung erscheint ihm dafür zu hoch und er gibt 10 Prozent an die Großmutter ab, die damit auf 36 kommt. 1960 blüht das Geschäft, Vater holt von den auswärtigen 44 Prozent 37 nach Roppendorff zurück, verzichtet auf die Versicherung und hat von nun an mit 57 Prozent die einfache, mit den 36 der Großmutter jede qualifizierte Mehrheit. Nur Elsa will sich von ihren 7 nicht trennen, mein Gott, das tut uns bestimmt nicht weh, vierzehn Jahre lang hat der Geschäftsführer volle Entscheidungsfreiheit, und mit derselben Möglichkeit habe auch ich gerechnet, nachdem sich Vater umgebracht hatte. Leider war das ein Irrtum. Am Tag vor seinem Tod macht Vater nämlich ein neues Testament, das zwar das frühere in fast allen Punkten bestätigt, aber über die Anteile ganz anders verfügt. Ich kriege läppische 42, von denen ich der Versicherung wegen 22 an Hertha weitergebe, Elsa hat ihre 7, Großmutter hingegen 51, also die Majorität, vom Unternehmen aus gesehen eine Wahnsinnstat, und ich kann es Hertha nicht verübeln, wenn sie behauptet, daß man ihn seiner merkbaren Senilität wegen schon früher hätte entmündigen lassen sollen."

„Habt ihr das Testament nicht angefochten?"

„Wir wollten, nur ist das in Österreich nicht gerade einfach. Juristisch kommt es bei so einem Testament nicht auf Senilität oder Entmündigung an, sondern allein auf die Testierfähigkeit, das heißt, der Erblasser muß wissen, daß er ein Testament macht, und muß einen Erben bestimmen, das genügt. Aus dem vom Anfang bis zum Schluß handschriftlich abgefaßten Testament ergibt sich kein Hinweis, daß Vater nicht testierfähig gewesen sein sollte. Anfechten also sinnlos, Rat des Anwalts: schweigen und sich mit der Großmutter einigen."

Der Leichenwagen kam, Gunther legte den Gang ein, schloß auf und sprach weiter, während die anderen Autos eins nach dem andern, freilich streng nach dem Prinzip der Hierarchie, ebenfalls anruckten, sich einordneten und die Kolonne der Trauer bildeten.

„Wir haben also mit Großmutter gesprochen, aber aus der war nichts herauszukriegen. Laßt euch durch mich nicht stören, hat sie gesagt, ich tue euch bestimmt nichts, und wenn ich tot bin, gehört der Laden sowieso euch, was weiß ich, was eurem Vater eingefallen ist, so gut war er doch nie mit dem Finanzminister, daß er ihm die doppelte Steuer zukommen läßt. Nun, vor einer Stunde habe ich erfahren, daß das gelogen war, denn sie hat uns aufs Kreuz gelegt, die liebe Omi, und ich bin mir gar nicht sicher, ob es nicht der böse Wolf ist, hinter dem wir herfahren, statt der reizenden gütigen Großmutter, die immer nur an unser Wohl gedacht hat."

„Was ist passiert?"

„Was passiert ist? Denk einmal an unseren süßen spätgeborenen Bruder, der zwar nach einer geschenkten Matura Jus studiert, was eigentlich du hättest tun sollen, aber keine Prüfungen macht, der sich nur für Beat aus sechs Verstärkern interessiert, der einen Letzthandwagen nach dem andern zum Schrotthaufen fährt und keinen besseren Schlitten will, weil er nur mit einem Fetzenflugzeug im Verkehr nach Belieben rücksichtslos sein kann, der ungern zum Friseur geht und sogar vor dem Bundespräsidenten in ungewaschenen Jeans antreten würde. Ihn, dieses Herzchen, hat die gute Omi zu ihrem Erben eingesetzt."

„Zum alleinigen Erben? Das geht doch gar nicht! Und woher weißt du das überhaupt? Liegt das Testament bei dir?"

„Nein, bei Gericht, aber ich habe meine Quellen. Und was heißt da alleinig? Zum Erben. Punkt. Pflichtteile sind aus dem Erlös der paar Bäumchen bei Gloggnitz auszuzahlen, 250 Hektar, sie hat die Bagatelle vor ungefähr vierzig Jahren von ihrem Vater geerbt und behalten, weil der Verkauf damals nicht notwendig war, ein Sparschwein aus Holz ist immer gut, zwischen 1945 und 1955 hat sich der Russen wegen kein Käufer gefunden, nachher wieder nicht notwendig, also eben jetzt, damit wir die Pflichtteile vom Hals haben, ist ja eine ganz nette Anzahl von Milliönchen, was brauchen wir heutzutage ein Sparschwein, die Wirtschaft geht so begeisternd bergab, da nützen die paar Hektar auch nichts, geben wir sie gleich her, daß wenigstens der Florian Schroll und die Silvia schnell noch ein paar Hunderttausend einstecken. Ich bin ja nur der Geschäftsführer und darf durch die Röhre gucken."

„Gerhard hat also jetzt 51 Prozent?"

„Nein. Er hat 44 und du hast 7. Das heißt, daß meine beiden Brüder mich jederzeit überstimmen können."

„Elsa ist auch noch da."

„Die steht hinter mir, auf die kann ich mich verlassen. Aber was nützt es mir? Sie verschafft mir keine Mehrheit."

„Und vor mir hast du Angst?"

Das nicht. Ich habe Angst davor, daß du nicht hier bist, daß wir dich wegen jeder Kleinigkeit anrufen oder dir telegraphieren müssen."

„Kleinigkeit? Du bist Geschäftsführer. Wer soll dir bei Kleinigkeiten dreinreden? Das steht doch nicht einmal im Gesetz."

Gunther drückte die Zigarette aus und schob den Aschenkasten zu. Er antwortete eine Weile nicht. „Es kann trotzdem vorkommen", sagte er dann. „Schau, Gernot, wozu brauchst du Prozente in einer Baufirma? Nach Vaters Tod hast du dir dein Bauernhaus im Bayrischen Wald gekauft, dir wird doch auch jetzt Geld wichtiger sein als ein Anteil. Gib ihn Hertha, und du kannst sicher sein, ich zahle dir mehr als jeder andere."

„Das glaube ich dir gern. Aber ich bin eben kein Baufachmann, bin überhaupt kein Geschäftsmann, sondern Historiker, und darum interessiert mich in erster Linie ein historisches Problem. Vater hat seiner uralten Mutter 15 Prozent am Unternehmen vermacht, obwohl ihm doch klar sein mußte, daß dafür binnen kurzer Frist noch einmal Erbschaftssteuer zu bezahlen sein würde. Einzig mögliches Motiv: du sollst keine Mehrheit haben. Was macht Großmutter? Auch sie gibt dir keine Mehrheit, zum Beispiel durch ein Legat an deine Frau. Warum? An dir kann es doch nicht liegen, du verstehst etwas vom Geschäft, du bist Baufachmann, bist tüchtig und verläßlich, schließlich kenne ich dich seit Jahrzehnten. Ist es vielleicht deine Frau?"

Wieder schwieg Gunther. Als sie zum Friedhof einbogen, antwortete er, antwortete ruhig. „Immer dasselbe. Vater, Mutter,

Großmutter, jetzt du, aber ihr werdet Hertha und mich nicht auseinanderbringen. Behalte deine sieben Prozent, hänge sie in vergoldetem Rahmen in dein Zimmer, verbünde dich mit unserem lieben kleinen Gerhard und kündige dem Geschäftsführer Gunther, heute alles möglich, meinetwegen, viel ist ohnehin nicht mehr drin in dem Laden, warum soll ich für euch den nützlichen Idioten spielen."

Um den Friedhof waren in weitem Umkreis alle Straßen verparkt, Gendarmen ordneten mit gedämpfter Stimme, hatten Plätze für die von der Einsegnung Kommenden freigehalten. Jenseits des Tores drängte sich Volk an Volk, aber Firmenhörige standen Spalier, so daß der Ministrant mit seinem Stangenkreuz, die Träger mit dem Sarg, der Priester mit dem Gebetbuch, ein zweiter Ministrant mit dem Weihrauchfaß und schließlich die Verwandten der Verstorbenen mit ihren gesenkten Köpfen ungehindert bis zur Gruft schreiten konnten. Wieder gab es kein Erbarmen, die Hitze drückte, der Himmel war fast farblos, weiß darauf ein langer Streif, den ein Flugzeug in großer Höhe hinter sich herzog, und schwarz, viel tiefer, eine einsame Krähe, deren Bahn den Streif in rechtem Winkel schnitt. Unten, zwischen den Zypressen, auf der Erde, zu der wir alle werden sollen, spendete der Priester fromme Worte, und im vorgeschriebenen Text war mehrmals von der Sünderin Valerie die Rede, als hätte sich die Kunde von ihrem verbrecherischen Testament schon bis zur Kirche herumgesprochen. Jede Sekunde schmerzte, endlich war es vollbracht, nun begann das Spießrutenlaufen des Beileids, Gernot in Linie angetreten zum Trauerempfang, rechts eine tief verschleierte Kriemhild, links ein überheblich grinsender Gerhard, immer wieder feuchte Augen, Händedruck, Umarmung, Kuß, Schluchzen, gefühlsschweres Gemurmel, dahinter die übliche Dekoration in Marmor und Dunkelgrün, im Vordergrund die teuren Kränze, riesige Goldbuchstaben auf weit ausgebreiteten Schleifen.

Einmal hob Gernot den Kopf und sah am Ende des Arkadengangs den Mann, der ihm auf dem Weg zur Applanie begegnet war. Er stand unter dem erhobenen Arm eines steinernen Engels, und Gernot schien es, als schaue er zu ihm herüber, sehr bald aber merkte er, daß der Blick des andern aufwärts gerichtet war, auf die Lampe über Valeries Grab, in der eine Glühbirne brannte, eine wahrscheinlich sterbende Birne, deren Faden nur noch gelblich leuchtete. Das Bild des Greises unter dem Arm des Engels schenkte ihm den einzigen Augenblick echter Wehmut im Ablauf aller Zeremonien des Tages, und als er endlich keine Hand mehr drücken mußte und den Mann immer noch unter seinem Engel stehen sah, wandte er sich nach kurzem Zögern ab, verließ seine Familie und ging auf den Alten zu.

„Ich habe bei Ihnen schreiben gelernt", sagte er.

Der Alte nickte nur.

„Wie geht es dem Harmonium?"

„Ich werde es hinkriegen."

„Sie sind zum Begräbnis gekommen. Kannten Sie meine Großmutter?" Wieder das Nicken.

„Und Sie sind geblieben, obwohl alle fortgehen."

„Ich bin zur Frau Rabener gekommen und warte jetzt, bis ich mit ihr reden kann. Die Leute da gehen weg, wie vom Fußballplatz. Jetzt flüstern sie noch, vor dem Tor fangen sie an zu schreien, springen in ihre Autos, beschimpfen einander, weil jeder zur gleichen Zeit wie der andere ausbiegen will, überdrehen ihre Motoren, machen Lärm, verpesten die Luft, würden unliebsame Fußgänger am liebsten überfahren, fliehen in sinnloser Hast heim oder ins Gasthaus, dort hocken sie und glotzen, entweder in den Verblödungskasten oder in den Wein."

„War es nicht immer so?"

„Sicher. Dadurch wird es nicht besser."

„Sie mögen die Menschen nicht."

„Nein, nein und noch einmal nein. – Jetzt wundern Sie sich, nicht wahr? So etwas darf man doch nicht sagen. Man darf zwar die Menschen kritisieren, wie man will, aber immer nur, weil man sie ja im Grunde liebt. Ein alter Trick von den Moralisten. Ich pfeife darauf. Ich mag die Menschen wirklich nicht."

„Neulich haben Sie etwas von Freunden mit größeren Werkstätten erzählt."

„Freunde! Freunde meine ich doch nicht, wenn ich von den

Menschen rede. Menschen sind Milliarden, Freunde nur ein paar, ich kenne sie und habe sie geprüft. Die Menschen schlechthin sind widerlich, fünftausend Jahre Geschichte beweisen das, erinnern Sie sich an Diogenes."

„Haben Sie seinetwegen die Lampe über dem Grab beobachtet?"

„Nein. Ich habe mir überlegt, daß man die Birne auswechseln sollte."

„Immerhin sind Sie zum Begräbnis gekommen, obwohl Sie die Menschen nicht mögen. Die Gedankenverbindung Diogenes-Laterne-Großmutter wäre also nicht ganz unberechtigt."

„Nein. Sie ist berechtigt."

„Sie haben also meine Großmutter geprüft."

„Ja."

Irgendwo rief Gunther, Gernot drehte sich um und sah den Bruder neben dem Tor ungeduldig winken. Er kannte den Grund dieser Ungeduld: zum Leichenschmaus auf Roppendorff hatten ein Minister außer Dienst, zwei Landtagsabgeordnete, drei Bürgermeister und mehrere Industrielle der Umgebung zugesagt – es konnte als Unhöflichkeit ausgelegt werden, wenn der Hausherr mit allzugroßer Verspätung erschien. Gernot nickte Gunther zu und wandte sich wieder an den Alten.

„Beim Begräbnis meines Vaters waren Sie auch?"

Ein Nicken.

„Prüfung ebenfalls bestanden?"

Wieder das Nicken.

„Was prüfen Sie eigentlich?"

Der Alte betrachtete Gernot eine Weile nachdenklich und schwieg. „Ihnen paßt der Ausdruck nicht", sagte er dann. „Ich verwende ihn, weil ich vierzig Jahre lang Schulmeister war, aber was machen Sie bei Ihren historischen Quellen, was macht ein Richter bei seinen Fällen, ein Arzt bei seinen Patienten, schließlich jeder Mensch bei einem andern, dem er begegnet und der ihn interessiert? Alle werten sie, und wenn sie etwas taugen, dann nie nach den Worten, nie nach dem äußeren Anschein. Ich mache das genauso, und was den Maßstab anlangt, ist es eben der meine. Lassen Sie ihn mir, Sie verwenden ja auch Ihren eigenen."

„Verzeihung! So war das nicht gemeint."

„Ich glaube, es war so gemeint, nur sehr vorsichtig formuliert. – Herr Doktor, heute weiß ich, wer Sie sind. An das Schreibenlernen bei mir kann ich mich nicht erinnern, und später habe ich Sie wahrscheinlich etliche Male gesehen, aber nicht bewußt gesehen, also sind Sie für mich ein Begriff, keine Person. Beim Begräbnis Ihres Vaters waren Sie nicht. Der Vater stirbt nur einmal, Ihre Sache, vielleicht waren Sie wirklich krank. So oder so, vor ein paar Tagen habe ich Ihnen gesagt, daß Sie zu einem Misthaufen fahren. Ich habe dabei an die Applanie gedacht; Sie könnten den Satz auf Roppendorff bezogen haben. Tun Sie das ruhig. Er stimmt auch dann. – Sie staunen? Kein Grund. Ich bin ein seniler Idiot, ein vernünftiger Mensch redet mit mir nicht mehr. Nehmen Sie meine Worte, wie Sie wollen, ich habe nichts mehr zu sagen in dieser Welt. – Und jetzt laufen Sie. Die Welt wartet." Mit einer kleinen Geste, die hoheitsvoll wirkte wie die eines Souveräns, bedeutete er Gernot, daß er entlassen sei.

Und Gernot ging.

8

Als Andreas genügend verdient und das Unternehmen fast verdreifacht hatte, verlor er die Lust am alten Büro, das am andern Ende Rainkirchens neben dem Bauhof mit seinen Lastwagen, Raupen, Baggern und Kränen lag, und errichtete ein Verwaltungsgebäude bei Schloß Roppendorff. Den letzten Anstoß zur Verwirklichung dieses schon lang erwogenen Planes hatte die neue Straße gegeben, die knapp hinter Roppendorff vorbeiführte; an sie stellte er sein Haus, parallel zum Schloß, verband die beiden auf der einen Seite mit einer Mauer, auf der andern mit Garagen und einem Durchgang, betonierte den so entstandenen Hof und schuf wie Gottvater Platz für zwanzig schräg parkende Autos. Zwischen der Mauer und dem Verwaltungsgebäude war die Einfahrt, mit einem Schlagbaum gesperrt, und der im Haus lauernde Wächter hatte Anweisung, nur für genehme Ankömmlinge die Zugbrücke des zwanzigsten Jahrhunderts hochzuziehen, was er – im Gegensatz zu seinem mittelalterlichen Vorgänger – mit einem bloßen Knopfdruck tun konnte. Das Palais der Samboeuf verlor durch diese Modernisierung seine Richtung. Freitreppe und Turmuhr blickten nun auf eine Applanie mit ein paar Krähen, die Besucher aber passierten den Schlagbaum, ließen ihre Gefährte zwischen schrägen Farbstrichen stehen und gelangten durch ein Tor im Durchgang entweder nach links ins Verwaltungsgebäude oder nach rechts ins Schloß, das sie also nun auf demselben Weg betraten wie seinerzeit die Dienstboten. Gehörte man freilich wie Gunther und Gernot zur Familie, dann verzichtete man auf schräge Streifen, fuhr in die Garage und erreichte von dort ebenfalls den Durchgang, wo an diesem Tag Frau Steiner stand, um die Gäste zu begrüßen und ihnen die Garderobe zu zeigen, in der sie ihre schwarzen Hüte ablegen konnten.

Auch Frau Steiner trug Schwarz, zu dem zwar das blonde Haar, nicht aber ihre braune Haut passen wollte. Der Eindruck des Bäuerischen wurde durch das Kleid noch verstärkt. Man sollte ihr ein Kopftuch umbinden, dachte Gernot, diese zeremonielle Kostümierung bricht ihren Stil.

Sie sah ihn an und hob die Hand, fast wie ein Polizist. Während Gunther sofort in den Empfangsraum hinter der Halle weiterging, blieb Gernot stehen. Frau Steiner nahm von einem Fensterbrett einen großen gelben Briefumschlag, wandte sich ihm wieder zu und sagte: „Das ist für Sie, Herr Doktor, von der alten gnädigen Frau. Wahrscheinlich sollten Sie es lesen, bevor Sie mit denen da drinnen reden."

Gernot lachte. „Mit denen da drinnen? Wer sind die da drinnen?"

„Sie wissen schon. Und vorher noch eins: was in dem Brief steht von der Markensammlung, das können Sie gleich vergessen. Mein Bruder hat Marken gesammelt, ich verstehe ein bisserl was davon, und die wertvollen Marken sind alle weg, wahrscheinlich irgendwann einmal verkauft worden. Ich habe es der alten gnädigen Frau nur nicht sagen wollen."

„Rätsel über Rätsel. Ein Brief von einer Toten, den ich erst jetzt kriege, den mir aber nicht mein Bruder gibt, sondern Sie mir geben.

Dazu eine Markensammlung, von der ich als Kind wie vom Schatz der Nibelungen gehört habe, wertvolle Marken inzwischen verschwunden, sehr interessant, gibt trotzdem keinen Sinn, sicher ist nur, daß Sie den Inhalt des Briefes kennen müssen."

„Ja. Die alte gnädige Frau und ich haben lange darüber diskutiert, bevor die alte gnädige Frau den Brief geschrieben hat."

Er sah in die weit auseinanderliegenden blauen Augen. Seine Ankunft auf Roppendorff fiel ihm ein. Auch damals war diese Bäuerin einerseits formell wie ein Butler und andererseits verblüffend sicher und familiär gewesen. Sowohl die Großmutter wie auch Gunther hatten von der Toni wie von einer festen Institution gesprochen, und jetzt kam zutage, daß diese Toni sogar für einen Brief über das Grab hinaus als Vertraute beigezogen worden war.

Er änderte den Tonfall. „Wenn Sie so weitermachen, werden Sie mich noch dazu bringen, daß ich Toni zu Ihnen sage. Ich wundere mich. Wer sind Sie? Wo kommen Sie her?"

„Aus Rainkirchen. Aber wenn Sie schon so fragen: ich bin ein Russenkind, nicht von 1945, damals hätten sie mich wahrscheinlich abgetrieben, sondern von 1950, also keine Vergewaltigung. Mein Vater war der Starschina Sergej Nikolajewitsch Smagluk aus Artjomowsk in der Ukraine, Starschina heißt Hauptfeldwebel, und meine Mutter sagt, er war ein schöner, ein starker, ein lieber und ein sehr anständiger Mann. Ich habe ihn nie gesehen, ich weiß nicht, ob er noch lebt, aber ich habe ihn nie verleugnet. Mein Bruder mit den Marken ist viel jünger und von meinem Stiefvater. Genügt Ihnen das?"

Gernot schüttelte seufzend den Kopf. „Selbstverständlich genügt es. Soviel habe ich mir gar nicht erwartet. Können Sie Russisch?"

„Nein. Warum soll ich es können? Ich bin aus Rainkirchen. Wenn der alte Rauch und der Dienst hier im Haus nicht gewesen wären, könnte ich nicht einmal Schriftdeutsch."

Erst jetzt fiel ihm der Name ein. Der alte Rauch, ja, das war der Mann mit dem Harmonium, der Mann unter dem erhobenen Arm des Engels. Der alte Rauch.

In diesem Augenblick kamen neue Gäste, Frau Steiner wandte sich ihnen zu, und Gernot stieg die Hintertreppe hinauf in sein

Zimmer. Bei jedem Schritt schlug er den gelben Umschlag mit einer Hand auf den Daumen der andern, betrachtete immer wieder die Aufschrift und überlegte, was ihm die Großmutter nach ihrem Tod noch mitteilen und vorher mit ihrer Toni diskutiert haben könnte. Oben setzte er sich an den Tisch vor dem Fenster, riß den Umschlag auf und entnahm ihm vier Blätter, auf den ersten beiden deutlich erkennbar die Schriftzüge seines Vaters, auf den zweiten die der Großmutter. Er begann mit dem Brief des Vaters, datiert vom 8. Mai 1973, dem Tag vor Andreas Rabeners Selbstmord.

Liebe Mutter, stand da, ich bin in eine Situation geraten, aus der ich meiner Erziehung, meiner praktischen Erfahrung und meiner Weltanschauung wegen keinen anderen Ausweg weiß. Gertrud werde ich schreiben, daß mich ein Wiener Facharzt über die Verschlechterung meines Kreislaufleidens aufgeklärt hat und ich nicht als halbe Portion weiterleben will. Dir muß ich ein wenig mehr sagen, aber beileibe nicht alles. Würde ich es tun, dann könnte ich auch anders entscheiden, als ich entschieden habe. Glaube mir trotz meinem Schweigen, daß mich nicht der Schatten eines Verschuldens trifft, daß Du mir nichts zutrauen darfst, dessen sich die Familie schämen müßte. Man hat mich mit besonderer Bösartigkeit und kalter Überlegung kaputtgemacht.

Mir geht es um die Firma, um ein Unternehmen, das ich in einer Krise übernommen und trotzdem gefestigt, durch eine zweite Krise gelotst und in den letzten fünfzehn Jahren zu einem Höhepunkt geführt habe. Ich würde auch die jetzt drohende dritte Krise meistern. Da ich das nicht darf, muß es ein anderer tun, wenn mein Leben, das meines Vaters und das meines Großvaters nicht ganz sinnlos gewesen sein soll. Gunther ist sicher nicht, was ich mir von einem Nachfolger erhofft habe, aber ich will nicht voreilig den Stab über ihn brechen, und außerdem habe ich nicht einmal eine überzeugende Alternative. Bei keinem der vier Kinder sind mir böse Enttäuschungen erspart geblieben, sogar Kriemhild hat sich mit einem unmöglichen Mann verplempert, und Gunthers Fehler liegt ja nicht so sehr in seinem Mangel an Energie, Einsatzfreude und Entscheidungsbereitschaft, er liegt vor allem in seiner Ehe. Aus eben diesem Grund halte ich es nicht für richtig, ihm jetzt schon meine gesamten Anteile zu übertragen, weil er dann nur Elsa braucht, um dich zu überstimmen, und Elsa habe ich nie vertraut.

Du kriegst also durch ein Vermächtnis die Majorität und mußt in den nächsten Monaten darauf achten, ob Gunther eigene Entschlüsse faßt oder nur unterschreibt, was seine Frau vorschlägt. Hertha besitzt sowohl Energie wie auch Einsatzfreude und Entscheidungsbereitschaft, sie hat diese Talente von Anfang an dafür verwendet, die Firma in die Hand zu bekommen, und wenn ihr das gelingt, gibt es keine Rabener mehr, gleichgültig, wie Geschäftsführer und Gesellschafter heißen mögen. Solltest Du also die Überzeugung gewinnen, daß Gunther wirklich nur eine Puppe in der Hand seiner Frau ist, dann verfüge in Deinem Testament, wie Du es für richtig befindest, nur verhindere auf jeden Fall, daß Hertha und Elsa über mein Lebenswerk bestimmen dürfen.

Nach einigem Nachdenken: das gilt auch für Kriemhild.

Ich will nicht viele persönliche Worte schreiben, Mutter. Wir wissen beide, daß wir die schweren Zeiten nur überstanden haben, weil wir Generationen angehören, die daraufhin erzogen worden sind, sich zusammenzureißen, durchzuhalten und sich nicht selbst durch Gefühlsäußerungen weichzumachen. Ich brauche viel Kraft und viel Härte für meinen Entschluß, denn natürlich habe ich Angst. Muß ich Dir sagen, was Du für mich warst? Nicht nur Mutter, später oft auch Vater, immer ein milder und trotzdem unerbittlicher Ratgeber, mehr Lebensgefährte als meine Frau. Jetzt denk an Deine Urenkel. Ich küsse Dich, als wäre ich noch Dein kleiner

Andi.

Der zweite Brief war an Gernot gerichtet und vor rund einem halben Jahr geschrieben worden.

Lieber Gernot, wenn Du diesen Brief von der Toni kriegst, haben sie mich wahrscheinlich gerade begraben, aber lies trotzdem nicht weiter, sondern nimm erst den von Deinem Vater, sonst verstehst Du nämlich den meinen nicht richtig. – Hast Du ihn gelesen? Kannst Du Dir jetzt vorstellen, wie mir zumute war? Übrigens war es auch die Toni, die ihn mir gegeben hat, so wie jetzt Dir. Aber immerhin, ich bin ja seine Mutter, und was man da fühlt, das kannst

Du Dir beim besten Willen nicht vorstellen.

Was ist passiert? Ich weiß es nicht. Sie haben ihn kaputtgemacht, sagt er. Wer? Am meisten ist er gegen die Hertha, mein Gott, das bin ich auch, weil sie eine eiskalte Person ist, und das würde ja sogar übereinstimmen mit der kalten Überlegung, von der er schreibt. Aber kann denn Hertha etwas tun, das jemandem wie Deinem Vater keine andere Wahl läßt, als sich umzubringen? Noch dazu, wenn er ausdrücklich erklärt, daß er nichts Unehrenhaftes getan hat, und ich glaube ihm das, schließlich habe ich ihn über sechzig Jahre immer unter meinen Augen gehabt. Er war ein Kämpfer, er hat nie aufgegeben. Warum jetzt? Läßt seine Firma im Stich! Das paßt doch überhaupt nicht zu ihm! Ich werde nie draufkommen, und wenn ich hundert werde, ich werde aber keine hundert, ich spüre das genau, darum habe ich schon das Testament gemacht, und jetzt schreibe ich diesen Brief, wer weiß, ob ich die Nacht überlebe, und es soll auf jeden Fall alles so geordnet werden, wie er es gewollt hat.

Leider ist Gunther wirklich eine Art Bettvorleger, den seine Frau in ihrem Zimmer herumschieben kann, wie es ihr gerade einfällt. Was soll ich also tun? In der Generation nach mir sind alle tot außer Elsa und Susi, die kommen nicht in Frage, und ihre Männer ebensowenig. In der nächsten Generation haben wir den Florian, der ist Gymnasialprofessor in Linz, scheidet deshalb aus. Die Kinder von der Elsa? Der Herbert ist Anwalt und wird seine gute Kanzlei nicht aufgeben, versteht auch nichts vom Bauen, und der Mann von der Barbara, der ist zwar Diplomkaufmann, aber er sitzt so fest in seinem Konzern, daß er blöd wäre, wenn er dort wegginge, und blöde Leute können wir nicht brauchen. Was die Kinder von der Susi anlangt, streichen wir Hardy und Cornelia gleich weg, und der Mann von der Silvia ist ein Idiot. Bleiben die Enkel von meinem armen Schwager Rudi, aber die haben doch überhaupt keine Beziehung zum Geschäft, irgendwo Beamte oder Angestellte, dasselbe bei den Enkeln vom Johannes, meinetwegen echte Rabener, was bedeutet schon der Name allein, ich nenne sie nur, damit alles seine Richtigkeit hat, und die Enkel von der Hedwig sind Stockitaliener, die wissen nicht einmal, woher ihre Großmutter gekommen ist, und wenn sie es wissen, schämen sie sich womöglich, weil

Österreich ja in Italien nicht gerade beliebt ist.

Ich muß mich also an die Kinder vom Andi halten. Gunther versteht was vom Geschäft, gehört aber der Hertha, und gegen die Kriemhild hat dein Vater was, das ist mir neu und trotzdem verständlich. Du bist Deinen eigenen Weg gegangen und hast von der Firma nie was wissen wollen.

Also Gerhard. Ich kenne jedes Argument, das man gegen ihn vorbringen kann. Vielleicht wird trotzdem ein Mann aus ihm, er ist ja noch sehr jung, und wie Dein Vater die Entscheidung mir übertragen hat, so übertrage ich sie jetzt Dir. Mit Elsa hat Gunther 49 Prozent, Gerhard hat 44. Wem Du mit Deinen 7 hilfst, der ist der künftige Rabener, und ich weiß genau: das Gefühl für Verantwortung hat Dir nie gefehlt.

Alles liegt an Dir, denk aber daran, daß Dein Vater und ich Dich dort oben unerbittlich verfluchen werden, wenn Du Deine 7 Prozent einem von den drei Weibern (Hertha, Elsa, Kriemhild) oder auch Deinem sympathischen Bruder Gunther abgibst, bevor Du ihn eingehend auf seine Unabhängigkeit von seiner Frau und seine Eignung zu wirklich selbständiger Führung des Unternehmens geprüft hast.

Obwohl ich Dich natürlich möglichst früh drüben wiedersehen möchte, laß Dir ruhig Zeit – hier sind fünfzig Jahre eine ganze Menge, und vor der Ewigkeit zählen sie gar nichts. Gott schütze Dich, mein verpatzter Nibelunge, ich glaube fast, Nibelungen sind heute nur was wert, wenn sie verpatzt sind, und außerdem habe ich irgendwie das Gefühl, daß Du Deinem Vater ähnlicher bist, als ihr zwei das wahrhaben wollt. Ich grüße Dich – küssen ist bei meinen Runzeln nicht mehr das Richtige, darum tut es nur in Gedanken Deine längst fällige Großmutter

Valeria Johanna Georgina Rabener.

P.S. Wegen der Steuer brauchst Du Dir keine Sorgen zu machen, Du kriegst die Markensammlung und die Dukaten.

Der Nibelungenhort als Markensammlung, aber der wahren Werte beraubt, dazu Dukaten, warum nicht Dublonen, Maravedis, Pistolen, Scudi oder Piaster, Romantik der menschlichen Besitzgier, Ali Baba und die Gesellschaft mit beschränkter Haftung, Rübezahl grübelt nicht über Rüben, sondern über Prozenten, Lazarillo errechnet die Steuer, Cendrillon leidet unter dem Majoritätskomplex ihrer Schwestern, und dazu die deutliche Forderung: Prüfe! Das machen wir doch alle, sagt der alte Rauch. Prüfe deine Brüder. Wie soll ich prüfen? Nach Prozenten, Maravedis, Intelligenz-Quotienten oder Hormonen? Bin ich der Hüter meiner Brüder? Habt ihr keine andere Rolle für mich als die des Kain, und das nur, weil eine alte Dame glaubt, ich hätte Gefühl für Verantwortung?

Es geht um eine Firma.

Wie überzeugend.

9

Unten sind in der Halle, im Empfangsraum, Speisezimmer, Salon alle Türen offen, im Speisezimmer stehen drei aneinandergerückte Tische mit dem kalten Buffet, für den Anlaß gemietete Mädchen tragen Tabletts von Gruppe zu Gruppe und bieten Getränke an, und alle sind sie da, die Nibelungen, um den Tod Königin Utes zu beklagen: die Brüder Gunther, Gernot und der zum Gerhard verstümmelte Giselher; Schwester Kriemhild mit ihrem Siegfried; Brunhild, für die niemand mit Sprung, Speer- und Steinwurf kämpfen mußte; und rund um sie die Freunde, die Burgunder, oder sind es Feinde, sind es Hunnen, ist das gar nicht der Thronsaal zu Worms, ist es die Etzelsburg in Gran? Wenn aber Etzelsburg, wo bleibt das Eisen, zu dem Hagen geraten hat, und wenn wir diesen Namen nennen, wo ist Hagen selbst, die einäugige Treue? Lassen wir den Süden, er hat verspielt, hören wir Wagner, die sächsische Version der Götterdämmerung, oder blicken wir gleich voll Vertrauen weiter nach Norden.

Dort versammeln sich Buddenbrooks und Forsytes schon im ersten Kapitel ihrer Chronik, geben sich nicht etwa adelig überheblich, sondern bürgerlich gemütlich, sehen selbstgefällig in den Spiegel der Literatur, werden schamhaft als liebenswert schrullige Käuze ironisiert und sind doch Geier im Bratenrock, die nicht einen Gedanken an das Elend des sogenannten Volks verschwenden, dem sie – wie seinerzeit der Adel – ihren Reichtum verdanken; was aber nützt ihnen die Maske der Bonhomie, hundert Jahre später ist die immer schneller werdende Zeit über sie hinweggegangen. Was auf Roppendorff das kalte Buffet umlagert, sind keine Adler im Kettenhemd, auch keine Geier im Bratenrock, es sind bloß Spatzen mit Vorfahrtsrecht.

Den Geiern äußerlich am nächsten kommt noch Onkel Gustl, der Mann Tante Elsas, seine Lider stülpen sich manchmal ganz langsam über die gelben Augäpfel, sein Kopf ist kahl, faltig ragt der lange Hals aus dem Kragen, und die Hände erinnern an Fänge. Wie er dort am Kamin lehnt, könnte er auch James heißen, aber er könnte bloß, er kann nicht, in Wahrheit fehlt ihm die Selbstsicherheit der viktorianischen oder franziskojosefinischen Ära; dem langhaarigen, in blauem Drillich eingenieteten Gerhard begegnet er nicht etwa mit besorgter Verwunderung, sondern mit Haß, und die Musik der Jungen reizt ihn zu Zornausbrüchen, die er nur unterdrückt, weil er stets um Blutdruck und Leber bangt. Sein Realitätenbüro wollten weder Sohn noch Schwiegersohn übernehmen. Vor vier Jahren, als er siebzig wurde, hat er es verkauft, das Geld in Grundstücken und Pfandbriefen angelegt, deren Wert er nur dann nicht verfolgt, wenn er entweder an seine Sammlungen denkt (Briefmarken, Goldmünzen, Zinn) oder mit einem von ihm selbst konstruierten Gerät Erdstrahlen festzustellen versucht. Im Augenblick beschäftigt ihn wahrscheinlich Valeries schon von ihrem Vater begonnene Markensammlung, in der man doch österreichische und deutsche Prunkstücke aus der Frühzeit finden müßte, vielleicht sogar die Zinnober-Merkur oder die schwarze Einkreuzer-Zeitungsmarke für Lombardei und Venetien; leider ist so viel von dieser Sammlung geredet worden, daß sich eine amtliche Schätzung kaum wird vermeiden lassen, was der ganzen Geschichte natürlich den Reiz nimmt, es sei denn, man –

Tante Elsa ist das richtige Pendant, passend wie in einem Schwarzer-Peter-Spiel der Jahrhundertwende mit den Darstellungen der Nationen: Franzose in roten Hosen, Französin als Marketenderin, Engländer und Engländerin grau kariert mit Schmetterlingsnetzen. Sie ist fast ebenso groß, ebenso hager, bloß nicht kahl, sondern mit gefärbtem schwarzem Haar, das sie in der Mitte scheitelt, um einer italienischen Madonna zu gleichen, mit der sie freilich soviel gemein hat wie eine Tarantel mit einem Weberknecht, und wenn Gustl den ganzen Tag an Besitz denkt, dann kommt bei ihr noch die Nacht dazu. Niemand weiß, von wem sie die grünen Augen geerbt haben könnte, denn alle Rabener haben blaue Augen, aber ziemlich sicher sind es diese Augen, die Gustl dazu verführt haben, statt einer billigen Haushälterin und einer wöchentlich einmal benutzbaren Prostituierten eine Ehefrau zu nehmen, und Elsa mußte es sein, weil sie Gustl jene Wonnen bereitet, die ihm Grundstücke, Pfandbriefe, Marken, Münzen und Zinn nicht bieten können. Mit frohem Schaudern erzählt man einander in der Familie, daß die beiden einmal von einem Dienstmädchen überrascht wurden, als Elsa in schwarzem Büstenhalter und schwarzem Höschen, eine schwarze Maske vor dem Madonnenantlitz, den als Matrosenknaben verkleideten Gemahl mit einer Reitgerte gezüchtigt und ihm dann befohlen habe, in der Zimmerecke auf Linsen zu knien, wo er wenig später gelockert und befreit aufgestanden sei, um sich wieder dem ernsten Alltag der Realitäten zuzuwenden. Und nicht nur auf diese Art ist Elsa Herrin, sie versteht überhaupt alles, versteht es sogar besser, und jeder Fachmann tut gut daran, einem Gespräch mit ihr auszuweichen, weil er sonst Ratschläge auf seinem Gebiet anhören müßte, die ihm zwar idiotisch erscheinen mögen, die aber doch zweifelsfrei beweisen sollen, daß seine ganze bisherige Tätigkeit schon im Ansatz falsch gewesen sei. Tante Elsa ist jener Typ Frau, die Bach den richtigen Stil auf der Orgel, Goya die wahre Bildwirksamkeit, Shakespeare die echte Dramatik und Einstein praktische Mathematik beigebracht hätte, wenn sie nur zur richtigen Zeit am richtigen Ort gewesen wäre.

Kommerzialrat Gustav Leinwater und seine kongeniale Frau Elsa sind die ältesten, nun käme der zweiundsechzigjährige Oswald Schwarzrock, bevor er aber gewürdigt werden kann, ist ein kurzer Abriß der Generationenreihung notwendig, den jeder vernünftige Mensch für die Berechnung der Erbschaftsquoten braucht, und um Erbschaft geht es doch offenbar, nach einem solchen Begräbnis: darin unterscheiden sich die Spatzen mit Vorfahrtsrecht von ihren

Ahnen nur insoweit, als sie nicht zum Schwert greifen, sondern den Anwalt verständigen, wenn sie sich bei der Verteilung der Beute zurückgesetzt fühlen.

Von Joseph Calasanza, Firmengründer, 1844 bis 1927, kennt man bloß Legenden, weiß aber nichts von Geschwistern, die ja auch rechtlich irrelevant sind. Er hatte fünf Kinder, nämlich Valeries Mann Carl Borromäus, eine Tochter Hedwig, die 1899 nach Italien heiratete und wegen ausreichender italienischer Versorgung aus dem Gesichtskreis der Familie entschwand, eine Tochter Gisela, schon siebenjährig verstorben, einen Sohn Johannes Chrysostomus, im ersten Weltkrieg gefallen, und einen Sohn Rudolf, der im selben Krieg von einem Granatsplitter am Kopf getroffen wurde und noch bis 1948 auf Sparflamme lebte, aber in diesen dreißig Jahren nichts mehr hervorbrachte als etwa tausend hübsche Holzschnitte und Aquarelle. Sowohl von Johannes Chrysostomus wie auch von Rudolf gibt es Kinder und Enkel, die freilich schon frühzeitig ausgekauft wurden. Das für die anderen Rabener einigende Band des Besitzes ist bei ihnen zerrissen, als Erben Valeries kommen sie nicht in Betracht, und sie fehlen darum auch beim Leichenschmaus.

In der dritten Generation stehen Valeries fünf Kinder, die man in die Rechnung einbeziehen muß. Da ist Regine, die gegen den Willen des Vaters den wirtschaftlich bedeutungslosen Gymnasialprofessor Doktor Hermann Schroll aus Steyr heiratete; beide sind nicht mehr am Leben, an ihre Stelle tritt ihr Sohn Doktor Florian Schroll, Gymnasialprofessor in Linz und zum Begräbnis, wenn auch ohne Frau und Sohn, angereist, weil ihm auf jeden Fall ein Pflichtteil zusteht. Auf Regine folgt Elsa, auf Elsa Carl (diesmal der Große), mit zwei Jahren an einer Lungenentzündung gestorben, dann Andreas und schließlich Rudolf, der im Zweiten Weltkrieg gefallen ist. Er heiratete 1940 die nahezu mittellose Susanne Maric, Tochter eines Obersten a. D., und hatte mit ihr noch schnell eine Tochter Silvia, die folglich als Noterbin anerkannt werden muß. Nach dem Krieg ging Witwe Susi eine zweite Ehe mit Oswald Schwarzrock ein und hat mit ihm einen Sohn Hardy und eine Tochter Cornelia, die aber heute fehlen, weil sie ja zur Erblasserin weder blutsmäßig noch rechtlich in verwandtschaftlichem Verhältnis stehen.

Zur vierten Generation gehören die acht Enkel Valeries, nämlich Florian von Regine; Herbert und Barbara von Elsa; Gunther, Gernot, Gerhard und Kriemhild von Andreas; und Sylvia von Rudolf; zur fünften Generation fünfzehn Urenkel, von Hermann, dem Sohn Florians, mit siebzehn, bis zu Jadwiga, der jüngeren Tochter Sylvias, mit zwei Jahren. Außer Hermann und Jadwiga sind alle Urenkel zum Begräbnis erschienen.

Tante Susi, die eben beim Buffet auf Hummer verzichtet und sich lieber „Geselchtes" auf den Teller legen läßt, wirkt fremd in ihrem schwarzen Seidenkleid, das Gernot schon vor seiner Flucht nach Deutschland altbekannt war; abgesehen von Anlässen mit vorgeschriebener Trauer, trägt sie immer Dirndl, daheim und auf Wanderschaft mehr bäuerlich, bei Einladungen die Salonform. Vor wenigen Tagen hat Valerie den gefallenen Rudolf zitiert, nach dessen Ansicht man mit Susi Pferde stehlen könne, und zu dieser Aufgabe, was immer man darunter versteht, scheint sie auch bestens geeignet. Sie ist klein, schlank, zäh, hat kurzgeschnittenes graues Haar, spricht wenig und lächelt gern, selbst dann, wenn niemand es erwartet. Mund und Augen sind ungeschminkt, Finger- und Zehennägel nicht bemalt, und Gunther schwört darauf, daß Tante Susi noch nie unzüchtige Unterwäsche getragen habe. In etwas vorgerückter Stimmung und in passender Gesellschaft darf man ihr eine Gitarre in die Hand drücken, dann singt sie Lieder aus ihrer Zeit beim Bund Deutscher Mädchen, und man beginnt zu zweifeln, ob Großdeutschland den letzten Krieg wirklich verloren habe. Wenn ja, dann gewiß nicht ihretwegen.

Ihren zweiten Mann hat sie gut gewählt. Obwohl über sechzig, sieht er immer noch aus wie ein vielleicht etwas verwitterter Skilehrer, und auch seinetwegen ist Großdeutschland nicht unterlegen. Er war an allen Fronten und wurde als einer der letzten Offiziere von Stalingrad ausgeflogen, was seinen Sohn Hardy – freilich nicht in Gegenwart des Vaters – zu dem Ausspruch verleitet hat, in Großdeutschland sei damals das größte Flugzeug aller Zeiten gebaut worden, nämlich jener riesige Apparat, der rund zwanzigtausend schwerverwundete Oberleutnants gleichzeitig und knapp vor der Übergabe von der Wolga in die Heimat befördert habe: so viele müßten es ja gewesen sein, wenn alle Erzählungen der Väter richtig seien, was natürlich nicht bezweifelt werden dürfe. Oswald Schwarzrock, jetzt Prokurist einer Speditionsfirma, ist immer noch topfit, steht als Oberstleutnant der Reserve beim österreichischen Bundesheer, nützt jede Pause zur Erhaltung seiner körperlichen Höchstform, zum Beispiel durch Kniebeugen vor einer Wohnungstür, die nach seinem Läuten erst eine Minute später geöffnet wird, verbringt jeden Urlaub gemeinsam mit seiner Frau in den Bergen, war nicht nur in den Alpen, sondern auch auf dem Kilimandscharo, in den Anden und im Himalajagebiet, führt nachher interessierten Gästen stundenlang seine dort gedrehten Filme vor und kennt neben den Problemen des Speditionsgeschäfts nur drei Themen: seine Pensionierung, die Möglichkeit einer Ertüchtigung unserer schlapp gewordenen Jugend und höhere Gipfel mit Arbeit in Fels und Eis.

Willy und Kriemhild stehen mit Tante Elsa unter der Artemis im Stiegenhaus, nippen an ihren Gläsern und sprechen über die Bestückung der österreichischen Dreadnoughts mit vier Drillingstürmen zu je drei 30,5 cm-Geschützen; Willy erklärt die Motive für diese Bewaffnung, und Elsa hält ihm entgegen, daß Raketen schon im Mittelalter bekannt gewesen wären und man darum die Schiffe vernünftigerweise damit hätte versehen können, wenn die Führung nicht so kurzsichtig gewesen wäre, was sie doch offenkundig war, das zeige sich schon an dem Beispiel, daß man die Auswertung der österreichischen Erfindung des Tanks lieber den Engländern überlassen habe.

Nicht weit von ihnen, in einem Winkel des Eingangs zur ehemaligen Kapelle, lehnt ein ungemein großer magerer Mann mit schütterem Haar, dicker schwarzer Hornbrille und auffallend schlechter Körperhaltung, der einzige Gast, der keine schwarze Krawatte umgebunden hat, sondern einen weißen Rollkragenpullover trägt: das ist Florian Schroll, Lehrer für Mathematik, Physik und Chemie an einem Linzer Gymnasium. Er hat Hummer gewählt, sehr reichlich gewählt, hält den leeren Teller nun etwas verlegen in der Hand, und nur Gernot weiß, daß er heimlich Gedichte schreibt und einmal Staatsmeister im Tischtennis gewesen ist. Irgendwann wird sich eines der angeheuerten Mädchen seiner erbarmen und ihm den Teller abnehmen, irgendwann wird auch Hausfrau Hertha vorbeikommen, die hier und dort begrüßt und plaudert, aber lang wird sie sich ihm kaum widmen, da sie ja gewiß längst weiß, daß er keine Firmenanteile zu vergeben hat.

Die Leinwaterkinder stehen in einer Vierergruppe im Salon, und wie immer ist wieder einmal Tochter Barbara die auffallendste. Im schwarzen Hosenanzug, mit schwarz gelacktem Bubikopf der zwanziger Jahre, schwarzen Handschuhen, einer fast halbmeterlangen schwarzen Zigarettenspitze und der dreifachen langen Perlenkette als einzigem Schmuck erinnert sie an das gekünstelte Werk eines allzu sensiblen Modefotografen, aber sie ist kein Foto, sie ist wirklich so, trägt ihr Monogramm auf Zigaretten, Streichhölzern und sogar auf der Whiskyflasche, schreibt Briefe in dreieckigem Format, läßt sich ihr individuelles Parfum mischen und redet gern spanisch, weil sie einmal einen längeren Eheurlaub bei einem spanischen Grafen verbracht hat. Ehemann Diplomkaufmann Doktor Horst Demmer gönnt ihr solche Späße ebenso wie die Mitgliedschaft in angesehenen Clubs für Golf, Reiten und Tennis samt den damit verbundenen Flirts. Etwas dicklich, klein, blond, unpersönlich, phantasielos und agil wie ein Handelsvertreter, kennt er nur seine Bank, seine Karriere, die ihn nach allgemeiner Ansicht zum Generaldirektor führen muß, und den Erben, den ihm seine Frau geboren hat. Wenn diese Frau „exzentrisch" ist, kann ihm das kaum auf der linken Seite des altvatterischen Kontobuchs angelastet werden, denn jeder weiß, daß sie sein einziger Luxus ist, und irgendeinen Luxus muß sich jeder Aufsteiger leisten, wenn er nicht für unmenschlich gehalten werden will. Im konkreten Fall: seine Frau betrügt ihn mit jedem, er aber, der arme Kerl, liebt sie und seine Kinder, Geld allein macht eben nicht glücklich.

Barbaras Bruder, Rechtsanwalt Doktor Herbert Leinwater, Stirnglatze, sehr beredt, mit ständig in die Runde schweifenden Augen, hat vor etwa zehn Jahren seine Kanzlei aufgemacht und sich auf Straßenverkehrsfälle spezialisiert. Nun zählt er zu den bestbekannten Anwälten Wiens, was vor allem seinem aufs Tatsächliche gerichteten Intellekt zuzuschreiben ist, mit dem er rechtzeitig erfaßt, was eben gespielt wird: Mögen früher Historiker, Philosophen und Dichter einer Zeit das Gesicht gegeben haben, so erhält es das zwanzigste Jahrhundert von den Massenmedien, also wirkt Doktor Leinwater in vielen Fernsehdiskussionen zum Thema der Motorisierung mit und lacht über altmodische Kollegen, die immer noch an den Erfolg persönlicher Bekanntschaften im Kreis der Industriellen glauben. Die Gegenwart gehört der Masse, er dient der Masse, beschäftigt bereits mehr als zehn Angestellte, dazu vier Konzipienten, und hält es für ganz unwesentlich, welche Fälle er übernimmt und wie viele davon er gewinnt, denn die Quantität der Fernseher und Klienten ist entscheidend, nicht die Qualität seiner Arbeit.

Sein Privatleben kommt bei einer solchen Betriebsamkeit freilich zu kurz, worüber sich seine Frau anfangs sehr beklagt hat. Sie ist groß, blond, schlank, hat blaßblaue Augen, ist ein wenig blutarm und heißt nach der Mutter ihres Vaters Agathe, sogar ohne zweiten Vornamen, auf den man ausweichen könnte, wird darum nur Ga genannt und hat eine möglicherweise genetisch bedingte Neigung zur Literatur, wofür sie in der ersten Zeit der Ehe bei ihrem Gemahl nachsichtiges Verständnis gefunden hat. Da dieses Verständnis mit Eröffnung der eigenen Kanzlei geschwunden ist und ihre beiden Söhne inzwischen vierzehn und zwölf Jahre alt geworden sind, hat Ga ihr seit der Hochzeit unterbrochenes Studium an der Wiener Universität wieder aufgenommen und arbeitet schon seit längerem an einer Dissertation mit dem Titel „Die österreichische Literatur aus dem Blickpunkt Triests".

In einer Ecke des Salons gibt es eine sogenannte Garnitur: Tisch mit Marmorplatte, Bank und drei Fauteuils, rot gepolstert. Hier sitzt Silvia, geborene Rabener, verehelichte Jaworski, vor sich zwei Teller; auf dem einen Schweinebraten und verschiedene Salate, auf dem anderen mehrere österreichische Mehlspeisen. Die weichen Rundungen ihres Körpers verraten nicht nur, daß die Vorliebe für solche Speisen nicht auf den heutigen Tag beschränkt ist, sondern verleiten auch im Verein mit dem schulterlangen dunklen Haar, der dunklen Hautfarbe und dem damit kontrastierenden verschleierten Veilchenblick zu der Vermutung, daß dieses mit allen erotischen Reizmitteln ausgestattete Wesen in jeder Minute liebesbereit sein müßte, was aber leider grundfalsch ist. „Silvia verspricht eine Million und bringt einen Groschen", sagt Gunther; „sie sieht aus wie eine Bajadere und ist eine Kuh." Tatsächlich liebt Silvia vor allem ihre Kinder, dann Sonnenbäder, Liebesromane, illustrierte Zeitschriften und ein wenig den Haushalt. Ihrem Mann steht sie pflichtbewußt zur Verfügung, wenn er sie braucht. Diesen Mann, der jetzt neben ihr sitzt und Cremetorte löffelt, stören weder Pflichtbewußtsein noch enger Horizont der Angetrauten, ganz im Gegenteil, er wäre sicherlich besorgt und ratlos, wenn Silvia plötzlich Interesse an absonderlichen Themen wie Weltpolitik, Gesellschaftszerfall oder gar Kultur entwickelte. Thaddäusz betreibt einen Laden für Platten, Leisten und vielerlei Bastelzubehör, der immer mehr Kunden findet; ein Jahr vor Kriegsende in Krakau geboren und von den Eltern nach Wien verschleppt, versteht er sich weltanschaulich mit seinem Schwiegervater Schwarzrock recht gut, obwohl er die Rettung aus dem Wohlstand in einer neuen Donaumonarchie unter südpolnischer Führung sieht, Schwarzrock hingegen in einem neuen Großdeutschland. So konträr diese beiden Konzepte auch scheinen mögen, haben sich ernste Differenzen bisher immer noch vermeiden lassen, weil die beiden genügend Hausverstand besitzen, um ihre Ziele als sehr weit entfernt zu erkennen, während sie sich in der Ablehnung der moralisch verfaulten Gegenwart völlig einig sind.

In einer anderen Ecke des Salons haben sich die fünf Jungen versammelt, die vom Protokoll, freilich in angemessener Kleidung, zum offiziellen Teil der Erbschaftsfeier zugelassen worden sind. Senior ist der zweiundzwanzigjährige Gerhard, dann folgen Barbaras Töchter Valentine und Veronika mit siebzehn und fünfzehn, und den Schluß machen Barbaras Sohn Julius und Herberts Sohn Leopold, beide erst vierzehn, aber wegen ihrer Körpergröße von über 180 Zentimetern bereits den Erwachsenen zugerechnet. Von ihren Freunden werden sie Jerry, Tini, Vroni, Ussi und Poldi genannt, und da ihr Lebensinhalt noch nicht durch das Jahreseinkommen, sondern durch Stereophonie, Automobile und Sex bestimmt wird, geht es in ihren höchst progressiven Gesprächen einzig um diese Themen. Sie glauben an das Neue, halten das Neue für gut und sich selbst für neu.

Die jüngeren Urenkel Valeries, acht an der Zahl, verbringen den Nachmittag ohne protokollarischen Zwang im ersten Stock und werden dort von einem für den Anlaß gemieteten Mädchen betreut.

Bleiben die Freunde der Burgunder, die einander von ähnlichen Auftrieben bekannt sind und darum eher ihre eigene Gesellschaft als die der Nibelungen suchen. Minister, Abgeordnete, Bürgermeister, andere Persönlichkeiten des öffentlichen Lebens und Industrielle stehen in Halle und Empfangsraum eng beisammen, essen nichts, trinken bloß Fruchtsaft und zählen die Minuten, die sie aus Gründen der Höflichkeit noch bleiben müssen. Der ehemalige Minister, ursprünglich Gewerkschaftsmann, einer der besten Köpfe Österreichs und darum abgesägt, sieht aus wie ein russischer Kommissar, hat aber beste Beziehungen zur Aristokratie, versteht von moderner Malerei gewiß mehr als mancher Kritiker und ist so bürgerlich wie er aussieht. Von den zwei Abgeordneten zum Landtag ist der eine Großbauer und der andere ein junger politischer Sekretär, dem man genau anmerkt, daß er zu jeder Partei gestoßen wäre, die ihm Aufstiegsmöglichkeiten bieten konnte, und seine Wahl nur dem Abwägen solcher Chancen zuzuschreiben ist; er spricht ein sehr gequältes Deutsch, versucht seine Unsicherheit mit Großspurigkeit zu verdecken und hätte lieber nicht kommen sollen, weil ihm seine sogenannten Parteifreunde dieses nicht gerade erfolgreiche Auftreten im Kreis der Unternehmer übel ankreiden werden. Der Großbauer hingegen ist, ohne seinen Stand zu verleugnen, ungemein aufgeschlossen, bewährt sich sogar als Diskussionsgegner des Ministers und verabschiedet sich sofort, als er glaubt, nun genügend guten Eindruck gemacht zu haben.

Die drei Bürgermeister entsprechen der gesellschaftlichen Schichtung ihrer Gemeinden: ein Weinhauer, ein gelernter Tischler, aber seit langem Parteifunktionär, und ein Apotheker; die Industriellen vertreten Kalk, Ziegel, Holz, Lack und Plastik. Zu ihnen kommen noch der Bezirkshauptmann, ein Oberst der Garnison, Arzt, Anwalt, Steuerberater und fünf Freunde des Hauses mit ihren Frauen, im Ganzen an die fünfzig Personen, die Jüngsten im ersten Stockwerk nicht mitgerechnet.

Das sind die Deinen. Das ist die Welt, aus der du geflohen bist.

10

Noch wußte er nicht, was er tun sollte. Ohne auf jemanden besonders zu achten, ging er durch die Räume, kam endlich in die Halle, trat zu Florian, stand mit ihm vor der umgeweihten Kapelle und fragte nach gemeinsamen Bekannten aus Steyr. Während er sich von den Schicksalen fast vergessener Menschen berichten ließ, überlegte er weiter und konnte nicht entscheiden, wem er nun mehr verpflichtet war: der Großmutter, dem Bruder, dem Vater, der Firma. Nur wenige Minuten später legte ihm Gunther den Arm um die Schulter, zog ihn beiseite, und entschuldigte sich dort wegen seiner heftigen Worte auf der Fahrt zum Friedhof; er sei zur Zeit nicht ganz Herr seiner selbst, der plötzliche Tod der Großmutter und ihr Testament in Verbindung mit dem erschreckenden Rückgang der Aufträge, das alles habe ihm mehr zugesetzt, als er nach außen zeige; selbstverständlich könne Gernot über seine Anteile verfügen, wie er es für richtig halte. Der Vater habe ihnen beigebracht, daß man Gefühle verbergen müsse und keiner Schwäche nachgeben dürfe. Er benehme sich danach, aber immerhin, das Wirtschaftliche einmal ganz außer acht gelassen, sei es doch nicht so einfach, innerhalb eines Jahres Vater, Mutter und Großmutter zu verlieren. „Klingt blöd", sagte er. „Trotzdem – ich fühle mich als Waise." Und grinste dazu, eben Gunther, derselbe Gunther wie vor zehn Jahren, wenn er eingestanden hatte, daß er vor einer bestimmten Kurve der Rennstrecke Angst habe.

Gernot beruhigte ihn. Er habe gewiß nichts gegen den Bruder oder dessen Frau, sei nur durch die unvermutete Mitteilung von Testament, Erbschaft und Mehrheit an Anteilen überrascht worden und habe darum unbedacht geantwortet. Während er das sagte, versuchte er sich darüber klarzuwerden, ob die Idee zu dieser Entschuldigung von Gunther oder von Hertha stammen könnte, die ihren Mann vorgeschickt hatte.

Als Gunther sich einem der Bürgermeister zuwandte, der eben in die Halle kam, nickte Gernot nur und ging hinüber in den Salon.

„Ich muß mit dir reden", sagte er zu Gerhard, erntete dafür ein Kichern Vronis, hörte es kaum und führte den Bruder auf den Korridor, wo er neben einem Spiegeltisch stehenblieb. Verwandte gab es keine hier, auch keine Politiker, nur manchmal ein Mädchen, das mit einem Tablett vorüberstrich.

„Hat dir Gunther erzählt, was im Testament steht?"

Gerhard schüttelte den Kopf und seufzte gelangweilt. „Nein. Warum auch? Die Show gehört denen da drinnen. Gerade du müßtest wissen, wie mir ein solches round-up of squares auf die Nerven geht." Er zerrte an seiner Krawatte. „Strick um den Hals, kaltes Buffet, gemietete Mädchen, blödsinniger Quatsch von einem Pfarrer, Beileid, Weltmeisterschaft im Trauerheucheln, dann weiter Quatsch, Quatsch, Quatsch. Glauben die wirklich, daß das Leben ist? Du hast die Kurve richtig gekratzt. Mit vierzehn abhauen, das ist die Masche."

„Ich bin nicht abgehauen. Vater hat mich hinausgeschmissen."

„Ja, ja, schon gut. Und nach der Matura? Bist du zurückgekommen, hat Vater ein fettes Kalb für den verlorenen Sohn schlachten dürfen? Nein. Ein Untermietzimmer in Wien hast du dir genommen. Und immer noch fährst du keinen Sportwagen. Das nenne ich okay, das ist Spitze. Gunther hat mir neulich einen angeboten, nicht so gut wie seiner, bin ja auch nur der kleine Bruder. Ich habe abgelehnt."

„Schön. Aber mir geht es um das Testament. Großmutter hat dich zum Erben eingesetzt und dir vierundvierzig Prozent der Anteile an der Firma hinterlassen."

Gerhard lachte, ein wenig verlegen, ein wenig überrascht, ein wenig böse.

„Schaut ihr ähnlich, vital bis zum letzten Schnaufer. Noch im Grab will sie mich einspannen, wie alle Weiber. Dem Tüchtigen gehört die Welt, und die Welt ist in Ordnung, sie wird schöner mit jedem Tag, wenn du nur schuftest. Also schufte brav, größere Umsätze, größere Wagen, größere Perlen, bessere Beziehungen, bessere Schneider, teurere Pelze, teurere Parties, teurere Freundin, ein ganzes Leben für Statussymbole. Mich können sie im Arsch lecken, ich mache nicht mit."

„So haben wir alle einmal geredet, aber nicht nur die Spießer lügen. Die einen reisen in Tüchtigkeit, ob West oder Ost, die anderen in Untüchtigkeit, ob Ost oder West, und beide tun es für ihren Vorteil. Glaube den einen nicht und den andern auch nicht, glaube an deinen eigenen Vorteil, der gar nicht materiell sein muß. Wenn jemand von dir verlangt, daß du nicht auf Quatsch hereinfallen sollst, dann falle auch nicht auf seinen Quatsch herein, der sich ja nur durch das Vorzeichen von dem Quatsch der Pfarrer, Schulmeister und Politiker unterscheidet. Denk an dich. Willst du die Firma haben oder willst du sie nicht?"

Zum erstenmal bemerkte Gernot, daß der Bruder nachdachte. Er ließ ihm Zeit.

„Mit vierundvierzig Prozent?" fragte Gerhard endlich. Der Ton hatte sich geändert.

„Ich habe sieben."

Wieder eine längere Pause. Dann lachte Gerhard. „Du bist schon eine Nummer! Und was ist mit Gunther?"

„Ich habe nichts angeboten, ich habe nur festgestellt, daß sieben Prozent bei mir sind. Zur Erinnerung: weitere sieben sind bei Tante Elsa, zweiundzwanzig bei Gunther, zwanzig bei Hertha. Ich möchte wissen, ob du dich überhaupt für die Firma interessiert. Ohne Quatsch. Ehrlich."

Die Antwort kam sehr schnell. „Als Geschäftsführer?"

„Als Nachfolger deines Vaters."

Jetzt dauerte es eine ganze Weile. Gerhard schüttelte den Kopf, sah zu Boden, setzte zum Sprechen an, sprach aber nicht, seufzte bloß und sah erst nach langen Sekunden wieder auf. „Das ausgerechnet von dir. Spiel mit offenen Karten, Gernot."

„Das kann ich nicht. Ich habe eine Verpflichtung übernommen, ich muß so handeln, wie es mir vorgeschrieben ist. Einzige Frage: liegt dir etwas an der Firma, willst du weitermachen, wo Vater aufgehört hat?"

Ein Spiegeltisch, der Korridor, ein Mädchen mit Cocktailtablett; Gemurmel aus der Halle, aus dem Empfangsraum, dem Salon, dem Speisezimmer. Die beiden Brüder starrten einander an und schwiegen. Gerhard war es, der zuerst den Blick abwandte, einem der

Mädchen nachschaute. Als er antwortete, hatte sich sein Ton wieder geändert.

„Versteh mich, Gernot. Ich bin ja kein Idiot. Jetzt studiere ich schon ein paar Jahre Jus – natürlich, viel habe ich nicht gelernt, aber ein bisserl was ist hängengeblieben. Ich weiß, was gespielt wird und – und – und ich fürchte mich vor der Mühle. Schön, sie wird nicht zu vermeiden sein. Nur Vater – Vater – das ist Mühle zur fünften Potenz. Ich will nicht Vater sein. Du hast es auch nicht gewollt. Wenn du sagst: Gunther Geschäftsführer und ich vierundvierzig Prozent, dann ist das ein nettes Einkommen, solange der Zauber dauert. Er dauert nicht mehr lange, und ich muß rechnen."

„Du rechnest gut. So gut wie die vor uns."

„Aber in einer andern Zeit, das Ergebnis muß also anders sein. Die Roppendorfer bauen eine Burg, die Samboeuf machen ein Schloß daraus, die Rabener sorgen für elektrisches Licht, Wasserklosetts, Bäder, Telephon und Fernsehapparate. Was soll ich tun? Computer für Krankenkassen, Steuerabzüge, Pensionsansprüche und Marktuntersuchungen einbauen? Nein. Wenn schon Ameise, dann ganz Ameise; irgendwo angestellt, am Unternehmen uninteressiert, gewerkschaftlich gestützt, mit indexangepaßter Steigerung der Bezüge. Oder etwas ganz anderes, meinetwegen was Verrücktes."

„Du willst die Firma also nicht?"

„Beteiligung ja, Geschäftsführung nein, die Rolle von Vater dreimal nein. Ich will mein eigenes Leben, und wenn ich arbeite, dann möchte ich das Gefühl haben, daß die Arbeit zum Leben gehört, nicht das Leben zur Arbeit. Nichts gegen Tüchtigkeit, man müßte nur wissen, wofür man tüchtig ist, nicht bloß gedankenlos tüchtig für ein mieses System, das uns menschlich kaputtmacht. Vater war so gedankenlos tüchtig, und er ist prompt ebenso tüchtig aufs Kreuz gelegt worden."

Jetzt war es Gernot, der den Kopf schüttelte und ein wenig Zeit zum Nachdenken brauchte. „Für dich ist Vater aufs Kreuz gelegt worden?" fragte er dann. „Wie kommst du darauf? Er war ein Patriarch! Ein Tyrann!"

„Ja, zugegeben, und ein Jahr nach seinem Tod sind sich alle so einig darüber, was für ein Scheusal er war, daß es mich langsam ankotzt. Tyrann! Patriarch! Ich habe ihn länger ertragen müssen als du, und ich frage dich jetzt, was heißt das eigentlich, Tyrann und Patriarch, wenn ich schon versuchen soll, auch den Quatsch der andern nicht zu glauben? Er hat befohlen, meistens selbstherrlich befohlen, manchmal war er ungerecht, manchmal unbelehrbar borniert. Hat sich das alles aufgehört, seit es angeblich keine Tyrannen und Patriarchen mehr gibt? Alles geht weiter wie früher, nur um etliches verlogener; wir sind demokratisch, emanzipiert, progressiv, human, tolerant, und wenn du genauer hinschaust, ist es derselbe alte Käse – mit einem kleinen Unterschied: niemand ist mehr verantwortlich, niemand setzt sich mehr ganz ein, jeder ist nur das berühmte kleine Rad im großen Getriebe, und der einzelne wird in der Mühle der Verwaltung zu Rohmaterial verschrottet. In so einer Zeit verlangst du von mir, daß ich weitermache wie Vater, der doch bekanntlich gerobotet hat wie ein Sklave? Und wofür gerobotet? Für den Staat, die Firma, die Familie? Warum nicht gleich Fahne, Herrscherhaus, Hymne, Volksgemeinschaft und Eid? Gib mir die vierundvierzig Prozent oder, noch besser: zahl mir die Prozente in bar aus. Auf eurem Idiotenkarussell mag ich nicht mitfahren."

Gernot überlegte eine Weile, dann zuckte er mit den Schultern. „Sei nicht böse, Gerhard. Ich verstehe dich. Aber ich habe fragen müssen."

11

Draußen zogen Gewitterwolken auf, die Hitze drückte mehr als zuvor, die Spannung nahm zu, die ersten Honoratioren verabschiedeten sich, Hertha aber kam zu Gernot und fragte ihn, ob er nicht mit dem Apotheker-Bürgermeister sprechen wolle, der bei dem Lack-Industriellen stand und sich offensichtlich langweilte.

„Ist er denn wichtig für die Festschrift?" fragte Gernot.

„Wichtig für Rabener. Du weißt schon, was ich meine", antwortete sie.

Er lachte, drehte sich um, ging durch den Korridor zurück und stieg die Dienertreppe hinunter. Der Gesellschaftslärm versickerte hinter ihm, es wurde kühler. Im Erdgeschoß waren früher die beiden Küchen und die Schlafräume für das Personal gewesen, jetzt wohnte hier nur noch der Gärtner, der alte Heinrich, seit fünfzig Jahren im Haus, er vierundachtzig, seine Frau einundachtzig. Gernot hatte ihn bereits am Tag seiner Ankunft besucht, weil man nicht nach Roppendorff kommen konnte, ohne den alten Heinrich zu begrüßen, und das Zusammentreffen war alles eher als angenehm verlaufen, denn Heinrich hatte seinen Gast zunächst nicht erkannt und dann behandelt, als sei er immer noch ein halbwüchsiger Gymnasiast. Gernot wußte also nicht, warum er bereit war, einen ähnlichen Mißerfolg ein zweites Mal auf sich zu nehmen. War es Pietät? Oder einfach die Tatsache, daß nach Valeries Tod jetzt Heinrich derjenige war, der am längsten auf Roppendorff ausgehalten hatte? Schon vom legendären Urgroßvater Joseph Calasanza war er in Dienst genommen worden, dann hatte der Großvater mit ihm den Park umgestaltet, und Vater, ja Vater war oft mit ihm bei den Beeten gestanden und hatte sich lang mit ihm unterhalten, über Blumen und Bäume, aber auch über Menschen, die Welt und den lieben Gott – Gärtner sind Sonderlinge, und Vater hatte Sonderlinge immer geliebt, wenn sie nicht gerade seine Söhne waren. Gernot lächelte. Sein Gespräch mit Gerhard fiel ihm ein, mit einem Gerhard, der in offizieller Gewandung wesentlich reifer gewirkt und auch wesentlich reifer gesprochen hatte; dazu Vaters Lehrsatz, daß Kleider zwar nicht den Menschen machten, ihn aber trotzdem bestimmten: wie das Koppel den Soldaten, so bewahre die Krawatte den Zivilisten vor dem Auseinanderfallen in zwei Teile. Typisch Vater. Hatte aber Heinrich, außer beim Kirchgang, je eine Krawatte getragen? Und warum war gerade Gerhard, der Freiheitsfanatiker, für den Vater eingetreten? Diesen Vater, der Gernot gezwungen hatte, mit bloßer Hand vom Grund eines stinkenden Abfalleimers ein Stück Seife herauszuholen, das dem Sohn hineingefallen war, als er zum Seifenblasen Späne davon abgeschabt hatte?

Der untere Korridor war ebenso lang, aber um vieles niedriger als der obere und hatte auf jeder Seite zehn dunkelbraune Türen in regelmäßigen Abständen. Der Boden war Kunststein, an den

Wänden dehnten sich an mehreren Stellen feuchte Flecken, und Gernot dachte an Schulen oder Kasernen des vergangenen Jahrhunderts. Rechts stand die zweite Tür offen, Gernot blickte hinein und entdeckte, daß der Bruder hier vier Wände in der Mitte hatte durchbrechen lassen, um so einen Schießstand zu schaffen; vorn der Schützentisch, vier Zimmer weiter die Scheiben, die an langen Drähten herangeholt werden konnten, wenn man die Treffer feststellen wollte. Es gab keinen Zusammenhang, aber plötzlich sah Gernot wieder den kleinen Heinz vor sich, hinter dickem Glas, nicht verstehend, was mit ihm geschah, sehr klein und sehr weit weg, irgendwo hinter den Scheiben, die auf ihre Treffer warteten.

Wahrscheinlich werden sie ihn Harry rufen, vielleicht vergißt er sogar sein Deutsch, und wenn er einmal, mit siebzehn oder achtzehn Jahren, aus Neugier den früheren Vater sucht und findet, dann mußt du Englisch mit ihm reden, du bist ein Fremder für ihn, Komparse in einer interessanten Filmszene, aber er wird dich gar nicht suchen, weil sie ihm sagen werden, daß du gestorben bist. Das ist auch besser so. Willst du lügen? Oder ihm erzählen, daß die Ehe seiner Eltern nur getrennt wurde, weil da ein anderer Mann war, der mehr Geld hatte? Mehr Geld, sonst nichts, Brigittes eigenes Geständnis. Und du verlierst dein Kind. So einfach ist das heute. Heinz hat einen Daddy, und du bist ein Gespenst.

Rennst du nicht selbst hinter einem Gespenst her, das um Mitternacht Pingpong spielt?

Schreib deine Festschrift, kümmere dich um nichts anderes, schreib sie schnell, geh in Deutschland wieder an deine Arbeit, vergiß alles, sogar ein Historiker sollte im eigenen Leben nach vorn schauen, nicht zurück.

Er schüttelte den Kopf, verließ den Schießstand, klopfte an der letzten Tür links, trat ein, blieb stehen, wie gebannt von der Hitzewelle, die auf ihn eindrang, holte tief Atem, schloß die Tür hinter sich.

„Sie haben geheizt?“ fragte er.

„Draußen ist es heiß“, antwortete der alte Heinrich. „Bei uns bleibt es kalt das ganze Jahr, das Wasser steigt in den Mauern, die Räder in den Uhren werden rostig und drehen sich nicht mehr. Den

Teich schütten sie zu, aber einen Teich kann man nicht umbringen, jetzt sickert er in unsere Betten.“

Er zeigte auf das Bett, neben dem er saß, auf dem seine Frau lag. Sie lag auf dem Rücken, angekleidet, die Hände über der Brust verschränkt, den Blick zur Decke gerichtet. Er saß vorgebeugt, die Ellenbogen auf die Knie gestützt, hatte den Kopf gewandt, sah jetzt wieder die Frau an und sprach weiter: „Sagt also der Major zu mir, Heinrich, sagt er, Sie verstehen was vom Wetter; wer mit Pflanzen umgeht, der weiß was vom Wetter. Herr Major, sage ich, natürlich, die Pflanzen und das Wetter, stimmt schon, aber zum Schluß ist es trotzdem der Petrus, das Wetter kommt vom Himmel und wir sind auf der Erde. Na ja, sagt der Major, dann fragen Sie eben den Petrus. Zu Befehl, Herr Major, sage ich, aber ich mag noch nicht in den Himmel. Hat er gelacht. Das war damals am Isonzo, bei Kostanjevica, im siebzehner Jahr, und der Major hat was über das Wetter am nächsten Tag erfahren wollen, weil die feindlichen Flieger unsere Batterien nicht haben sehen können, wenn die Wolken tief hängen.“

Gernot wußte, daß Heinrich früher mit Blumen, Sträuchern und Bäumen geredet hatte und daß er nun, seit er nicht mehr im Garten arbeitete, sondern zwischen seinen feuchten Wänden auf den Tod wartete, seiner Frau immer wieder dieselben Geschichten erzählte, obwohl diese Frau fast taub war. Dem Außenstehenden mochte das sinnlos erscheinen, für die beiden war es Gemeinsamkeit, die Frau hörte geduldig zu und stellte sogar hin und wieder Fragen, wenn sie an ein paar Worten die längst bekannte Anekdote erraten hatte.

„Den Major habe ich übrigens später wieder getroffen, knapp bevor ich da her nach Rainkirchen gekommen bin, vierundzwanzig oder fünfundzwanzig, da war der Major Leiter vom Mödlinger Konsumverein, Leiter mit nur zwei Angestellten, ein ganz kleiner Verein, ganz kleines Geschäft, aber er hat einen Mödlinger Lehrer gekannt, einen gewissen Petznek, mit dem war die Erzherzogin Elisabeth verheiratet, die Tochter vom Kronprinzen, also die Enkelin vom alten Kaiser, und die hat ihm weitergeholfen. Ist ihm dann sehr gut gegangen. Ich habe es ihm gegönnt. War ein feiner Herr, der Major.“

Vor dem Fenster standen ein Tisch und ein Stuhl, Gernot nahm den Stuhl, stellte ihn neben das Bett, setzte sich. „Ich wollte Sie etwas fragen", sagte er.

Heinrich schwieg einige Sekunden. „Fragen Sie", antwortete er dann.

„Warum hat sich mein Vater umgebracht?"

Diesmal dauerte die Pause länger, dauerte so lang, daß Gernot nur schwer der Versuchung widerstehen konnte, etwas hinzuzufügen, zu erklären, zu drängen. Er beherrschte sich.

Endlich räusperte sich Heinrich, hustete, hustete noch einmal, sagte endlich: „Woher soll ich das wissen? Ich sitze da, und wenn ich gerade zum Fenster hinausschaue, sehe ich den Springbrunnen, der war damals noch in Ordnung, wie ich hergekommen bin. Wenn ich nach rechts schaue, sehe ich die blau angestrichene Grube, in der sie schwimmen, und links die Stiege, über die andere hinaufgehen. Vor fünfundvierzig habe ich auch noch den Kopf von der griechischen Statue sehen können. Jetzt ist er weg."

„Mein Vater hat oft mit Ihnen gesprochen."

„Wie man so redet."

„Nicht nur über den Rasen oder die Bäume."

„Von was anderem verstehe ich nichts."

„Ich kann mich genau erinnern. Über Gott und die Welt haben Sie mit ihm gesprochen."

„Gott und die Welt! Seit die Menschen denken können, haben sie schon gewußt, daß die Welt nichts wert ist. Und Gott? An den muß man glauben. Ich glaube an ihn, aber das kann ich niemandem beibringen, auch Ihrem Vater nicht. Dann fragen sie mich: haben Sie denn keine Angst, Heinrich? Wovor soll ich Angst haben? Dann sagen sie mir, daß ich doch ein gescheiter Mann bin, und die ganze Religion ist nur ein Volksbetrug, ein gescheiter Mensch wie ich muß das einsehen. Oder daß nichts einen Sinn hat. Sage ich ihnen, daß sie nur keinen Sinn mehr finden, weil sie sich einbilden, daß sie Rechte haben? Wenn doch alles nur geschenkt ist, das fängt an mit dem Leben, sogar um das tägliche Brot müssen wir bitten, das haben sie leider vergessen. Nein, ich sage es nicht. Ich sage, daß ich eben nicht gescheit bin, sondern blöd. Aus."

„Sie sind nicht blöd, und ich bin überzeugt, Sie können mir eher einen Hinweis geben, warum sich mein Vater umgebracht hat, als meine Familie das kann."

Der Alte lachte und begann zu husten. Er hustete lang.

Gernot wartete.

„Du hast wieder geraucht, Franz", sagte die Frau, ohne sich zu rühren.

„Drei im Tag! Das ist doch kein Rauchen!"

„Einen kleinen Rat", bat Gernot.

Heinrich winkte mit einer ungeduldigen Handbewegung ab. „Rat! So was Dummes! Ich habe noch niemanden getroffen, dem man hätte raten können. Man kann nur zu dem raten, was der andere ohnehin tun will. Wenn's dann schiefgeht, schiebt er einem die Schuld zu."

„Ich will gar nichts tun. Ich will wissen, warum mein Vater –"

„Ja, ja! Trotzdem kann ich Ihnen nicht helfen! Wir haben uns recht gut verstanden, aber nicht mit Worten, und das war früher einmal, draußen im Freien; hierher, in die Gruft, ist er doch fast nie gekommen. Ja, schon, manchmal. Bemerkt habe ich nichts. Was soll ich Ihnen sagen? Wer kann Ihnen überhaupt etwas sagen? Die gnädige Frau ist tot, die alte gnädige Frau ist jetzt auch tot. Die Jungen? Die wissen gar nichts. Reden Sie mit dem Lehrer, dem Rauch, den hat er oft besucht."

12

Als er die Treppe hinaufstieg, merkte er, wie dunkel es geworden war, dunkel wie am Abend, und dann hörte er den Sturm in der Ferne, ein unheimliches beängstigendes Rauschen, das schnell lauter wurde und zum Tosen anwuchs. Bald darauf packte die erste Böe das Haus und schüttelte es, der Boden bebte, Staub trieb durch die Räume, im ersten Stock rissen sich einige Fensterflügel aus ihren Verspreizungen, knallten gegen die Mauer, Scherben klirrten und von weit her kamen durch das Wüten der Luftmassen die Schreie von Frauen. Im Korridor begegnete ihm Toni, die ihn fast niederrannte, knapp auswich, und, immer zwei Stufen auf einmal nehmend, die Stiege ins Stockwerk hinauflief. Hinter ihr drängten die andern nach, die Gäste, nicht so gehetzt und trotzdem eilig, halb höflichkeitsbeflissen, halb deutlich bestrebt, möglichst schnell den Wagen zu erreichen und noch vor Ausbruch des Gewitters nach Hause zu kommen. Manche winkten zurück, andere fielen unwillkürlich in Trab, besannen sich, gingen ein paar Schritte in herabgeminderter Würde, liefen wieder, gingen, achteten nicht auf Gernot, nutzten ihre Ellenbogen und verschwanden im Durchgang zum Bürohaus. Auf dem Parkplatz heulten bereits die Motoren.

Weiter vorn im Korridor, zwischen Halle und Empfangsraum, warteten Gunther und Hertha, um die Hände zu drücken, die ihnen gereicht wurden, Abschiedsworte zu schreien und die Fliehenden zu trösten, daß ihr überstürzter Aufbruch keinesfalls übelgenommen werde. Gastgeber und Gäste preßten die linke Hand auf den Kopf, schützten so ihre Frisuren, und alle standen sie ein wenig schräg, gegen den Sturm gestemmt, der immer noch von der Freitreppe hereinbrauste, obwohl sich zwei Mädchen bemühten, die stets wieder mit lautem Krachen zurückschlagenden Türflügel zu schließen. Einer der weißen Vorhänge des Empfangsraumes hatte sich losgerissen und glitt aufgebläht wie ein Gespenstersegel über das Parkett.

Kehraus, dachte Gernot, lief in die Halle, half den Mädchen und schloß mit ihnen die drei hohen Türen. Plötzlich wurde es still, er blickte zurück und sah, wie Gunther und Hertha seufzend die Schultern sinken ließen und einander umarmten. Merkwürdig einsam standen sie da in ihrem nun leeren Schloß. Langsam stieg er die Stufen hinauf und stieß oben mit Silvia zusammen, die ihre kleine Tochter wegtrug, so ganz ihren Mutterpflichten hingegeben, daß sie Gernot nicht erkannte. In der Tür seines Zimmers rannte ihm nochmals Toni in die Arme, keuchte: „Die Fenster sind zu!" und verschwand im Nachbarraum.

Während er sich auszog, hörte er mehrfachen Donner, bald darauf brachen die Wolken, und schwere Tropfen schlugen gegen die Scheiben. Sein Hemd war schweißdurchnäßt. Er stellte sich unter die Dusche, erst warm, dann lau und kühl, begann wieder freier zu atmen, verfluchte seinen Auftrag, dachte an Heinz und verfluchte das Denken. Die zweite Tür des Badezimmers ging auf und Kriemhild kam herein, sah ihn, blieb ungerührt stehen und legte den Kopf schief. „Huch, ein nackter Mann!“ sagte sie. „Gemeinsames Bad, wie in alten Zeiten, damals drüben, jetzt im Fremdentrakt. Hello, stranger, steh nicht stundenlang unter der Dusche, ich bin genauso verschwitzt wie du, und sogar Willy ist ein Mensch, wenn's auch manchmal schwerfällt, es zu glauben.“

„Hau ab, du Giftpaket!“ schrie Gernot und wandte sich ab. „Ich bleibe, so lange es mir paßt! Kommandiere deinen Flotten-Willy, aber nicht mich!“

„Kombiniere: wir sind verwandt“, antwortete die Schwester in aller Ruhe. „Der kleine Gernot, aufgeplustert von der Kohlmeise zum zwergwüchsigen Lämmergeier. Beeile dich trotzdem, du Rotzbub, ist noch gar nicht so lange her, daß ich dir den Arsch vollgehauen habe. Wenn du nicht spurst, reiß ich dir dein Ding aus, dann bleibt der Heinz deine einzige Großtat im Leben.“

Als sie gegangen war, schüttelte Gernot nur den Kopf, denn die Drohung, daß ihm die Schwester sein „Ding“ ausreißen werde, kannte er seit seinem fünften Lebensjahr. Damals hatte er noch die Mutter um Hilfe gerufen, heute war er allein, aber er vertraute seiner Kraft, dem Gegner auch im übertragenenen Sinn gewachsen zu sein, duschte geruhsam weiter, verließ endlich das Bad, kleidete sich weniger formell und wandte sich dann den Unterlagen für die Festschrift zu, die ihm Hertha am Tag seiner Ankunft übergeben hatte. Diese Unterlagen waren erschöpfend, soweit sie den von ihm verlangten Text betrafen, unberührt aber blieb, warum sich der Vater umgebracht hatte, dessen Geist nun angeblich um Mitternacht in der Kapelle Pingpong spielte, und dabei wurde ihm von Stunde zu Stunde deutlicher bewußt, daß gerade die Lösung dieses Rätsels zu seiner eigentlichen Aufgabe als Historiker geworden war. Aufdeckung der Zusammenhänge, Feststellung des Motivs und des vorläufig noch kaum erkennbaren Beginns einer Entwicklung, das war vertretbarer Einsatz, nicht diese verlogene Festschrift! Freilich, er konnte die zwölftausend Mark gut gebrauchen, trotzdem aber hätte er abgelehnt, wenn es ihm gelungen wäre, das Bild des kleinen

Heinz hinter den dicken Glasscheiben zu vergessen. Vor diesem Bild war er geflohen, jetzt saß er hier und dachte wieder an Flucht.

Flucht ist feige, predigen die Moralisten, und Feigheit ist die unverzeihliche Todsünde des Mannes. Flucht ist natürlich, behaupten die Ethologen, denn sie ist lebenserhaltend; jedes Säugetier flieht oder ergibt sich dem stärkeren Gegner, nur die menschlichen Machthaber verlangen, daß Leute, die von ihnen vorgeschickt werden, ohne Rücksicht auf sich selbst ihre sogenannte Pflicht erfüllen; das paßt zur Programmierung von Ameisen, nicht zu der von hochentwickelten Affen. Wenn es aber gar keinen Machthaber außerhalb meiner Seele gibt, wenn Gewissen oder Selbstachtung ein bestimmtes Verhalten fordern? Gegeneinwand: Gewissen und Selbstachtung sind anerzogen. Meinetwegen, trotzdem muß ich mit mir, also mit ihnen, leben. Ich darf nicht vor mir selbst fliehen. Und warum hat man gerade mich gebeten, diese Festschrift zu schreiben, die jeder für Ortsgeschichte interessierte Grundschullehrer ebenso gut und sogar besser hingebracht hätte? Die Antwort stammt von Kriemhild. Weil ich meinen Vater gehaßt habe. Und was sagt Gerhard? Es kotzt ihn an, was für ein Scheusal man aus Vater machen will, seit er sich nicht mehr wehren kann.

Eine Aufgabe, Kein Bekenntnis. Eine Aufgabe.

Der Gong rief zum Abendessen, er legte die Papiere beiseite und ging ins Bad. Dort stand Kriemhild am anderen Waschbecken, den Rücken ihm zugewandt. Sie frisierte sich. Er trat an sein Waschbekken, wandte ihr ebenfalls den Rücken zu, wusch seine Hände.

„Sei vernünftig, Kleiner", sagte sie. „Hertha wird mit dir sprechen. Alles ist arrangiert, Essen gemeinsam, dann Bridge, Willy und ich, Gunther und Susi. Oswald muß fernsehen, irgendeine Aufzeichnung von einem Endspiel im Europa-Cup. Sei vernünftig."

„Was heißt das?"

„Eine Lage richtig einschätzen."

„Und wie ist die Lage?"

„Zufrieden sein, wenn jemand arbeitet und eine Firma führt, die man selber nicht führen mag und gar nicht führen kann. Ihm nicht den Spaß verderben."

„Was für einen Spaß?"

„Das Bewußtsein, daß man in dem Laden auch bestimmt, für den man schuftet.“

„Und warum redet man nicht mit Gerhard?“

„Der ist ein Lausbub, du bist ein Mann. Du kannst vernünftig sein. Er nicht.“

„Wie sieht das aus, wenn er nicht vernünftig ist?“

„Er mag Gunther nicht, er haßt Hertha. Er wird auf keines ihrer Angebote eingehen und den zweien bei jeder Gelegenheit Schwierigkeiten machen.“

„Dazu braucht er entweder Elsa oder mich.“

„Und Gunther braucht euch beide. Es geht also um dich.“

„Weil man mich leichter umbiegen kann?“

„Weil du imstande bist, eine Lage objektiv zu beurteilen.“ Sie warf den Kamm auf die Ablage, drehte sich scharf um und sah Gernot durch den Spiegel an. „Herrgott, ist denn das so schwierig? Blöd warst du doch nie, in ein paar Jahren bist du Professor, nicht daß mir Professoren imponieren, aber du kannst doch klarer denken als dieser vergammelte Idiot! Da ist ein Brunnen, von dem wir alle hin und wieder ein bißchen Wasser kriegen! Warum willst du ihn zuschütten? Weil dir Gunther vor acht Jahren dein Mädchen weggenommen hat? Das darf doch nicht wahr sein! Ein erwachsener Mann! Ein Fast-Professor! Verkauf meinetwegen deine sieben Prozent zu einem Wucherpreis, das kann ich verstehen; oder, andere Möglichkeit, wenn du glaubst, daß diese sieben Prozent später einmal ein Vermögen einbringen, dann überrede Gerhard, daß er dem Gunther vier Prozent von seinen vierundvierzig abgibt. Er verehrt dich doch wie einen Gott, weil dich Vater damals hinausgeschmissen hat. Er wird auf dich hören.“

Er griff nach dem Handtuch, wandte sich ebenfalls um, erwiderte ihren Blick, und jetzt brauchten sie keinen Spiegel mehr. „Ein Brunnen“, sagte er, während er seine Hände trocknete. „Gunther jammert über den Rückgang der Aufträge. Geht es wirklich um Wasser? Nicht vielleicht ums Prinzip, noch böser: um die Macht? Und wer will die Macht? Gunther? Der Mann mit dem verkohlten Lenkrad? Oder Hertha?“

Sie seufzte, schüttelte den Kopf. „Langsam bin ich es satt. Seit ich mit dir rede, hast du nur mit Fragen geantwortet. Wahrscheinlich liegt es wirklich daran, daß du mit vierzehn weggeschickt worden bist. Dir bedeutet Roppendorff nichts. Mir bedeutet es viel. Heimat, Boden, Wurzeln, Kindheit, Nostalgie, was du willst. Den Steinkasten zu erhalten, kostet eine Menge Geld, das geht nur mit der Firma. Du redest vom Rückgang der Aufträge. Schön, eine Flaute, wir wissen das, sie ist weltweit. Was macht man in einer Flaute? Man spart. Hertha hat Betriebswirtschaft studiert, sie rationalisiert und modernisiert diese veraltete Mühle, sie kriegt es hin, aber man darf ihr nicht die Hände binden!"

„Also freie Bahn für Hertha. Was ist für dich drin?"

Sie lachte. „Wieder ein Frage. Trotzdem: ich weiß, ich bin ein egoistisches Weibsbild, also ist die Frage berechtigt. Was für mich drinnen ist? Glaub's oder glaub's nicht, mir liegt etwas an dem Steinkasten, ich möchte weiter zum Wochenende herkommen können, Willy mit Geschwader im Schlepptau, und meine Kinder sollen im selben Park spielen, in dem seinerzeit ich gespielt habe. Damit das möglich ist, muß Hertha arbeiten, und ich bin in Sorge, daß sie streikt, wenn man ihr den Boden unter den Füßen wegzieht."

„Also Hertha."

Jetzt wurde sie wütend. „Also Hertha! Was willst du? Du kennst doch Gunther: Kann er Roppendorff halten?"

„Es geht dir nur um den Steinkasten."

„Ja, ja, ja!"

„Weißt du, warum sich Vater umgebracht hat?"

Eine Weile starrte sie ihn verständnislos an. „Bist du noch zu retten?" rief sie dann. „Vielleicht ist dieser Schallplattentrottel von Gerhard weniger Neurotiker als du! Daß du böse bist, weil Hertha nicht dich, sondern deinen Bruder genommen hat, das kann ich verstehen. Aber Vater? Spielst du Ödipus? Hat dich Mutter vor dreißig Jahren zuviel oder zuwenig mit der Bürste geschlagen, was willst du mit dieser blöden Frage, Vater ist tot, tot, tot, geht das nicht in dein Hirn, daß damit alles aufhört?"

„Ich will die Wahrheit wissen."

„Die Wahrheit! Sehr ehrenvoll. Aber wozu?" Mit einer ungeduldigen Handbewegung beendete sie das Gespräch. „Gut. Lassen wir's. Du bist eben immer noch nicht erwachsen, mach dir nichts draus, die meisten Männer bleiben zeit ihres Lebens Kinder. Nur eins, Kleiner: Kinder müssen gehorchen."

13

Unten standen Türen und Fenster wieder offen, der Sturm hatte sich gelegt, der Regen war vorüber, aber der Park dampfte und die Hitze drückte ärger als vor dem Gewitter. Toni und die gemieteten Mädchen hatten abgeräumt, die Möbel an ihre früheren Plätze gerückt und den Refektoriumstisch im Speisezimmer gedeckt. Um ihn versammelte sich die Familie, freilich ohne Gerhard, der allein gegessen hatte und dann sofort zu irgendwelchen Freunden in blauem Drillich gefahren war, um mit ihnen Schallplatten zu genießen. Die jüngste Nachkommenschaft lag im ersten Stockwerk, sechs Mädchen, drei von Kriemhild, drei von Hertha, die beiden Mütter hatten sie abgefüttert und zu Bett gebracht, was sie jetzt trieben, blieb ihnen überlassen, solange sie nicht lärmten.

An den schmalen Enden des Tisches saßen Gunther und Hertha, an den Breitseiten links Willy, Toni und Oswald, rechts Susi, Gernot und Kriemhild, und obwohl Gernot diese neue Ordnung bereits kannte, auch ihre Berechtigung einsah, mußte er doch immer wieder zu den Plätzen von Vater und Mutter schauen, die jetzt von Gunther und Hertha eingenommen wurden. Hertha auf Mutters Sessel!

Mutter war so unauffällig gestorben, wie sie gelebt hatte, immer im Schatten dieses Mannes, dem weiterhin alle Aufmerksamkeit galt. Mit der Bürste geschlagen! Gut, es ist passiert, man kann es nicht abstreiten, was aber besagen zweimal in ganzen vierzehn Jahren, einmal, weil er Kriemhild in zugegeben ordinärer Weise beschimpft und das andere Mal, weil er kühl festgestellt hatte, daß er den Vater nicht möge. Die läppische Bürste. Viel wichtiger wäre: Mutter und ihre Patience, Mutter am Klavier oder am Stickrahmen; dazu die selbstgeknüpften Teppiche, das sonderbare Stammbuch mit gepreßtem grünem Ledereinband, in das längst verstorbene Verwandte und Bekannte Sinnsprüche geschrieben hatten, die Ulanen-Tschapka ihres Vaters auf der Vitrine mit dem alten englischen Porzellan, später die dicke Hornbrille, mit der sie aussah wie eine Eule und die sie immer suchte, weil sie sie täglich mehrmals verlegte. Mutter bei den Geburtstagen, sie steckt Kerzen in die Torte, hat Tränen in den Augen, und abends jedesmal die gleiche Frage: Wohin gehst du jetzt, Gernot? Ins neunte Jahr, war die Antwort, oder ins dreizehnte, und sogar beim dreiundzwanzigsten haben wir das noch gespielt. Oder die Schattenrisse der Urgroßeltern in der Lade ihres komischen Sekretärs, an dem ein normaler Mensch höchstens ein paar Minuten hätte schreiben können, so unbequem war er. Einmal habe ich sie überrascht, als sie die Lade geöffnet hatte und die Bilder betrachtete; schnell legte sie die Bilder zurück, schob die Lade zu und wurde tatsächlich rot. Sie aß gern Ingwerkonfekt, und ich habe es ihr mehrmals zu Weihnachten geschenkt. Zu ihrer Beerdigung bin ich nicht gekommen. Warum nicht? Weil sie mich in der kritischen Zeit vor meiner Verbannung allein gelassen hat? Mein Gott, damals war Gerhard noch keine zwei Jahre alt, hat die Mutter mehr gebraucht als der Vierzehnjährige. Nein, nicht darum. Zu Beerdigungen geht man nicht wegen der Verstorbenen, sondern wegen der Hinterbliebenen. Mit denen wollte ich nichts zu tun haben. Aber zwölftausend Mark haben mich hergebracht. War es das Geld? War es nicht –

Laß dieses Thema, sonst mußt du dich mit dem kleinen Heinz und seinem neuen Daddy befassen. Betrachte die Sache als Historiker, der du geworden bist, weil man dich zu Onkel Hermann nach Steyr geschickt hat. Was heißt: „man“? Er war es. Warum soll gerade er sich umgebracht haben? Nein, nicht jetzt; Historiker, nicht Neurotiker. Was ist schließlich Geschichte? Ausgedehnte Erinnerung, ohne die wir gar nicht leben können; nicht einmal das Argument, daß wir besser auf den Bäumen geblieben wären, zieht da, denn die Klimaänderung hat uns in die Steppe getrieben, und dort wären wir ausgestorben, wenn wir nicht gelernt hätten. Lernen aber braucht Erinnerung. Erinnere dich. Nicht als Sohn, als Historiker.

Beginnen wir mit der Familie. Die Theimer haben seit etwa 1825 dem Vaterland Offiziere und Beamte gestellt, kaum verständlich, daß ihr Blut in deinen Adern fließen soll, für dich waren sie wie die schillernden Eidechsen, die in den mit Alkohol gefüllten Glaszylindern des naturgeschichtlichen Kabinetts deines Gymnasiums auf den Anschauungsunterricht warteten, ihr Alkohol Gehorsam, Pflicht und Treue. Großvater Theimer hast du nie persönlich kennengelernt, nur durch die Mutter viel von ihm gehört, ein Herr der alten Schule, Rittmeister bei den Ulanen, überzeugter Monarchist, Kavalier, verheiratet mit einer verarmten Baronin, nach dem Ersten Weltkrieg Versicherungsbeamter, später sogar Direktor, führender Mann bei der rechtsradikalen Heimwehr in der Grünen Diktatur 1933 bis 1938, darum von den Deutschen nach ihrem Einmarsch sofort verhaftet, ins Konzentrationslager gebracht und schon wenig später wegen erwiesener Harmlosigkeit wieder entlassen, 1943 an gebrochenem Herzen gestorben, weil sein einziger Sohn vor Stalingrad gefallen war. Seine Frau wird 1945 eines der vielen Opfer einer Typhus-Epidemie, die damals Wien überschwemmt.

Die Tochter? Sie ist erst fünf Jahre alt, als die Monarchie zerfällt, aber sie hält diesen ersten fünf Jahren ihr ganzes Leben lang die Treue. Für sie ist der Vater nie Angestellter einer Versicherungsgesellschaft, er bleibt Rittmeister bei den Ulanen, und wenn auch der Adel in Österreich abgeschafft und die Führung eines Adelstitels sogar mit Strafe bedroht ist, bleibt die Mutter Baronin, nur so kann man sich gegen die Plebejer behaupten. Als sie 1936 Andreas Rabener heiratet, nimmt sie nicht den Bauunternehmer, sondern den Akademiker, der immer satisfaktionsfähig, wenn auch nicht hoffähig ist. Ihr Vater ist froh, die Tochter einem Konservativen geben zu können. Und Andreas? Ich habe ihn im Verdacht, daß er politisch gedacht hat. Damals vermutete niemand einen Einmarsch der Deutschen nur zwei Jahre später, man muß sich mit der Grünen Diktatur in Österreich abfinden, und da hat der alte Theimer beste Beziehungen, zu den Monarchisten, zur Heimwehr, zur Regierung, zu Stellen, die Aufträge erteilen können. Eine Vernunftehe? Was ist Vernunft? Was ist Ehe? Was wissen wir, woher nehmen wir die Berechtigung zum Urteil? Diese Frau hat das schwache Herz ihres

Vaters geerbt, immer ist sie ein wenig kränklich, auf jeden Fall farblos und nicht sehr temperamentvoll, sie lebt in der Erinnerung: da ist der alte Kaiser, da der kleine blonde Otto, der sich an das Knie des Urgroßonkels schmiegt, sie denkt an ein Reich, in dem es die richtige Ordnung gab, an ein Reich, in dem man ohne Paß in die Hohe Tatra oder in die Dolomiten, nach Prag, Ragusa oder Temesvar fahren konnte, an ein Reich, in dem nie Not war an Dienstboten. Und neben ihr ein Mann ohne jede Bindung, ein Mann, der sich um jeden Preis durchsetzen, der um jeden Preis herrschen wollte, der wahrscheinlich auch sie beherrschte, sie sicherlich betrog und sonderbarerweise bis zu seinem Ende zu ihr stand. „Eigentlich hätte sie 1918 sterben sollen", sagte er einmal, keineswegs ohne Mitgefühl, aber doch eher so, als spräche er von einem nicht mehr ganz brauchbaren Jagdhund.

Nein, kein Ödipus-Komplex, wie meine liebe Schwester behauptet; ich weiß genau, daß sie schwach und kränklich war, und schwach und kränklich darf man einfach nicht sein, das ist ein Grundgesetz der Geschichte. Er war stark, das muß man ihm lassen, stark, gesund und tüchtig. Leider unmenschlich.

Was ist menschlich? Wer sind wir wirklich? Hat man uns nicht oft genug die blutgierigsten Raubtiere genannt? Mit vierzehn Jahren bin ich zu Tante Regine geschickt worden, seiner Schwester. Ja, das war sie, voll und ganz seine Schwester; während Onkel Hermann über alten Handschriften träumt oder in seinen Büchern schmökert, hält sie das Hauswesen eisern zusammen, eine handfeste Person, eine tüchtige Frau, eine gute Mutter – und die Mutter ist sie ja schließlich auch für mich geworden. Wahrscheinlich habe ich Gertrude Theimer, diese herzkranke schwache Frau, ein wenig vergessen. Warum? Kann Großmutter recht damit haben, daß ich ihm ähnlich bin, obwohl ich immer zu weich für ihn war? Keine Sympathie für Schwäche. Stimmt das?

So oder so: jetzt sitzt Hertha auf ihrem Sessel, und das dürfte eigentlich nicht sein.

Ein Hund bellte in sein Ohr, er erschrak und brauchte eine ganze Weile, bis er entdeckte, daß es kein Hund war, sondern Kriemhild, die das Bellen nachgeahmt hatte. Als er den Kopf wandte, sagte sie:

„Gott sei Dank, der Jagdinstinkt der Rabener lebt noch in ihm; wenn schon nicht auf menschliche Ansprache, auf Hundegebell reagiert er. Du bist etwas gefragt worden, Kleiner, sogar zweimal gefragt. Man schläft nicht bei Tisch, das ist unhöflich. Verzeihung, Herr Professor!“

Hertha hob beschwichtigend beide Hände und lächelte. „Nicht so wichtig, Gernot, ich habe nur wissen wollen, ob du noch vom Lachs willst, davon ist nicht gerade viel übriggeblieben, und bevor Gunther zum dritten Mal nimmt, möchte ich dir doch zum zweiten Mal anbieten.“

Verlegen zuckte er mit den Schultern, nickte, hob sogar den Teller, obwohl Hertha außerhalb seiner Reichweite saß und die große Platte mit den Resten des Leichenschmauses vor ihm stand, aber Toni nahm ihm sofort den Teller aus der Hand, legte die letzte Lachsschnitte darauf und reichte den Teller zurück.

„Ich bin der böse Alte“, sagte Gunther.

„Das sollst du ja auch sein“, antwortete Oswald.

„Weil ich auf diesem Platz sitze?“

„Ja. Ein Hahn, der alles den andern läßt, ist vielleicht recht nett, aber als Vorbild kaum geeignet. Es freut mich, daß sie auf der Militärakademie die bewährten Grundsätze für die Schulung von echten Führern trotz allem Geschwätz der Zeitungen beibehalten haben. Während meiner letzten Truppenübung bin ich mit etlichen jungen Leutnants ins Gespräch gekommen –“

Er erklärte seinem wenig interessierten, aber immerhin höflichen Publikum, warum die Moral im österreichischen Bundesheer dauernd ansteige, und daß nicht einmal die gewerkschaftliche Errungenschaft der Bezahlung von Überstunden, Nachtübungen und Sonntagsdiensten der Kampfbereitschaft der Truppe habe Schaden zufügen können. Gernot, durch das Gebell der Schwester gewarnt, hörte wie alle andern zu, verzehrte ungerührt die Lachsschnitte und dachte dabei an Susi, die solchen Gesprächen täglich ausgeliefert war. Ihr Vater und ihr erster Mann hatten als Helden ins Gras gebissen, konnte sie wirklich nur wegen ihrer Zugehörigkeit zum Bund Deutscher Mädchen so stur geblieben sein, daß sie weitere Kampfbereitschaft wünschenswert fand? Da war doch ein Sohn im passenden Alter für die Opferung auf dem Altar des Vaterlandes; und wenn man diese hochtrabende Bezeichnung für Österreich ablehnen sollte, gab es genügend andere Gründe für den süßen Tod auf dem Schlachtfeld, wie etwa die Freiheit und die gerechte Ordnung, die Vernichtung des Klassenfeindes oder das Recht auf Selbstbestimmung, was man auch darunter zu verstehen wünscht, vom Rauschgiftgenuß bis zur Unterjochung der Minderheit. Als Oswald von Härte sprach und Willy sich räusperte, fürchtete Gernot einen Flottenbeitrag des Schwagers, weil die Moral der Marine ja – von gewissen geschichtsbekannten Meutereien abgesehen – seit jeher besser gewesen sei als die des Heeres, da aber hob Hertha die Tafel auf, und alles kam, wie Kriemhild es vorhergesagt hatte: die Bridge-Partie, Oswald vor dem Fernsehkasten bei seinem Fußballspiel, Toni abkommandiert zum Saubermachen, er und Hertha frei für ein konstruktives Gespräch in der Bibliothek.

Er gehorchte.

14

Die Bibliothek, gleich neben der Kapelle, war schon seit dem ersten Rabener auf Roppendorff ausschließlich für den Herrn des Hauses vorgesehen gewesen. Hier arbeitete er, wenn es daheim noch etwas zu arbeiten gab, hierher floh er vor der Familie, hier durfte er nur in Notfällen gestört werden. Wichtigste Einrichtungsgegenstände waren darum der Schreibtisch, schräg in der Ecke vor dem linken Fenster, und das Sofa in der Ecke beim rechten, davor ein Tischchen mit zwei Lederfauteuils. Zwischen den Fenstern hing das Ölgemälde von Joseph Calasanza Rabener, das ihn stehend vor einem Grundriß zeigte, während er mit ausgestrecktem, anatomisch etwas mißratenem Arm auf den Plan wies und dabei den Betrachter steinern und kuhdumm anstarrte. In der Mitte der rechten Wand, von der Tür aus gesehen also vor dem Sofa, stand ein riesiger Kamin, auf dessen Schürze das Wappen der Samboeuf prangte, und wegen dieses Kamins hatte es immer wieder stundenlange Diskussionen gegeben, die Feuerung betreffend, erstmals in den zwanziger

Jahren, als Carl Borromäus einen Dauerbrandofen einmauern ließ, und dann in den fünfziger Jahren, als Andreas dem Schloß die Zentralheizung schenkte, den Ofen entfernte und den ursprünglichen offenen Kamin wiederherstellte. Über das Wappen hatte man in kurzen Abständen dauernd gestritten, denn traditionsgemäß brauchte eine Familie, die durch Besitz ihrer selbst bewußt geworden war, natürlich ein Wappen, und auch die Rabener fanden eines, das ihnen gefiel, sogar von der Heraldischen Gesellschaft anerkannt und registriert worden war. Genau das aber teilte die Mitglieder der Familie in zwei Parteien, die einander völlige Verkennung der Tatsachen vorwarfen: eine, die berechtigt feststellte, daß Roppendorff jetzt den Rabenern gehörte und darum ihrem Wappen der Platz auf dem Kamin zustehe, und eine andere, die ebenso berechtigt erklärte, das Wappen der Samboeuf sei älter, in der für diese Art von Symbol richtigen Zeit erworben und darum mehr Schmuck für das Schloß und die Rabener als ein neues, das bloß ein Verein gestattet habe und eigentlich verboten sei. Nach einem solchen Disput beschloß Andreas, das Wappen der Roppendorfer auf die Kaminschürze zu setzen, da er aber, obwohl die Roppendorfer sicherlich ein derartiges Attribut besessen hatten, in den Archiven keines fand, blieben die Samboeuf im Besitz ihres Kamins. Daß auf dem Sims schon seit etwa 1890 daumengroße plastische Zinnsoldaten in den Uniformen des Heeres von Maria Theresia standen, verstärkte den Eindruck, daß die französisch-österreichischen Barone sich wenigstens hier behauptet hatten, obwohl ihnen ihr nachdenklicher Stratege von den Russen abgeknallt worden war.

In der Ecke rechts neben der Tür ein Tischchen mit bosnischem Kaffeeservice und elektrischem Kaffeekocher, an der linken Wand die Bücherregale, vom Fußboden bis zur Decke reichend, wegen der Höhe des Raums sogar mit einer auf Rollen laufenden Leiter versehen. Schon Joseph Calasanza hatte die Bände für diese Regale besorgt, von seinen Nachfolgern aber waren viele davon ausgeschieden und durch andere, nun wichtiger erscheinende, ersetzt worden. Das war anfangs gewiß nicht schwer gewesen, denn Joseph Calasanza hatte, nachdem er in den Besitz von genügend Geld und einem Schloß gekommen war, die Einrichtung einer Bibliothek für standesgemäß gehalten und darum die nötigen Bücher meterweise bestellt. Daß in diesem Pauschalkauf die vierundvierzig Bände der Naturgeschichte von Buffon, die sechsundzwanzig Bände der Cotta-Ausgabe von Goethes Werken aus dem Jahr 1822 und eine Feyerabend-Bibel von 1581 eingeschlossen waren, freute erst seine Erben, obwohl auch sie diese Bücher nie zur Hand nahmen. Ihre Freude galt dem bloßen Eigentum, das plötzlich als einigermaßen wertvoll erkannt wurde; rotgolden gebundene Klassiker ließen sie ohne Gewissensbisse auf die Applanie fahren, um Platz für Fachliteratur, Konversationslexika und fremdsprachige Enzyklopädien zu schaffen, auf die Andreas besonderen Wert legte. Er war es auch, der knapp neben Buffon und Goethe die Hausbar samt Kühlschrank einbaute.

Die Veränderungen nach seinem Tode waren gering und erschienen nur Gernot wesentlich: das Bild von Joseph Calasanza hatte man entfernt und in den Rahmen einen Spiegel setzen lassen; in der Mitte des Samboeufschen Kaminsimses erhob sich zwischen den theresianischen Zinnsoldaten eine kleine Nachbildung des Denkmals der Kaiserin in Wien, auf dem man zwar die Kaiserin vorzüglich, die Reiterfiguren der Feldherren Daun, Laudon, Traun und Khevenhüller schon weniger, das Relief mit Haydn und Mozart aber überhaupt nicht mehr erkennen konnte; und auf dem Schreibtisch stand eine Damenhandtasche.

Gernot war seinerzeit öfter in das Heiligtum beordert worden und hatte hier immer nur Unangenehmes erfahren müssen. Seit seiner Ankunft vor wenigen Tagen war er erst einmal in der Bibliothek gewesen, als ihm Hertha am Schreibtisch die Unterlagen für seine Arbeit übergeben hatte. Nun wurde er in die Sitzecke zu einem der für Gäste bestimmten Lederfauteuils gebeten, während Hertha ganz selbstverständlich den Platz des Vaters auf dem Sofa einnahm. Er setzte sich und wartete, was nun, nach zweimaligem Erkundungsgeplänkel der Vorhut, von der Hauptmacht an ihn herangetragen werden sollte.

Die Hauptmacht lächelte, bot ihm eine Zigarette an, entschuldigte sich gleich darauf, weil sie ja wisse, daß er nicht rauche, nahm selbst, ließ ein Feuerzeug mit dem Habsburgerwappen aufleuchten, stieß eine Rauchwolke aus, sah durch die Wolke den Gegner an und schwieg.

Auch Gernot schwieg.

Endlich nickte sie, lächelte, nickte nochmals, sagte: „Da bist du also."

„Ja. Schon seit Mittwoch."

„Aber nie wir zwei allein. Hast du Angst vor mir?"

Er betrachte sie nachdenklich. Mit einem Mal war sie nicht mehr die tüchtige Geschäftsfrau, sie glich genau dem Mädchen aus Steyr und aus Wien, dieselben Augen, dieselbe Linie um den rechten Mundwinkel, er spürte die alte Verzauberung, aber er wußte sehr gut, daß er mit Taktik rechnen mußte, nicht mit Gefühlen. „Nein, ich habe keine Angst vor dir", antwortete er freundlich.

„Zum Begräbnis deiner Eltern bist du nicht gekommen. Mit Geld hat man dich ködern müssen. Du weißt hoffentlich, wer den Köder ausgelegt hat."

„Du."

„Ja. Ich."

„Damit ich den Rückblick schreibe."

„Weil ich dich wiedersehen wollte."

„Weil ich meinen Vater gehaßt habe."

„Weil ich dich wiedersehen wollte."

Es blieb lange Zeit still zwischen ihnen, sie sahen einander bloß an, heiter und vertraut, aber die Visiere waren geschlossen, die Lanzen eingelegt, sie wartete mit gespannter Aufmerksamkeit auf die kleinste Schwäche, die er verraten würde, er beherrschte sich, jederzeit bereit, den kommenden Angriff, woher immer er erfolgen sollte, abzuwehren.

Sie entschloß sich und setzte ihre Aktion in der bisherigen Stoßrichtung fort. „Du hast dich verleugnen lassen, dann warst du in Deutschland, Briefe blieben ohne Antwort. Seit diesem verfluchten Freitagabend haben wir einander nicht mehr gesehen. Ich weiß es noch wie heute, es war bei mir in der Schwarzspanierstraße, ich habe dir von Gunther erzählt, auf eine Regung gewartet, und du – ich sehe dich, wie du am Fenster stehst, durch den Netzvorhang starrst, unten fährt klingelnd die Straßenbahn durch die Kurve, und nichts, nichts, nichts. Ich habe es mir vorgesagt, ich habe darum gebetet: wenn er sich jetzt umdreht, auf dich zugeht und dir bloß eine Hand auf die Schulter legt, dann gibt es keinen Gunther mehr, und alles ist entschieden. Du hast nichts getan, nichts, fast fünf Minuten sind wir so gestanden, und als du dich dann endlich umgedreht hast, bist du nicht zu mir gekommen, du hast mit den Schultern gezuckt und bist gegangen. Auch eine Entscheidung. Aber nicht gerade die, die ich mir gewünscht habe."

Er erinnerte sich, und nach seiner Erinnerung stimmte zwar die Ausgangssituation, aber als er sich umgedreht hatte, war er auf sie zugegangen, hatte ihr beide Hände auf die Schultern gelegt und sie gefragt, ob das denn ihr Ernst sei, ob sie alles vergessen habe – und wenn das wirklich so sei, würde er dem Bruder nicht im Wege stehen, denn sein Bruder sei immer eine Art kleiner Herrgott für ihn gewesen, und sie hatte ihm erklärt, daß sie natürlich nichts vergessen habe, aber gegen Gefühle sei man machtlos, und wenn er in seinem Bruder einen kleinen Herrgott sehe, solle er doch einmal überlegen, wie dieser Bruder dann auf Frauen wirken müsse. Nicht vielleicht auch die Tatsache, daß er die Firma erben wird, während ich ein unterbezahlter Universitätsassistent für Geschichte bin? hatte er gefragt, und daraufhin war ihm die Tür gewiesen worden.

„Es war nicht ganz so", sagte er.

„Mein Gott!" Sie seufzte. „Wann ist schon immer alles ganz so! Ich habe es so gesehen, du anders, das ist doch immer das gleiche! Menschen bleiben Menschen. Glaub mir, was ich empfunden habe – oder glaub es nicht, das liegt bei dir."

Die alte Leier, dachte er. Und der Haifisch, der hat Zähne, und die trägt er im Gesicht, doch Macheath, der hat ein Messer, und das Messer sieht man nicht. Eine Hymne auf die ehrlichen Haifische, aber wir sind Menschen, unsere Zähne sind harmlos, unsere Messer, ob nun Stahl oder Gedanken, auf jeden Fall tödlich. Nimm jede Maske, die dir gefällt, meine Geliebte, ich erkenne den Gegner, ich erkenne die Taktik, ich werde mich wehren – wenn nur die Verzauberung nicht wäre.

Sie ließ ihn nicht aus den Augen, und er wich dem Blick nicht aus, weil er nicht zeigen durfte, daß die Verzauberung immer noch wirkte.

„Was erwartest du von mir?“ fragte er.

„Nichts! Um Gottes willen, nichts! Du sollst nur wissen, daß ich dich nicht vergessen habe. Alles ist da, alles. Die Geschichte mit dem russischen Ballett, du willst nicht gehen, obwohl die Russen ein Erlebnis sind, also Streit, wahrscheinlich habe ich dich irgendwie verletzt, du bist doch wahnsinnig empfindlich – du läufst davon. Zehn Minuten später bist du zurückgekommen, ich mache die Tür auf, da stehst du und schüttelst den Kopf mit einem hilflosen kleinen Lächeln, ich sehe dich vor mir, als ob es gestern wäre, und dann eine Nacht, eine Nacht, eine Nacht! Sechs Uhr früh ist es geworden, kein Schlaf, ich koche Kaffee in der Küche, du hinter mir am Herd, lehnst deinen Kopf an meine Schulter – so etwas kann man doch nicht vergessen, auch wenn inzwischen alles anders gekommen ist.“

Das russische Ballett, ja, dieses dumme russische Ballett, er hatte damals den Kopf voll mit einem schwierigen Problem bei einer Arbeit für seinen Ordinarius, die Russen paßten einfach nicht dazu, er wollte nicht gehen, hatte ihr das erklärt, es wurde ein Streit daraus, und dann kam der Satz, daß die Zeit der Patriarchen vorüber sei, und wenn er sie liebe, dann werde er sich daran gewöhnen müssen, daß sie bestimme, was zu geschehen habe, und sollte ihm das nicht passen, dann könne er ja gehen. Er ging, stieg die drei Stockwerke hinunter, verließ das Haus, seine Schritte wurden immer langsamer, er konnte den Gedanken nicht ertragen, daß nun alles zu Ende sein solle, wie ein Gummiband, dachte er, wie ein Gummiband, an dem ich mich entferne, und je weiter ich gehe, desto stärker wird die Zugkraft dieses Bandes, ich muß zurück, ich habe keine Wahl, ich muß zurück. Am nächsten Vormittag hatte er mit seinem Ordinarius gesprochen, nicht nur Vorgesetzter, nein, ein Förderer, ein Freund, fast ein Vater, freilich nicht wie Andreas, eher wie Onkel Hermann, und der Ordinarius hatte ihn gefragt, was ihm denn geschehen sei, er sehe aus wie ein Gespenst. Ich könnte vor mir selbst ausspucken, hatte er geantwortet und erzählt, warum er sich verachtete. Sie öffnet die Tür, sieht mich und lächelt, ein überlegenes, triumphierendes Lächeln, ein Lächeln, in das man eigentlich hineinschlagen müßte, trotzdem folge ich ihr in die Wohnung, ich umarme sie, ich verliere mein Gesicht, mein Ich, meine Seele, ich werde nicht weiter mit mir leben können. Der Professor betrachtete ihn nachsichtig. Das ist besseren Männern als Ihnen passiert. Lassen Sie sich dadurch nicht beirren, es geht vorüber, bleiben Sie auf Ihrem Weg, denken Sie an Zettel, den Weber: einmal endet die Verzauberung, dann sind Sie den Eselskopf wieder los und können Ihre Arbeit vollenden. Auf die kommt es an, nicht auf Ihre Eitelkeit.

„Ich erinnere mich", sagte er. „Weißt du, warum sich mein Vater umgebracht hat?"

Obwohl sie sich gut in der Gewalt hatte, merkte er doch sofort, daß ihm der Stich unter die Parade gelungen war, denn ihre Augen wurden kleiner, die Strömung, welche die Verzauberung mit sich geführt hatte, versiegte, und er saß plötzlich wieder der Frau des Bruders gegenüber, der Frau, die den Platz des Vaters eingenommen hatte.

„Ich weiß so viel, wie man aus den Äußerungen von Arzt, Angestellten oder Kunden hat entnehmen können. Fortgeschrittene Arteriosklerose, Senilität, darum widersprüchliche Anordnungen, Gedächtnislücken, permanente Angst, übervorteilt zu werden, in weiterer Folge schwere Frustrationen während der immer seltener werdenden hellen Augenblicke, Verzweiflung über den eigenen Verfall. Sehr suizidgefährdet in Depressionen, die unter Umständen nur wetterbedingt sein können."

„Suizidgefährdung ist nur bei bestimmten Typen gegeben. Er war kein solcher Typ. Auch genetisch finde ich keinen Anhaltspunkt."

Zum ersten Mal wandte sie den Blick ab, zögerte, zerdrückte mehrmals und ziemlich umständlich den Glutkopf ihrer Zigarette im Aschenbecher, setzte zum Sprechen an, zögerte wieder, sah endlich auf, antwortete zunächst nur mit einer kleinen Handbewegung, mit der sie andeutete, daß sie es müde sei, länger zu schweigen, und sagte dann leise: „Vielleicht die Mädchen."

Er verstand sie nicht. „Was für Mädchen?"

„Sehr peinlich." Sie seufzte, überlegte eine Weile. „Du kannst das nicht wissen. Es hat vor ein paar Jahren begonnen, vielleicht im Zusammenhang mit der Erkrankung. Im Grund war er ja seit jeher die Art von Mann, die im Zusammensein mit einer Frau eine Eroberung sieht, sich durch die sogenannte Eroberung bestätigt fühlt und auf diese Bestätigung ein Recht zu haben glaubt, weil er eben ein Männchen ist. Millionen solcher antiquierter Zeitgenossen laufen herum, durchaus nichts Besonderes, dann aber hören wir mit einem Mal eine Bemerkung hier, eine Bemerkung dort, erst nur im Büro, dann auch von den Arbeitern. Ich nehme an, daß ihm sein Zustand eines Tages voll bewußt geworden ist, was er mit seinem Charakter natürlich niemals zugeben kann, im Gegenteil, er befiehlt ungerührt weiter, bringt dabei das Büro durcheinander, gibt den Zeichnern unrichtige Unterlagen, schickt Arbeiter zu Baustellen von letzter Dringlichkeit, muß nachher seine Fehler selbst erkennen und versucht sich auf anderem Gebiet zu bestätigen, nämlich durch sexuelle Beziehungen mit jungen Mädchen. Leider werden diese Mädchen immer jünger, leider sind sie mehrmals Angestellte unseres Betriebes, zum Schluß redet man schon von Schülerinnen, und da ist es dann passiert."

„Was?"

„Der Selbstmord. Wir haben lieber nicht nachgeforscht, was ihn dazu getrieben haben könnte, weil wir alle überzeugt waren, daß uns der Grund nicht gerade zur Ehre gereichen würde."

„Drohung mit einer Anzeige? Erpressung?"

„Ich weiß es nicht. Wir wollen es nicht wissen."

Gernot dachte daran, was er im Brief des Vaters gelesen hatte, erwähnte den Brief aber nicht und schüttelte nur den Kopf. „Ich kann es mir nicht vorstellen", sagte er nach einer kleinen Pause.

„Verständlich. Du warst vor acht Jahren das letzte Mal hier, du hast ihn als energiegeladenen Tyrannen in Erinnerung, nicht als menschliches Wrack. – Lassen wir die ganze Geschichte lieber im Dunklen. Überall war nur von Herzversagen die Rede. In der Festschrift werden wir von dieser Version kaum abgehen; so etwas ist nicht üblich in Festschriften."

„Ich selbst möchte klar sehen. Das hat nichts mit der Festschrift zu tun."

„Lieber nicht klar, Gernot. Es kommt nichts Gutes dabei heraus. Wir haben genug Unannehmlichkeiten, denen wir nicht ausweichen können, wozu uns selbst noch welche schaffen? Dein Vater war eine starke Persönlichkeit, zeit seines Lebens hat er über alles und alle bestimmen wollen, räumen wir ihm doch dieses Recht nicht noch nach seinem Tod ein!" Plötzlich war die Strömung wieder da, mit ihr auch die Verzauberung, Hertha lächelte, sie beugte sich vor, legte ihre Hand auf die seine, sagte ganz weich: „Laß diesen Schatten nicht zwischen uns treten. Ich habe mich so auf dich gefreut. Das ist kein Gerede, das ist echt, und dabei muß ich spüren, wie du dich verkrampfst, weil du unbedingt einen Gegner in mir sehen willst. Ich bin nicht dein Gegner, warum auch? Glaubst du vielleicht, es geht um deine Anteile? Gunther hat mit dir gesprochen, ich war von Anfang an dagegen, und hergeholt habe ich dich, bevor Großmutter gestorben ist und wir von diesem komischen Testament erfahren haben. Denk daran, wenn du schon klar sehen willst. – Und noch ein kleines Geheimnis für deinen späteren Umgang mit Frauen. Wenn ich mich recht erinnere, bist du damals auf mich zugekommen, hast deine Hände auf meine Schultern gelegt und mich gefragt, ob ich denn alles vergessen hätte, gleich darauf aber erklärt, daß du deinem Bruder nie im Wege stehen würdest, weil er für dich eine Art kleiner Herrgott sei. Dein Bruder war dir wichtiger als ich." Sie stand auf und lachte. „Ich habe es vorhin ohne böse Absicht ein wenig anders erzählt, ich bin eben kein Historiker. Die Entscheidung war trotzdem die gleiche, der Grund für eine Frau noch viel triftiger. – So, und jetzt hinüber zu den anderen, sonst glauben die am Ende, es geht um deine Anteile, und ich muß Stunden darauf verwenden, dich herumzukriegen!"

15

Am nächsten Morgen hockte die Hitze immer noch wie eine riesige durchsichtige Kröte mit starren Glotzaugen über der Ebene, aber der Himmel war grau, und von den Bergen kam manchmal ein kühler Windhauch, der brachte den Geruch nach Föhrennadeln, fernes Glockengeläut und das unvermeidliche Brummen der Motoren. Gernot hatte nackt geschlafen und erst gegen Morgen ein

Leintuch um die Hüften geschlungen, jetzt stand er auf, trat ans Fenster und sah hinaus auf den Parkplatz und das Verwaltungsgebäude, denn die Fremdenzimmer hatten natürlich nicht den Ausblick auf Park und Applanie. Sein Einschichthaus im Bayrischen Wald fiel ihm ein; dort gab es keine Thermenzone, dort hatten die Föhren nicht die Gestalt von Pinien, dort ästen wahrscheinlich jetzt die Rehe auf der Wiese vor seiner Tür – diese verdammten Rehe, die ihm alle Rosen aufgefressen und die jungen Bäume zerbissen oder totgefegt hatten. Für Heinz waren Rehe freilich entzückende Tiere – nein, nicht Heinz. Seinetwegen bin ich hierher in diese Krötenatmosphäre gefahren und nicht in den Bayrischen Wald, wo ich das leere Haus und das leere Kinderbett nicht ertragen kann. Und damit Schluß. Ein Kind gehört zur Mutter, was immer man heute darunter versteht, den Vater brauchen wir höchstens für zehn Minuten zur Besamung und nachher zum Zahlen. Zahlt jemand mehr, wird er zum neuen Vater, die Rolle des Idioten läßt sich beliebig besetzen.

Er duschte, kleidete sich an, setzte sich an den Tisch zur Arbeit, schob bald darauf die Papiere wieder von sich. Es geht doch hier nur darum, belegte Tatsachen gefällig aneinanderzureihen; was wirklich gespielt wurde oder wird, darüber darf ich nicht schreiben, es widerspräche auch der Natur des Auftrags, aber man bietet mir zwölftausend Mark, sehr nützlich für das Haus im Bayrischen Wald und natürlich verschwendet, wenn doch jeder Grundschullehrer ein solches Geschwafel an drei freien Wochenenden hinschmieren kann. Ja, Universitätsdozent für Geschichte, das klingt besser, ich gebe es zu, und der Name Rabener, gebe ich auch zu, trotzdem: Was will Hertha von mir? Bei günstigster Auslegung doch nur Romantik; einen Bruder fürs Geld, den andern fürs Gefühl.

Dazu diese Kolportagegeschichte von Vater. Sie kann nicht stimmen, wenn sein Brief stimmt. Ein energiegeladener Tyrann, ein menschliches Wrack – kann sein, muß nicht sein. Behauptung einer Person, kein Beweis.

Er erinnerte sich, was Gerhard gestern gesagt hatte. Bei Gerhard lag der Ansatzpunkt; wenn er überhaupt etwas unternehmen wollte, dann mußte er bei Gerhard beginnen. Wenn er überhaupt. Wollte er? Vater abgeschrieben, Hertha abgeschrieben, Roppendorff abgeschrieben, wozu die Mühe? Onkel Hermann sitzt in seinem Arbeitszimmer, diesem sonderbaren Raum mit dreifachem Niveau, man tritt ein, wenige Schritte später erst beginnt der eigentliche Fußboden, um eine Stufe höher, und der vierfenstrige Erker, in dem der Schreibtisch steht, wieder eine Stufe höher. In diesem Erker hängt auch die Kuckucksuhr, alle wichtigen Gespräche werden von ihrem krächzenden Ticktack begleitet. Der Onkel sieht über seine Brille und sagt: „Wenn wir eines vom Menschen ganz sicher wissen, dann seine Gebundenheit an die Expansion, die Eroberung des Unbekannten. Früher war das schön, man konnte vom Mittelmeer in den Atlantik segeln, Amerika entdecken, die afrikanische Steppe oder das Amazonasgebiet durchstreifen, zum Südpol fahren; heute denken sie an den Weltraum, aber der ist leer, es hat wenig Sinn, bis zum Sirius zu fliegen, denn dabei geht es nur mehr um Zeit, nicht um Raum, und das Reich der Zeit liegt anderswo. Inzwischen entdeckt man die Seele, man bemüht sich, ihre Unvernunft mit Vernunft auszuloten, ihre Tiefe zu erobern, und muß immer wieder zugeben, daß man trotz allem an der Oberfläche geblieben ist und von der Tiefe nur weiß, daß sie tief ist. Das wirkliche Abenteuer bietet die Geschichte, dort gibt es noch die unerforschten Länder, dort triffst du fremde Stämme, deren Sprache, Sitten, Religion, Denkweise du erst verstehen lernen mußt. Ohne Caravelle, ohne Hundeschlitten und ohne Tropenhelm kannst du die Meere, Eiswüsten und Dschungel der Vergangenheit erkunden, nicht anders als Magellan, Amundsen oder Livingstone. Und genau wie sie wirst du nie nach dem Wozu fragen, denn so fragen nur die Krämer."

Bis etwa zwei Monate nach dem Tod des Vaters hatte auch Gerhard mit der Familie im ersten Stockwerk gewohnt, dann war er mit Plattenspieler und Stereogerät ins Turmzimmer gleich unter der Uhr gezogen, das früher nur als Abstellkammer gedient hatte. Mit einigen gebeizten Brettern und Preßholzplatten, billigst von Schwager Thaddäusz Jaworski geliefert, mit zwanzig Metern Jute, drei Navajo-Decken, zwei braunweiß gescheckten Kalbfellen und einigen schwarz gefärbten, von ihm selbst geformten Keramikfiguren war es ihm gelungen, sich ein Heim zu schaffen, das zwar nicht ins Schloß paßte, dort auch von niemandem vermutet wurde, ihm aber

Freude machte.

Als Gernot zum Wigwam des Bruders hinaufstieg, hörte er keine Musik, klopfte darum nur sehr leise und wurde trotzdem gleich darauf zum Eintreten aufgefordert. Gerhard lag in der Badehose auf dem Bett, in der Hand ein Buch. Der Boden war bedeckt von Kleidungsstücken, wesentlich mehr, als Gerhard am Vortag getragen hatte, dazwischen Papiere, Zeitschriften, Bücher, Bananenschalen, umgestürzte Gläser und Flaschen; an einer Wand hing ein sogenanntes Poster, das große Farbfoto eines nackten Mädchens, Augen geschlossen, beide Hände zwischen den Schenkeln, offenbar kurz vor der Ekstase, an der andern Wand ein ebensolches Poster, auf dem ein ungesatteltes Pferd durch einen nebelverhangenen Herbstwald trabte.

„Guten Morgen. Ich hätte gern ein paar Minuten mit dir gesprochen."

Gerhard antwortete nicht, legte das Buch neben sich, rückte ein wenig zur Seite und deutete mit einer Kopfbewegung an, daß sich der Bruder neben ihn auf das Bett setzen solle.

Gernot folgte der Aufforderung, nahm das Buch, las den Titel: Planspiel zum Überleben, und sah Gernot fragend an. „So was liest du am Sonntagmorgen?"

„Besser als beten. Club of Rome, die Leute, die wissenschaftlich genau aufzeigen, was für Raubbau heute getrieben wird und wie lange es noch dauern kann, bis die Erde für uns unbewohnbar wird. Das sagt dir keine Regierung. Ob Ost oder West, alle wachsen sie lustig weiter und halten optimistische Reden über das Leben der Enkel, die dann längst erstickt sein werden. Wer sich dagegen wehrt, ist entweder ein Psychopath oder ein Terrorist."

„Gott sei Dank ist die Wissenschaft nicht die Bibel; ihre Fehler dürfen korrigiert werden. Eine ganze Menge von Wissenschaftlern teilt nicht die Ansichten des Club of Rome."

„Weil sie gekauft sind. Wie die Lemminge rennt alles in den Untergang, und wir Jungen sollen uns die Ärmel aufkrempeln und voll Enthusiasmus mitstrampeln, damit es schneller geht. – Lassen wir's, Herr Dozent. In die mittleren Sachen, in medias res, wie der Lateiner sagt. Was willst du?"

„Ich soll diese blöde Festschrift schreiben –"

„Zwölftausend Mark für dein Haus im Bayrischen Wald. Okay, alles klar und längst vergeben, wenig gefährdetes Gebiet, erfreulich unterentwickelt, kaum umweltverseucht, wäre besser gewesen für deinen Buben als Chikago."

„Er ist in Windsor, leider nicht England, sondern Vorort von Detroit, Michigan. Aber um ihn geht es nicht." Ging es nicht doch um ihn? „Es geht um unseren Vater, der schließlich von den zu feiernden hundert Jahren mehr als ein Drittel die Firma geleitet hat. Erst hier, vor ein paar Tagen, erfahre ich, daß sein Herzversagen ein Selbstmord war. Ich verstehe es nicht, erkundige mich, kriege keine brauchbaren Auskünfte, höre dann plötzlich, daß er in hohem Grad arteriosklerotisch, senil und scharf auf Schulmädchen gewesen sein soll. Ich glaube es einfach nicht. Du hast ihn doch erlebt und mir gestern erklärt, daß es dich ankotzt, was für ein Scheusal man jetzt aus ihm macht. Meine Frage, klipp und klar: was ist deiner Ansicht nach wahr an diesem Gerede?"

Gerhard lachte, griff wieder nach seinem Buch und schleuderte es in weitem Bogen durch den Raum. „Wahr? Du hast mit unserer süßen Chefin gesprochen. Sie ist ein Speikraut, was Gunther leider nicht einsehen will. Seit Vater tot ist, wird die Erinnerung an ihn manipuliert, manchmal denke ich dabei an die Geschichte von dem armen Richard dem Dritten, dem die Tudors nicht nur einen Buckel, sondern dazu noch etliche Morde angedichtet haben, obwohl oder weil er ein König für das Volk war. Die süße Chefin plaudert, und alle Weiber plaudern mit. Diese Plaudereien sind wie Spinnfäden, die den zeitfremden Patriarchen immer dichter einwikkeln und dabei verändern, bis er schließlich aussieht wie ein Monstrum aus einem Horror-Film. Es wundert mich nicht, daß er nachts Pingpong spielt."

„Stimmt das? Spielt er wirklich Pingpong?"

„Um Gottes willen, wie kannst du so etwas fragen? Natürlich nicht. Nur die Weiber hören ihn, weil sie ein schlechtes Gewissen haben. Weißt du, woher die Geräusche wirklich kommen? An einem Kapellenfenster gibt es ein Oberlicht zum Lüften, und wenn man es ausspreizen will, zieht man am Handgriff einer Kette, die zu diesem Oberlicht führt. Ist das Oberlicht nun offen und geht der Wind, dann schlägt der Handgriff, sofern ihn der letzte Benützer nicht an einem kleinen Haken links befestigt hat, einmal gegen die eine, einmal gegen die andere Scheibe des unteren Fensters. Seit Vater tot ist, wird der Handgriff nur selten befestigt, darum das Ergebnis: das Gespenst funktioniert nur bei Wind und offenem Oberlicht."

„Du weißt das? Du hast es ausprobiert?"

„Ja."

„Und Vater war nicht senil?"

Der Bruder lachte. „Laß mich in Frieden! Für mich war er schon mit dreißig senil, obwohl ich damals noch gar nicht die Ehre hatte, von ihm gezeugt zu werden. Typischer Kapitalist, der glaubt, daß er mit Erfolg und Geld alles kaufen kann. Mutter hat Musik sehr gern gehabt; hast du jemals erlebt, daß er in ein Konzert gegangen wäre oder daheim eine Platte abgespielt hätte? Njet. Malerei: schizophrener Blödsinn. Literatur: perverse Nabelbeschau. Gut, er ist ja kein Komponist, kein Maler, kein Schriftsteller, aber er ist doch Architekt. Was hat er gebaut? Lauter Schuhkartons mit Fenstern. Wichtig war nie die Idee, wichtig war nur der Auftrag, und der Auftrag wiederum bedeutet nichts anderes, als daß jemand zahlt. Was wir für das liebe Geld hinstellen, ist egal."

„Ich weiß das. Immerhin haben alle im weiten Umkreis von ihm gelebt."

„Das liegt am System!"

„Und du glaubst, daß es im Osten anders ist? Dort wäre er Funktionär geworden, könnte in teuren Läden einkaufen, hätte sein Auto und zwar kein Schloß, aber eine Datscha. Man kann die Gesellschaftsordnung ändern – einen aktiven Menschen wird man immer und überall brauchen."

„Ich meine nicht den Osten, der ist ja verkalkter als der Westen. Ich meine das Neue, das kommen wird und kommen muß, weil die Fäulnis immer ärger stinkt.

„Zurück zum Thema. Klipp und klar: War Vater in den letzten Jahren senil?"

Gerhard seufzte. „Er war nicht anders als vorher." Plötzlich setzte er sich auf, sagte in einer Art Anlauf und in anderem Ton: „Schau, Gernot, du bist meiner Ansicht nach in Ordnung, aber jetzt, ganz unter uns, Festschrift hin, Festschrift her, sowas macht man doch mit dem Hintern, drei Furze und der Gestank ist da, du haust ab, steckst das Geld in deine Hütte, erledigt. Warum schaust du so tierisch ernst zurück? Laß Vater sein, wie er eben war, er ist doch tot, was geht das uns an? Die Nibelungen sterben aus, auch wenn sie Söhne haben. Was zählt, ist die Zukunft, und du weißt doch genau, was gespielt wird! Wir brauchen eine neue Lebensform, mit dieser heutigen Verlogenheit und Schlappschwänzigkeit kommen wir nicht weiter. Setz dich meinetwegen in dein Bauernhaus, machst eben nicht mehr mit, okay, genehmigt, laß die andern Flammenzeichen setzen, das kann ich noch verstehen. Aber warum rennst du hinter Vater her, ob er jetzt gut war oder nicht, ob man ihn kunstgerecht gelegt hat oder nicht, es bleibt Schnee vom vorigen Jahr. Du bist selber davongerannt, du bist nicht einmal zu seinem Begräbnis gekommen, worüber sich alle das Maul zerrissen haben. Was zum Teufel interessiert dich heute sein Ableben? Laß es sein Herzversagen, laß es sein Selbstmord, Mord oder leibliche Himmelfahrt."

„Mord ist mir neu, und leibliche Himmelfahrt wäre natürlich eine Sensation, für die man sofort die Exklusivrechte eintragen lassen sollte. Spaß beiseite, ich weiß, was du sagen willst, aber ich bin eben kein Revolutionär, sondern Historiker. Revolutionen hat es schon viele gegeben, die meisten erfolglos, ein paar mit Erfolg, und wenn sie Erfolg hatten, dann mußte man später nachholen, was sie vergeblich in einem einzigen Sprung schaffen wollten. Romantisiere mich nicht, weil ich dem Tyrannen getrotzt habe. Der Trotz war gar nicht meine Absicht. Im Gegenteil, ich habe immer alles recht machen wollen, aber einfach Pech gehabt, und dann bin ich auf einmal verbannt worden, ohne zu wissen warum, denn beim letzten Krach war gar nicht ich schuld, sondern Gunther."

„Ja, bekannt, längst Legende. Und nach deiner Matura?"

„Das gebe ich zu, da war es vorbei, aber Vater hat brav mitgespielt. Ich war doch sehr oft in Roppendorff. Hätte er nicht sagen können, daß er diesen mißratenen Sohn nicht mehr sehen will?

Nein. Er ist mir damals nicht sympathischer geworden, trotzdem muß ich ihm zugestehen: biblischen Haß hat es zwischen uns nicht gegeben. Weißt du, wie er mich behandelt hat? Als Erwachsenen. Ein älterer Mann und ein jüngerer Mann mit verschiedenen Interessen, das war unser Verhältnis."

Gerhard sah den Bruder kurz an, dann stand er auf, holte das Buch, das er weggeworfen hatte, schlug nach etlichen vergeblichen Versuchen die richtige Seite auf, legte sich wieder auf sein Bett, hielt das Buch vor die Augen und sagte: „Sehr objektiv, sehr reif, sehr tolerant. Arsch. Arsch zum Quadrat. Verdien dir deine Pension und laß mich in Ruhe."

Er las. Gernot ging.

16

Erst eine Mehrzahl von einwandfrei gesicherten Tatsachen und eine Mehrzahl von verschiedenen subjektiven Urteilen können den Blick auf den Ablauf früherer Ereignisse freigeben; selbstverständlich ist es auch dann möglich, daß ein Faktum fehlt und dieses Faktum den ganzen Fall in ein anderes Licht gerückt hätte. Bisher nur eine einzige gesicherte Tatsache: der Selbstmord. Dazu zwei subjektive Urteile, eines davon mit etlichen Behauptungen, die aber nicht bewiesen sind. Da ich im Augenblick an keine anderen Tatsachen herankomme, wird es notwendig sein, mehr persönliche Meinungen zu sammeln, vielleicht enthalten sie Hinweise auf neue Fakten.

Neben dem blauen Swimming-pool ein gelber Liegestuhl, darauf ein blauer Bademantel und in diesem Willy Kos, der hier vor sich hinträumte, ein halb geleertes Glas gepfefferten Tomatensafts in der Hand. Als Gernot ihn fragte, wo denn die anderen seien, antwortete er müde, ohne die Augen zu öffnen: „Kriemhild ist mit den Fratzen äußerln. Laxenburg natürlich sonntags unzumutbar, lauter Proleten, Strandbad in Baden dasselbe, aber eine Einladung bei der Baronin Schadek-Walpersdorf in Fischau hat sich erfreulicherweise als Ersatz angeboten. Keine Proleten, Aufmarsch der Snobs, stinkfad, ich bin also lieber hiergeblieben und kann in Ruhe über meine Kolumne nachdenken."

„Was für ein Thema?"

Willy zuckte ein wenig zusammen, und Gernot erriet, daß dieses Zucken äußeres Symptom eines kurzen innerlichen Lachens war. „Das Enigma Grand Prix, erst gesehen von den Vereinigten Staaten, wo man ihm ganze drei Zeilen widmet, und dann von Österreich, wo ein Artikel unter drei Spalten oder ohne Fotos eine extrem vaterlandslose Gesinnung verraten und einen merkbaren Rückgang der Auflagenhöhe mit sich bringen würde."

„Hast du Gunther gesehen?"

„Schießt." Der Flottenschwager öffnete die Augen, nippte an seinem Tomatensaft, schloß die Augen wieder und träumte weiter. Gernot belästigte ihn nicht länger, stieg hinab in die Unterwelt und fand Gunther am Schießstand. Von ihm erfuhr er, daß Hertha mit den Kindern zum Minigolf gefahren sei, Toni Ausgang bis zum nächsten Morgen habe, Oswald Schwarzrock mit Susi auf den Anninger gegangen sei, und man mit Gerhards Erscheinen nicht vor fünf Uhr nachmittags rechnen dürfe, weil er sich gestern mit ein paar miesen „Kacheln", ein Badener Ausdruck für Mädchen, gestritten habe und den Grand Prix für eine kapitalistische Fäulnisblase halte.

„Ich höre zum zweiten Mal Grand Prix", sagte Gernot. „Was ist das für ein Preis? Pferde, Tennis, Segeln?"

Gunther, der eben das Gewehr angelegt hatte, setzte ab, stellte das Gewehr mit dem Kolben auf den Schützentisch und sah Gernot ratlos an. „Meinst du das im Ernst?" Und auf Gernots Nicken: „Formel eins. Rennwagen. Heute Le Castellet, Niki Lauda Poleposition, neben ihm Scheckter, dahinter Hunt und Jarier. Lauda hat achtunddreißig Punkte, Fitti nur einundzwanzig, bei uns ist es ein wenig kühler, in Le Castellet aber teuflisch heiß, wahrscheinlich eine Reifenschlacht – das interessiert dich gar nicht?"

„Ehrlich gesagt: nein. Noch ehrlicher: was ist Le Castellet, was ist Pole-position, was ist Lauda, was ist Scheckter, was ist Fitti, was ist Reifenschlacht?"

Gunther schlug ihn lachend auf die Schulter. „Ich gebe es auf. Dir muß man etwas anbieten wie den Astigmatismus von Heinobald dem Verschleimten, der 1250 beim Turnier die Lanze des Gegners doppelt gesehen hat. No offense, buddy – aber heute um vierzehn Uhr sitze ich wie angeleimt vor der TV-Maschine, Oswald an meiner Seite, und sogar Willy hat sein Kommen zugesagt, roter Teppich wird ausgelegt."

„No offense habe ich verstanden", antwortete Gernot ebenso höflich und heiter. „Nix Grand Prix. Ich möchte ein paar Besuche machen und brauche die Adressen."

Nachdem Gunther erfahren hatte, worum es sich handelte, wurde er ein wenig verlegen. „Kartothek, das ist ohne Hertha so eine Sache. Wir sind doch ein moderner Betrieb, was weiß ich, welche Karten die richtigen sind." Als er den spöttischen Blick des Bruders sah, zuckte er mit den Schultern, legte das Gewehr seufzend auf den Schützentisch und ging mit Gernot hinüber ins Verwaltungsgebäude. Es dauerte gar nicht lange, dann hatte Gernot gefunden, was er suchte.

„Was willst du mit denen?" fragte Gunther besorgt.

„Kolorit. Für die Festschrift. Da und dort ein Satz der Arbeitnehmer als Aufputz. Macht die Geschichte lebendiger."

Beruhigt kehrte Gunther in die Unterwelt zurück, Gernot stieg hinauf in den Salon und blätterte im Telephonbuch. Er fand Wessely und Martinek in Baden, Trabitsch in Mödling, Lederer und Schuster in Rainkirchen, Kalkbrenner hatte keinen Anschluß. Als er anrief, um seinen Besuch anzumelden, erreichte er nur Wessely und Trabitsch.

Ferdinand Wessely, gelernter Maurer, später Polier, durch zwanzig Jahre Betriebsrat bei der Firma Rabener, seit zwei Jahren in Pension, lebte mit seiner Frau in einer Eigentumswohnung ein wenig außerhalb der Kurstadt, in einem Block von mehreren Hochhäusern, der von den Badnern den Spitznamen New Manhattan bekommen hatte. Er öffnete schon nach dem ersten Läuten, führte Gernot ins Wohnzimmer, bot ihm einen garantiert guten Sooßer Roten aus der Doppelliterflasche an und wußte zum Thema nicht mehr zu sagen, als daß der Doktor Rabener der beste Chef gewesen sei, den man sich überhaupt vorstellen könne. Von irgendeinem Nachlassen seiner geistigen Fähigkeiten im letzten

Lebensjahr könne nur jemand reden, der absolut bösartig sei. Besonders auf sozialem Gebiet habe der Doktor, und das könne er, Wessely, der seit mehr als vierzig Jahren Mitglied der sozialistischen Partei sei, jederzeit beeiden, immer vorbildlich zusammengearbeitet. Wer etwas anderes behaupte, vielleicht die jetzige Chefin, die Frau Diplomkaufmann (und jetzt wurde der Titel gewissermaßen unter Anführungszeichen und mit deutlicher Geringschätzung ausgesprochen), wer also etwas anderes behaupte, der solle erst einmal schauen, ob er ohne Einverständnis und ohne tätige Mithilfe der Arbeiter über Depressionen komme. Der alte Rabener habe das mehrmals bewiesen, weil er eben jeden Mann hinter sich hatte. „Hart war er schon, aber er hat sich selber ja auch nichts geschenkt. Und wissen Sie, was natürlich enorm viel ausgemacht hat: bei ihm war der Bürobetrieb der letzte Dreck, entweder ist er bei den Zeichnern gesessen oder er war bei uns auf der Baustelle, auch um sieben in der Früh schon, und niemand hat ihm was vormachen können, da ist kein Tachinierer mit seinem Schmäh durchgekommen, aber auf der andern Seite hat er genau gewußt, was man verlangen kann und was nicht. Ein wirklicher Fachmann und immer bestens mit der Gewerkschaft. Was weiß ich, warum sich der umgebracht haben soll."

Da Gernot nun schon in Baden war, versuchte er es auch bei Harald Martinek, Zeichner, dreiunddreißig Jahre alt, in einem der besten Viertel der Stadt daheim, wahrscheinlich also der Sohn arrivierter Eltern, der den Sprung in die Führungsschicht nicht geschafft hatte, wie das in den letzten zwei Jahrzehnten bei vielen alten Familien üblich geworden war. Die Villa schien verlassen, niemand öffnete auf sein Läuten.

Er fuhr nach Mödling, fuhr über die Weinstraße mit ihrem weiten Blick über die flachen Wellen, in denen das Gebirge versickerte, Rebe an Rebe, es sieht aus, als hätte ein Engel seine Winzerbutte voll von winzigen graugrünen Punkten über die Erde geleert, diese Punkte flimmern und tanzen im Sonnenlicht, und zwischen ihnen, auf der Höhe einer Welle, steht einsam und doch so trostvoll eine Kapelle. Rechts dehnt sich das Land mit seinen fernen Siedlungen, aber die scheinbare Unendlichkeit weckt keine Besorgnis, denn links gibt der menschenleere Bergstock den Rückhalt, und hineingeschmiegt in eine seiner Buchten rastet mittäglich das Dorf mit seinem mittelalterlichen Pranger, den engen Straßen, durch die du hinausrollst in neue Wellen von Wein. Noch sind die Trauben nicht zu sehen, erst im Herbst wird man sie erkennen, grüne Kugeln zwischen grünen Blättern, und man wird sie schmecken, wenn man sie bloß betrachtet, schmecken mit den Augen, anders als die Ware der Märkte, im Bild allein spüren, die ganze Landschaft, Kindheit, Reife, Alter und Wiederkehr. Der Himmel ist Himmel der Ebene, kein Streif zwischen Graten, kein Sturmheim über dem Meer, sondern die gewaltige Kuppel eines freundlichen Gottes, der im Wein zum Leben erwacht. Ein wenig später die Vorposten der Kiefern, dann ihre Hauptmacht, der Wein verschwindet, du erreichst die Höhe und siehst drüben hinunter auf die Stadt, die riesige Stadt, immer noch nicht toter Beton, sondern Wien, das vielleicht stirbt, aber trotzdem singt im Schutz seiner Hügel. Zu deinen Füßen Mödling, Rest von Gotik, wie Baden Biedermeier ist, Sankt Othmar ohne Turm, der Karner, die archaische Strenge der Spitalskirche. Du siehst das nicht von hier, aber du kennst es ebenso wie die drei Wappen über dem Haus des Herzogs, die uralten Höfe, du hörst die Lieder Walthers von der Ruine zwischen den Felsen. Ja, das ist dein Land, du kannst den Grund nicht nennen, warum es so ist, es ist dein Land, dein Boden, deine Seele: Wein, Gottes Himmel, alte Häuser. Hier bin ich daheim, auch wenn er mich verbannt hat.

Frau Trabitsch lebte in der Kielmannseggasse, und Gernot erinnerte sich, daß dort auch einer seiner Kindheitsgespielen gewohnt hatte. Bims wurde er gerufen; worauf er getauft worden war, wußten vielleicht nur Pfarrer und Standesamt, möglicherweise Aloysius Maria Nepomuk Alexander, denn die Familie setzte ein „von“ vor den Namen Rudnikar, der Vater war als Kompaniechef gefallen, und man hauste in der Villa des Großvaters, eines altösterreichischen Generals, der erst als Major eine wesentlich jüngere Frau geheiratet hatte und während des Zweiten Weltkriegs gestorben war. Solche Leute paßten in die Gegend, denn in diesem Viertel wimmelte es von höheren Offizieren und Beamten (oder ihren

Nachkommen), die sich mit der Mitgift ihrer Frauen hier angekauft hatten. Bims, der Gernot eigentlich nur durch seinen tadellos gezogenen Scheitel, ein blökendes Gelächter und die Angewohnheit, fast immer mit offenen Schuhbändern zu laufen, aufgefallen war, wuchs unter der Hut der beiden Witwen auf, die, obwohl gar nicht verwandt, einander wie Schwestern ähnelten, zwar eine jünger, die andere älter, beide aber nahezu gleich gekleidet, standesgemäß frisiert und stets paarweise anzutreffen. Daß sie das Haus nur mit Hut und Handschuhen verließen, verstand sich nach all dem von selbst.

Als Gernot die gesuchte Nummer gefunden hatte, mußte er zu seinem Erstaunen bemerken, daß er am altbekannten Ort gelandet war und auf dem Gittertor immer noch „von Rudnikar“ stand, daß aber ein zweites Schildchen für die Mansarde mit der simplen Ankündigung „Trabitsch“ dazugekommen war. Er läutete, der elektrische Öffner summte, er durchschritt den kleinen Vorgarten, betrat das Haus, stellte fest, daß im Parterre eine hölzerne Zwischenwand eingezogen worden war, hinter der man Bims vermuten durfte, und stieg hinauf zur Mansarde. Frau Trabitsch erwartete ihn im bodenlangen schwarzen Schlafrock, ihr Haar war blond, die Haut weiß, nur um die Augen blau, der Mund rot wie die Fingernägel, das Parfum wahrscheinlich eine persönliche Mischung.

„Grüß Gott“, sagte er. „Gernot Rabener. Sie waren doch schwarz, wenn ich mich recht erinnere.“

„Blond, seit ich grau geworden bin“, war die Antwort. „Kommen Sie herein, drinnen sehen Sie mich besser.“

Er folgte ihr in den Wohnraum, der nur aus Atmosphäre bestand. Da hielten schwere rote Vorhänge das Tageslicht fern, da gab es Zinn und moderne Graphiken, Strohsterne auf rostbraunen Tapeten, Kamelsättel, eine Biedermeier-Vitrine mit Nippes und drei Reststücken alten Porzellans, einen falschen Rokoko-Sekretär, eine ebenso falsche gotische Heiligenfigur, einen echten Mohnmörser, eine schlanke Kaffeemühle aus Messing, einen Papierkorb aus Schilf und dazu im Hintergrund einen zweifelsfrei dem eigenen Jahrhundert anlastbaren Schminktisch mit einer spanischen Wand aus gebogenem, verschnörkeltem, weiß lackiertem Bambus ohne Bespannung. Gernot holte tief Atem und setzte sich auf das französische Bett, wo ihm Frau Trabitsch Platz angeboten hatte. Sie ließ sich in einen weißgoldenen Maria-Theresien-Sessel gleiten und schlug lässig die Beine übereinander, so daß der Schlafrock in zwei Teile zerfiel und die Sicht freigab.

Sie sprachen über seinen Beruf und die lange Zeit, die in den acht Jahren verstrichen war. Dann erwähnte er seine Kinderfreundschaft mit Bims, und sie lächelte.

„Der gute Bims, ja, ja. Mutter und Großmutter sind leider doch einmal gestorben, sogar solche Damen halten nicht ewig, er hat einen mittleren Posten im Finanzministerium, nicht einmal Akademiker, und wohnt unten mit seiner Frau, einem adeligen Bügelbrett. Manchmal hat er Sehnsucht nach dem Leben, dann macht er hier seine Aufwartung. Warum auch nicht. Ich bin frei, weiß und über einundzwanzig."

Nicht einmal in den Vereinigten Staaten konnte das bezweifelt werden, also seufzte Gernot bloß. „Sie waren doch die Privatsekretärin meines Vaters."

Sie nickte mehrmals und schwieg einige Sekunden bedeutsam. „Von 1960 bis zu seinem Tod."

„Man hat mir erzählt, er wäre in den letzten Jahren senil gewesen und hätte den ganzen Betrieb durcheinandergebracht."

Jetzt seufzte sie, seufzte so tief, daß der Schlafrock sich auch oben teilte. „Das ist sie", sagte sie haßerfüllt, und doch gleichzeitig zufrieden, daß ihre Überzeugung, von „der" könne nur Böses kommen, wieder einmal bestätigt worden war. „Von senil kann keine Rede sein, aber bitte, ich bin sicher nicht objektiv, will in diesem Fall gar nicht objektiv sein, schließlich hat sie mich abgesägt, nach zwanzig Jahren Dienst für die Firma, gut, keine Gehaltsminderung, ohnehin kaum möglich, jetzt bearbeite ich nur die Beschwerden von Angestellten, angeblich ein Vertrauensposten, nur mit jemandem besetzbar, der das Unternehmen durch und durch kennt, meinetwegen, wenn sie mir für diese Augenauswischerei so viel Geld zahlen, Sekretärin ist jedenfalls das kleine Miststück, die Swoboda. Mir soll es egal sein, in zehn Jahren gehe ich in Pension, und dann können sie mich – Verzeihung, es gibt keinen besseren Ausdruck dafür."

„Haben Sie bemerkt, daß sich mein Vater mit – wie soll ich sagen? – daß er sich mit extrem jungen Mädchen in unserem Betrieb eingelassen haben soll?"

Eine Weile starrte sie ihn verständnislos an, dann lachte sie, ein einziges, verächtlich hervorgestoßenes Lachen, das fast wie ein Rülpsen klang. „Der Chef und unser Grünzeug! Was für eine Schnapsidee!" Und plötzlich in amüsiertem Ton: „Mein Gott, ein Mönch war er nicht, nein, das kann ihm niemand nachsagen, Frauen haben zu seinem Leben gehört wie die Baustellen, und vor allem war er ja genau der Typ, der mit einer Frau nicht zusammenarbeiten kann, wenn er nicht entweder ein Verhältnis mit ihr hat oder wenigstens eins gehabt hat. Schauen Sie nicht so, natürlich war ich seine Geliebte, im ersten Jahr bei ihm, damals war ich dreißig, ein heißes Eisen, nicht so ein Oldtimer wie jetzt. Sie brauchen gar nicht zu protestieren, Oldtimer sind heutzutage von vielen mehr gefragt als Sportwagen, ich habe keine Komplexe."

„Auch keinen Grund dafür."

„Nein, bestimmt nicht!" Sie kicherte und vergrößerte damit die Abstände der oberen und unteren Schlafrockteile. Gleich darauf wurde sie ernst. „Natürlich ist das gar nicht so lustig, schließlich bin ich ja ein Glanzbeispiel für Erfolg und Mißerfolg der Emanzipation. Auf der einen Seite frei, wie sich das meine Mutter nie hätte vorstellen können, auf der andern einsam wie das Würstel in einem Bauernschmaus. Ich habe meine Wohnung, meinen Wagen, meine Pension, ich kann ins Bett gehen, mit wem ich will, aber der familiäre Titel ist im besten Fall Tante. – Ich habe gehört, Sie sind geschieden."

„Ja. Titel im besten Fall Onkel."

„Das berühmte selbe Boot."

Er suchte nach einem Ausweg aus dem berühmten Boot. „Sie glauben also nicht, daß sich mein Vater mit allzu jungen Mädchen des Betriebs eingelassen haben könnte?"

„Ihr Vater? Nein. Da lege ich meine Hand ins Feuer. Der war immer für betont feminin, ich habe da meine Erfahrungen. Ohne Busen nicht zu machen, wenn Sie wissen, was ich meine."

Er wußte es genau, denn es lag fast offen vor ihm. Trotzdem verabschiedete er sich, sie brachte ihn hinunter, und im Vorgarten trafen sie Bims, der eben von einem Spaziergang mit dem Rauhhaardackel heimkam. Sein Scheitel klebte immer noch tadellos, in seinem Blick aber lag die ganze Trostlosigkeit Österreichs angesichts einer sicheren Zukunft. Die Schuhbänder waren verknotet, und zum blökenden Gelächter hatte er keinen Grund. Sie begrüßten einander herzlich, die Tradition gloste unter der Asche, Gernot dachte an das adelige Bügelbrett und die vollbusige Mansarde, schüttelte dem ehemaligen Gespielen die Hand, verbeugte sich vor dem obszönen Schlafrock und floh in weniger gotische Gegenden.

17

Schon auf dem Weg nach Mödling hatte es aufgeklart, nun waren auch die letzten Wolken verschwunden und die Sonne brannte auf die Weingärten wie an den Tagen vorher, nur über der Ebene stiegen weiße Dunstschwaden auf. Gernot spürte plötzlich, daß er hungrig war, worüber er sich nicht zu wundern brauchte, denn er hatte wieder einmal, seinem alten Laster getreu, auf das Frühstück vergessen. Das Mittagmahl war für halb zwei festgesetzt worden, weil Oswald und Susi erst um diese Zeit vom Anninger zurückkommen wollten, und als Gernot die ersten Häuser von Rainkirchen erreichte, zeigte seine Borduhr halb eins. Er beschloß, es mit dem Maurer Kalkbrenner zu versuchen, dessen Namen er im Telephonbuch nicht gefunden hatte.

Kalkbrenner wohnte in einer besonders häßlichen Reihensiedlung, sein gewiß ganz neu erbautes Haus aber unterschied sich deutlich von dem hier verwendeten Einheitsentwurf: wahrscheinlich hatte er durch die Vermittlung Doktor Rabeners kleine Änderungen am Grundriß vornehmen dürfen und überdies die Erlaubnis erhalten, zwei Erker anzufügen. Daß die Vermutung, der Vater habe seinem Mann den Weg zur Individualität geebnet, mit der Wirklichkeit übereinstimmte, ergab schon die erste Antwort Kalkbrenners auf Gernots Frage, dann aber erzählte der Maurer ohne weitere

Aufforderung ausführlich von den Methoden, mit denen er trotz geringem Einkommen an dieses Eigenheim gelangt war, selbstverständlich durch viel eigene Arbeit an den Abenden und Wochenenden, und dazu die nicht tarifmäßig bezahlte Hilfe seiner Freunde aus den verschiedenen Sparten, vom Zimmermann über den Anstreicher bis zum Elektriker. Der Schwiegervater, ein Installateur, hatte Küche, Bad und Klo kostenlos ausgestattet, nur mit der Einrichtung haperte es noch; von Ehebetten, Sitzecke im Wohnzimmer, Fernsehapparat und Bettchen für den dreijährigen Sohn abgesehen, mußte alles noch im Lauf der nächsten Jahre besorgt werden.

Gernot hatte befürchtet, vielleicht das gemeinsame Mittagessen zu stören, aber die beiden Kalkbrenner, er achtundzwanzig, sie fünfundzwanzig, waren mit dem Essen längst fertig, sie wuschen gemeinsam in der Küche Geschirr, der Knabe schlief, und Kalkbrenner versicherte Gernot lachend, daß der jetzige Zeitpunkt für den Besuch „optimal" und auf jeden Fall besser gewählt sei als etwa drei Uhr, denn um drei beginne der Grand Prix, von dem er nicht einmal zwei Minuten versäumen wolle. Nicht nur er, auch seine Frau lachte, die ganze Erzählung vom Hausbau war von Gelächter begleitet, und später durchbrach auch Gernots Frage nach dem Vater die Heiterkeit nicht. Natürlich war der Alte senil gewesen, über sechzig, kein Wunder, und daß er es mit den kleinen Mädchen gehalten habe, darüber sei doch allgemein geredet worden. Mein Gott, so etwas ist schließlich menschlich, wir alle wissen nicht, wie wir in dreißig Jahren ausschauen werden. Abgesehen davon seien Mädchen mit vierzehn heutzutage doch die größten Luder.

„Ja, das kann schon sein", sagte Gernot ein wenig verlegen. „Aber wie ist das mit der Senilität? Haben Sie die selbst bemerkt, oder ist Ihnen davon erzählt worden? Wie war das auf den Baustellen?"

Nein, er selbst habe nichts feststellen können, und auch den andern Arbeitern sei nichts aufgefallen, die Geschichte stamme von den Angestellten im Büro. Ebenso die Sache mit den kleinen Mädchen. Im Außendienst sind Frauen selten, die sitzen meistens im Büro bei ihrem Papier.

„Wissen Sie irgend etwas Konkretes? Wenn man so etwas

behauptet, muß doch ein Anhaltspunkt da sein, ein besonderer Fall, eine Person, ein Name?"

Die Kalkbrenner lachten, denn bei solchem Tratsch würden doch nie Namen genannt, und außerdem habe es niemand so richtig ernst genommen. Vielleicht nein, eher ja, weil eben durchaus menschlich, aber sicher nicht wichtig, und überdies sei der Doktor ja längst tot.

Gernot verließ die fröhlichen Kalkbrenner und kam nach Roppendorff, als man sich eben zu Tisch setzte. Da Toni Ausgang hatte und die Verpflegungsfrage damit auf die Hausfrau und Chefin übergegangen war, gab es bloß eine Suppe aus der Tüte, schnell abgebratenes Rindfleisch, Toast und mehrere fertig besorgte Salate. Hertha erkundigte sich, was Gernot bei seinen Nachforschungen zu erfahren hoffe. Er wich aus und entging einem weiteren Verhör, weil Oswald voll Grimm berichtete, daß man ihn nicht in die Drei-Därrischen-Höhle gelassen habe, sie sei aus Sicherheitsgründen gesperrt, ein totaler Blödsinn, denn er könne sich genau erinnern, mit dreizehn Jahren habe er in Begleitung seiner Eltern die Höhle besichtigt, keine Spur von gefährlich, aber hochinteressant, offenbar eine Auswaschung des Anninger-Massivs durch das Tertiärmeer, ganz gewiß würde man hier noch viel mehr solcher Höhlen finden, wenn die verdammte österreichische Indolenz nicht traditionsgemäß alles verhindere, was über den Genuß von Brathühnern hinausgehe. Gernot hatte in der Volksschule mehrmals von den Höhlen gehört, sie aber weder damals noch später für hochinteressant gehalten; auch jetzt führte ihre Erwähnung nur dazu, daß ihm sein alter Lehrer einfiel. Er beschloß, dem Rat Heinrichs zu folgen, und rief nach dem Essen an. Die Tochter war am Apparat, sagte ihm, daß der Vater in der Werkstatt sei, und er jederzeit kommen könne. Während Gunther, Willy und Oswald zum Fernsehapparat pilgerten, weil ihnen das Wunder um den Großen Preis wesentlich erschien, ging Gernot zu Fuß durch den Park, öffnete die Kette des Gittertors, wanderte den Weg zurück, über den er bei seiner Ankunft gekommen war, überquerte die Autostraße und stand zehn Minuten später vor dem kleinen Haus, in dem der alte Rauch wohnte.

Daß es den früheren österreichischen Dorfschulen glich, war kein

Zufall: nachdem Rainkirchen in den fünfziger Jahren seine moderne Schule mit viel Glas und Beton erhalten hatte, war es dem Direktor gestattet worden, das ausgediente Gebäude billig zu kaufen. Rauch hatte innen umgestaltet, außen nach den nötigen Ausbesserungen nur wieder gelb getüncht, und so stand es nun da unter seinen vier riesigen Kastanien, stand da wie in Kaisers Zeiten, ebenerdig, winziger Vorgarten, Stuck um die Fenster, ein freundliches Tor, sehr ähnlich den Zeichnungen in einer Fibel von damals, scheinbar jeder Veränderung entrückt, ein fester Punkt im haltlos gewordenen Leben, von Gott geschenkt und einzig Gott übereignet, der für seine Kinder sorgen würde. Gernot sah seine Schule und damit seine Kindheit wieder, er spürte Tintenflecken an den Händen, hörte das Knirschen des trockenen Schwammes auf der schwarzen Tafel, wurde zum Kind, atmete Frieden, hatte Tränen in den Augen und wußte doch, daß ihm nur die eigene Sentimentalität diesen Streich spielte, die Welt auch hier tödlich war wie überall.

Die Tochter öffnete auf sein Läuten, führte ihn durch das Haus in die Werkstatt, und dort stand der Alte an einer Maschine. Er polierte Nußholz, sah den Besucher, brach seine Arbeit ab und schob Gernot mit einem Fußtritt einen Schemel zu. Er selbst setzte sich auf die Hobelbank.

„Wer hat Sie geschickt?"

„Geschickt?"

Rauch lachte. „Sie kommen doch nicht ohne Grund, und das Harmonium wird der Grund nicht sein. Man sagt, daß Sie für die Hundertjahrfeier einen Rückblick schreiben sollen. Vierzig Jahre von den hundert hat Ihr Vater das Unternehmen geleitet, man wird ihn schwer umgehen können, Sie aber wissen nichts von ihm, also werden Sie sich ein wenig umtun, bei den Verwandten, bei den Angestellten. Wenn Sie zu mir kommen, muß Sie jemand geschickt haben. Es würde mich interessieren, wer es war. Toni oder Heinrich?"

„Heinrich."

„Und worum geht es? In allem, was die Firma betrifft, sind Sie bei mir auf dem Holzweg."

„Es geht um den Selbstmord. Für mich ein Rätsel."

„Für mich auch, und ich kann es so wenig lösen wie Sie."

„Heinrich sagt, mein Vater hätte Sie oft besucht."

„Oft? Manchmal war er bei mir, kein richtiger Besuch, hat eben hereingeschaut, ob ich da bin."

„Jeder weiß, daß mein Vater ein Arbeitstier und Sklave seines Terminkalenders war. Bei mir vermuten Sie einen Grund, wenn ich zu Ihnen komme. Er soll keinen gehabt haben?"

„Vielleicht hat er sich bei mir entspannt. Es riecht hier nach Holz."

Gernot seufzte. „Auf den Baustellen riecht es auch nach Holz, wenn die Zimmerleute arbeiten." Er stand auf, schleuderte den Schemel mit einem ähnlichen Fußtritt wie sein Gastgeber auf den früheren Platz zurück und trat Rauch gegenüber, der ruhig auf seiner Hobelbank sitzen blieb und ihn spöttisch ansah. „So hat das keinen Sinn. Sie lassen mich zappeln, weil Sie mich nicht mögen, und Sie mögen mich nicht, weil ich nicht zum Begräbnis gekommen bin. Als Lehrer waren Sie doch gerecht. Es wundert mich, daß Sie mich verurteilen, obwohl Sie die Vorgeschichte nicht kennen. Mein Vater, gleichgültig, wie mein Verhältnis zu ihm war, hat sich umgebracht, und ich weiß – ich wiederhole: ich weiß –, daß ihn jemand in diesen Selbstmord hineingetrieben hat. Dazu kommen zwei Vorwürfe, die mehrere Personen gegen ihn erhoben haben, daß er nämlich in den letzten Jahren senil gewesen sein und sich mit kleinen Mädchen abgegeben haben soll. Ohne weitere Hilfe von Ihnen zu verlangen, bitte ich Sie um Ihre Stellungnahme, ob diese Vorwürfe ganz oder zum Teil berechtigt sein könnten."

„Er war senil wie ich und er war ein Mann."

„Sie sind sicherlich nicht senil, und ein Mann muß sich nicht unbedingt mit Fünfzehnjährigen einlassen."

Rauch zuckte mit den Schultern, glitt von der Hobelbank, lehnte sich mit dem Rücken dagegen, nahm das Nußholz, das er poliert hatte, roch daran und strich zärtlich darüber. „Ich will es Ihnen gern erklären", sagte er. „Wenn Sie aber einen Schulmeister herausfordern, dürfen Sie sich über die Genauigkeit einer solchen Erklärung nicht wundern. – Auf geht's. Punkt eins, die Senilität. Klein a) Wir leben – und das wird ganz allgemein festgestellt – in einer Zeit absoluter Jugendverehrung. Uns Alten rät man, um Gottes willen nicht stehenzubleiben, sondern mitzumachen, ohne jede Rücksicht darauf, wo man da mitmachen soll, mit einem Wort die alten Praktiken einer Diktatur. Vor hundert Jahren hat man die Jungen angehalten, unbedingt Ziele und Geschmack der Alten anzuerkennen, heute ist es umgekehrt. Wenn früher ein Junger nicht einfach nachbeten wollte, was man ihm vorsagte, war er ein Revoluzzer; wenn heute ein Alter dasselbe tut, ist er senil. – Klein b) Wir leben – und das wird ganz allgemein festgestellt – in einer Zeit zunehmenden Verwaltungsmißbrauchs. Ihre Schwägerin, die Frau Diplomkaufmann, die jetzt die Firma leitet, hat dafür gesorgt, daß der Betrieb nach modernen Gesichtspunkten umgestaltet wurde. Sie hat damit schon zu Lebzeiten Ihres Vaters beginnen wollen, Ihr Vater aber war strikte dagegen, weil er den Standpunkt vertreten hat, daß solche Maßnahmen in einem Mittelbetrieb unrationell seien. Wohl könne man dadurch etliches einsparen, die Steigerung der Verwaltungstätigkeit und die notwendige Neueinstellung von Bürokräften würden jedoch wesentlich mehr kosten und außerdem leide durch die Bürokratisierung der Kontakt zwischen Unternehmer und Arbeiter, der für den Mittelbetrieb sehr wichtig sei. Einen Mann über sechzig, der sich dem herrschenden Trend widersetzt, nennt man natürlich senil und bagatellisiert seine Argumente. – Klein c) Wir leben – und das wird ganz allgemein festgestellt – in einer Zeit, die im Arzt nicht den Helfer, sondern den Gesundheitsbeamten sieht, dem immer größerer Einfluß auf unsere Lebensführung zugestanden werden soll. In nicht zu ferner Zukunft wird jeder Staatsbürger jährlich mindestens einmal vor der ärztlichen Behörde zu erscheinen haben, wird dort von Maschinen untersucht und demgemäß eingestuft werden, was dann über Beruf, Aufenthaltsort, Ehefähigkeit und Fortpflanzungserlaubnis entscheiden wird. Natürlich kann die Diagnose einer senilen Demenz nicht dem Urteil eines Laien überlassen bleiben, sie ist ja auf ein Krankheitsbild der medizinischen Wissenschaft zu beziehen. Hat dieses Bild aber genaue Konturen? Wann wird Ordnungsliebe zur Pedanterie? Wann konsequentes Verfolgen eines Ziels zu Eigensinn? Vorsicht zu Mißtrauen? Da müßten doch eigentlich handfestere Symptome auftreten, etwa objektiv feststellbarer Gedächtnisschwund in geschäftlichen Angelegenheiten, nächtliche Verwirrungszustände, die in Tagesdelirien übergehen und ähnliches. Bei Ihrem Vater konnte das niemand beobachten, aber er war über sechzig, und ein Gesundheitsbeamter zukünftiger Schule würde nicht lange zögern, die Diagnose auf Senilität auszusprechen, wenn ihm die Verwandten die nötigen Unterlagen liefern. Und dabei ist nun eines höchst bedenklich: Senilität kann das sexuelle Verlangen auf Kinder umlenken. Damit wären wir bei Punkt zwei."

Rauch legte das Nußholz zurück auf die Hobelbank, verschränkte die Arme und sah Gernot voll an. „Wieder muß ich Sie warnen, daß Sie mit einem Lehrer reden, und daß wir Lehrer es mit Unmündigen und Minderjährigen zu tun haben, und zwar jeden Tag, nicht wie Journalisten, Juristen oder Parlamentarier, die sich bloß irgendwann einmal für das Problem interessieren. – Klein a) Wir leben – und das wird ganz allgemein festgestellt – in einer Zeit absoluter Jugendverehrung. Was die Jugend macht, ist gut. Was das Alter macht, ist böse. Wir leben – und das ist ebenso allgemein festgestellt – in einer Zeit absoluter Frauenverehrung. Was Frauen tun, ist gut; was Männer tun, ist böse. Als Lehrer habe ich gesehen, wie sogar meine Zehnjährigen sich bemühen, mich auf die krumme Tour herumzukriegen, was aber meine Kollegen von den Hauptschulen über die Vierzehnjährigen erzählen, das sollten sich die Herren im Parlament einmal anhören. Sicherlich hören sie es ohnehin, sind jedoch Politiker genug, um nicht gegen den Strom zu schwimmen. So eine Vierzehnjährige kommt in die Schule wie die Hure Babylon: Seidenstrümpfe, Stöckelschuhe, Mini-Rock, tief ausgeschnittene Bluse, geschminkte Augenhöhlen, geschminkte Lippen, Dauerwelle – man fragt sich: wozu? Um Englisch oder Mathematik zu lernen? Die ganze Ausrüstung dient doch nur dem Männerfang, und wenn sie den Mann fangen, dann sperrt man den Mann ein. Ist er Lehrer, dann verliert er seine Stellung. Gesetz für die Mädchen, Gesetz gegen die Männer. Wissen Sie, wie man früher so ein Gesetz genannt hat? Ein Privileg, und das haben wir angeblich nach dem Sturz der Monarchie längst abgeschafft. – Klein b) Da Ihr Vater meiner Ansicht nach nicht im klinischen Sinn senil war, kann sich bei ihm auf Grund einer Senilität nie eine Vorliebe für Fünfzehnjährige entwickelt haben. – Klein c) Wenn es hingegen eine Fünfzehnjährige, vollreif und im Besitz aller femininen Kräfte, drauf angelegt hat, ihn in ihr Bett zu kriegen, war er möglicherweise Mann genug, diesem Wunsch unter Umständen nachzukommen. Handelt es sich bei der Fünfzehnjährigen um einen Lehrling seines Betriebs, dann ist er erledigt."

„Und hat Grund genug, sich umzubringen?"

„Das weiß ich nicht. Ich habe Ihnen gleich gesagt, daß der Selbstmord für mich ein Rätsel ist. Auf Ihre Frage, ob die beiden Vorwürfe ganz oder zum Teil berechtigt sein könnten – könnten, bitte! –, habe ich Ihnen streng objektiv geantwortet, welche Gründe jemand nach heutigem Gesichtspunkt dafür anführen würde, daß seine Vorwürfe gerechtfertig sind. Für die Feststellung, daß die Vorwürfe mit der Wirklichkeit übereinstimmen, müßte man Beweise haben. Die finden Sie nirgends, weder dafür noch dagegen. Wir reden also nur über Tratsch und Vermutungen."

„Genau dieses Stadium möchte ich überwinden. Was vermuten Sie selbst?"

„Nichts. Ich gebe mich mit Tratsch nicht ab."

Gernot nickte, nahm das Nußholz, roch ebenfalls daran, legte es zurück, betastete die Poliermaschine, wandte sich plötzlich ab, ging wortlos im Raum auf und ab, setzte sich dann auf den Schemel, stützte die Ellenbogen auf die Knie, verschränkte die Hände und starrte auf den Fußboden. „Sehr direkt, Herr Direktor", sagte er nach einer Weile. „Eigentlich müßte ich jetzt gehen. Ich gehe nicht. Ohne den Grund dafür zu kennen, habe ich doch den Eindruck, daß Sie mir weiterhelfen könnten, wenn Sie nur wollten. Versetzen Sie sich einmal in meine Lage, und nehmen wir ruhig als gegeben an, daß ich mit diesem Vater nicht viel habe anfangen können, weil er – und das bitte ich Sie, mir zuzugestehen – mit mir nichts anzufangen wußte. Ich bin nicht zu seinem Begräbnis gekommen, in Ihren Augen ein Verbrechen, aber eine böse Grippe braucht nicht bloß leere Entschuldigung, sie kann echt sein, und überdies: wenn schon Verbrechen, dann doch nicht gegen den Verstorbenen, sondern gegen die Hinterbliebenen, vor allem meine

Mutter. Bei ihrem Begräbnis habe ich wieder gefehlt, diesmal wegen eines beruflich sehr wichtigen Kongresses; natürlich hätte ich absagen können, nun aber bezieht sich das Verbrechen ja nicht einmal mehr auf die Großmutter, die zu meiner Mutter nie eine entschiedene Beziehung, sei es Ablehnung oder Anerkennung, gefunden hat. Meine Geschwister zählen nicht, und bis hierher bin ich durchaus imstande, alle meine Handlungen voll zu vertreten. Eine gewisse Schwierigkeit entsteht dadurch, daß ich, zumindest dem äußeren Anschein nach, heuer eine Einladung nach Roppendorff angenommen habe, weil mir dafür Geld geboten worden ist. Ich will auf den wesentlichen Grund für die Annahme nicht eingehen, weil er mit den hiesigen Problemen nichts zu tun hat, ich bitte Sie nur noch einmal, sich in meine Lage zu versetzen, die in manchem der Hamlets gleicht. Ich komme heim, ich erfahre, daß mein Vater nicht etwa an Herzversagen gestorben ist, sondern sich umgebracht hat; daß er – genau: sein Geist – seither in der zum Turnsaal umgebauten Kapelle spukt, freilich nicht wie bei Shakespeare ‚in Waffen', sondern mit einem Pingpongschläger und ohne Gegner, obwohl die wahrgenommenen Geräusche des hin- und zurückgeschlagenen Balls einen solchen voraussetzen würden. Selbstverständlich glaube ich nicht an diesen Spuk, ich erwähne ihn nur, um auf die Ähnlichkeit mit Hamlet hinzuweisen. Mein jüngerer Bruder hat mir inzwischen die gar nicht übernatürliche Erklärung des Phänomens verraten. Was bleibt, ist trotzdem dasselbe: ich bin aufgerufen worden und werde dem Ruf folgen. Meines Vaters Geist ‚in Waffen', meines Vaters Geist mit dem Tischtennisschläger, der ‚schnöde unerhörte Mord', eine Überdosis Schlaftabletten in einer Welt, die überquillt von Osricks. – Sie haben vorhin gesagt, ich wüßte nichts von meinem Vater, und das stimmt, obwohl ich mich wahrscheinlich in dieser Hinsicht nicht so wesentlich von den braven Söhnen unterscheide. Sie wußten etwas von ihm. In seiner Arbeitsbesessenheit hätte er nie für Sie Zeit gefunden, wenn die Besuche bei Ihnen nicht wichtig für ihn gewesen wären. Jetzt will ich klären, welcher Gemeinheit er zum Opfer gefallen ist, und Sie verweigern mir Ihre Hilfe. Warum? Klein a) weil Sie ihm damit einen Dienst erweisen? Klein b) weil Sie selbst Nachforschungen anstellen? Klein c) weil Sie einfach mit jemandem, der beim Begräbnis des Vaters Grippe hat, nichts zu tun haben wollen?"

„Klein d) weil ich wirklich nichts weiß." Jetzt war es Rauch, der das Nußholz wieder aufnahm und mit den Fingern über die polierte Fläche strich. „Unromantisch, aber wahr. – Ihr Vergleich mit Hamlet hat mich interessiert, weil ich überzeugt bin, daß die Menschheitsgeschichte ganz anders abgelaufen wäre, wenn wir nicht alle diesen unseligen Hang zum Komödiantentum hätten. Die wichtigsten Entscheidungen über das Schicksal ganzer Völker sind auf einer imaginären Bühne gefallen; sogar in unserem Alltagsleben werden die meisten Argumente nur aus Lust am Komödiantischen vorgebracht. Sie, Herr Doktor, kommen nach Roppendorff, finden hier eine Handlung und treten sofort ‚durch die Mitte' auf, wie man früher in den sogenannten szenischen Bemerkungen hat lesen können. Meinetwegen. Ich will Sie Ihrer Rolle nicht berauben, sage nichts mehr von Grippe und Begräbnis. Ihr Vater hat mich besucht, auch ich glaube, daß ihm diese Besuche etwas gegeben haben, aber von seinen familiären oder beruflichen Problemen war dabei nie die Rede."

„Wovon dann?"

„Von Holz. Von Bäumen. Von Wegen im Wald. Von Gott."

„Ungefähr dieselben Themen wie beim alten Heinrich. Daheim hat mein Vater nie über Gott gesprochen; dazu hat er offenbar Männer gebraucht, die älter waren als er. Das ist verständlich. Unverständlich ist, daß er dann solchen Männern gegenüber stumm bleibt, wenn er in eine Zwangslage gedrängt wird, die ihn schließlich zum Selbstmord zwingt. Wie ist er denn überhaupt mit Ihnen zusammengekommen? Seit wann kennen Sie ihn?"

„Dem Namen und dem Aussehen nach habe ich ihn, wie jeder hier in der Gegend, natürlich schon lange gekannt; persönlich begegnet bin ich ihm ähnlich wie Ihnen, durch eine Art Unfall. Er hat den Hund meines Nachbarn überfahren, ich war dabei, habe bestätigen können, daß er schuldlos war, also keine Behörde, nur ruhige Klärung des Sachverhalts, dann Entschädigung, und in dieser Zeit war er eben ein paarmal bei mir, hier in der Werkstatt, so wie Sie jetzt, Holz, noch einmal Holz, ich liebe Holz, auch er hat es gern gehabt, also Gespräche über Holz, dann Bäume, Wald, Wege, Anninger, Höhlen, und auf einmal waren wir bei den Templern."

„Templern? Um Gottes willen, wieso Templer?"

„Sie sagen: um Gottes willen. Genau das war es. Der Wald ist heilig, die Höhle ist heilig, und als Historiker werden Sie ja wissen, daß die Templer hier bei uns waren, nicht in Rainkirchen, wahrscheinlich auch nicht in Baden, aber sicherlich in Mödling."

„Ich habe mich mit dem Templer-Problem nur sehr wenig beschäftigt, aber eins ist doch wohl ziemlich klar: die Templer gehören nach Frankreich, Spanien und England; ich gestehe Ihnen noch einzelne Niederlassungen in Italien, Brandenburg, Böhmen und Mähren zu, dann ist Schluß."

„Und im Waldviertel?"

„Da müßte die Phantasie mithelfen."

„Im Archiv der Erzdiözese werden Sie die Unterlagen finden."

„Es ist die Frage, wie man solche Unterlagen wertet."

„Natürlich, natürlich, und das ist das Lustige an der Geschichtsschreibung, die für den Laien an Tatsachen gebunden erscheint. Man wertet einmal so, dann wieder ganz anders, und auf diese Art wird es möglich, daß jemand wie ich im Lauf seiner Lehrtätigkeit den Kindern die Geschichte Österreichs nach und nach in fünf verschiedenen Fassungen beibringen soll, die einander in vielem widersprechen. Angeblich ist die letzte immer die einzig richtige, endlich auf festen Tatsachen fußend und darum allein seligmachend – bis die nächste kommt, weil eben inzwischen jemand anderer regiert. An sich ist das nichts Neues, arm sind nur die Kinder, die uns glauben. – Herr Doktor, ich weiß sehr gut, daß Sie Wissenschaftler sind, und ich nur mit Sagen aufwarten kann. Daß die Dominikanerkirche in Wien früher ein Konvent der Templer war, ist schon im vorigen Jahrhundert zur Fabel erklärt worden; über die Güter in Fischamend und Schwechat gibt es zwar Urkunden, aber diese Güter haben eben den Templern in Mähren gehört; die Sitze in Mödling und Perchtoldsdorf sind wissenschaftlich nicht nachzuweisen und haben darum nie existiert, was immer die Leute seinerzeit darüber geredet haben; dasselbe gilt für Sankt Othmar, auch wenn der Grundriß der Unterkirche die Anlage durch die Templer wahrscheinlich macht;

gilt für den Teufelskopf an der Spitalskirche, gilt für die alte Sage, nach der 1312 hier vierzig Templer ermordet worden sein sollen. Sage, Sage, Sage – aber woher kommen die Sagen?"

Gernot zuckte mit den Schultern, versuchte der neuen Lage gerecht zu werden, erinnerte sich mühsam seiner Absicht und verzichtete auf weitere Fragen zu diesem Thema. „Schön", sagte er versöhnlich. „Man darf die Sagen nicht unterschätzen, und die Templer waren da. Wo ist die Brücke zu meinem Vater?"

„Er hat uns unterstützt."

„Unterstützt? Uns? Womit?"

„Mit Geld und Beziehungen. Die Höhlen sind doch nicht mehr frei zugänglich."

„Die Höhlen?"

Jetzt löste sich Rauch von seiner Hobelbank und nahm die Wanderung durch die Werkstatt auf. Wie vorhin beim Anblick des Schulhauses, fühlte sich Gernot plötzlich zurückversetzt in die Vergangenheit – er saß wieder in der Bank beim Fenster, und sein Lehrer ging vor ihm auf und ab.

„Ja, ein wenig schwierig, das gebe ich zu. Doktor Rabener, die Templer, die Höhlen im Anninger. Ich will es erklären und werde dabei wahrscheinlich vieles sagen, was Ihnen ohnehin bekannt ist, aber ich muß die ganze Geschichte, wenn auch nicht unbedingt mit klein a, b und c, doch systematisch aufbauen. – Genau am 13. Oktober 1307 werden in ganz Frankreich angeblich alle Templer verhaftet, eine berühmte, für die damalige Zeit hervorragende Polizeiaktion. Auf die Verhaftung folgen Prozeß, Verurteilung und Aufhebung des Ordens; der letzte Großmeister Jacques de Molay wird in Paris verbrannt und verflucht auf dem Scheiterhaufen König und Papst, die den Orden nur verleumdet und vernichtet haben, um seine riesigen Reichtümer zu erben. Ein Jahr später sind König und Papst tot; der Fluch scheint also gewirkt zu haben. Die Templer gibt es trotzdem nicht mehr. Freilich stellt sich schon während des Prozesses heraus, daß man 1307 doch nicht alle erwischt hat, weil nämlich plötzlich welche auftauchen, die bei Bauern versteckt waren und bloß das primitive Leben nicht ertragen haben. Von andern, die ins Ausland geflohen sind, weiß man nichts. Ähnlich ist es mit dem

Vermögen. Grundbesitz kann man nicht verlagern, er fällt an die jeweiligen Machthaber, wie verhält es sich aber mit dem Schatz, von dem doch immer die Rede war? Noch während des Zweiten Weltkriegs kommt jemand mit Beweisen, daß dieser Schatz aus Paris in die Burg Gisors gebracht worden ist. Man gräbt, findet aber nichts außer geheimnisvollen Schriftzeichen an den Wänden, die man nicht entziffern kann."

„Ich habe davon gehört. Nehmen Sie das ernst? So etwas gehört doch wie die Zarentochter, die Tragödie von Mayerling oder die Fliegenden Untertassen zu den bewährten Themen der Illustrierten."

„Kann sein. Rätsel reizen eben, und daß sich die Illustrierten damit beschäftigen, ist noch kein Grund, daß sie nun entweder gelöst oder sinnlos wären. Aber es kommt noch viel schöner, kommt so schön, daß Sie als Wissenschaftler sich die Haare raufen werden, obwohl ich einen andern Wissenschaftler zitiere."

„Wen?"

„Hammer-Purgstall."

„Ein verdienstvoller Orientalist, aber keine sehr verläßliche Quelle, für die Templer gänzlich unbrauchbar."

„Ich weiß, ich weiß, ich habe ja nicht nur Hammer-Purgstall, ich habe auch Havemann, Prutz und Finke gelesen, immer geht es um die im Grunde blöde Frage, ob die Templer nun vom Standpunkt der Kirche aus schuldig oder unschuldig waren. In dieser Hinsicht schuldig war doch auch Meister Eckart. Ihm ist genauso der Prozeß gemacht worden."

„Worauf wollen Sie hinaus?"

„Hammer-Purgstall wird angelastet, daß er gegen den Orden geschrieben habe, nur weil er überzeugt war, daß die Templer im Besitz einer Geheimlehre gewesen sein müßten. Ich teile diese Überzeugung, rein schon aus Kenntnis des militärischen Alltags –"

Gernot schüttelte den Kopf und seufzte. Rauch hob abwehrend beide Arme. „Ja, ja, ich wiederhole: militärischen Alltags! Die Templer hatten doch den Marsch der Pilger zu schützen, waren also viel mehr Soldaten als die Johanniter. Stellen Sie sich vor, wie das in der Praxis aussieht, wenn man dort unten in Syrien und Palästina die Straßen zu sichern hat! Dienst Tag für Tag, Nacht für Nacht. Die

Pilger wechseln, die Araber bleiben. Manchmal kommt ein Kreuzzug, beutelustige Franzosen, Engländer oder Deutsche entfachen Kleinkriege, kehren nach Europa zurück, und die Templer müssen den bitteren Rest der Kreuzzugsuppe auslöffeln. Die Araber merken das langsam auch, denn im Lauf der Jahrzehnte lernt man einander kennen. Das heißt nicht etwa, daß man die beschworene Pflicht vergessen würde, nein, das hat auch während des Prozesses niemand behauptet; man hält weiterhin brav für Christentum oder Islam den Schädel hin, dahinter aber wächst nach und nach die Erkenntnis, daß ja auf beiden Seiten Frontsoldaten stehen, die in vielem miteinander enger verbunden sind als mit ihrem Hinterland da und dort. Der Alltag nimmt den heiligen Dingen einiges von ihren strahlenden Farben. Müssen eigentlich die und die von euch oder von uns fallen, nur weil da ein paar Pilger durch das Land ziehen? Ihr greift eben nicht an, und wir sorgen dafür, daß es beim friedlichen Durchmarsch bleibt. Man einigt sich, man redet miteinander, Christ und Heide, Rechtgläubiger und Giaur, die den Rittern angeschlossenen Handwerker fraternisieren schon lange, es ist unbestritten, daß die Templerbauten arabische Einflüsse verraten, und damit greift das Verständnis auf die Religion über. Wer bereit ist, für seinen Glauben Gelübde der Keuschheit und Armut abzulegen und täglich der Gefahr ausgesetzt ist, für diesen Glauben zu sterben, hat eine andere Beziehung zu Gott als jemand, der im Wohlstand lebt und lediglich zur Messe geht; für ihn ist Gott der Mittelpunkt seines Daseins, und es versteht sich von selbst, daß er bemüht sein wird, das Wesen Gottes zu ergründen. Die Gegner der Templer sind Assassinen, ihr Großmeister ist der Alte vom Berge, sie nehmen Haschisch, nicht aus Langeweile, sondern aus Sehnsucht nach dem Mysterium. Man tauscht vorsichtig Meinungen und Erfahrungen aus, und siehe da: trotz allen konfessionellen Verschiedenheiten, an denen man treu festhält, ist Gott da und dort derselbe. Und was ist er? Das kann man höchstens ahnen; wenn man darüber reden will, setzt man nach alter menschlicher Gewohnheit für den einen nicht definierbaren Begriff einen andern, der ebensowenig zu definieren ist, und sagt: Gott ist das Licht. Natürlich ist das eine bloße Tautologie, so leer wie die Feststellung, daß die Pferde Huftiere sind, aber der Wechsel des Worts hat den großen Vorteil, daß Licht weder Allah noch Jahve ist, sondern eben nur Licht, Licht für alle. Die Assassinen waren Ismailiten, also Schiiten, die Verbindung zu den Persern und ihrer Feuerreligion, aber auch zu den Sufi und damit wieder zur Gnosis, liegt nahe."

Jetzt konnte sich Gernot nicht länger beherrschen und unterbrach seinen Lehrer. „Verzeihen Sie mir, ich komme da einfach nicht mit! Wenn Sie von Assassinen, Ismailiten, Schiiten, Parsen, Sufi, Gnosis und Tautologien sprechen, dann müßten Sie doch wissen, daß die Hypothese einer Geheimlehre seit bald hundert Jahren einwandfrei widerlegt worden ist! Die Templer waren einerseits eine Elitetruppe mit imponierendem Einsatzwillen, anderseits die Vorläufer der Lombarden, sie hatten das größte internationale Bankhaus unserer Geschichte bis zum heutigen Tag! Mystiker waren sie ganz bestimmt nicht, und was das alles mit meinem Vater zu tun haben soll, verstehe ich immer weniger!"

Rauch war stehengeblieben und lachte, als er vom Bankhaus hörte. „Das hat ja kommen müssen. Jedes Zeitalter denkt in bestimmten Schablonen, bei uns sind es Bomben und multinationale Konzerne; was sich nicht in Megatonnen oder Prozenten ausdrücken läßt, gehört ins dunkle Mittelalter. Dunkles, glückliches Mittelalter! Und leider sind eben die Templer Mittelalter; sie waren Krieger, jawohl, sie haben für bargeldlosen Geldverkehr und für Darlehen gesorgt, jawohl, aber das ist Peripherie, nicht Zentrum! Das Zentrum ist Geist! – Wenn Hammer-Purgstall von Ophiten schreibt, gehe ich nicht mit. An die Feuertaufe glaube ich; an das heilige Gefäß, aus dem diese Taufe gespendet worden ist, glaube ich; daß dieses heilige Gefäß der Gral war, glaube ich; daß der Gral aus Paris nach Mödling gebracht worden ist, glaube ich; daß er in einer der Höhlen des Anninger vergraben liegt, glaube ich auch."

Abwartend sah er Gernot an. Der brauchte einige Sekunden, bis er die frohe Botschaft richtig begriffen hatte. „Der Gral im Anninger?" fragte er dann leise, als wäre ihm eine Fata Morgana erschienen.

„Warum nicht? Ist der Anninger schlechter als der Puy de Dome?"

„Als Berg sicher nicht. Aber wie kommen Sie vom Pariser Temple nach Rainkirchen?“

Rauch nickte mehrere Male, bevor er sprach. „Das werde ich Ihnen sagen. Im Wiener Staatsarchiv gibt es eine scheinbar harmlose Urkunde aus dem Jahr 1315, ausgestellt von einem Jans dem Gundramstorfer, gesiegelt von ihm, Chunrat Chergel und Thomas dem Walich, in der besagter Jans von Gundramstorf und seine Hausfrau Elspet dem Kloster Sancta Chlarn in Wienne ein Haus ‚das dem Herzogen Otto und der Gesellschaft der Tempellaise, nächst der Spitalkirche zu Medlik‘ mit dem Bemerken verkauft, daß das heilige Gefäß nicht mehr am Orte, sondern entfernt und vermutlich in der Höhle des Fremden vergraben worden sei. – Ich frage Sie: was soll das für ein heiliges Gefäß in einem Haus der Gesellschaft der Tempellaise sein, das schon vor 1315 vergraben wurde? Doch gewiß kein Altarkelch! Ich bin ganz sicher, daß die Templer den Gral aus Frankreich gerettet und nach Österreich gebracht haben; daß er das Symbol der göttlichen Gnade ist; daß wir ihn heute suchen müssen wie vor siebenhundert Jahren; daß er der Gral bleibt, auch wenn er in einer der Höhlen des Anningers liegt!“

Lange war es still zwischen den beiden, sie starrten einander an, und Gernot fiel es schwer, sich aus dem Bann der hellblauen Greisenaugen zu lösen. Mit einem jähen Ruck zwang er sich zum Erwachen, holte tief Atem und fragte dann: „Mein Vater? Was hat er damit zu tun?“

Rauch senkte den Blick, griff an Gernot vorbei auf die Hobelbank, nahm das Nußholz und betrachtete es, als könnte man von ihm die Antwort ablesen. „Ihr Vater? Die Templer? Ich habe vorhin vom Licht gesprochen, meiner Ansicht nach das einzig Wichtige. Daneben war im Prozeß von Symbolen die Rede, an deren Existenz ich freilich nicht glaube. Viel von Baphomet, nichts anderes als eine Verballhornung von Mohammed; manchmal von einer Katze, auch von einer Eule. Öfter noch von einem Raben. Der Rabe hat ihn fasziniert.“

„Gott sei Dank. Damit sind wir wieder auf der Erde. Der Rabe hat ihm gefallen, das kann ich verstehen. Und wegen des Raben hat er Sie unterstützt. Vorhin sagten Sie: uns. Wer ist das?“

„Ein paar Idealisten, nach heutigem Sprachgebrauch: ein paar Idioten, die fest daran glauben, daß sie im Anninger den Gral finden werden."

„Er hat sie gekannt, diese Idealisten? Oder nur Sie, persönlich?"

„Nein, alle. Er ist ja mehrere Male mit uns gegangen."

„Gegangen? Wohin?"

„In die Höhlen."

„Mein Vater?!"

„Ja."

Wieder dauerte es eine Weile, bis Gernot diese Versicherung voll aufgenommen hatte. „Und er hat Sie weiterhin unterstützt?" fragte er dann. „Womit? Durch seine Anwesenheit, seinen guten Willen, Ihnen zuzuhören?"

„Nein, nein. Durch Geld."

„Richtiges Geld?"

„Ja. Nicht zu wenig. Außerdem hat er uns die Erlaubnis verschafft, daß wir in den Höhlen graben dürfen."

„Mein Vater?!"

„Ja. Für Sie war er ein unpersönlicher Manager. Für uns nicht. Er hat uns verstanden." Rauch warf das Nußholz zurück auf die Hobelbank. „Es geht einem oft so mit Söhnen." Und während er Gernot voll ansah: „Verdauen Sie erst einmal, was ich Ihnen heute erzählt habe, und wenn es Sie interessiert, kommen Sie wieder. Nur eins muß Ihnen dabei klar sein: über Familie und Unternehmen werden Sie bei mir nichts erfahren, nicht etwa, weil ich etwas verschweige, sondern einfach, weil wir darüber nie gesprochen haben."

„Das Unternehmen können wir beiseite lassen; wirtschaftlich hat es viel schwierigere Situation gegeben, mit denen er fertig geworden ist. Die Familie? Er war ein Patriarch; jedes familiäre Problem hätte er in bekannt brutaler Art gelöst. Wir glauben beide nicht an Senilität und kleine Mädchen. Wo soll ich ansetzen?"

Rauch schwieg eine Weile, lächelte dann. „Wissen Sie, er war ja wirklich ein im Grund sehr auf Ordnung bedachter Charakter. So wie ich mir das zusammenreime, hat es in seinem Leben nur vier Menschen gegeben, denen er im Gespräch näher gekommen ist, und jedem dieser vier hat er ein streng abgegrenztes Gebiet zugewiesen: der Mutter das Geschäft, dem Gärtner die Natur, mir die Metaphysik und der Toni – ja, wie nennt man das? Leidenschaft wäre falsch, Liebe zu allgemein, Zuneigung zu schwach."

„Toni? Hat denn mein Vater –?" Gernot sprach nicht weiter.

Rauch lächelte wieder. „Ja. Das einzige Geheimnis, das ich Ihnen verraten kann."

18

Auf dem Rückweg nach Roppendorff bog Gernot nicht in den Park ein, sondern ging weiter auf die Applanie zu. Als er die Stelle erreicht hatte, wo früher einmal der Teich gewesen war, hielt er nach einem festen Platz Ausschau, auf den er sich setzen könnte, sah aber nur Abfall: Papier, Kartons, rostige Sprungfedern, durchlöcherte Töpfe, zerschlagenes Porzellan; erst nach längerem Suchen entdeckte er einen Sessel mit bloß drei Beinen, lehnte ihn gegen eine zerbrochene Klosettmuschel, prüfte das Standvermögen und ließ sich dann vorsichtig nieder. Einige Krähen, die bei seinem Kommen krächzend aufgeflogen waren und im Park aufgebaumt hatten, kehrten zu ihrem Müllhaufen zurück. Der Himmel hatte sich seit Mittag wieder bedeckt, eine tiefe, eintönig graue Wolkenschicht lag über grauem Land, und nur auf dem Müllhaufen leuchteten schmerzend rot ein paar Plastiksäcke.

So blau ist das Wasser gewesen, dachte er. Rundum Schilf und im Schilf die sonderbarsten Vögel. Strauchwerk, so dicht, daß wir drinnen geheime Indianerpfade ausgeschnitten haben, und die Bäume, Erlen, Platanen, Buchen, Linden. Alles geschleift, gefällt, damit die Autos an den Teich heranfahren können. Zugeschüttet, applaniert. Noch ein paar Gruben, in ein, zwei Jahren sind sie verschwunden, dann ist der Grund eben, man wartet eine Zeit und nachher kann man darauf bauen. Wenn noch jemand baut. Vorläufig haben sie nur applaniert: der Teich ist weg, die Bäume sind weg, die Vögel sind weg, eine Ebene ist geblieben, eine Ebene aus Abfällen. Und die Krähen.

Ja, die Krähen. Keine Raben. Mit dem Raben hat er ihn gefangen, der alte Spinner, aber trotzdem werde ich es nie verstehen. Er war so kritisch, hat doch jeden Schwindel sofort durchschaut. Warum fällt er ihm herein? Sufi und Gnosis oder das Verbrechen der Halbbildung, dabei hängt das Ganze irgendwie zusammen, verführerisches Trugbild einer Wunschkausalität. Weiß er es nicht oder hat er bloß darauf vergessen, daß bei den Persern die Raben Vögel des Lichtgotts waren? Daß sie im Mithraskult eine große Rolle spielen? Mithra hat wirklich gefehlt, Soldatenreligion unter Ausschluß der Frauen, bestechender Übergang zu den Templern, und dann hätte man noch erwähnen müssen, daß die Raben auch den Germanen und den Indianern heilig waren. Nur im Christentum sind sie Symbol der Heiden, darum wahrscheinlich dieser unhaltbare Vorwurf der Rabenverehrung gegen die Templer.

Ist es nicht ein Zeichen von Senilität, wenn man solchen Unsinn glaubt? Ich brauche mich doch nur an dieses peinliche Gespräch mit dem Professor aus Innsbruck zu erinnern, ich vermute, Mutter hat ihn eingeladen, weil er irgendwie mit den Theimers verwandt war, den Namen habe ich vergessen, das Jahr auch, aber von der religiösen Erneuerung und Max Scheler war die Rede, und nach knapp fünf Minuten hat ihn Vater unterbrochen: er sei Architekt und darum gezwungen, täglich mit der Realität fertigzuwerden, was der Herr Professor da vorbringe, seien nur schöne Worte ohne jeden Bezug auf die Wirklichkeit, gleichgültig, ob sie nun von den Griechen stammten oder von späteren Philosophen, die doch alle fünfzig Jahre neue dazu erfänden, auf jeden Fall könne man sie wie in einem Kaleidoskop immer wieder zu wechselnden prächtigen Bildern zusammenschütteln und immer wieder würden sie der Spiegelung wegen einer scheinbaren Ordnung gehorchen – aber ernst könne man sie erst nehmen, wenn sie Männern mit Maschinenpistolen geeignet erschienen, ihre Aggressionsabsichten damit zu verschleiern. Derselbe Mensch soll im Anninger den Gral suchen? Kaum glaubhaft.

Nein, sei nicht vorschnell. Vater hat sich nicht so leicht in die Karten gucken lassen, wer weiß, aus welchen Gründen er für diese absurde Idee eingetreten ist. Halten wir zunächst nur eins fest: der alte Rauch ist als Quelle unbrauchbar, er ist höchstens ein Symptom. Die Toni muß her.

Eine ganze Weile saß er noch inmitten des grauen applanierten Abfalls, träumte von blauem Wasser und grünem Schilf, träumte von einer Vergangenheit, die er damals gehaßt hatte, verscheuchte den Gedanken, daß vielleicht auch Heinz hierher zum Baden gekommen wäre, wenn die Zeiten sich nicht geändert hätten, wurde durch das Geschrei der Krähen geweckt, die irgendwo einen Feind entdeckt zu haben glaubten, stand auf und ging langsam zurück zu den Roppendorfern, Samboeufs und Rabenern, deren Namen und Ideen sich möglicherweise ebenso zusammenschütteln ließen wie die bunten Glassplitter in Vaters Kaleidoskop.

19

Draußen hatte es ein wenig abgekühlt, im Haus war es immer noch drückend heiß. Als Gernot die Halle betrat, bemerkte er, daß die Tür zur Kapelle offen stand, warf einen Blick hinein und sah Gunther, der mit der siebenjährigen Constanze unter dem Gewehrschrank auf dem Boden saß und dem Mädchen den Unterschied zwischen einer Schrotflinte und einem alten Karabiner erklärte. Die Flinte hatte er in der Hand; Karabiner, zerlegter Karabinerverschluß und einige Schrotpatronen lagen neben ihm. Auf Gernots besorgte Frage versicherte er lachend, daß die Munition selbstverständlich nicht im Gewehrschrank, sondern in einer versperrbaren Lade des Schreibtisches in der Bibliothek aufbewahrt werde; daß Constanze ein sehr aufgewecktes und wißbegieriges Mädchen sei und ihre Geschicklichkeit beim Minigolf durchaus das Wagnis rechtfertige, sie demnächst auf den richtigen Golfplatz nach Enzesfeld mitzunehmen. Übrigens habe Lauda den Grand Prix gewonnen, Hunt sei Zweiter, Mass Dritter; mit siebenundvierzig Punkten und vier Siegen schon nach einem halben Jahr habe Lauda beste Aussichten, heuer Weltmeister der Formel Eins zu werden. Constanze gab zu bedenken, daß man Hunt nicht unterschätzen dürfe, Gunther warf ihr vor, daß sie das nur sage, weil ihr Hunt rein äußerlich besser gefalle, und Constanze wehrte sich mit der Warnung, man solle doch nicht so dumm sein, sie für dumm zu halten. Gunther entschuldigte sich und begann das Karabinerschloß zusammenzusetzen.

Gernot erfuhr noch, daß Kriemhild und Willy bereits nach Wien zurückgekehrt seien, weil die Kinder früh ins Bett gebracht werden sollten und Willy den sonntäglichen Rückflutverkehr fürchte; daß Oswald diese Furcht zwar nicht teile, aber inzwischen mit Susi ebenfalls unterwegs sei, um den amerikanischen Kriegsfilm im Vorabendprogramm des Fernsehens nicht zu versäumen, über den er sich wahrscheinlich ärgern würde, den er aber wahrscheinlich gerade deshalb sehen wollte; daß Gerhard den Abend mit Freunden verbringe und Toni erst gegen elf heimkommen werde, sie also beim Abendessen nur zu viert sein würden: Hertha, Gernot, Constanze und Gunther.

Bis dahin blieben noch fast zwei Stunden. Gernot setzte sich in seinem Zimmer an die Unterlagen zum Rückblick, bastelte ein wenig an den ersten Zeilen, entschloß sich plötzlich, den Text strukturalistisch einzufärben, und erinnerte sich an die vielen Fachbücher in der Bibliothek. Freilich war das reine Angabe, denn die Rabener hatten sich bei ihrem Bauen nie um Theorie gekümmert; aber wozu wurde ein Rückblick überhaupt geschrieben, wenn nicht zur Angabe? Der Satz Lukians fiel ihm ein, daß nämlich der Lohn des Historikers nicht in den Vorteilen liege, die er sich in der Gegenwart verschaffen könne, sondern immer nur in der staunenden Feststellung zukünftiger Leser, die sagen sollten: da war doch wenigstens ein einziger Chronist von freier Seele, der sich nicht gescheut hat, ohne Rückhalt die Wahrheit auszusprechen. Rührender Lukian! Er war so sicher, daß die Zukunft eine konstante Größe sein müsse! Aber jede Zukunft wird einmal zu Gegenwart und zu Vergangenheit, wird in noch späterer Zukunft in Epochen eingeteilt werden, in denen Macht und Mode etwas einmal gepriesen, dann verdammt oder totgeschwiegen, wieder gepriesen und wieder totgeschwiegen haben werden. Belächeln wir Lukian, schreiben wir einen Rückblick für die Rabener, wie es Vergil für die Julier getan hat: verlogen, aber handwerklich und ästhetisch erstklassig. Sub specie aeternitatis ist doch alles egal.

Wenn Vater nicht wäre, und – sonderbar, daß mir das jetzt erst einfällt – Vater ist soviel wie Heinz. Lassen wir uns nur noch von den Frauen verschieben? Es sieht so aus, aber dann doch nicht ihrer Stärke, sondern unserer Schwäche wegen. Schwäche hat er mehr als alles andere gehaßt, und ich habe es zu spüren bekommen. Nach katholischer Auffassung ist Verzweiflung die Sünde, die nicht vergeben werden kann, und der Unterschied ist kaum merkbar. Nur ein Schritt, und wir sind bei den Templern.

Er lachte, ging in die Bibliothek, fand zwei Bücher, die er benutzen konnte, stieg wieder hinauf, schrieb eine Seite, hörte den Gong und gehorchte ihm. Das Abendessen stand im Zeichen Constanzes, die genau wußte, daß der Pappi auf Tontauben mit der Schrotflinte, auf die Scheiben im Keller mit dem Luftdruckgewehr, auf böse Männer aber mit dem Karabiner schieße; daß sie beim Einputten immer ein wenig links halten müsse, weil sie nach rechts tendiere. Gunther setzte schon dazu an, dieses kindliche Selbstbewußtsein ein wenig zu zügeln, ließ es aber sein, als er bemerkte, daß Hertha damit einverstanden war.

Wie immer am Sonntagabend brachte das Fernsehen nichts Sehenswertes, Constanze mußte ins Bett, also brach man um halb neun auf, und Gernot erkundigte sich, ob man ihm gestatten würde, noch in der Bibliothek zu arbeiten, wo er die Nachschlagewerke finde, die er hin und wieder brauche.

„Klar, natürlich", antwortete Gunther, warf dann einen Blick auf seine Frau und fügte hinzu: „Du weißt ja, Hertha hat dort ihre Sachen; bring, wenn möglich, nichts durcheinander und, vor allem, schmeiß nichts weg, keinen scheinbar unwichtigen Zettel, sonst wird sie böse. Kennst ja den alten Spruch: Verlasse diesen Ort, wie du ihn anzutreffen wünschst."

Hertha lachte. Dann lachten alle.

Die Familie Rabener ging zu Bett, der verpatzte Nibelunge setzte sich in die Bibliothek, und das nicht etwa, weil er Bücher für seine Arbeit benutzen, sondern weil er das Eintreffen von Frau Antonia Steiner abwarten wollte, die vielleicht mehr als andere vorher über den so jäh verstorbenen Firmenchef erzählen konnte. Er ließ die Tür angelehnt, lag im Sessel des Vaters, die Füße auf der Schreibtischplatte, schrieb keine Zeile, nippte bloß manchmal an seinem Whisky und überlegte zwei Stunden lang die in diesem Fall anzuwendende Strategie. Knapp nach elf hörte er Tonis Schritte, hörte ihr Zögern vor dem hellen Lichtstreif, der aus der angelehnten Tür hinausfiel in den dunklen Korridor, hörte, wie sie schnell weiterging, sprang auf, öffnete die Tür ganz und sagte: „Komm herein, Toni!"

Sie blieb stehen, im Halbdunkel; er konnte ihr Gesicht nur undeutlich sehen, aber er glaubte zu spüren, daß sie Angst hatte.

„Herr Doktor?"

„Komm herein, Mädchen. – Oder soll ich Stiefmutter zu dir sagen?"

Dieses Schach zu Beginn des Spiels war der Angelpunkt der Strategie gewesen, jetzt mußte sich erweisen, ob er richtig oder falsch geplant hatte. Fast zehn Sekunden blieb er im Zweifel, denn Toni rührte sich nicht. Dann kam sie langsam, Schritt für Schritt, auf ihn zu, und er wußte, daß er schon halb gewonnen hatte.

„Setz dich." Mit einer Kopfbewegung deutete er auf die rechte Ecke der Bibliothek. „Soweit ich mich erinnere, war Vaters Platz immer auf dem Sofa. Verzeih mir, wenn ich ihn jetzt einnehme. Du also mir gegenüber." Er schloß die Tür, führte Toni zum näheren Fauteuil, ließ sie davor stehen, umrundete den Tisch, setzte sich. „Bitte!" Sie gehorchte, setzte sich ebenfalls, nicht etwa ängstlich oder verlegen, sondern ganz sicher; lehnte sich zurück, schwieg, sah ihn voll an.

Lange hatte er darüber nachgedacht, ob er ihr schon vor dem Gespräch etwas zu trinken anbieten sollte, und war davon abgekommen: das konnte zwar den Übergang erleichtern, mochte lösend wirken, würde ihn jedoch ablenken und ihr Zeit geben, ihre Kräfte neu zu sammeln. Also ließ er den Blick nicht von ihr, sagte freundlich, wie nebenbei: „Ich glaube, es ist höchste Zeit, daß wir einen Pakt schließen."

Sie antwortete nicht.

„Ich bin nicht mehr der Herr Doktor Rabener aus Deutschland, du bist nicht mehr die Frau Steiner. Wahrscheinlich hast du manchmal von mir gehört: da ist noch ein dritter Sohn, der ist weggegangen, hat sich seit Jahren nicht mehr sehen lassen und sogar bei den Begräbnissen gefehlt, ist für dich also nicht mehr als ein Name, kein Mitglied der Familie. Ganz recht, ich will auch keines sein, habe den Auftrag, diesen Rückblick zu schreiben, nicht wegen des Geldes, sondern nur angenommen, weil – aber das weißt du ja von der Großmutter. Mir ist die Familie egal, mir ist die Firma egal; nichts Böses ahnend komme ich hierher, und schon ein paar Tage nach der Ankunft fallen mir zwei riesige Steine auf den Kopf. Da heckt ihr beiden, die liebe Großmutter und ihre blonde Vertraute, den berückend schönen Plan aus, mich als Richter über meine Brüder einzusetzen, mir also eine Verantwortung für eben diese Familie und eben diese Firma aufzuhalsen, mit denen ich nichts zu tun haben will. Dazu die Geschichte mit Vater. Man schreibt mir: Herzversagen. Hier sagt man mir, daß er sich umgebracht hat, was zu ihm paßt wie visuelle Lyrik zu einem Berufsboxer. Erst will ich das Problem zur Seite schieben, da tauchen plötzlich zwei Briefe auf, aus denen ich erfahre, daß ihn eine Intrige in den Selbstmord getrieben hat. Ich bin es, der das erfährt, nicht meine beiden Brüder, nein, ich, der Außenseiter, der mißratene Sohn, der schon mit vierzehn Jahren von seinem Vater hinausgeworfen worden ist. Offenbar soll gerade dieser Sohn etwas unternehmen, und als Historiker kann er schwer widerstehen, demnach die zweite Aufgabe; jetzt fehlt nur noch eine, dann haben wir eine klassische Märchensituation. Und wer beschert mir diese Aufgaben? Nicht etwa Turandot oder irgendeine Königs- oder Kalifentochter, sondern die liebe Großmutter und ihre blonde Vertraute. Gut, ich werde mich bemühen. Aber die blonde Vertraute muß mir helfen."

Immer noch schwieg sie, rührte sich nicht.

Diese Reaktion hatte er zwar für unwahrscheinlich gehalten, aber doch als möglich einberechnet. Sein nächster Zug folgte genau nach der in zwei Stunden erarbeiteten Strategie. „Schau, Mädchen, daß zwischen dir und der Großmutter keine Geheimnisse waren, hast du selbst zugegeben, und das kann mir helfen. Heute ist mir in vorsichtiger Formulierung mitgeteilt worden, daß mein Vater dich sehr gern gehabt hat und du zu den wenigen Menschen gehörst, denen er im Gespräch nähergekommen ist: das kann noch viel mehr helfen. Andere wieder behaupten, daß da viele Frauen waren, vor allem die, mit denen er zusammenarbeiten mußte. Wenn das andere wissen, wirst du es auch gewußt haben. Du bist fünfundzwanzig, er war über sechzig und außerdem noch dein Chef, wenig Raum für Romantik auf deiner Seite. Ich kenne dich nicht. Vielleicht hast du bei Großmutter und Vater nur deinen Dienst getan, tust diesen Dienst jetzt den neuen Herren und willst keine Unannehmlichkeiten. In diesem Fall entschuldige bitte meine Zudringlichkeit."

Hier wollte er aufstehen, ihr aber genügend Zeit lassen, seine falsche Einschätzung zu berichtigen. Er brauchte nicht aufzustehen, denn sie stand bereits. „Herr Doktor, ich habe nichts zu entschuldigen und bin kein Stubenmädchen, das mit dem Hoteldirektor ein Verhältnis gehabt hat. Jetzt möchte ich gern schlafen gehen; morgen ist ein anstrengender Tag. Gute Nacht."

Ohne ihn anzusehen, drehte sie sich um und ging zur Tür. Das paßte nicht in die Planung, und er spürte ganz deutlich, daß ihm hier kein wohlgesetztes Wort helfen würde, wollte trotzdem weder eine bessere Gelegenheit abwarten noch sich geschlagen geben, war plötzlich nicht mehr Mann, sondern Männchen, das seine Ohnmacht vor dem widerstrebenden Weibchen nicht ertragen kann, vergaß alle intellektuelle Überlegenheit, ließ sich fortreißen von der Welle des Zorns wie so viele vor ihm, verlor sein Ich auf der Flucht in die Gewalt, war nur mehr Zorn und Muskel, stand mit wenigen Schritten zwischen Frau und Tür, packte die Frau an den Schultern, schüttelte sie und keuchte: „Du bleibst!"

Sie versuchte sich loszuwinden, trat mit den Füßen gegen seine Schienbeine, hämmerte mit den Fäusten gegen seine Brust, schob dann die rechte Hand unter sein Kinn, drückte sein Gesicht nach hinten, glitt ab, als er heftig den Kopf schüttelte, und zerkratzte dabei seinen Hals. Er fühlte keinen Schmerz, der Zorn war stärker. Nur um seinen Willen durchzusetzen, preßte er sie enger an sich, hielt sie ganz fest, hielt sie durch lange Sekunden, in denen nichts entschieden wurde, und plötzlich war alles anders, die Muskeln der Frau entspannten sich, dann merkte auch er die Veränderung, löste jäh seine Arme, blieb bewegungslos vor ihr stehen.

Sie schwiegen beide, vermieden den Blick des andern.

„Das passiert eben", sagte er endlich leise.

Sie gab keine Antwort. Er führte sie zurück zum Tisch, drückte sie in ihren Fauteuil, setzte sich ihr gegenüber auf das Sofa, umfaßte ihre Knie. „Unentschieden, Frau Steiner. Ich habe nicht gewonnen. Du aber auch nicht."

Mit einem Ruck befreite sie sich aus seinem Griff, beide sprangen auf, diesmal aber floh sie nicht, sondern schlug ihn ins Gesicht, bevor er den Schlag abwehren konnte, schlug weiter, traf nun nur noch seine Arme. Es dauerte eine ganze Weile, bis er endlich ihre Handgelenke gepackt und auf ihren Rücken gedreht hatte. Wieder standen sie einander gegenüber, tief atmend, Körper an Körper, Auge in Auge, und wieder färbte der Kampf sich mit Begierde. „Laß, Toni", flüsterte er. „Das zählt nicht. Ich spüre dich, du spürst mich. Es zählt nicht, hörst du? Das sind nicht wir."

„Laß mich los."

„Du bleibst?"

„Ja, natürlich. Ich bin ich, vorher und jetzt. Und wenn ich ein Jahr lang bei keinem Mann war, könnte ich trotzdem kalt bleiben wie ein Eiszapfen. Denk dir jetzt, was du willst, aber glaub nicht, daß du mit irgendeinem Bauernmädchen, mit einem Besatzungskind, mit einem Dienstboten redest."

Er gab sie frei, sie setzten sich beide, starrten auf die Bücherregale. Dann begannen die Blicke zu wandern, trafen einander, blieben. Ein kleines Lächeln wuchs in seinem Gesicht, gleich darauf in ihrem, sie lächelten, sie lachten.

Er schüttelte den Kopf. „Wenn ich jetzt zwanzig und ein Idiot wäre, würde ich sagen, daß ich dich liebe."

Sie nickte. „Du bist vierunddreißig und gescheit."

„Ja. Ich bin gescheit und weiß, daß es nur Verlangen ist; ich bin gescheit und weiß, daß ich jetzt glauben muß: es ist nicht nur Verlangen; ich glaube also, daß es nicht nur Verlangen ist. Der alte Zauber wirkt, und es ist so schön, daß er wirkt, was ist das Leben ohne diesen Zauber, auch wenn man ihn als Täuschung erkennt! Frau Antonia Steiner, Toni, halbes Mütterchen Rußland, Vertraute der Großmutter, Geliebte des Vaters, braune Arme, weißes Kleid,

Sie sind wahrscheinlich Herr Doktor Rabener aus Deutschland, ich könnte fast glücklich sein, wenn ich nicht so genau wüßte, daß alles nur Rausch ist, daß morgen der Alltag die Farben von unserer Tafel wischt und nichts bleibt als graue Gewißheit."

„Du blutest", sagte sie. „Dein Kragen ist ganz rot."

Er stand auf, ging zum Spiegel, sah hinein und erinnerte sich dabei an das Bild von Urgroßvater Joseph Calasanza, das früher diesen Platz eingenommen hatte und von Hertha entfernt worden war. Der gleiche kuhdumme Blick, dachte er; nur hat er einen Maler dazu gebraucht und ich kann es alleine. „Ja, ich blute. Emitto sanguinem ergo sum. Auch das Blut wird morgen grau sein und grau bleiben." Und Heinz ist in Amerika. „Darauf wollen wir eins trinken." Er wanderte hinüber zu Goethe und Buffon, öffnete die Hausbar zwischen den beiden, versuchte sich dabei klarzuwerden, was nun geschehen war. Den Platz des Vaters einnehmen: wie großspurig! Und ein paar Minuten später: wie lächerlich! Da kommt etwas mit einem Busen, und ich bin wehrlos. Was hat der Ordinarius gesagt? Besseren Männern als mir. Man muß sich fügen.

Mit der Flasche und den Gläsern in der Hand schloß er die Bar, wandte sich um, sah sie dort drüben sitzen, so blauäugig, so blond, so gesund, das halbe Mütterchen Rußland, die Frau schlechthin, und plötzlich –

Plötzlich hörte er nebenan in der Kapelle den weißen Ball.

Ping-pong, ping-pong, ping-pong.

Er lachte. Es war doch alles so einfach! Nur auf die Kraft kam es an. Lachend trat er an den Tisch, füllte die Gläser. „Prost, Mädchen! Du bist du, vorher und jetzt, du läßt dich nicht überrumpeln, du hast die ganze Zeit gewußt, was du willst. Ich gebe es zu: wir sind wir. Streichen wir die Vergangenheit, erleben wir die Gegenwart im Bruchteil einer Sekunde und lassen wir die Zukunft für sich selber sorgen. Ich liebe dich."

Sie hob ihr Glas, als wollte sie ihm den Whisky ins Gesicht schütten, tat es nicht, sagte bloß: „Du sollst dich nicht lustig machen über mich."

„Was hörst du lieber? Daß ich mit dir ins Bett gehen will? Das weißt du. Aber es ist ein bißchen mehr. Ich merke deutlich, daß ich im Begriff bin, mich in dich zu verlieben, und wenn ich an den ersten Tag hier zurückdenke, dann hat es schon damals begonnen, mit dem weißen Kleid und den braunen Armen, auf den Armen ein Flaum von kleinen blonden Härchen, die schimmern wie Gold."

„Sie werden grau sein und grau bleiben wie dein Blut."

„Bis dahin hast du ein ganzes Leben Zeit, und nimm nicht alles so wörtlich, was ich so plaudere. Blut wird schwarz."

„Ja, Herr Lehrer. Und ich nehme nicht alles wörtlich. Schon gar nicht das Gerede von Liebe."

„Sehr vernünftig. Du kennst mich ja nicht. Wenn aber stimmt, was du mir da erklärt hast, vom Eiszapfen und vorher nicht anders als jetzt, dann wird mir wohl kein Ausweg bleiben. Nur eins: zunächst die Aufgabe. Warum hat sich mein Vater umgebracht?"

Ihr Lächeln erlosch, sie schaute zu Boden, antwortete erst nach einigen Sekunden. „Es ist nicht so wie du glaubst, mit dem mißratenen Sohn. Du kannst es nicht wissen, auch die andern wissen es nicht, nur ich weiß es und der Großmutter habe ich es erzählt. Er ist der einzige, der vielleicht etwas taugt, hat er gesagt."

Er verstand nicht gleich, leerte sein Glas, setzte sich wieder auf das Sofa, fragte: „Vater? Ich soll etwas taugen? Vielleicht?"

Sie nickte.

„So ungefähr habe ich mir das vorgestellt", sagte jemand hinter ihnen. Als sie den Blick zur Tür wandten, sahen sie dort Hertha, den Schlafrock über dem Pyjama, aber das Haar so glatt, als wäre sie eben vom Friseur gekommen.

20

Eine Zeitlang glaubte Gernot, er sei vierzehn Jahre alt und der Vater habe ihn über Zeitschriften mit Bildern nackter Frauen ertappt. Dann erwachte der alte Widerspruchsgeist, er stand auf, lachte laut. „Was hast du dir vorgestellt?"

Herthas Antwort kam sofort. „Daß du dich überhaupt nicht geändert hast. Whisky und Frauen. Der Apfel fällt nicht weit vom Stamm. Es tut mir leid, daß ich euch störe, aber da ist etwas, das muß ich unbedingt mit dir besprechen, solange du noch nüchtern bist. – Toni, Sie entschuldigen uns doch?"

Die war längst ebenfalls aufgestanden. „Selbstverständlich, gnädige Frau."

Sie wollte gehen, aber Gernot hielt sie zurück. „Augenblick, meine Lieben! Ich unterhalte mich hier mit Frau Steiner über die mutmaßlichen Gründe für den Selbstmord meines Vaters. Du kannst sie doch nicht einfach wegschicken!"

„Ich möchte mit dir reden."

„Und natürlich bestimmst du den Zeitpunkt. Hier in diesem Raum. Das Bild vom Urgroßvater hast du hinausgeworfen. Mich wirst du nicht so leicht los. Ich lebe noch, und irgendwie kommt mir vor, als hätte ich mehr Anrecht hier zu sitzen als du. Ich schmeiße deine Papiere nicht weg, ich werde den Ort verlassen, wie ich ihn anzutreffen wünsche, aber ich mag es nicht, daß man hier in meiner Gegenwart Befehle erteilt."

„Das war kein Befehl, das war eine Bitte. Durchaus höflich geäußert, was man von dir nicht gerade behaupten kann."

Toni legte Gernot die Hand auf den Unterarm. „Bitte nicht, Herr Doktor. Sie tun das ja nicht meinetwegen, mit mir hat das nichts zu tun. Ich möchte nicht gern die Leidtragende sein in Ihrer Auseinandersetzung. Morgen ist ein anstrengender Tag, ich gehe gern schlafen. Gute Nacht."

„Auf morgen, Toni", sagte er betont freundlich.

Und Hertha, ebenso betont freundlich: „Gute Nacht, Toni! Verzeihen Sie mir. Es ist wirklich dringend."

Als sie allein waren, ging sie zum Tisch, nahm Tonis Glas, trank es aus und setzte sich, nicht auf das Sofa, sondern in den Fauteuil, in dem Toni gesessen war. Er holte aus der Bar ein neues Glas und wollte es füllen. Sie lehnte ab. „Ihr Glas ist gut genug für mich. Sie ist tüchtig, sie ist hübsch, sie ist jung. Hast du darum auf sie gewartet?"

„Kann sein."

„Und dann hat sie dich gekratzt. Gott, wie züchtig und romantisch. Aber ist das die volle Wahrheit? Du warst immer ehrlich und offen, sei es auch jetzt, bleib auf deinem Niveau. Gibt es noch einen andern Grund, warum du auf sie gewartet hast?"

Die alte Entscheidung. In tausenden Jahren menschlicher Geschichte hat es sich immer erwiesen, daß Ehrlichkeit und Offenheit nur Nachteile bringen; man mag Diplomaten belächeln oder sogar verachten, trotzdem wird die Verschleierung von Absichten eher und leichter zum Erfolg führen als die Enthüllung. Das ist die eine Seite. Auf der andern steht der Stolz. Muß ich mich der Lüge beugen, muß ich mir ihren Stil aufzwingen lassen? Nimm lieber die Nachteile auf dich, du bist stark genug für die Wahrheit.

„Sie hat ein Verhältnis gehabt mit Vater. Ich möchte gern wissen, warum er sich umgebracht hat."

Hertha nickte. „Ja. Gut. Offenheit gegen Offenheit. Du glaubst, daß ich deine Anteile will. Ich würde sie nicht nehmen, auch wenn du versuchst, sie mir aufzuzwingen. Du glaubst, daß du für diesen Rückblick geholt worden bist, weil du deinen Vater gehaßt hast. Kriemhild war boshaft genug, dir gleich am ersten Tag zu gestehen, daß sie diesen Verdacht teilt; aber was ist von ihr schon zu erwarten? Sie kann es einfach nicht lassen. Und wie sieht die Geschichte wirklich aus? Ich bitte um ein wenig kühle Vernunft, Herr Dozent. Eine Festschrift mit historischem Rückblick ist doch nicht dazu da, daß man darin eben die Leute anschwärzt, die bei einem solchen Anlaß schon der Firma wegen gefeiert werden sollen. Wozu das viele Geld, wenn dann verkündet wird, daß der Firmenchef ein Tyrann gewesen ist und alles falsch gemacht hat? Ist das Werbung? Nein, das wäre Idiotie. Die Rabener sind tüchtig, die Rabener planen mit weiser Voraussicht, die Rabener haben durch ihre Fähigkeiten hundert Jahre überdauert: das deutlich zu machen, ist Aufgabe der Festschrift, nicht etwa das Gegenteil. Was aber machst du? Du läßt dir Adressen geben, du besuchst diesen verrückten Volksschullehrer, der keine Ahnung hat von unserem Unternehmen, du arrangierst ein Tête-à-tête mit unserem Dienstmädchen, um Beweise zu sammeln, daß dein Vater senil war und kleine Mädchen verführt hat! Nur Kriemhild mit ihrem verbotenen Mundwerk kann behaupten, daß das meine geheime Absicht ist. Loben sollst du deinen Vater, und das kannst du auch ohne die Zeugenaussage einer Frau Trabitsch. Ich rede deshalb gestern mit dir, ich erkläre dir ganz offen, daß es natürlich sehr wünschenswert ist, wenn ein Rabener, Dozent für Geschichte an einer deutschen Universität, diesen Rückblick schreibt, daß ich aber vor allem dich wiedersehen wollte. Ergebnis: du holst dir Toni hierher und flößt ihr Whisky ein, damit du erfährst, wie dein Vater mit ihr geschlafen hat. Bitte versteh doch, daß ich über diese Entwicklung nicht gerade glücklich bin."

Sie hat ja recht, dachte er; jedes Argument ist schlüssig. Wann erliege ich jetzt einem fremden Einfluß? Wenn ich ihr auf Großmutters und Vaters Rat mißtraue und ihr böse Absichten unterschiebe? Oder wenn ich ihr glaube und die beiden Alten bloß für voreingenommen halte? Ja, es gibt noch eine eigene Erfahrung, und ich bin nicht gerade gut auf sie zu sprechen, aber habe ich nicht damals sofort beleidigt aufgegeben, ohne eine ruhige Aussprache zu versuchen?

„Ich bin eben neugierig", sagte er. „Das steht einem Historiker zu. Mit dem Rückblick hat es nichts zu tun."

„Auch mit mir nicht?" Sie griff nach der Flasche, goß so jäh ein, daß die Flüssigkeit überrann und auf dem Tisch eine kleine Lache bildete. Er nahm sein Taschentuch, reinigte Glas und Tischplatte. „Danke. Das hätte morgen auch die Toni machen können, aber es war ja wohl als Vorwurf gedacht, diese hausfrauliche Betulichkeit. Ich benehme mich schlecht, und das paßt nicht zu meinem Stil, aber mein Stil ist nur Disziplin, die ich hier habe lernen müssen; im Grund bin ich immer noch dasselbe zornige Mädchen aus Steyr, freilich ohne die Hoffnungen von damals. Was habe ich gesagt? Ich bin nicht gerade glücklich? Vor hundert Jahren, zur Zeit dieses aufgeblasenen Ochsenfrosches, genannt Ahnherr, dessen Bild ich in verbrecherischer Weise hinausgeworfen habe, vor hundert Jahren hätte man sich nicht geschämt, ohne Umweg einfach unglücklich zu sagen. Wer glaubst du, daß du bist? Der arme verbannte Sohn, auf dem Stammsitz derer von Roppendorff nicht geduldet, weil zu anständig, und auch weiterhin vom Pech verfolgt, herzlose Frau verläßt ihn, stiehlt seinen Sohn und geht zu reichem Mann nach Amerika, während ich mit kühler Überlegung ein goldenes Nest für meine Jungen ergaunere? Ach, du heiliger Kitsch! Wie das gekommen ist mit dir und deinem Bruder, das habe ich dir gestern zu erklären versucht. Vielleicht war ich dumm, weil ich mich von einer einzigen Bemerkung habe umwerfen lassen. Gut, dann war ich eben dumm. Bist du unfehlbar? Und wie sieht mein goldenes Nest in Wirklichkeit aus? Ich darf für die Firma schuften, weil dein Halbgott von Bruder nichts im Kopf hat als schnelle Autos, Tontauben und Golfbälle! Natürlich bin dann ich schuld, wenn ich mich notgedrungen bemühe, aus diesem gemütlichen Großvaterbetrieb ein modernes, konkurrenzfähiges Unternehmen zu machen, und das nicht etwa, weil mir kalter Person das Unpersönliche der Computer mehr liegt, sondern weil wir mit der bisherigen Schlamperei die nächsten drei Jahre nicht überleben! Natürlich bin auch ich schuld, wenn ich dem Halbgott nur Mädchen gebäre, bin ich schuld, wenn alles, was an diesem Halbgott männlich war, beim Rennfahren verbraucht worden ist! Vor dir will ich keine Maske, ich sage dir ganz offen, was ich mir bei dem Angebot dieses Rückblicks gedacht habe: Pech und Pech gesellt sich gern. Eine Hoffnung im täglichen grauen Brei. Du aber siehst nur zwölftausend Mark, hältst mich wie Gerhard für eine Giftblüte des Spätkapitalismus und balzt vor dem Dienstmädchen. Nicht gerade glücklich? Unglücklich? Nein. Ich bin verzweifelt."

Sie leerte Tonis Glas zum zweiten Mal, schenkte sofort neu ein, trank aus, lachte krampfhaft, lehnte sich zurück und starrte blicklos vor sich hin.

Ihm fiel ein, daß er knapp nach seiner Ankunft den Hinkenden Teufel gebeten hatte, nicht für ihn das Dach Roppendorffs abzuheben; diese Bitte war offenbar vergebens gewesen, immer mehr Kammern wurden sichtbar, und in der zuletzt geöffneten sprach die Prinzessin seiner Jugend von Verzweiflung. Man darf nicht weich werden. Und wenn die Verzweiflung echt ist? Darf man herzlos sein?

Ohne es recht zu wissen, strich er ihr über das Haar.

Sie zuckte mit den Schultern, sagte leise: „Ja, da sitzen wir jetzt, und alles war doch erst gestern." Sie lachte wieder, seufzte, sah weiter zur Decke. „Stell dir vor, neulich war ich im Billroth. Ja. Ich habe in der Gegend zu tun gehabt, denke mir: schau einmal hinein. Unsere Tische waren besetzt, so sieben oder acht Burschen und

Mädchen, ich gehe auf sie zu, suche bekannte Gesichter, und erst auf halbem Weg wird mir klar, daß das ja acht Jahre her ist, jetzt sitzen die Neuen da, sträflich jung, eigentlich Kinder, sie reden zu laut, sie lachen fortwährend, sie gehören eher ins Gymnasium als auf die Hochschule, aber wahrscheinlich waren wir nicht anders. Weil ich schon einmal drinnen bin, setze ich mich an einen kleinen Tisch, bestelle einen Mokka, schaue in die Tasse, krame ein bisserl in meiner Handtasche, und dann merke ich, daß einer von den Burschen herüberschaut und gleich darauf zwei Mädchen flüstern und kichern. Ich erinnere mich, was wir geflüstert hätten: der Fredi (oder Michi oder Ali, wie immer er heißt) wittert ein Schulschiff – na, dem könnte es wirklich nicht schaden. Vielleicht gibt es heute einen andern Ausdruck, der Sinn bleibt derselbe. Ein paar Minuten später zahle ich und spüre am Benehmen der Kellnerin noch viel deutlicher, daß ich mit den Tischen dort drüben nichts mehr zu tun habe. Keine Studentin, eine Dame – das wünscht man sich mit zwanzig; ich hätte heulen können."

Im Café Billroth, einem bekannten Studentenlokal, war er Hertha zum ersten Mal in Wien begegnet. Er arbeitete damals an seiner Dissertation und ging fast nie aus, ein Kollege aber überredete ihn, mit ihm ins Billroth zu gehen, weil dort ein ganz auffallend hübsches Mädchen aus Steyr aufgetaucht sei, und Gernot komme doch aus Steyr, vielleicht kenne er sie, und das wäre dann ein Mordsspaß. Gernot ging mit, erkannte sofort seine kleine Prinzessin von Eislaufplatz, Innerbergstadel und Stiege zur Berggasse wieder und stellte schon am ersten Abend fest, daß aus diesem Provinztrampel, wie Hannes sie damals genannt hatte, eine durchaus ansprechbare kluge Person geworden war, die sogar mitdenkend zuhören konnte.

„Daheim habe ich die Elfi angerufen, sie war immer unsere Nachrichtenbörse, hat am ehesten Kontakt mit der Blase, ich melde mich also, sie antwortet mit einem Schrei, und dann prasselt ein Wasserfall auf mich nieder, was aus allen den Leuten von damals inzwischen geworden ist. Mit wenigen Ausnahmen deprimierend. – Kannst du dich eigentlich noch an den Kater Murr erinnern?"

Kater Murr hatte nichts mit dem Kammergerichtsrat Hoffmann

zu tun, sondern war ein katerbärtiger pensionierter Postbeamter, der sich aus falscher Berechnung der übergewichtigen Adele hatte antrauen lassen und seither von ihr als Haustier verwendet wurde. Neben der Erziehung des Katers sah Adele ihre Lebensaufgabe in der Vermietung des Kabinetts ihrer ererbten Altwohnung an Studentinnen, woraus ihr eine ganze Menge von Pflichten erwuchs: ständige Kontrolle des Kleinhandelsindex, um den Zins rechtzeitig steigern zu können, Kontrolle des Verbrauchs von Heizöl, Strom und Warmwasser (warme Dusche nur zweimal wöchentlich), Kontrolle darüber, ob die Mieterinnen nicht etwa im Kabinett Strümpfe wuschen, kleine Mahlzeiten kochten oder Urwaldmusik spielten, schließlich Kontrolle der Moral, die ihr besonders am Herzen lag. Da nun freilich die Unmoral am besten nächtens gedeiht, Adele aber den gesunden Schlaf vor Mitternacht nicht missen wollte, setzte sie den Kater ein, der noch lange in der Wohnküche Kreuzworträtsel löste, die Tür zum Vorzimmer spaltweit offenhielt und auf die Unmoral wie auf Mäuse lauerte. Nur ein einziges Mal hatten Hertha und Gernot ihn zu überlisten versucht und waren mit dem gefauchten Hinweis auf ihre perverse Verkommenheit zurück auf die Straße gejagt worden. Bei Gernot wachte die Hausfrau persönlich, es blieben also im ersten Stadium der Liebe nur Lokale, Parks und Bahnhofswartesäle, im zweiten Wochenendausflüge und immer wieder Vercingetorix, Gernots aus dritter Hand stammender Volkswagen.

Mit der Erwähnung des Katers rückte die Vergangenheit näher, rückte ganz nahe, und es war darum nicht verwunderlich, daß Gernot die Frage nach dem Kater nur mit einem Nicken und dann mit einer andern Chiffre beantwortete: „Vercingetorix." Es war weiters nicht verwunderlich, daß Hertha daraufhin zu ihm aufsah, die Arme ausbreitete und leise fragte: „Alles vorüber?"

Sie wußte sehr gut, daß nicht vorüber sein konnte, was so jäh geendet hatte; vorüber sind Dinge, die verdämmern dürfen. Da war nichts verdämmert. Ob er wollte oder nicht, er mußte sich hinunterbeugen zu diesem Mund, zu diesen Augen, hinter denen alles noch lebte: der Eislaufplatz, das Café Billroth, der Postkater, die vielen Lokale zwischen Bastei und Linienwall, Vercingetorix, später die

Nächte auf ihrer zweiten Bude in der Schwarzspanierstraße. Es gab keine Gegenwehr, eher hätte man Wasser verbieten können, den Berg hinabzufließen, da war sie, und sie war die Erinnerung, sie war die Jugend, die Schönheit, das Verlangen, die Liebe, sie war sie und noch einmal sie und immer wieder sie. Alles so, wie er es sich seit acht Jahren nicht eingestanden und trotzdem erträumt hatte. Die Welt gewann ihr altes Wesen zurück, endlich war sie wieder, wie sie sein sollte, nicht mehr quälende Schizophrenie zwischen Wirklichkeit und gewollter Wirklichkeit; mit einem Mal klang jeder Ton in Harmonie, stimmte nach göttlichem Plan Farbe zu Farbe, denn es war ja Hertha, und damit endeten Fragen und Klagen. Dieser dumme Ausdruck „Liebe". Vor siebenhundert Jahren hat man erkannt, daß die Minne „verwortet" sei und hat dafür die Liebe erfunden. Was ist sie heute? Vokabel in Zeitschriften und Romanen. Es geht nicht um Minne, nicht um Liebe, nicht um Sex, es geht um etwas, wofür ihr noch kein neues Wort gefunden habt, geht um das Gefühl des Lebens, ungeteilt und unbezweifelt, nah und doch alles umfassend, Atome und Galaxien, Nichts und Ewigkeit. Wer es nie gespürt hat, bleibt im Gewebe der falschen Worte hängen wie eine Fliege im Spinnennetz.

Freilich treibt mich alles zu ihr hin, und ihr lacht euer überlegenes Eunuchenlachen, weil ich ja schließlich nichts anderes tun kann als mein Vetter, der Schimpanse. Für diesen Vorgang habt ihr schematische Darstellungen, ihr benutzt lateinische oder dreckige Vokabel und grinst über das Theater, das da um einen so simplen Vorgang wie die Verkorkung einer Flasche gemacht wird. Laßt Bach vor euch auf der Orgel spielen, ihr würdet feststellen, daß er ja nur mit Fingern und Sohlen verschiedene Tasten niederdrückt; ob Goya, Tolstoi oder Newton, Pasteur oder Marconi – vor dem Blick des modernen Eunuchen ist keiner mehr als Vetter Schimpanse.

Aber Vetter Schimpanse kennt keine Erbsünde, er braucht sein Ich nicht zu vergessen. Wir müssen es tun, um zurückzufinden, und wenn wir nicht begnadet sind, dann haben wir nur einen Weg zum Mysterium, einen Weg, den jeder immer noch gehen kann, obwohl ihr euch unablässig bemüht, ihn hinter dem schmutzgesättigten Nebel eures Hohns zu verbergen.

21

Der Tag hat andere Maße als die Nacht.

Als Gernot um zehn Uhr erwachte, schlugen Regentropfen auf die blechernen Fenstersimse. Er drehte sich auf den Rücken, schob die verschlungenenen Hände unter den Kopf, hörte den Tropfen zu, zählte sie, verlor sie, tastete sich an den kreuz und quer laufenden Fäden der Erinnerung zurück, immer auf der Suche nach einem erhöhten Punkt, von dem aus er das ganze Geschehen und seine Folgen überschauen könnte. Je länger er aber nachdachte, desto mehr senkte sich der Weg, bis er endlich auf dem Hügel der nachts als Eunuchen geschmähten Realisten angelangt war. Hier erst wurde der Ausblick klar. Was vor wenigen Stunden wie ein Feengarten gewirkt hatte, zeigte sich nun als wohlgeordnete Landschaft mit regelmäßigen Ackervierecken, Zäunen, Mauern, geraden Straßen, Eisenbahnlinien und Hochspannungsleitungen. Wie immer die Absichten reisten, sie waren verfolgbar.

Ja: besseren Männern als dir, das wäre ein tröstendes Motto, aber die Tatsachen lassen eher vermuten, daß bessere Männer, die sich benehmen wie du, ebenso wie du den Schimpansen nicht Vetter sondern Bruder nennen sollten. Du machst dich an Frau Steiner heran, weil ihr der Vater vielleicht anvertraut haben könnte, was ihn in den Selbstmord getrieben hat. Der Feldzug wird strategisch geplant, und was ist sein Ergebnis? Frau Steiner verrät dir bloß, daß dein Vater einmal erklärt habe, du könntest vielleicht etwas taugen. Abgesehen davon, daß dieser Satz nur von ihr gehört worden ist, sie ihn also erfunden haben kann, sagt er zu deinem Thema nicht das geringste aus. Während der Feldzug sein Ziel also nicht erreicht, bringt er doch gleichzeitig erhebliche Nachteile, denn der menschliche Schimpanse bedenkt nicht, daß er seit Monaten bei keiner Frau war; statt sich das Weibchen vom Leib zu halten, drückt er es an sich und reagiert prompt wie jeder andere Schimpanse. Das wäre weiter noch nicht so schlimm, wenn das Weibchen diese Entwicklung nicht selbst gewünscht hätte, wie aus mehreren Äußerungen hervorgeht. Ihr Wunsch verwandelt den Schimpansen zurück in den Vetter, der das Weibchen nicht etwa sofort begattet, sondern von Liebe redet, was für seine Stellung im Haus und gegenüber Frau Steiner unmöglich günstig sein kann. Eine derartige Niederlage zu einem Sieg umzuformulieren dürfte sogar erprobten Journalisten nicht leicht fallen.

Leider verschlimmert sich die Lage noch, weil der Schimpanse nie merkt, wann er echt und wann er Vetter ist, selbst dann nicht, wenn er im Pingpong des väterlichen Gespenstes einen Hinweis zu erkennen glaubt. Als das zweite Weibchen in den Kampf eingreift, kündigt er mit viel Gebrüll eine Attacke an und läßt es beim Gebrüll bewenden: Frau Steiner geht, es geschieht also, was Hertha will; der Rückzug beginnt schon in der ersten Phase des zweiten Gefechts.

Was nun folgt, ist vom Feldherrnhügel der Realisten deutlich zu überblicken und zu verstehen. Zunächst können die Absichten des Gegners aus seinem bisherigen Verhalten geschlossen und dann nach Priorität geordnet werden, wobei man zwischen Verteidigungs- und Angriffsmaßnahmen unterscheiden muß. Verteidigt wird das eroberte Terrain, eine Firma, die man zuerst unter Opferung einer Liebe erheiratet hat, um später in ihr die Macht zu übernehmen; der Angriff zielt auf die Rückgewinnung der früher geopferten Liebe, Beweis dafür der gegen Morgen geäußerte Satz: nie war es so schön wie mit dir. Wie so oft bringt der Angriff eine Gefährdung und zwingt zur Verteidigung, denn der unter einem Vorwand nach Roppendorff geholte ehemalige Liebhaber wird in doppelter Hinsicht zu einer Bedrohung. Erstens hinterläßt ihm die boshafte Großmutter so viele Anteile, daß er über die Mehrheit entscheiden kann, zweitens stellt er Nachforschungen in einer Sache an, über die aus geschäftlichen und familiären Gründen besser das Gras wachsen sollte. In einem solchen Fall geht es darum, Angriff und Verteidigung geschickt zu kombinieren, also den Mann zu gewinnen und dadurch sowohl die Anteile einzustecken wie auch die Aufgabe der Nachforschungen durchzusetzen. Das Unternehmen läuft an, da gehen plötzlich Meldungen über einen möglichen Flankenstoß einer dritten Macht ein, nämlich Toni, deren Parteinahme für den toten

Chef und die tote Großmutter feststeht, bei der man aber mit Hilfe weiblicher Antennen auch ein gewisses Interesse für den verbannten Sohn vermutet. Zeitverlust könnte alles verderben, und das um so mehr, als die bisher nie geäußerte Bitte, den Rest des Abends in der Bibliothek verbringen zu dürfen, eine zweifache Auslegung zuläßt. Man begibt sich also zu Bett, wartet jedoch im Stockwerk ebenso auf das Eintreffen Tonis wie der Schwager zu ebener Erde. Als man sicher sein kann, daß Toni nicht nur in die Bibliothek gegangen, sondern auch dort geblieben ist, muß zum Entlastungsangriff angetreten werden.

Das ist die Ausgangssituation. Bleiben wir ruhig weiter bei der militärischen Terminologie, es geht ja um das Erreichen von Kampfzielen, und dafür haben wir nicht grundlos eine ganze Wissenschaft aufgebaut; daß wir sie immer nur gegen Männer angewendet haben, war vielleicht unser Fehler.

Die Dame greift also frontal an, du versuchst mit einem Bauernzug zu parieren, sie aber schlägt den Bauern mit der Bemerkung, daß für dich Whisky und Frauen (Betonung auf dem Plural) zur täglichen Gewohnheit gehören, und sie mit dir reden wolle, solange du noch nüchtern bist, womit die Frauen zu einem Beiprodukt des Whisky degradiert werden und deine Glaubwürdigkeit in allem, was du inzwischen erzählt hast, erschüttert werden kann.

Halt, das ist natürlich Schach. Meinetwegen. Ist der Unterschied sehr groß? Spiele sind ja bloß Kriegsersatz, schon bei Vetter Schimpanse steht eben Wille gegen Wille, denken wir also in den Chiffren weiter, die sich im Augenblick anbieten, nehmen wir ruhig Boxen oder Eishockey dazu. Der Kampf ist immer der gleiche.

Dein Bundesgenosse in der Flanke des Gegners weicht der Feindberührung aus, weil er Verluste vermeiden will, und zieht sich zurück. Sofort löst sich auch dein Gegner hinter einem Artillerieschleier, nämlich gespielter Flucht in den Alkohol und nochmaliger Versicherung der eigenen Harmlosigkeit, um einen neuen Angriff vorzubereiten. Dieser Angriff ist natürlich nicht mehr frontal, sondern mit einer Sichelschnittoperation oder auch mit einem Steilpaß an den rechten Flügel zu vergleichen. Da dieser rechte Flügel den Steilpaß, ohne behindert zu werden, technisch vollendet übernimmt und mit der Scheibe weiterzieht, verlagert sich innerhalb weniger Sekunden das Spielgeschehen in die andere Hälfte des Feldes, und die doppelte Rösseldeckung durch das Gefühl sichert die vorgeschobene Stellung der Dame. Von nun an deckst du nur mehr das Gesicht mit Fäusten und Unterarmen, ohne deine Stärke, den linken Haken des Mißtrauens, anbringen zu können, du versuchst dich mit einer Rochade für den Endkampf zu schützen, aber der Druck des Gegners auf eben die Flanke, die durch das Zurückweichen des Bundesgenossen offen geworden ist, wird immer stärker. Panzerverbände der Erinnerung durchbrechen deine Linien, massiver Einsatz von Jagdbombern, nämlich Beschwörung des Billroth und des Kater Murr, zerschlagen deine Bereitstellungen, du wirst mit Sentimentalität sturmreif geschossen und fliehst in die Euphorie einer gewollten Niederlage. Wie überlegt der siegreiche Feind gehandelt hat, kann man an seiner Anregung erkennen, die Kapitulation doch nicht in der allgemein zugänglichen Bibliothek, sondern in deinem versperrbaren Zimmer zu feiern.

Und nun abschließend ganz ohne Kampftheorien: die eine hat dich angeheizt, die andere auf dem Feuerchen ihre Suppe gekocht, und beide gemeinsam haben sie dich kunstgerecht aufs Kreuz gelegt.

22

Er wußte nicht recht, was er tun sollte. Man spielt eben nicht ungestraft Hamlet, noch dazu, wenn man erst herausbringen muß, wer eigentlich Claudius sein könnte, und Laertes nicht etwa der Bruder Ophelias, sondern ihr Mann und dein Bruder ist. Dazu die peinliche Ähnlichkeit zwischen dem Vater, der die Nibelungen beschwört, und dir, der sich für Hamlet hält, obwohl vernünftige Menschen doch wissen sollten, daß sich Sagen, ob jetzt Lied oder Saxo Grammaticus, nicht ins Zeitalter der Statistik transponieren lassen, in dem nur Prozente und nicht Individuen zählen – schon das Verbum „Zählen“ verrät dabei unseren Stellenwert. Gott sei Dank ist es zu spät für ein gemeinsames Frühstück. Die Szene, in der

Gunther, Hertha und ich am Tisch sitzen und Toni uns den Kaffee serviert, paßt bei tragischem Ausgang höchstens in ein Drama von Ibsen; sollten wir aber, was doch zu hoffen wäre, die Tragik vermeiden können, langt es überhaupt nur für eine französische Boulevard-Komödie.

Geschieht uns recht. Warum denken wir auch soviel an die numerisch erhöhte Lebenserwartung, den größten Erfolg unserer verzifferten sinnentleerten Ära.

Gunther wird wahrscheinlich irgendwo über Motoren, Gewehre oder Golfbälle gebeugt sein, Hertha im Büro sitzen und Toni für Haus, Hof, Vieh und Kinder sorgen. Bei einiger Vorsicht müßte die Bahn frei sein, du kannst dich davonmachen wie der berühmte Geliebte aus dem berühmten Schrank der Komödie, was aber dann? Im Augenblick geht es weniger um die heilige Aufgabe – zum Teufel, seien wir doch offen und ehrlich, einmal sogar uns selbst gegenüber, geben wir es doch zu: in dieser beschissenen Situation würden wir am liebsten beichten. Nicht alles natürlich. Nur zur beschissenen Situation. Und nicht einmal da alles, weil es ja auch andere trifft, die man nicht hineinziehen darf. Vielleicht überhaupt nur reden.

Priester kommen nicht mehr in Frage. Ärzte haben als Exponenten der Computer-Macht, der Bürokratie und der Statistik ausgespielt wie die Priester; Väter und Vatergestalten sind dem Rufmord zum Opfer gefallen, und außerdem weißt du selbst ganz genau, daß du mit deinem Vater nie hast reden können; steig hinab zu den Müttern, würde Goethe empfehlen, aber Mütter sind durch die Emanzipation zu Feinden geworden. Wo habt ihr Gurnemanz versteckt? So gut war der auch nicht, wenn man Wolfram glauben darf. Immerhin, heutzutage haben wir gelernt, uns mit dem Relativen zu begnügen, Gral hin, Gral her.

Der Gral im Anninger. Ein Verrückter. Und warum nicht? Sogar Vater war bei ihm.

Er rief an und erhielt die Zusicherung, daß der alte Rauch ihn erwarte. Da es immer noch regnete, nahm er den Wagen, der inzwischen längst konform im Hof geparkt war, und fuhr auf dem nun notwendigen Umweg nach Rainkirchen zu dem ebenerdigen

Haus mit den Stuckfenstern und den vier Kastanien. Diesmal stand der Alte nicht in der Werkstatt, er saß in seinem Studierzimmer am Schreibtisch, und vor ihm lag ein im Wasser aufgequollenes, an den Ecken zerfranstes Buch. Hier gab es keinen wappengeschmückten Kamin, sondern bloß einen eisernen Ofen mit langem Rohr, Sofa und Fauteuils fehlten, der Schreibtisch stand nicht schräg, sondern an der Wand rechts neben dem Fenster, darüber eine alte Landkarte, sonst rundum nur roh gezimmerte Regale und darauf Tausende Bücher, keineswegs so gesittet gestellt wie auf Roppendorff, die meisten auch nicht so vornehm, viele broschiert und manche sogar ohne Rücken. Rauch hatte den Rock über die Stuhllehne gehängt, aber die Weste anbehalten. Die daran baumelnde dicke Uhrkette und die verschlissene schwarze Krawatte gaben ihm trotz Hemdsärmeln den Anschein früherer Würde, er war eben immer noch der Herr Direktor und er stand auch nicht auf, um Gernot zu begrüßen.

„Was glauben Sie, was ich da habe?“ rief er und schlug mit der flachen Hand auf den aufgequollenen Band vor ihm. „Na ja, Sie können es natürlich nicht wissen. Gestern abend erzählt mir meine Tochter, daß da jemand einen ganzen Karren alter Bücher auf die Applanie geleert hat. Es war schon zu finster, aber heute um fünf bin ich hinausgegangen und habe gewühlt. Viel Mist aus den letzten zwanzig Jahren, dazwischen ein paar interessante Sachen, zum Beispiel eine Talmud-Auswahl, die Kulturkuriosa von Kemmerich oder die Bienenfabel von Mandeville; es ist ja wirklich bezeichnend, daß man aus dem, was da heute weggeworfen wird, eine ganze Welt aufbauen könnte, auf jeden Fall eine bessere Bibliothek als eine, die man jetzt zu kaufen bekommt. – Das nur nebenbei. Aber hier“ – er schlug nochmals auf den Band – „hier, das ist etwas ganz Besonderes, ein kleines Wunder! Das Leben Karl Eduards von einem gewissen Florian Styx O. S. B., verlegt bei Armbruster in Wien 1827! Karl Eduard auf deutsch! – Nehmen Sie Platz. Sie kennen doch Karl Eduard?“

Gernot setzte sich auf den Stuhl neben dem Schreibtisch, zuckte mit den Schultern und wollte eben antworten, da hörte er ein eigentümlich knatterndes Geräusch, etwas streifte seine Schulter und dann saß vor ihm ein riesiger schwarzer Vogel, den er beim Eintreten auf dem Ofen gesehen und für ausgestopft gehalten hatte.

„Das ist Jakob", sagte Rauch. „Ein Förster im Schneeberggebiet, ehemaliger Schüler von mir, hat ihn mir gebracht. Eigentlich war er für Ihren Vater bestimmt, aber der hat ihn nicht genommen, weil er keine Zeit für ihn habe und ihn niemand anderem anhängen wollte. Er ist also bei mir geblieben, und wir haben uns ein wenig angefreundet. – Sie gefallen ihm. Kraulen Sie ihm den Kopf."

Der Rabe starrte den Rabendorfer Rabener mit seinen bösen Knopfaugen an. Gernot mißtraute dem Gefallen, überwand trotzdem seine Furcht und folgte der Aufforderung des Alten. Jakob streckte sich genußvoll, duldete die Liebkosung einige Sekunden und hieb dann mit dem Schnabel nach der Hand, die Gernot mit einem halb unterdrückten Aufschrei zurückzog. Rauch lachte. „Das war nur Spaß. Wenn er Ernst gemacht hätte, müßten Sie zum Arzt. Nicht wahr, Jakob?"

Der legte den Kopf schief und starrte. Dann putzte er den Schnabel am Leben Karl Eduards, schaute den Alten nicht weniger böse an als Gernot, krächzte etwas, das Wohlmeinende vielleicht für Jakob nehmen mochten, und nickte.

„Der Mann da ist ein Freund. Sohn vom Doktor Rabener. Mach mir keine Schande. Von den Papageien abgesehen, seid ihr die gescheitesten Vögel. Ein Freund! Verstanden?"

Der Rabe antwortete nicht. Seine Augen blieben böse, und Gernot betrachtete nachdenklich das Tier, das ihm den Namen gegeben haben sollte. Seit Jahrtausenden Begleiter der Götter, uraltes Weisheitssymbol, ein Odysseus unter den Vögeln, gewiß kein stolzer Wappenadler und trotzdem Vorsicht: das Vieh beißt. Vielleicht hat Vater daraus etwas für sich ableiten können, ich finde keine Beziehung, wahrscheinlich bin ich zu wenig gefährlich. Eher Wellensittich, der lernt sogar besser sprechen als diese Bestie.

„Spannweite der Flügel wäre ungefähr ein Meter", sagte Rauch. „Natürlich sind sie gestutzt. – Genug, Jakob, sei friedlich, sonst sitzt du im Käfig. Käfig, Käfig!" Der Rabe nickte und flatterte auf ein Bücherbord, wo offenbar für ihn Platz freigehalten worden war. „Ein harmloser Hausgenosse ist er ja gerade nicht, im Unfug wesentlich einfallsreicher als ein junger Hund, denken Sie nur an

Hans Huckebein. Man hat mich auch gewarnt, besonders wegen der Bücher, die er zerfetzen könnte, aber solange ich dabei bin, stellt er nichts an. – Ja, also, Karl Eduard. Sie kennen ihn?"

„Nur den Herzog von Coburg, der Nationalsozialist geworden ist. Aber über ihn wird ja wohl kaum ein Benediktiner im Jahr 1827 geschrieben haben."

„Nein, bestimmt nicht, und von diesem Coburger habe wieder ich nichts gewußt. Ich meine Charles Edward Stuart, der 1746 schon ganz Schottland befreit hatte und dann bei Culloden geschlagen worden ist. Dieses Culloden, für mich ist es ein Markstein, vor sieben Jahren bin ich sogar hingefahren, nach Schottland, nicht wegen Edinburgh, nein, wegen Culloden, von Inverness mit dem Auto hinaus in die Heide, wo es damals entschieden worden ist, Schwerter gegen Infanteriegewehre, Gemeinbesitz gegen Privateigentum, Clans gegen eine reguläre Armee von eingekauften Hessen, fünfzig tote Hessen, tausend tote Schotten, nachher Massenhinrichtungen ohne Prozeß, für die nicht nachweisbar Schuldigen Deportation als Sklave nach Westindien."

Gernot wußte wieder einmal nicht, wie ihm geschah. „Sie sind nach Inverness gefahren? Von Rainkirchen? Um Gottes willen, was ist Culloden für einen Österreicher?"

„Mir gefallen alle Völker, die ihre Sprache und Kultur gegen fremde Herrschaft behaupten, ob sie Basken sind oder Katalanen, Bretonen oder Flamen, Iren oder Waliser, Makedonier oder Sorben, die Schotten aber sind meiner Ansicht nach besonders niederträchtig behandelt worden. Warum ich vor allem für sie so viel übrig habe, kann ich Ihnen nicht sagen, vielleicht ist Stevenson daran schuld, der in Deutschland immer noch nicht richtig eingeschätzt wird; keinesfalls der Whisky, der für mich nach Spital schmeckt, keinesfalls der Kilt, den sie erst im vorigen Jahrhundert eingeführt haben; eher noch der Dudelsack – den haben wir ja auch hier gehabt, siehe Dürerstich, Lieber Augustin und so weiter. Bei uns kriegt man ihn natürlich kaum mehr, darum habe ich mir aus Schottland einen mitgebracht."

Rauch beugte sich zur linken großen Schreibtischlade hinunter, zog sie auf, entnahm ihr einen einfachen Dudelsack, rückte mit dem

Stuhl ein wenig zurück und begann zu blasen. Jakob krächzte begeistert und flog vom Bücherbord zum Ofen, vom Ofen zum Bücherbord, vom Bücherbord zurück zum Ofen. Rauch blies.

Hoffentlich erzählt er mir jetzt nicht, daß Macbeths Schwert im Teich von Laxenburg liegt, vielleicht wird es von einem weißen Frauenarm aus dem Wasser gehoben wie Excalibur, das Schwert des König Artus, und damit wären wir wieder beim Gral, also Parzival, noch ein Schritt von Chrétien zu Wolfram, dieser Name bedeutet zweifelsfrei Wolfsrabe, womit wir den streng kausalen und logischen Weg bis zu meinem Vater zurückgelegt hätten. Was will ich mehr?

Rauch setzte ab, sah seinen Besucher schräg wie Jakob, aber durchaus nicht böse an. „Weil ich vorhin die Flamen genannt habe. Alexander Fleming war dem Namen nach doch sicherlich flämischer Abstammung. Wie hat er das Penicillin entdeckt? Durch Zufall. Was ist das? Lösung aus der Sklaverei. Der Mensch von heute wird in körperliche und geistige Fron hineingetrieben, aber man muß versuchen, sich zu befreien. Zwar redet jeder von Freiheit; in Wirklichkeit findet er es selbstverständlich, daß er den größten Teil seines Lebens in einer Fabrik oder in einem Büro schuften muß, findet es selbstverständlich, daß er nie darüber hinaus denkt oder handelt, was ihm Eltern, Lehrer, Politiker, Schriftsteller, Journalisten oder auch die Leute vorsagen, die behaupten, daß er ja von bestimmten Eltern, Lehrern, Politikern, Schriftstellern und Journalisten manipuliert wird. Die Freiheit ist nie Zeitgeist und nie bei einer Partei. Was ist Zufall? Das Willkürliche. Was nicht dem Bekannten, sondern dem Unbekannten gehorcht."

Er blies weiter. Jakob flatterte. Gernot vergaß die Kennziffer des Jahres, in dem diese Ideenschau vor ihm ablief. Altösterreichische Schule mit vier Kastanien, Dudelsack Karl Eduards oder des Lieben Augustin, Rabensymbolik, Templer, Nibelungen, Macbeth, Artus, Mithras, alles in einem, was sind schon ein paar tausend Jahre vor der keltischen Phantasie? Sind nicht so viele Orts- und Flußnamen bei uns keltisch? Laßt uns Gälisch lernen, pilgern wir nach Culloden, vergessen wir dieses Atomzeitalter, was kann es schon Schlimmeres tun als zu explodieren? Dann sind wir unsere kleinlichen

Sorgen los, Artus kehrt von Avalon zurück, Karl der Große verläßt den Untersberg, die Nibelungen ziehen in Worms ein, und die Sonne geht auf, die Sonne mit ihren persischen Raben, eine Sonne, so groß, daß alles Leben auf Erden verbrennt, wofür wir ja seinerzeit den Namen Muspilli erfunden haben. Gott, waren diese Leute blöd. So oder so, wir haben ja immer noch den Himmel.

Endlich legte der Alte den Dudelsack zurück in die Lade, und Jakob blieb auf seinem kalten Ofen.

„Sie sind also wiedergekommen", sagte Rauch, lehnte sich zurück und spielte zufrieden mit seiner Uhrkette. „Ich habe das erwartet. Wer seinen Vater leidenschaftlich bekämpft, gerät ihm am ehesten nach. Natürlich halten Sie mich für verrückt, auch Ihr Vater hat das getan, aber Sie verstehen wahrscheinlich ebenso wie er, daß mein Wahnsinn unschädlich ist. Den gängigen Wahnsinn hingegen will man nicht als solchen erkennen, obwohl er tödlich und vom Standpunkt der Vernunft aus viel weniger logisch ist als die Suche nach dem Gral im Anninger. Atomraketen zur Erhaltung des Friedens, Energiemißbrauch und darum Überhitzung des Planeten, Heiligsprechung des Wachstums, ohne die Frage nach den Grenzen zu stellen, Übervölkerung, Bedarfserzeugung durch Werbung, obwohl achtzig Prozent der Menschheit hungern, Zerstörung der Meere, der Pflanzenwelt, der Atmosphäre – da machen alle brav mit, bleiben trotzdem überzeugt davon, daß sie normal sind, und entschuldigen sich mit dem Mangel an Alternativen. Sie, Herr Doktor, sind wie Ihr Vater, Sie ahnen etwas von der Relativität des Wahnsinns, und darum habe ich mich entschlossen, Sie einzuladen. Morgen gehen wir wieder in die Höhle. Sie kommen mit, ich übernehme die Verantwortung gegenüber meinen Freunden, ich bürge für Sie, wie ich für Ihren Vater gebürgt habe. Morgen um drei."

Selbstverständlich hat er recht, aber warum gebe ich seit gestern jedem recht? Bin ich zu tolerant, und ist diese Toleranz vielleicht nur Mangel an eigener Meinung oder ist sie gar Schwäche? Jemand hat meinen Vater mit besonderer Bösartigkeit und kalter Überlegung kaputtgemacht, ohne daß ihn ein Schatten eines Verschuldens träfe: das sind seine eigenen Worte. Warum soll ich den Gral suchen, wenn ich aufgerufen bin, den Vater zu rächen? Denn das ist es doch! Bitte keine strafrechtlichen Theorien, dieser Blutsäufer Shakespeare kennt unser Wesen besser, ich soll rächen wie Hamlet und ich wehre mich dagegen, wie Hamlet sich gewehrt hat. Traditionelle Verpflichtung? Laßt mich in Ruhe damit! Was ist schon ein Vater? Hamlet war wenigstens vom Wert seines Vaters überzeugt, ich bin es nicht. Als Ehemann ein Versager, als Vater ein Versager, als Architekt ein Versager. Warum ihn rächen? Vater kann man werden in zehn Minuten, ein Samenausstoß, nicht anders als in einem nassen Traum, dann kannst du verschwinden, getrieben von deinem Drang zum Abenteuer, verschwinden in der Geographie, in der Geschichte, in der Anonymität irgendeiner Zeugung. Der Geist? Ich habe ihn gehaßt, diesen Geist, und besonders dieses läppische Gespenst, das sich nicht entblödet, in einer zum Fitness-Tempel umfunktionierten Kapelle Pingpong zu spielen. Trotzdem spüre ich den Auftrag. Welches Irrlicht führt mich in diesen Sumpf? Kann denn ein Vater, wie immer er sich benimmt, etwas anderes sein als Patriarch, wenn ich begonnen habe, ihn Vater zu nennen?

Bin ich nicht selbst Vater?

Du weißt nicht, wer ihn kaputt gemacht hat. Gut, dann tritt eben durch die Mitte auf, wie dieser komische Oberlehrer gesagt hat: finde den Mörder des Vaters nach den Methoden deines Jahrhunderts und räche ihn dann, wie es Hamlet seinerzeit getan hat. Da sind zwei Frauen. Eine hat mit ihm geschlafen, die andere seinen Platz eingenommen. Beide sollten etwas wissen. Nütze das Geschlecht, wie sie es seit Jahrtausenden tun. Nütze es für dich. Wohlgemerkt: für dich.

„Ich habe morgen eine Verabredung", antwortete er. „Ich weiß nicht, ob ich sie absagen kann, aber ich werde mich bemühen."

Für den Gral, meinetwegen für Culloden, sogar für den Vater. Vielleicht für mich. Für meinen Sohn, was immer das ist.

23

Als er zurückfuhr, regnete es immer noch, und der Anninger verbarg seine metaphysischen Geheimnisse hinter einer dichten

Wolke; eine einsame Krähe strich flügelschwer über die Weingärten und verschwand im Dunst über den Föhren. Auf Roppendorff war das Mittagessen bereits angerichtet, da aber alle drei Töchter daran teilnahmen, empfand Gernot das Zusammentreffen mit Gunther, Hertha und Toni nicht so peinlich, wie er befürchtet hatte. Constanze beherrschte die Tafel. Sie hatte in der Schule von der Entführung eines Industriellen gehört und riet dem Papa, weniger mit der Schrotflinte und dafür um so mehr mit dem Karabiner auf böse Männer zu schießen. Hertha erklärte ihr, daß der liebe Gott im Fünften Gebot das Töten von Menschen verboten habe, wofür Constanze nicht das geringste Verständnis aufbrachte, weil unter solchen Umständen eben keine Karabiner hergestellt werden sollten.

Gunther schien ein wenig bedrückt und verriet während des Bratens auch den Grund für seine Depression: Hertha hatte ihn davon überzeugt, daß er sich wenigstens einmal auf der Baustelle sehen lassen solle. Der Auftrag Reitinger erfordere es. Wenn sich der Leiter des Unternehmens hin und wieder für die Ausführung der Pläne interessiere, gestalte sich der Umgang mit den Ingenieuren wesentlich einfacher.

„Die verstehen doch mehr davon als ich", sagte Gunther.

„Vielleicht, aber sie bewundern dich wegen deiner Pokale. Geh hin und rede mit ihnen über den gestrigen Grand Prix. Dein Wort ist für sie die Bibel, und ich habe die nächsten Wochen leichteres Spiel mit ihnen."

Nachdem sie die Tafel aufgehoben hatte, verabschiedete sich Gunther, Toni brachte die Töchter zu Bett, und Gernot begleitete Hertha hinüber ins Büro. Schweigend gingen sie nebeneinander her. Als sie in den Verbindungskorridor zum Verwaltungsgebäude einbogen, griff er nach ihrer Hand, sie erwiderte seinen Druck, löste sich aber sofort wieder.

„Sei vernünftig, Gernot. Es gibt Fenster und neugierige Angestellte."

„Eine scheußliche Situation."

„Ja, aber sie hat zwei Seiten. Sex ist billig, echte Liebe teuer. Mit der scheußlichen Seite bezahlen wir für die schöne."

„Wenn es nicht Gunther wäre! Ich halte das nicht aus, ich muß es ihm sagen."

Sie blieb stehen, packte ihn am Arm, sah ihm in die Augen. „Sagen? Bist du verrückt? Wozu soll das gut sein? Willst du eine Katastrophe?"

„Nein. Klare Verhältnisse."

„Was ist schon klar?" Sie lachte verächtlich. „Politik, Wirtschaft, Ehe, Kinder, Verwandte, Freunde, Nachbar, Nachbarin – alles undurchsichtig und vielleicht morgen schon bereit, uns umzubringen. Ich verstehe dich ja, Gernot, ich verstehe dich nur zu gut, und wir werden darüber reden, aber nicht jetzt, nicht hier. Heute abend, nach dem Fernsehen."

„Reden! Fernsehen! Keine zwölf Stunden ist es her. Habe ich nur geträumt?"

Sie schüttelte den Kopf, und wieder klang etwas in ihrer Stimme mit, das an echte Verzweiflung denken ließ. „Du hast nicht geträumt, nein, du hast nicht geträumt, du hast nicht geträumt! Wann wirst du mir endlich glauben? Alles ist so, wie ich es dir gestern gesagt habe! Aber gerade darum dürfen wir uns nicht wie die Kinder benehmen. Du hast deinen Bruder gern, ja, auch ich habe ihn gern! Warum ihn dann mit einer Gewaltlösung tödlich verletzen? Alles ist ein Tanz auf dem Seil, und der kann nur gut gehen, wenn wir das Gleichgewicht nicht verlieren. Ich liebe dich, Gernot. Hab Vertrauen zu mir. Wir reden abends."

Er nickte ergeben, sie wandte sich um, ging schnell auf die Pendeltür des Verwaltungstrakts zu und verschwand dahinter. Ein paarmal klappten noch die Flügel, dann war es still, Gernot seufzte und kehrte ins Schloß zurück. Die Bahn war frei für einen ganzen Nachmittag und ein Gespräch, bei dem er gewiß nicht überwacht werden würde.

Die Küche fand er zwar leer, da aber das Tablett mit dem Mittagsgeschirr auf dem Arbeitstisch stand und die Spülmaschine nicht lief, setzte er sich auf den Stuhl neben dem Fenster und wartete geruhsam.

Schon wenige Minuten später kam Toni, beachtete ihn nicht, räumte das Geschirr in die Maschine, schaltete den Strom ein, wusch ihre Hände in der Abwasch, trocknete sie, sah ihn dabei zum ersten Mal an und fragte: „Dauert es länger?"

„Kann sein."

„Dann gehen wir lieber hinüber. Wenn Sie keine Angst haben."

„Wovor?"

„Vor der gnädigen Frau. Es ist ja mein Zimmer."

Lachend stand er auf, trat auf sie zu, wollte ihr den Arm um die Schulter legen, aber sie zuckte zurück. „Nein, bitte nicht. Ich habe gestern blöd dahergeredet, und Sie waren sehr freundlich zu mir, sogar vor der gnädigen Frau. Heute schaut das ein bisserl anders aus. Wenn Sie in mein Zimmer kommen, dann ist das Ihre Sache, ich kann Sie ja nicht hinausschmeißen; wenn es aber mehr ist als das Kommen, dann ist das auch meine Sache, und ich gehe einer andern nicht ins G'hai, schon gar nicht der Gnädigen. Nicht, daß ich unbedingt auf den Posten ansteh, jemand wie ich kriegt überall was. Es geht um die Abfertigung. Nach dem Gesetz ist ja keine drin, aber Ihr Vater hat mir einen Sondervertrag gegeben, nach dem bei der Abfertigung für mich das Angestelltengesetz gelten soll, also dreifaches Gehalt nach fünf Jahren, nicht nur der Lohn, sondern auch die Naturalbezüge in Geld umgerechnet, und das nahezu steuerfrei. Mir fehlen noch drei Monate auf die fünf Jahre, ich werde doch der Firma Rabener nicht an die vierzigtausend Schilling schenken. Ja, so ist das, Herr Doktor, wir müssen alle schauen, wo die Butter am Brot ist, und jetzt kommen Sie hinüber in meine vier Wände, dort können Sie ruhig Stiefmutter zu mir sagen, aber gerauft wird nicht mehr."

Ihm fiel ein, daß schon im Bairischen Volksrecht des achten Jahrhunderts der Ausdruck G'hai verwendet worden war, freute sich wieder einmal über die Zähigkeit der Mundart, lächelte ein wenig und gehorchte Frau Steiner, welche die Tür zu den vier Wänden geöffnet hatte und ihn zum Eintreten aufforderte. Eine Tür führte zur Küche, die andere auf den Korridor, über den man das gegenüberliegende, zum Zimmer gehörende Bad erreichen konnte; die Fenster gaben Ausblick ins Grüne, zwei auf den Park und die Applanie, eins auf die Pappelreihe vor der Mauer, die den Besitz nach Westen abgrenzte. Eine Ecke mit Couch, Kruzifix über dem

Kopfende, Schemel mit Radio daneben, großer altdeutscher Schrank, gedrechseltes Bücherregal, Fernsehapparat, Biedermeier-Kommode, falscher Rokoko-Tisch mit ebenso falschen Sesseln in der Ecke zwischen den Türen; Vorhänge aus ungefärbtem Rupfleinen, ein etwas abgetretener, offenbar echter Orient-Teppich; Jugendstilluster mit fünf Glasschalen; eine Reproduktion von Breughels Jägern im Schnee, eine von van Goghs Zugbrücke und der bloß graphisch gelöste Entwurf für einen Großbau des zwanzigsten Jahrhunderts.

Als sie bemerkte, daß er sich umsah, erklärte sie kurz: „Ich bin nur ein Dienstmädchen, auch wenn sie mich manchmal Hausdame nennen. Für die Bücher kann ich nichts; erstens verstehe ich nichts von Literatur und zweitens habe ich sie alle geschenkt gekriegt. Das Kruzifix ist von meiner ersten Kommunion. Inzwischen bin ich aus der Kirche ausgetreten, wegen der Steuer. Der Teppich war früher im zweiten Fremdenzimmer, dort haben sie einen neuen hineingelegt. Der geschnitzte Kasten ist furchtbar, aber er gehört eben zur Einrichtung wie die Kommode oder der Luster. Die Sitzgarnitur ist vom alten Rauch, er hat sie auf der Applanie gefunden und für mich hergerichtet. Die zwei Bilder sind Drucke, ich weiß schon, so was darf man nicht aufhängen, aber sie gefallen mir und außerdem sind sie Geschenke, diesmal vom Gerhard, damit ich was habe, was zu mir paßt. Der Entwurf über dem Bett ist von Ihrem Vater. Geplantes Kulturzentrum für Baden und nie gebaut worden; er hat ihn mit vierundzwanzig gezeichnet."

Gernot trat näher heran, schüttelte den Kopf. „Nicht einmal so schlecht. Sogar ein paar Ideen. Ich hätte ihm das nie zugetraut."

„Nein, sicher nicht", sagte sie verächtlich. „Was wissen Sie schon. Das war ein ganz normaler junger Mann und dabei hochbegabt, schließlich hat er nicht nur den Diplomingenieur, sondern auch den Doktor gemacht und sich etwas erwartet von seinem Leben. Was ist ihm gestattet worden, von euch? Eine Firma führen, sie immer wieder aus dem Dreck ziehen, weil davon ja so und so viele Menschen leben. Heute steht der Sohn da und wundert sich; vielleicht war sein Vater gar nicht so ein Idiot, wie er doch sein müßte, damit die Welt nicht aus ihren Angeln fällt. Was wärt ihr

Jungen heute, wenn man eure Väter nach ihren Leistungen messen würde? Scheiße, Herr Doktor."

„Danke, danke, Toni, nicht so viele Blumen ohne passenden Anlaß, vor allem danke, weil du mich so schnell zum Thema gebracht hast. Vorher freilich noch ein kleines Problem: ich bin zwar in unserem Haus, aber in deinem Zimmer. Wie war das mit meinem Vater? Hat er sich gleich gesetzt oder gewartet, bis du ihm Platz anbietest?"

„Natürlich gleich gesetzt."

„War das nicht recht anmaßend?"

„Vielleicht. Mir ist es gar nicht aufgefallen. Ihm hat doch alles gehört, das Haus, die Firma, die Frau, die Kinder, die Schwiegerkinder, die Angestellten, die Arbeiter, sogar seine eigene Mutter. Entsetzlich, wenn Sie so wollen. Auf der andern Seite war er halt auch für alle da."

Er musterte die Rokoko-Sessel, zuckte mit den Schultern, setzte sich auf die Couch und sagte: „Versuchen wir also, ihm nachzuleben."

„So habe ich es nicht gemeint."

„Wie sonst? Wo ist denn er gesessen?"

Jetzt lachte sie. „Genau, wo jetzt Sie sitzen. – Und damit genug." Sie holte einen der Sessel, stellte ihn außerhalb Gernots Reichweite vor die Couch und ließ sich nieder, als sei sie im Sacré Coeur erzogen worden: Füße und Knie eng nebeneinander, Hände im Schoß verschränkt. „Was wollen Sie? Und bitte keine Späße mehr mit Liebe, ich bin halb verlobt, wenn ich hier kündige, richten wir uns eine Werkstatt für Fernsehreparaturen ein und heiraten."

„Und wenn sie nicht gestorben sind, dann leben sie heute noch. Meinen Segen hast du, obwohl mir immer klarer wird, daß ich mich, abgesehen vom blöden Gerede, wirklich in dich verliebe. Warum hat sich mein Vater umgebracht? Wenn es irgend jemand in diesem Haus weiß, dann du."

Sie nickte, wurde plötzlich ärgerlich, vergaß das nie besuchte Sacré Coeur, löste ihre Hände, legte einen Arm über die Sessellehne und schlug die Beine übereinander, ohne den Rock zurechtzuzupfen. „Ja, ja, das glaubt jeder, und damit wir die Geschichte rasch hinter uns bringen: ich weiß überhaupt nichts, er hat mir genauso wenig gesagt wie seiner Mutter, alle zwei sind wir dagestanden und haben uns den Kopf zerbrochen, was da passiert sein kann. Gut, da waren zwei Anhaltspunkte. Erstens hat er seiner Mutter geschrieben, daß ihm niemand etwas vorwerfen kann, und zweitens hat er sein Testament geändert. Wer ist so wahnsinnig, daß er die Mehrheit im Betrieb nicht dem Sohn, sondern der uralten Mutter vererbt? Dazu noch die Bemerkung, daß man den drei Weibern nicht trauen darf! Wenn es da nicht stinkt! – Ausgerechnet mir halst er alles auf, hat die alte gnädige Frau gejammert, ich bin doch schon mit einem Fuß unter der Erde, Toni, was soll ich machen, kann ich ihn denn im Stich lassen? Gnädige Frau, sage ich, der einzige Ausweg ist dieser Gernot. Wochenlang haben wir überlegt, wie wir die Verantwortung loskriegen – Sie müssen verstehen, die alte gnädige Frau hat ja genau gewußt, was los war, unter uns haben wir immer nur vom Andi gesprochen, sie war nie böse, daß sich ihr Bub mit dem Dienstmädel eingelassen hat, ganz komisch, denn natürlich war sie ja die perfekte Dame, und trotzdem hat sie mit mir geredet, nicht vielleicht mit der richtigen gnädigen Frau, obwohl ich per Sie war mit ihr und nur sie mit mir per Du."

Gernot unterbrach sie. „Wenn es da nicht stinkt, sagst du. Und wie es stinkt! Du aber sollst nichts bemerkt haben?"

„Nein!" Sie schrie es fast, fing sich sofort und sprach leise weiter. „Am Tag vorher war noch gar nichts, am Tag selber ist er von der Baustelle auf den Anninger gegangen und am nächsten Tag war er tot! Was glauben Sie, was ich mir für Vorwürfe gemacht habe! Ich bin doch keine moderne Verdienmaschine, ich bin eine Frau, mich trifft das, wenn der Mann, den ich gern habe, mir nicht vertraut, nicht zu mir kommt, wenn ihn etwas deprimiert, sondern sich einfach umbringt! Früher ist er doch gekommen! Warum jetzt nicht? Was habe ich falsch gemacht? Warum habe ich so miserabel versagt? Ja, ja, alle grinsen blöd, wenn sie erfahren, daß ich mit einem Sechzigjährigen ein Verhältnis gehabt habe, noch dazu als Dienstmädchen im Haus! Aber so war das nicht, Herr Doktor, und so bin ich nicht! Das war ein Mann, ganz egal, wie alt! Tüchtig, gescheit, gütig, zärtlich, meinetwegen auch reich, damit Sie endlich hören, was Sie hören wollen, obwohl der Reichtum ja nie für mich da war, Geschenke habe ich keine angenommen und gemeinsamen Urlaub hat es auch keinen gegeben, trotzdem: reich! Und warum soll mir das nicht imponieren? Ist das vielleicht unweiblich, wenn einem ein Mann imponiert, der es zu etwas gebracht hat?"

Wieder spürte er, daß ihn Wellen der Zuneigung von seinem Ziel abtrieben, daß er mehr an sie dachte als an seine Aufgabe. Besorgt rief er sich zur Ordnung. „Es ist nicht unweiblich, ich mache keine Vorwürfe und habe auch nicht blöd gegrinst. Ich möchte etwas herauskriegen. Vorher war also nichts. Wie war es nachher?"

Sie antwortete nicht gleich, war mit ihren Gedanken offenbar noch bei dem tragischen Geschehen und wußte zunächst nicht, worauf er hinaus wollte. „Nachher?" fragte sie. „Nachher war nichts. Die junge gnädige Frau hat die Firma allein geführt. Ich bin nicht gekündigt worden, wie ich eigentlich angenommen habe. Vielleicht war die alte gnädige Frau schuld daran, vielleicht die junge gnädige Frau, weil sie doch sicher nicht so leicht jemanden findet, der ihr diesen Laden hier schmeißt, wenn sie den ganzen Tag im Büro sitzt."

„Ich meine: hast du irgend etwas Besonderes bemerkt? Im Benehmen der Leute? Hier im Haus, in der Firma, in Rainkirchen?"

„Ach so. O ja. Ich habe etwas bemerkt, und Sie werden es selber schon da und dort gehört haben, der Tratsch dehnt sich ja immer weiter aus wie eine Giftgaswolke. Er war gar nicht tüchtig, seine Stellung hat er nur dem geerbten Vermögen, dem Glück und den Beziehungen zu verdanken; politisch eine Wetterfahne, hat sich's mit allen Regierungen gerichtet; zu möglichen Auftraggebern charmant und umgänglich, in der Firma und im Haus ein egoistischer, aufgeblasener Tyrann, der keine Meinung neben der eigenen hat gelten lassen; großartige Titel, aber das Studium nur mit Hauslehrern und Bestechungen geschafft, keine Interessen außer dem Geldverdienen und darum auch keine Allgemeinbildung; immer schon reaktionär wie ein Marmorgrab, mit fünfzig verkalkt, mit sechzig so senil, daß das Unternehmen nur durch die Schwiegertochter, die fortwährend seine Fehler korrigiert hat, vor dem

Konkurs bewahrt worden ist; schließlich die gemeinste Lüge, nämlich von den Schulmädchen, an die er sich herangemacht haben soll. Es war nicht genug, daß man ihn umgebracht hat, auch die Erinnerung an ihn muß verdreckt werden. Bei den Alten, die ihn gekannt haben, wirkt das nicht; aber die Alten sterben. Die Jungen freuen sich, daß wieder einmal einem Denkmal der Kopf abgeschlagen wird. Noch ein paar Jahre, und Ihr Vater hat einen Ruf wie Dracula."

„Du glaubst also an eine Art Verschwörung. Wer soll das sein? Von wo geht sie aus?"

„Das weiß ich nicht. Ich höre nur, was geredet wird."

„Und was geredet wird, das stimmt nicht?"

Sie stand auf, ging zum Fenster, sprach hinaus zur Applanie und ihren Krähen. „Es hat keinen Sinn, Herr Doktor. Sie sind überzeugt, daß er Ihnen unrecht getan hat, und das mag ja richtig sein, weil er es selbst so halb und halb zugegeben hat. Aber Sie waren damals zwölf oder vierzehn Jahre alt und haben in ihm nur einen Feldwebel gesehen, kein Wunder bei so einem Buben, der jede Form von Erziehung haßt. Ich war mit ihm drei Jahre zusammen, er hat mir von allen seinen Schwierigkeiten erzählt, er hat – Blödsinn, ich sage das nur ungern, aber jetzt muß es sein – er hat an meiner Brust geweint, ich bin sicher nicht sein Sohn, aber vielleicht weiß ich mehr von ihm als Sie. Erst wenn man einen Mann in seiner Schwäche erlebt hat, kann man seine Stärke würdigen, und ich bin stolz darauf, daß ich die Schwäche gesehen habe, denn es wird nicht viele Menschen geben, denen er das erlaubt hat. Ach, warum rede ich da. Alles vorbei wie die Herbstfarben nach dem ersten Sturm, schwarz und weiß bleiben übrig, und dann stehen Sie da und fragen, ob es nicht stimmt, was man den Leuten eingeredet hat. – So. Und jetzt sage ich nichts mehr."

Er wußte nicht recht, ob das nun echt war oder Theater, aber es klang eher echt, darum stand auch er auf, folgte ihr ans Fenster und legte ihr die Hand auf die Schulter. „Toni –", begann er.

Weiter kam er nicht. Sie drehte sich um, starrte ihn mit zornigen Augen an, stieß ihn vor die Brust, daß er zwei Schritte zurücktaumelte. „Laß mich in Ruhe, du blinder Idiot! Du bildest dir was ein, weil ich gestern blöd dahergeredet habe! Und wenn du ihm ähnlich schaust, und wenn du ihm ähnlich bist, das Gefühl fehlt dir trotzdem, das fehlt euch allen, euch heutigen, stolziert herum wie die Gockel, aber Männer seid ihr höchstens im Bett! Also geh doch zu deiner Hertha, laß dich einwickeln von ihr, mach Männchen, setz deinem Bruder die Hörner auf, sei so dumm, wie du willst, nur verschwinde, hörst du, verschwinde – und schnell!"

Da gab es nicht viel zu erwidern, er versuchte noch eine Annäherung, da sie aber die Krallen zeigte und er befürchtete, daß diese Krallen wörtlich und wirklich gebraucht werden würden, verließ er die vier Wände und stieg hinauf in sein Zimmer, um nicht vorwärts sondern rückwärts zu blicken, wofür ihm ja schließlich zwölftausend Deutsche Mark zugesichert worden waren.

24

Erst als der Gong rief, wagte er sich wieder in die feindliche Umwelt, saß möglichst unbefangen am Tisch mit Gunther, Hertha, Toni und Constanze, und vernahm voll bewunderndem Erstaunen, daß die Siebenjährige eine gänzliche Vernichtung Afrikas und Asiens durch Atombomben für eine vernünftige Maßnahme halte, weil dort so viele böse Männer seien, eine Ansicht, die wahrscheinlich vielen gar nicht bösen Männern, wäre sie ihnen zu Ohren gekommen, neue Hoffnung in die jüngste Generation eingeflößt hätte. Nachher gab es Fernsehen zu dritt, eine tröstende Wochenserie, in der zwei amerikanische Detektive wieder einmal betont legal und human bewiesen, daß das Verbrechen nicht nur nicht lohne, sondern auch jederzeit von der allgegenwärtigen Polizei kontrolliert werden könne; angeblich waren Sträflinge in San Quentin, denen man diese Serie vorgeführt hatte, davon mehr erheitert worden als von sämtlichen Komikern von Keaton bis Skelton. Gleich danach begann Gunther zu gähnen und entschuldigte sich mit seinem anstrengenden Tag auf der Baustelle. „Schlaf gut, Guxi", sagte seine Frau. „Ich habe noch ein paar Worte mit Gernot wegen des Rückblicks, du weißt ja. Ich komme in einer Viertelstunde nach."

Gunther oder Guxi verschwand. Was dann kam, war eine Neuauflage des Gesprächs vom frühen Nachmittag, Liebe, Vernunft, Rücksicht, Vernunft, wieder Liebe und schließlich gerade deshalb Vernunft. Ein leidenschaftlicher Kuß wie aus den Zeiten des Café Billroth, aber zum richtigen Zeitpunkt unterbrochen, um Weiterungen zu vermeiden, dann war Gernot wieder zwischen seinen eigenen vier Wänden, die er gern mit den richtigen vier Wänden trotz altdeutschem Schrank und gedrechseltem Bücherregal vertauscht hätte.

Zum Teufel mit dieser Toni; objektiv gesehen nichts anderes als ein Diensttrampel, aber dieser gerade Charakter, vor so etwas muß man doch direkt Minderwertigkeitskomplexe kriegen, das ist kein Mannersatz, das ist eine Frau; ihr imponiert der Reichtum, das gibt sie einfach zu; mir imponiert kein Reichtum, mir imponiert sie, weil sie das zugibt; die braune Haut zum weißen Kleid hat mit dem allem nichts zu tun, eine wunderbare Person, Hut ab vor dieser souveränen Haltung, da können sich alle Emanzipierten verstecken. Und der Busen. Dieses Rabenvieh von Vater hat wirklich alles abgesammelt, was schön ist im Leben, sogar noch mit sechzig. Als Nibelunge hast du nicht einmal einen Namen, Gibich müßte es sein, aber das ist schwach, das kennt kein Mensch, und Heroen hast du zeugen wollen; wenn man selbst nichts kann, will man wenigstens zeugen. Heroen sind wir trotzdem nicht geworden, cher papa, vergessen wir die Nibelungen. Wer bist du wirklich? Bisher hast du mich nicht interessiert. Dieser dumme Diensttrampel ist schuld daran. Und ihr Busen, an dem du geweint hast. Warum hast du geweint, Vater?

Die Nacht wurde heiß, wie es der Thermenlinie zustand. Da waren Nibelungen und Dienstmädchen mit bloßem Oberkörper, da waren Templer und Holzschnitte, endlose Treppen und vor dem unvermeidlichen Untergang kämpfende Segelschiffe, immer mehr sich dehnende Luftblasen und Rolands Horn in Roncesvalles. Wozu das alles, Gurnemanz? Ich habe keinen Gott mehr, keine Hoffnung, nur noch Whisky, Kognak, Wodka, laß mich schlafen, Manitou, deine Krieger sind als Statisten Hollywoods längst arbeitslos.

Am Morgen triumphierte die Sonne, Wellen warmer Luft

strömten durch die Fenster, und im Bürogebäude gegenüber ratterten die Maschinen, nicht etwa die Maschinen der Erzeugung, sondern Maschinen der Verwaltung, steril, unproduktiv. Wir wissen genau, daß wir mit kräftigen Ruderschlägen dem Niagara zusteuern, jetzt ist es halb neun, ich könnte noch gut eine Stunde schlafen, nichts zwingt mich aufzustehen, aber was soll ich sonst machen? Den Gral suchen, ja, den Gral im Anninger suchen, das ist noch eine Aufgabe nach der Landung auf dem Mond. Der Gral, Herthas ins Programm eingepaßte Nostalgie oder Tonis Busen, so sehen die Alternativen aus, wenn wir uns mit den Briefen Chunrat von Ahaym aus dem 15. Jahrhundert nicht zufrieden geben wollen. Und Heinz sitzt in Detroit. Soviel zu deinen Zukunftsplänen, Vater. Wie hat sie gesagt? Dracula. Ja, das ist es. Was uns die Nachwelt gönnt, ist Vergessen oder Dracula.

Trotzdem die Namen, immer wieder die Magie der Namen. Hermann, mein Rabe, sagt Schiller und spielt damit auf die Raben an, die Elias in der Wüste ernährt haben, aber Raben wie Feuerwagen sind auf den Propheten übertragener Legendenstoff, die Raben müssen älter sein als Elias und sie waren bei Gott. Es wird Zeit, daß wir sie ausrotten; wir könnten sonst gerettet werden. Angeblich waren sie ja schon am Aussterben, nach letzten Forschungen überleben sie jedoch sogar den Fortschritt, passen sich an und finden in Polen als Stadtvögel ihr Futter. Reaktionäre werden das begrüßen, denn immer mehr Märchentiere verschwinden aus unserem Raum: nach Bär, Wolf, Esel und Adler geht es dem tollwütigen Fuchs an den Kragen. Wenn auch mit dem Märchen unsere Kultur stirbt, was macht das schon aus? Was stirbt, ist nichts wert. Wir haben dafür die pensionsberechtigte Versicherungsnummer, halbjährlich von Computern auf den Brauchbarkeitszustand untersucht, von Psychopathen – Verzeihung, Versprecher! – von Psychologen getestet, normiert, erfaßt und fehlerfrei eingestuft, denn Fehlerquoten von ein paar Prozent sind statistisch irrelevant. Die richtige Karte fällt beim richtigen Knopfdruck aus der richtigen Maschine.

Nein, nein, nein. Ein wenig Widerstandswillen könnte sogar ich mir leisten, wie unsinnig die Alternativen auch wirken mögen. Meinetwegen die Hölle, und wenn schon Hölle, dann freilich auch

Himmel, mit den heiligen Raben sind wir ja wieder mitten im persischen Dualismus, was hat die Verfolgung der Manichäer genützt, schließlich ist ja doch in Christentum, Islam und Buddhismus der Monismus immer mehr zurückgetreten, und natürlich müssen wir als berechtigte Erben Platos das Licht wählen. Culloden sei die Parole, die Druiden trommeln auf ihren Baumstämmen, das Einhorn verhöhnt die Zoologie, der Greif bringt Düsenflugzeuge zum Absturz, und das Licht ist der Gral, das heilige Gefäß des Feuers (nimm Zarathustra oder Elias), aus dem allein die Erleuchtung kommen kann. Was ist Erleuchtung? Die Erlösung des Individuums aus seiner selbst gewählten Vereinsamung, die unio mystica mit Schöpfung und Schöpfer, für jeden Kater mühelos erreichbar, der Friede für die Seele, die heute, der Religion beraubt, frierend vor den Psychiatern steht.

Suchen wir den Gral im Anninger. Dümmer als alles andere, was wir heute tun, kann das unmöglich sein.

Um drei war er beim alten Rauch, wenige Minuten später brachen sie auf, gegen vier standen sie am Eingang der Höhle, wo die andern bereits warteten. Rauch stellte vor.

Herr Oberlandesgerichtsrat Dr. jur. Robert Feiertag, zuletzt Senatspräsident am Landesgericht für Zivilrechtssachen in Wien, nun in Pension, wohnhaft in Mödling. Herr Obermedizinalrat Dr. med. Walter Trilety, bis vor kurzem praktischer Arzt in Gumpoldskirchen. Herr Josef Pillhofer, Schustermeister in Rainkirchen, Geschäft an den Sohn übergeben. Herr Wieland Kral, zuletzt Filialleiter einer Bank in Baden, schon seit zwei Jahren in Pension. Herr Dr. phil. Ludwig Wimmer, Journalist und Forschungsreisender, Autor einiger überholter Bücher über Tibet. Herr Gottfried Deix, Edler von Mortara, Oberst in Ruhe, Eigentümer einer geerbten, etwas baufälligen Villa in der Hinterbrühl.

Mit Rauch waren es sieben, das mußte so sein, damit der Bund seine Weihe habe, und dann fuhren sie ein, so lautete ja wohl der bergmännische Ausdruck, aber Fahren konnte man das wirklich nicht nennen, sie öffneten bloß das Vorhängeschloß eines schweren Eichentores, dann stießen sie im Schein der Grubenlampen auf ihren Helmen ins Dunkel vor, tappten durch schmale Gänge, erreichten

Wölbungen, zwängten sich durch Engen, stiegen hinab, Hand in Hand, standen endlich in einer Art Kathedrale, und dort lagen auch die Werkzeuge. Wortlos nahmen die sieben ihr Gerät auf und begannen ohne jede Anweisung zu graben. Gernot beobachtete sie, wie sie da auf das tote Gestein einhieben, aus dem sie die Erleuchtung zu gewinnen hofften, er schwankte zwischen Lachen und Weinen, die Verbindung von Tragik und Komik, Höhepunkt und Ausklang jeder menschlichen Bemühung, wurde schmerzend deutlich, und plötzlich schien es ihm, als habe er die Gegenwart verloren, als seien hier ein paar tausend Jahre zusammengepreßt in etwas, das nicht Augenblick genannt werden durfte, als habe man ihm, dem Historiker, und nur ihm allein, endlich den Blick freigegeben auf das Phänomen, das er bisher als Wissensgebiet angesehen hatte. Ja, ja, Wissen rundum und Mysterium dahinter, wo immer man es anpackt. Da graben sie nach dem Licht, suchen es nicht etwa im Himmel, sondern in einer Höhle, als sei es zweifelsfrei erwiesen, daß alles Wertvolle verschüttet worden ist, daß wir auf den Sternen nichts finden können, daß wir zurückgehen müssen ins Innere des Planeten.

Jetzt hat einer etwas entdeckt, er wühlt im Schmutz der Äonen, er hält es empor, die andern stürzen hinzu, jeder beschaut das Ding, die kindischen Strahlen ihrer Helmlaternen treffen auf einem Punkt zusammen, aber dadurch wird Abfall nicht zum Wunder, da ist kein Stein der Weisen, das ist wie immer nur der Steingutsplitter einer Ware aus dem vorigen Jahrhundert. Es dauert nicht lange, dann gehen sie auseinander, um eine Hoffnung ärmer und immer noch reich, das sieht man an dem Eifer, mit dem sie sich wieder an ihre Arbeit machen.

Er konnte es plötzlich nicht mehr ertragen, in einer finstern Höhle der einzige Blinde zu sein und sich trotzdem für den einzigen Sehenden zu halten. Er stand auf, wanderte weiter, den Gang entlang, dann den Gang rechts und gleich darauf den Gang links, bis er in einer zweiten Kathedrale stand, die er, bloß mit seiner kindischen Laterne bewaffnet, nicht auszumessen vermochte. Es wurde sehr leer um ihn und er hatte Angst. Seine Füße berührten den Boden, das tröstete ihn statt ihn zu enttäuschen. Vorsichtig tastete er nach einem Halt zu seinen Seiten, fand keinen, tappte tiefer, traf endlich auf Fels, folgte den Konturen und glaubte zu fühlen, daß er neben einem natürlichen Sessel stand. Mißtrauisch neigte er den Kopf mit der Lampe und erkannte, daß da kein Sessel, daß da ein Thron war. Seufzend ließ er sich nieder, kaum aber hatte er den Kopf wieder gehoben, schlug die Dunkelheit neuerlich über ihm zusammen. Er ertrug sie, froh, einen festen Punkt gefunden zu haben, lehnte sich sogar zurück und blickte vor sich hin in die Leere, in der es nichts zu erblicken gab, weil sein Licht nicht weit genug reichte. Jetzt bin ich ein König, dachte er; um nichts schlechter als die Könige der Sagen. Und er lachte laut.

Wahrscheinlich war er kurz eingeschlafen oder für Sekunden der ungewohnten Wirkung einer Höhle erlegen. Als er erwachte, sah er vor sich in bläulichem Schein den Ohrensessel seiner Großmutter, sah ihn schräg von hinten, auf der Armlehne aber lag eine Hand, und er wußte, daß es die Hand des Vaters war, wußte, daß der Vater tot war, und erschrak, als sich die Hand plötzlich bewegte. Langsam erhob sich die Gestalt hinter dem Sessel, wandte sich ihm zu, war jetzt voll sichtbar, ja, es war der Vater, nicht etwa der Patriarch, wie Gernot ihn gekannt hatte, sondern ein gebeugter Greis im Schlafrock der Großmutter. Der Greis schwieg, er lächelte nur, blieb eine Weile regungslos stehen, lächelte die ganze Zeit über, und dieses Lächeln war Zärtlichkeit, war Verständnis, war Trost. Keine Sorge, sagte das Lächeln, keine Furcht, nichts ist wichtig, sei ruhig. Dann drehte sich der Vater um, ging auf das Dunkel zu. Gernot wollte rufen und konnte es nicht, jeder Schritt schmerzte, endlich blieb der Vater stehen, blickte noch einmal zurück, lächelte, hob die Hand zum Gruß, und auch diese Geste war Zärtlichkeit, Verständnis, Trost. Wenige Sekunden später zerfloß die Erscheinung wie ein Spiegelbild auf dem Wasser eines Sees, den plötzlich der Wind bewegt, und gleichzeitig löste sich die Kathedrale in Licht auf.

Es war nicht Licht, wie es jeder sieht, es waren alle Farben, die dem Menschen bekannten und die unbekannten, zusammengefaßt in ein Ganzes, nicht etwa das kleine Spektrum, es fehlten auch Wellenlängen oder Wirkungsquanten, es war das Licht selbst, die Idee des Lichts, für die es kein umfassendes Wort gibt. Sprache war immer ungenügend, vielleicht ist sie sogar die Wand, die uns vom wahren Leben trennt, aber wir müssen uns mit ihr abfinden, wenn man lahm ist, soll man nicht die Krücken verfluchen. Wie steht es in der Bibel? Ich bin, der ich bin. Oder: ich werde sein, der ich sein werde. Oder: Er ist.

Als er zum zweiten Mal erwachte, saß er wieder in der großen Dunkelheit und war allein. Ein Traum, dachte er. Was auch immer, es gibt keinen Grund zur Besorgnis, ich muß bloß den Weg zurück finden, irgendwo hinter mir graben diese liebenswerten Idioten, geradeaus, dann rechts, dann links, und jetzt das Ganze umgedreht, damit werde ich auch ohne Ariadne-Faden an mein Ziel kommen. Zunächst stehen wir einmal auf.

Das aber konnte er nicht, der Thron hielt ihn fest, mehrmals bemühte er sich vergeblich, und weil er nicht an Zauberei glaubte, forschte er nach den physikalisch deutbaren Hindernissen, die seine Freizügigkeit einschränkten. Leider gab es keine, die Hemmung mußte also psychischer Natur sein, und in Fällen psychischer Selbsthilfe erschien ihm immer noch Professor Münchhausen mit seinem Zopf als höchste Autorität. Nur zwei Minuten dachte er nach, dann bot sich die einzig mögliche Lösung wie von selbst dar: er hatte ein Stück Fels zum Thron erklärt, und der Thron wollte ihn nicht freigeben, Shakespeare hat das oft genug bewiesen, man mußte die Methode wechseln, das Wort ändern, den Fels wieder Fels nennen – dann würde der Bann gebrochen sein. Höre auf, König zu sein, höre auf, an die Sage zu glauben, und du kannst zurückkehren in deine Wirklichkeit, die du von nun an vielleicht weniger verachten wirst.

Ohne Krone stand er leichtfüßig auf, war sehr bald wieder bei seinen Mitmenschen, und nun ergab sich, daß er wahrscheinlich doch längere Zeit bei Vater und Licht verweilt haben mußte, denn die liebenswerten Idioten legten eben ihr Werkzeug beiseite und formierten sich zum Abmarsch. Er schloß sich an, verabschiedete sich vor dem Eichentor, brachte den alten Rauch zurück zu den vier Kastanien, setzte sich noch eine Weile in die Bibliothek, ließ sich von Jakob böswillig anstarren, erzählte nichts von Vater, Licht oder Thron, sondern fragte kühl nach dem Sinn dieser Gralsuche.

Der wahnsinnige Dorfschullehrer lachte herzlich. „Die Antwort ist so alt wie die Menschheit! Der Sinn liegt immer in der Suche, ganz gleichgültig, was wir suchen. Man sucht den Gral also nicht, um ihn zu finden, man sucht ihn, weil die Suche nach ihm die schönste ist. Das hat uns sieben auch zusammengeführt. Nehmen Sie nur den Richter; natürlich glaubt er schon seines Berufs wegen nicht an Gerechtigkeit, weil Recht eben Macht ist, aber er vermutet, daß bisher noch die Moral das Recht kontrolliert hat, daß es nach dem bedauerlichen Hinscheiden der Religion damit jetzt vorbei ist und die bedenkenlose Brutalität siegt. Der Arzt ist zwar überzeugt, daß die Medizin immer neue und bessere Möglichkeiten entdeckt, den Körper zu heilen, daß sie aber im gleichen Maß immer schädlicher für die Seele wird. Der Schuster klagt über den Tod seines Handwerks, immerhin waren ja Hans Sachs und Jakob Böhme Schuhmacher, sein Sohn aber erzeugt nichts mehr, sondern verkauft Fabriksware. Der Bankbeamte hat nie etwas anderes gekannt als Geld und will es nicht wahrhaben, daß das wirklich alles gewesen sein soll. Der Forscher hat sein Tibet an ein für ihn nicht mehr verstehbares China verloren und sucht es in unserer Höhle. Der Oberst nennt Kanonen Kinderspielzeug und kann nicht einmal seine Bridgeabende länger ernst nehmen. Mein Leben war Erziehen und ich muß mir heute anhören, daß meine Art des Erziehens nur Charakterverstümmelung gewesen sein soll. – Wir suchen also. Ist Suche nicht sehr menschlich? – Aber lassen wir das. Ihnen geht es doch immer wieder nur um Ihren Vater. Habe ich recht?"

„Ja."

„Ich weiß nicht, was es da lange zu überlegen gibt. Nehmen Sie den Vater als Vater, mit allen Schwächen, mit allen Vorzügen, und damit ist die Sache erledigt. Das mag unmodern sein, aber was sagt schon modern, wenn das Moderne nach zwei Jahren unmodern geworden ist. Ich höre mir das Gewäsch an und frage mich, ob diese Leute wirklich in der vollen Bedeutung erfassen, was sie da vorschlagen. Wer den Vater an sich ablehnt, will doch offensichtlich auf ihn und damit auf alle Väter verzichten. Um nur einige zu nennen: Moses, Homer, Zarathustra, Plato, Buddha, Kung-fu-tse, Jesus, Mohammed, Thomas, Montaigne, Shakespeare, Goethe und so weiter. Kann das ihr Ernst sein? Haben sie sich die Weiterungen überlegt? Wollen sie auf die gesamte Metaphysik verzichten? Zurück zu Astarte? Nein, halten wir lieber fest an den Vätern, wenn wir Menschen bleiben wollen. Das gilt auch für Sie."

„Theoretisch einwandfrei, Herr Direktor, und ich kenne Sie inzwischen, Sie sind ein Freund der Theorien von klein a bis klein z. Aber was soll ich tun, rein praktisch tun? Sie machen aus dem Vater eine Chiffre für Metaphysik; in der Praxis kann er ein versoffenes, gewalttätiges, überhebliches Stück Mist sein. Verlangen Sie von einer Ehefrau oder einem Sohn, die von einem solchen Vieh ausgenützt und geschlagen werden, daß sie in diesem Ausbund an Männlichkeit Jesus oder Goethe erkennen sollen?"

„Ihr Vater hat Sie weder ausgenützt noch geschlagen."

„Ach, jetzt werden Sie endlich konkret! Es geht offenbar nicht um die platonische Idee vom Vater, sondern um Herrn Diplomingenieur Doktor Andreas Rabener, über den ich mir klar werden will. Ich habe mir gedacht, daß ich jede Annäherung an dieses Problem versuchen soll, bin deshalb heute mit Ihnen in Ihre Höhle gegangen, kann mir aber nicht vorstellen, daß er dort mit Ihnen gegraben haben soll."

„Das ist auch nicht notwendig. Er hat sich abgesondert. Wie Sie heute."

„Ja, ja, die krampfhaft gesuchte Ähnlichkeit, ich weiß. Sie stimmt nicht. Wo soll ich anfangen?"

Wieder lachte der Wahnsinn, und Jakob krächzte dazu. „Das fragen Sie mich? Sie haben den Anfang doch in der Hand! Erst vorgestern war von Hamlet die Rede. Bei ihm ein Gespenst, bei Ihnen ein Gespenst. Ihr Gespenst spielt Tischtennis. Warum gehen Sie nicht davon aus, daß genau hier der Anfang liegt? In einer anderen Zeit als der unseren würde man das ganz selbstverständlich annehmen. Pingpong, der Ausgangspunkt. Hat Logik denn nur mit Physik zu tun?"

25

Er brauchte eine ganze Weile, um aus der Welt von Monsalvatsch oder der Heide von Culloden wieder ins Jahr 1975 zu finden, und überlegte dabei, ob er nicht einen Dudelsack kaufen sollte, mit dem er vielleicht besser als mit seiner Wissenschaft den Anforderungen dieses Lebens gerecht werden könnte. Gegen einen solchen Ankauf war ja auch trotz den im Vergleich mit der Anschaffung einer Waschmaschine gewiß überhöhten Kosten gewiß nichts einzuwenden, schwierig schien hingegen die Darlegung der Gründe, die ihn zu seiner Tat getrieben hatten. Was haben Sie eigentlich mit dem Dudelsack gemeint, würde man ihn fragen. Offensichtlich ist er doch ein Symbol! Wofür steht es? Darauf gab es freilich die uralte Antwort, daß ein Symbol unnötig ist, wenn man es durch logisch verkettete Worte vollwertig ersetzen kann; aber um der Höflichkeit willen versuchte er es mit einer halbwegs hinreichenden Erklärung. Der Dudelsack, meine Dame, sagte er zu seinem Volkswagen, erinnert wahrscheinlich an die Geborgenheit in einer kleinen Gemeinschaft, wie sie im schottischen Hochland und in anderen Hochländern lange möglich war und vielleicht heute noch möglich ist. Aber Culloden, eine Schlacht, in der tausend Mitglieder dieser Gemeinschaft und nur fünfzig Söldner der Industrie und des Zentralismus fallen – das soll Geborgenheit sein? Abgesehen davon, gnädige Frau, daß der Tod die beste Geborgenheit darstellt, ist Ihr Einwand vollauf berechtigt und meine Auslegung idiotisch, so idiotisch wie der Gral, die Firma Rabener und unsere gesamte menschliche Gesellschaft, deren Weg durch die Jahrhunderte ich in meinem Fachgebiet genau kennengelernt habe. Wo liegt dann die Geborgenheit? Jetzt ist die Antwort sehr einfach: im Dudelsack natürlich. Aber das Licht, Herr Dozent! Das Licht! Haben Sie es wirklich gesehen? Ist es wahr? Ist es Gott?

Jawohl, es ist wirklich, es ist wahr, es ist Gott.

Alle atmen befreit auf und gehen beruhigt daran, weiter den Freund zu betrügen, den Bruder zu morden und die Seele mit Zerstreuung zu betäuben: sie wissen ja nun, daß sie im Jenseits dieselben bleiben werden. Ich habe das Licht gesehen. War es wirklich, was immer das sein mag? Ist es wahr, was immer das sein mag? Ist es Gott, was immer das sein mag? Wie sagt Nestroy? Es is alles net wahr! Und weiter, diesmal im Stil juristisch vorgeschriebener Entgegnungen: wahr ist vielmehr, daß ich etwas zu sehen vermeint habe, das ich unter Berücksichtigung der Gesetze unseres amtlich beglaubigten Weltbildes gar nicht gesehen haben kann, aus welchem Grunde es objektiv als unwirklich zu gelten hat und höchstens subjektiv für mich selbst Bedeutung haben darf. Bei Palmström nachzulesen.

Diesen kleinen Schimmer eigener Erkenntnis wird mir trotzdem niemand nehmen. Wir leben in einer Demokratie, also sei glücklich. Noch irgendwelche Fragen?

Er brauchte ein Farbband für seine Schreibmaschine, brauchte Patronen für seine Füllfeder und fuhr nach Baden. Dort traf er Gunther, der hier die eben erschienene neue Nummer einer Motorzeitschrift besorgt hatte, und gemeinsam rollten sie nach Roppendorff, Gunther voran, Gernot hinterher. Wenige Minuten später sahen sie den Unfall, einen, wie Gunther nachher mehrmals versicherte, geradezu lächerlichen Unfall.

Knapp hinter dem Ortsausgang von Pfaffstätten kommt man an eine Kreuzung, wo man links nach Wien, beziehungsweise, wenn von Wien kommend, rechts nach Baden abbiegen müßte. Da nun die meisten Wagen auf eben dieser Strecke unterwegs sind, hat man die Straße nach Baden und die Straße nach Wien unter Vermeidung der Kreuzung mit einem kurzen Straßenbogen verbunden, wodurch ein Dreieck entstand, dessen Hypotenuse kurvig eingedrückt ist; die Katheten sind kaum vierzig, die Hypotenuse ist etwa fünfzig Meter lang, auf der Dreiecksfläche wächst bloß Gras, die Sicht ist also weder durch Sträucher noch durch Bäume behindert. Verkehrszeichen warnen, daß der Bogen als Träger des Hauptverkehrs begünstigt ist, und nehmen dem, der von den Katheten kommt, den Vorrang.

Schon seit Baden waren Gunther und Gernot hinter einem Volkswagen hergefahren, der von einer Dame gesteuert wurde. Als sie den Bogen nach Wien erreichten, bemerkten sie auf der gegenüberliegenden Kathete des Dreiecks ein von rechts kommendes

Fahrzeug, dessen Geschwindigkeit erwartungsgemäß immer geringer wurde, weil der Fahrer ja gesetzlich verpflichtet war, die drei Wagen aus Baden passieren zu lassen, bevor er sich in den Hauptverkehr in Richtung Wien einordnete. Fast gleichzeitig tauchten hinter ihm, wie Rennfahrer über ihre Maschinen gebeugt, zwei Jugendliche auf ihren Mopeds auf, überholten ihn und fuhren mit unvermindertem Tempo in die Vorrangstraße ein. Die Dame im Volkswagen, durch dieses regelwidrige Verhalten erschreckt, bremste sofort, obwohl der Abstand das nicht unbedingt erfordert hätte, und zwang dadurch Gunther und Gernot, die eine solche Reaktion nicht vermutet hatten, ebenfalls zu jähem Bremsen; der Fahrer des Wagens auf der Nachrangstraße hingegen nahm offenbar an, daß die Dame auf den Vorrang verzichtet habe und auch ihn passieren lassen wolle. Er gab Gas.

Bis zu diesem Zeitpunkt war trotz dem Husarenauftritt der Jugendlichen nichts geschehen, das an eine Unfallsituation denken ließ; vor allem bewegten sich ja die vier Wagen nur wenig schneller als ein Fußgänger vorwärts. Plötzlich aber war die Situation da: unmittelbar, nachdem der Mann auf der Nachrangstraße beschleunigt hatte, tat die Frau dasselbe, und sichtlich drückten beide den Hebel bis unten durch – er, weil er wahrscheinlich als Gegenleistung für die ihm so freundlich gewährte Vorfahrt jede Verzögerung vermeiden wollte, und sie, weil sie nie daran gedacht hatte, ihren Vorrang aufzugeben. Wodurch sie allerdings bewogen worden war, sich in einen Kampf einzulassen, der doch kaum aussichtsreich erschien, da der Gegner nicht nur einen Vorsprung, sondern auch einen mindestens gleich starken Wagen hatte, konnte sie später nicht erklären. Sie betonte lediglich immer wieder, daß sie im Recht gewesen sei, was gemäß österreichischen Gesetzen nur zum Teil stimmte und auch niemanden ganz befriedigte, weil sie so gar nicht der Typ war, dem es nichts ausmacht, zwar das Recht gewonnen, dabei aber das Leben verloren zu haben. Im nachfolgenden Prozeß behauptete ihr Anwalt, daß sie aus verständlichem Zorn über die bei fast allen Männern übliche Nichtachtung der Frau am Steuer so gehandelt habe.

Gunther und Gernot hatten angehalten. Beiden schien nach dem

Blitzstart der Dame ein Unfall nur mit viel Glück vermeidbar, denn der Gegenverkehr aus Wien war um diese Tageszeit ziemlich dicht, und der Volkswagen hatte darum kaum Gelegenheit, den Feind zu überholen. Schon nach wenigen Sekunden trat ein, was sie befürchtet hatten. Auf der drüberen Fahrbahn kam ein Wagen in der zulässigen Höchstgeschwindigkeit schnell näher, die Dame gab ihr Vorhaben auf, bremste und scherte rechts ein, stieß aber dabei in die linke Heckseite des Nachrangverbrechers. Beide Autos drehten sich, stellten sich quer und blieben liegen. Der entgegenkommende Fahrer bremste ebenfalls, erkannte gleich darauf, daß sein Bremsweg länger sein würde als die Strecke zum Unfallsort, gab wieder Gas, fuhr auf den schmalen Grasstreifen zwischen Straße und Weingarten, legte bei diesem Notstandsmanöver drei Begrenzungspfähle um und blieb neben Gernot stehen.

Inzwischen hatte der Volkswagen bereits zu brennen begonnen. Wie in der späteren Untersuchung festgestellt wurde, war sein Tank beim Aufprall aufgerissen worden und Benzin auf den heißen Auspuff des andern Fahrzeugs getropft, wo es sich entzündete. Bevor Gernot noch voll erfaßte, was da geschehen war, stand der Bruder schon auf der Straße und schrie ihm zu, er solle seine Alarmblinker einschalten, dann bis zum Anfang des Bogens zurücklaufen und dort von Baden Kommende warnen; noch während er schrie, rannte er schon zum Volkswagen, sah, daß die Frau hinter dem Rad bewußtlos war, riß an der Tür, die Tür klemmte, er gab ihr mehrere Fußtritte, öffnete sie endlich, löste den Sicherheitsgurt, hob die Frau heraus, trug sie zum Straßenrand, bettete sie in Seitenlage, lief zum Volkswagen zurück und richtete seinen Feuerlöscher, den er dort abgestellt hatte, auf die Flammen. Obwohl er sehr gut wußte, daß ein erster schneller Erfolg keine Gewähr für endgültige Löschung bedeutete und das Feuer sofort wieder ausbrechen konnte, unterbrach er seine Tätigkeit sofort, als die Flammen verschwanden, und sprang hinüber zu dem andern Wagen. Dort war der Lenker zwar nicht bewußtlos, hatte aber offenbar einen schweren Schock erlitten, denn er saß apathisch hinter dem Steuer und schüttelte bloß unaufhörlich den Kopf. Die Tür war nicht verklemmt, Gunther öffnete sie mühelos, rüttelte den

Mann an der Schulter, brachte ihn damit zu gewisser Aufnahmefähigkeit und forderte ihn auf, sich abseits der Straße ins Gras zu setzen. Der Mann nickte stumm und stieg aus; wenig später saß er im Gras und schüttelte immer noch den Kopf. Das nächste Fahrzeug aus Wien hatte inzwischen gehalten, Gunther riet den Insassen, die Warnblinker einzuschalten, und da eben der Fahrer des dritten am Unfall beteiligten Wagens herangekommen war, bat er ihn, die Behörden zu verständigen. Er beschrieb ihm die Lage des Postenkommandos der Gendarmerie in Pfaffstätten und schärfte ihm ein, auf jeden Fall einen Krankenwagen zu verlangen, da man nicht wissen könne, ob die Lenker der beiden Unfallwagen nicht schwerer verletzt seien. Er selbst nahm den Feuerlöscher und mußte ihn auch benutzen, da die Flammen, wie er befürchtet hatte, manchmal wieder aufloderten.

Zehn Minuten später kamen die Gendarmen.

Der Unfall hatte fünf Sekunden gedauert, die Abwehr der schlimmsten möglichen Folgen kaum zwei Minuten. Spurensicherung, erste Vernehmungen und Freimachung der Straße dauerten eine Stunde.

Um sieben waren sie in Roppendorff. Das Abendessen wurde um halb acht serviert, also setzte sich Gunther in den Salon und las seine Motorzeitschrift, derentwegen er ja nach Baden gefahren war.

26

Als Gernot am nächsten Tag in die Wolfpassinger Straße einbog, sah er eine kleine Frau in weißer Bluse und grauem Rock, die eben, ein Kleinkind an der Hand, das Tor zu Haus Nummer fünfzehn öffnete. Er parkte, folgte der Frau und holte sie im ersten Stockwerk ein, wo sie stehengeblieben war, um in ihrer Handtasche nach dem Schlüssel zu kramen.

„Frau Binder?“ fragte er und sprach sofort weiter, ohne ihr Nicken abzuwarten. „Ich bin Gernot Rabener. Sie werden wahrscheinlich wissen, daß ich für die Hundertjahrfeier etwas schreiben soll. Schon am Anfang meiner Arbeit ist mir aufgefallen, daß beim

Tod meines Vaters nicht alles stimmt. Ich habe mich da und dort erkundigt, was Gescheites ist dabei nicht herausgekommen. Gestern hat mir mein Bruder erzählt, daß Sie oft mit meinem Vater in der Mittagspause Tischtennis gespielt haben. Der Hinweis allein gibt bestimmt nicht viel her, aber ich habe da so eine blinde Ahnung, daß ich vielleicht doch von Ihnen etwas erfahren könnte, das mir weiterhilft. Haben Sie ein paar Minuten Zeit für mich?"

Sie hatte ihn zunächst nicht beachtet, sondern weiter ihren Schlüssel gesucht. Als sie ihn gefunden hatte, schaute sie auf und wandte dem unerwarteten Besucher ihr Gesicht zu, ein kleines und trotzdem sonderbar derbes Gesicht, gewiß nicht schön und überdies durch eine Narbe zwischen rechtem Mundwinkel und Unterkiefer gezeichnet. Nachdem er zu Ende gesprochen hatte, schwieg sie eine ganze Weile und sah ihn bloß an. Auch das Kind sah ihn an.

Endlich drehte sie sich um, sperrte die Tür auf und sagte dabei: „Von mir aus. Kommen Sie herein. Viel werden Sie bei mir nicht herauskriegen. Ich war einmal ziemlich gut im Tischtennis, sogar in der Meisterschaft, und wie ich vor sieben Jahren bei Ihnen eingetreten bin, hat mich der Chef gleich eingespannt. Natürlich drüben, im Erholungsraum vom Verwaltungstrakt, nicht im Schloß, dort war ja damals noch eine Kapelle. Na, und da haben wir eben oft gespielt. Sonst nichts. – Jetzt setzen Sie sich einmal da hin und wundern Sie sich nicht, wenn bei mir nicht alles blitzt und blankt und spiegelt, ich habe keinen Haushalt wie in der Fernsehwerbung, da geht kein kühler Wirbelwind der Frische durch die Zimmer und ich strahle auch nicht fortwährend über alle vier Backen, weil meine Wäsche weißer ist als die von der Nachbarin; im Gegenteil, ich bin schon froh, wenn ich mit nur ein bisserl Dreck über die Runden komme. – Gib dem Herrn Doktor die Hand, Gretl. Eigentlich heißt sie ja Henriette, nach der Mutter von meinem Mann, aber seit sich der abgeseilt hat, rufen wir sie lieber beim zweiten Vornamen, Margarethe, nach meiner Mutter. – Übrigens, bevor Sie zum fragen anfangen, muß die Kleine ihr Pappi kriegen, und ich möchte mich anziehen, wie es mir paßt, weg mit dem Sklavenfrack, also ein paar Minuten Geduld."

Sie verschwand mit dem Kind im Vorraum, ging wahrscheinlich

in die gegenüberliegende Küche, ließ die Türen offen und sprach laut weiter.

„Sie müssen schon entschuldigen, aber auf solche Besuche bin ich nicht eingerichtet. Den ganzen Tag im Büro, erst um halb sechs zu Hause, und dabei habe ich noch das Glück, daß ich das Mistmensch bei meiner Mutter abgeben kann, die wohnt nur fünf Minuten weit weg. Warum bist du denn dort ausgezogen, fragen mich die ganz Gescheiten; mein Vater ist Werkmeister in der Gummifabrik, er hat sich ein eigenes Haus erspart, aber da sitzt ja schon neben den Eltern der Bruder mit seiner Frau drin, er kriegt den Kasten später einmal, und mir hat der Vater bei der Hochzeit die Wohnung da gekauft, ich werde doch die Wohnung nicht aufgeben, heute ist eine eigene Wohnung mehr als früher eine Mitgift."

Gernot sah um sich. Das Wohnzimmer bestand aus einem Wandverbau mit Fächern und Nischen für Geschirr, Bücher und Fernsehapparat, dazu eine Sitzecke, eine Stehlampe, ein großer Vorhang über zwei Fenster, an den Wänden ein paar billige Drucke.

„Wo Sie da sitzen", erklärte die Stimme aus der Küche, „das ist ein modernes Heim auf Raten, und ich zahle heute noch daran. Das Schlafzimmer ist Kaukasisch-Nuß, sogenanntes Meidlinger Barock, wenn Sie mich fragen, es ist zum Speiben, aber wir haben es bei der Hochzeit geschenkt gekriegt, von den Schwiegereltern, die sind damals auf Couchen umgestiegen. Die Küche hat mir der Vater selber gebastelt, natürlich nicht den Herd oder die Abwasch, nur die Kasteln, und im Kabinett ist das Bett von der Gretl, sonst nichts. Ja, jetzt steh ich da mit dem Kind, und schiach, wie ich bin, ich glaube kaum, daß ich noch wen finde, wird es also dabei bleiben müssen. – Laß das, du komisches Eliteprodukt, und steh nicht immer im Weg. – Wissen Sie, der Tommy war ja was Besseres, Vater Professor, Großvater Professor, dann heiratet er so was wie mich, seine Eltern haben mich immer angeschaut wie irgendwas Grausliches in Spiritus, aber der Tommy hat ja gerade noch die Matura geschafft, dann war der Ofen aus, und wie ich ihn geheiratet habe, war er Vertreter und nebenher ist er ein bisserl schwarz Taxi gefahren. Mit der Vertreterei hat er praktisch nichts gerissen, nur die Aussichten waren so großartig: Gebietsvertretung, Teilhaber, eigene

Firma, mein Gott, was für goldene Zeiten er mir hingemalt hat, ein Traumakrobat war er, immer die Tausender auf den Bäumen von übermorgen, und ich blödes Hendel habe ihm geglaubt. Und was war wirklich? Nichts. Gar nichts. Posten verloren, dann Hausmann, wie man heute so schön sagt, es geht nichts über die eigene Gesundheit und eine Frau, die verdient. – Gib die Pratzen weg, Mädi, du kriegst dein Essen, wenn es fertig ist. – Das war damals ein Dreck in der Wohnung, da machen Sie sich keine Vorstellung, dagegen bin ich ein deutsches Hausmütterchen aus Grimms Märchen, und wenn ich ihm was gesagt habe, dann war ich selber schuld an seiner Untüchtigkeit, weil ich einen Vaterkomplex habe. Was heißt da Komplex? Mein ganzes Leben habe ich gesehen, daß mein Vater schwer arbeitet, der sitzt nicht herum und liest die Zeitung oder legt stundenlang Patiencen, der schuftet noch nach der Dienstzeit, der hilft der Mutter oder er pfuscht oder er tischlert, zum Beispiel mir meine Küche; das Geld für die Wohnung hat er ja schließlich auch nicht auf der Straße gefunden. Ich habe den Verdacht, die Geschichte mit der Emanzipation war ein Blödsinn. Seither sind die Männer Versager und wir dürfen für sie arbeiten."

Sie kam zurück, in einem Jeans-Kleid, einen Teller in der einen, das Kind an der andern Hand, setzte sich an den Tisch der Sitzecke, nahm das Kind auf den Schoß und begann es zu füttern, was nicht ganz einfach war, weil die Kleine immer wieder selbst den Löffel nehmen wollte. „Glauben Sie, der zahlt Alimente für die Gretl, der hochwohlgeborene Herr Thomas Binder? Keine Spur. Der ist irgendwo in Deutschland, einmal da, einmal dort, ich weiß keine Adresse, seine Eltern lassen mich vor der zugemachten Tür stehen, legen auf, wenn ich sie anrufe, und wie ich beim Anwalt war, hat mir der gesagt, in einem solchen Fall nützt kein noch so schönes Gesetz. – Gib endlich Ruhe, Mädi, spuck nicht, schluck anständig, Löffel gibt's nicht. – Wissen Sie, an sich ist es ja gut, daß sie alles selber machen will, aber wenn ich sie lasse, habe ich den Spinat auf dem Teppich, den krieg ich nie heraus. Bei der Großmutter darf sie, und das ist das Pech mit den Großmüttern. Auf der einen Seite wüßten wir heute alle miteinander nicht mehr, wie wir unsere Kinder aufziehen sollen, wenn wir nicht die Großmütter hätten, die noch nicht im Büro sitzen, sondern ihren Haushalt führen; auf der andern Seite gibt ihr die Großmutter zuviel nach, und der Fratz trumpft mir gegenüber auf: bei der Omi darf ich das, warum darf ich bei ihr und bei dir nicht? Die Omi ist eben so gut. Morgen wird sie mir sagen, daß ihre wirkliche Mutti eigentlich die Omi ist, dabei kann ich mich nur deswegen nicht den ganzen Tag um sie kümmern, weil ich verdienen muß, damit sie was zum Wohnen, zum Essen und zum Anziehen hat. Mein Vater behauptet immer, daß er seit seiner Geburt das dreckige Ende vom Stecken in die Hand gekriegt hat; wie er jung war, hat er das Maul halten müssen, weil die Alten alles waren, und heute muß er wieder das Maul halten, weil die Jungen alles sind. Mein Gott, hat der eine Ahnung, wie schön das ist, heute jung sein!"

„Vielleicht hat er von seinem Standpunkt aus ein wenig recht. Wie alt ist er denn?"

„Dreiundfünfzig."

„Also Jahrgang zweiundzwanzig. Stellen Sie sich vor, Sie wären Jahrgang zweiundzwanzig, kriegen 1943 ein Kind und zwei Monate später fällt Ihr Mann in Rußland."

„Dann hätte ich wenigstens eine Rente", antwortete sie ärgerlich. „Und überhaupt – lassen Sie mich mit dem Krieg in Frieden, ich kann das nicht mehr hören! Solange ich mich erinnern kann, immer das Gerede vom Krieg und von der Zeit danach, wie schlimm das war, und nur Baumrinde hat es zu essen gegeben, und sie waren schon froh, wenn sie Roßäpfel haben aufklauben können, damit was da ist zum Heizen." Das Mädchen auf ihrem Schoß, das sich bisher auffallend ruhig verhalten und nur hin und wieder leise gebrabbelt hatte, spürte den Ärger der Mutter, teilte ihn sofort und schlug mit der Hand nach dem Löffel; die Mutter wich aus, legte den Löffel auf den Teller und gab der Tochter einen Schlag auf die Hand. „Schluß jetzt! Bei mir wird pariert, verstanden?" Die Tochter überlegte eine Weile, dann brüllte sie los. „Schluß jetzt!" schrie die Mutter. „Willst du essen oder ins Bett gehen?"

Das Kind brüllte.

„Sie müssen ihr ein wenig Zeit lassen", sagte Gernot. „Wenn sie einmal so anfangen, können sie nicht gleich aufhören."

Sie sah ihn böse an. „Ach ja? Das wissen Sie genau? Haben Sie Kinder?"

Er dachte an den kleinen Heinz hinter den dicken Glasscheiben des Flughafens. Was ging es diese fremde Frau an, ob er Kinder hatte? Wenn sie ihm ungefragt in den ersten zehn Minuten der Bekanntschaft ihr ganzes Leben erzählte, dann war das ihre Sache; er gehörte nicht zu dieser Art von Menschen, konnte jetzt kurz bejahen, verneinen oder der Antwort überhaupt ausweichen, auf jeden Fall aber würde er sofort und ohne weitere Erklärung auf den eigentlichen Zweck seines Besuchs zu sprechen kommen.

„Ich hatte einen fünfjährigen Buben", sagte er. „Meine Frau ist mit ihm nach Amerika geflogen, zu einem Mann, der ihr mehr bieten kann als ich."

„Bin gleich wieder da." Sie packte das Mädchen und trug es aus dem Zimmer. Wieder blieben die Türen offen, in der Küche rauschte Wasser, wahrscheinlich in einer Duschnische, das Brüllen stieg zu einem schrillen Kirren an und sank bald darauf in ein dumpfes Schluchzen ab. Ein wenig später drangen aus einem weiter entfernten Raum die altbekannten Worte herüber: „Lieber Gott, mach mich fromm, daß ich in den Himmel komm. Und schütz die Mutti und den Opa und die Omi und den Onkel und die Tante und mich. Amen."

Erst als drüben das Schluchzen abgeklungen war, kam sie zurück, setzte sich ihm gegenüber, sah ihn an. „Es tut mir leid. Wirklich. Weil ich immer so blöd daherrede. Mein Vater sagt, das ist die Maul-Diarrhöe, die Christl hat einfach keinen Schließmuskel. Mein Gott, ich sehe es ja ein, aber was soll ich machen, ich kann es mir nicht abgewöhnen. – Was haben Sie eigentlich wissen wollen?"

Wieder einmal stellte er seine Fragen, langsam wurde es langweilig, und auch die Antworten brachten zunächst nichts Neues: ein eitler Tyrann, der keinen Widerspruch vertrug; weltanschaulich ein charakterloser Opportunist, hatte sich's mit jeder Regierung gerichtet; als Techniker unfähig, ohne seine Ingenieure wäre er verloren gewesen; in den letzten Jahren senil, hätte mit seinen Fehlkalkulationen und Wahnsinnsbefehlen das Unternehmen beinahe in den Bankrott getrieben, wenn nicht die Schwiegertochter gewesen wäre;

und zu all dem noch die ekelhaften Geschichten mit den kleinen Mädchen. Als Gernot genauer nachforschte, stellte sich heraus, daß keine dieser Behauptungen auf persönliche Erfahrungen, sondern nur auf Gerede zurückgingen. Er erkundigte sich nach dem Alter der Mädchen im Büro. „Also zwei Sechzehnjährige. Und da soll man nie etwas an seinem Benehmen denen gegenüber bemerkt haben, wenn das stimmt, was man ihm nachsagt?"

„Was weiß ich? Vielleicht haben sie ihm nicht gefallen."

„Ihr seid zehn – schön, damals wart ihr acht, keine älter als fünfundzwanzig, außer Frau Trabitsch natürlich. Nie etwas gesehen? Keinen Arm um die Schulter? Keinen Klaps hintendrauf? Keinen Finger im Blusenausschnitt?"

Sie dachte eine Weile nach, schüttelte dann den Kopf. „Hand auf der Schulter kann schon sein, aber immer mit Abstand und wirklich ohne Sex, so was spürt man doch."

„Und das hat euch nicht gereizt? Da war keine, die gern auf den Chef ein bißchen Eindruck gemacht hätte? Sagen Sie jetzt nicht wieder nein, denn das wäre ja unnatürlich."

„Ich sage ja nicht nein." Sie lachte. Es war das erste Mal, seit er sie im Stiegenhaus angesprochen hatte, und er hielt es plötzlich für möglich, daß Tommy nicht nur der Gedanke an Versorgung durch eine arbeitsame Frau zur Heirat getrieben haben könnte. „Gereizt hat es uns schon", sagte sie. „Das heißt, ein paar von uns hat es gereizt. Die Trabitsch nicht, die hat ja vor Jahren ein Verhältnis mit ihm gehabt, die Evi in ihrer Schwangerschaft auch nicht, die Liesel nicht, weil sie so katholisch ist, und ich nicht, weil ich genau weiß, wie schiach ich bin. Und die andern, die haben es auch sehr schnell aufgegeben."

„Warum? War es so aussichtslos?"

„Ja."

„Und alle haben aufgegeben? Alle vier?"

„Ich glaube schon. Gemerkt hat man nichts mehr. Höchstens die Uschi – das ist ein kleines Luder, und damals hat sie öfter freiwillig Überstunden gemacht, ganz allein. Ich erinnere mich, wir haben sie gepflanzt deswegen, daß sie sich bei der Chefin eintegeln will – na ja, damals war sie ja noch nicht die Chefin – daß sie sich eben bei der Jungen eintegeln will, nur die Karin ist auf die Idee gekommen, daß es vielleicht der Chef sein könnte, und da war sie sehr bös, für was wir sie eigentlich halten, mit dem alten Deppen, aber daß das gar so ausgeschlossen ist, das haben wir ihr nicht abgekauft."

„Und wann war das mit den Überstunden? Knapp vor dem Tod meines Vaters?"

Sie zuckte mit den Schultern. „Wann ist der Chef gestorben? Im Juli? Das haut ungefähr hin. Warten Sie – das haut sogar genau hin, jetzt fällt es mir ein! Wir haben in der Früh erfahren, daß er gestorben ist, und niemand hat gewußt, warum auf einmal, er war ja ganz gesund am Tag vorher, keine Spur von krank, in den ganzen Jahren nicht, und senil heißt ja nicht krank. Dann haben wir die Uschi gefragt, ob er vielleicht am Abend im Büro war und sie dabei was bemerkt hat, aber gerade an dem Abend war sie nicht drin."

„Ist denn mein Vater noch nach Dienstschluß ins Büro gekommen?"

„O ja, ziemlich oft. Natürlich nicht zu uns. In den Zeichenraum, dort hat er seit jeher einen eigenen Tisch gehabt."

„Und wer ist diese Uschi? Wie heißt sie? Wie alt ist sie? Wo wohnt sie?"

Wieder lachte sie und war für einige Sekunden fast hübsch. „Ein bisserl viel auf einmal, nicht wahr? Uschi Riedl, heuer achtzehn, aus Rainkirchen, Adresse weiß ich nicht, die können Sie aber bei uns in der Kartei leicht kriegen. Ich habe schon gesagt, sie ist ein kleines Luder. Schauen Sie, die Karin, wenn die ausgeht, da fallt einem die Lad runter: schwarze Bluse, kurzes Rockerl, eigentlich nur eine Art Popomanschette, hohe schwarze Stiefel, Haar offen, dicker blauer Lidschatten, Zigarettenspitz, der blöde Trampel kommt sich vor wie die Kleopatra, dabei geht ihr gleich der Reis, wenn einer wirklich was will von ihr. Und die Uschi? So ein Unschuldsblick aus den treuen blauen Augen, blonde Lockerln, brav angezogen, ein scheues Reh im Wald, ein Veigerl am Wiesenrand, jeder möchte sie gern streicheln, aber die weiß genau, was man tut, daß es nicht beim Streicheln bleibt, ich könnte meine Hand ins Feuer legen, die war schon mit zwölf keine Jungfrau mehr. Uns im Büro kann sie den Schmäh natürlich nicht andrehen; für die alten Trotteln ist sie immer so was wie die junge Muttergottes – sogar wenn sie ein Kind kriegt, dann ist das sicher vom Heiligen Geist. Nur kriegt die kein Kind, die braucht sich keinen Knopf ins Taschentuch machen oder den Wecker stellen, damit sie die Pille nicht vergißt, die ist seit ihrer Kindheit daran gewöhnt wie ans Zahnputzen. Und alle sind sie noch mehr begeistert von ihr, weil sie ja familiengeschädigt ist. Die Eltern geschieden, der Vater macht nichts, spielt nur Stoß im Wiener Prater, vielleicht hat er auch ein paar Pferderln laufen, die Mutter arbeitet in der Gummifabrik, sauft und holt sich Buben aufs Zimmer, den kleinen Bruder haben sie vor ein paar Monaten in die Besserungsanstalt geschickt, Sexorgien im Weinkeller und Hasch. Aber die Uschi! So ein liebes Mäderl!"

Gernot erhob sich, verabschiedete sich, dankte für die Auskunft.

„Nichts zu danken", antwortete Frau Binder. „Nur eins: wenn Sie mit der Uschi reden, sagen Sie nicht, daß Sie von mir kommen! Sie wissen ja, Betriebsklima und so weiter. Wir vertragen uns sonst ganz gut."

27

Hinter den herabgelassenen Jalousien der Wohnung war es angenehm kühl gewesen. Als er auf der Straße stand, spürte er deutlich, daß die mitleidlose Hitze wieder ihre Herrschaft angetreten hatte; es war jetzt, zehn Minuten nach sechs Uhr abends, heißer als zu Mittag, und da er den Wagen in der Sonne abgestellt hatte, mußte er erst beide Fenster öffnen, bevor er sich hinter das Rad wagte. Der Fahrtwind erfrischte ihn ein wenig, kaum aber hatte er in Roppendorff geparkt, tastete die Hitze wieder nach seinem Herzen, er floh in das Schloß mit seinen hohen Räumen, alle verlassen, Korridor, Empfangsraum, Salon, Halle, Bibliothek, Kapelle, wo Gott ihn hinter dem verkohlten Lenkrad beobachtete, und weil er nun schon einmal hier war, suchte er das Fenster mit dem Oberlicht, fand es auch, fand Oberlicht, Kette, Handgriff am Haken, löste den Handgriff, gab ihm einen Stoß, wartete, ob er nun gegen die eine und die andere Scheibe schlagen würde, und entdeckte, daß das gar nicht möglich war, nicht einmal nach seinem Stoß, geschweige denn durch den Wind, der ja bei loser Kette nicht wirken konnte, weil das Oberlicht nur offen war, wenn die Kette gespannt und der Handgriff am Haken befestigt wurde. Er wiederholte den Versuch einige Male, warf noch einen Blick auf das verkohlte Lenkrad, verbeugte sich davor, verließ die Kapelle, durchquerte die Halle und trat hinaus auf die Treppe.

Vor dem Springbrunnen stand Gerhard und starrte in das leere Bassin. Gernot stieg die Treppe hinunter und stellte sich neben den Bruder, der ihn zunächst nicht beachtete, nichts sprach, erst ein wenig später den Arm hob und in das Bassin deutete. „Siehst du? Spinnen und Ameisen. Sie wandern aus."

Gernot beugte sich vor. Seitenwände und Boden des Beckens waren an vielen Stellen geborsten, das wußte er seit seiner Kindheit, er konnte sich auch sehr gut erinnern, daß der Beton außer bei Regen immer ganz trocken gewesen war und man nie Ameisen oder Spinnen gesehen hatte. Jetzt waren sie da, kamen aus einigen Rissen und verließen das Bassin in dichtem Zug. Andere Risse schienen durch Feuchtigkeit dunkel verfärbt, da und dort stand sogar Wasser in kleinen Pfützen, und an manchen Stellen stiegen Blasen auf, die bald darauf zerplatzten, aber von neuen Blasen abgelöst wurden.

„Riechst du es?" fragte der Bruder. „Schwefel."

„Warum nicht gleich Plutonium?" Gernot sprang in das Becken, betrachtete erst den vorbildlich organisierten und trotzdem hektischen Zug der Ameisen, folgte dem Zickzacklauf der Spinnen, mußte gegen seinen Willen an Flucht denken, sah hinauf zum Palais der Samboeuf, das so fest stand wie vor zweihundert Jahren, glaubte plötzlich auch an den Mauern des Gebäudes Sprünge zu entdecken, suchte Hilfe bei der Turmuhr, und da die Zeit stimmte, schien ihm das Grund genug für die Annahme, daß die Welt trotz allem noch in Ordnung sei. Er tauchte den Finger in eine der Pfützen und roch daran. Es war Schwefel.

„Das kann doch nicht wahr sein", sagte er, nachdem er herausgeklettert war. „In Rainkirchen hat es nie Schwefelquellen gegeben."

Gerhard lachte. „Und was nie war, darf nie werden? Liegen wir nicht auf der Thermenlinie? Nach dem Erdbeben von Lissabon im

Jahr 1775 ist in Baden eine neue Quelle aufgebrochen. Was unter uns brodelt, ist gar nicht so weit weg, wie die meisten glauben. Na ja, wenn schon. Ihr werdet eben versuchen, Geld daraus zu machen. Heiliges Bruttonationalprodukt, bittfüruns, heiliges Wachstum, bittfüruns, heilige Vollbeschäftigung, bittfüruns."

„Sehr witzig. Woher kommen die alle? Wir haben doch nie Ameisen oder Spinnen im Springbrunnen gehabt."

„So wenig wie Schwefelquellen, also neuerlich eine Fehlreaktion der Natur. Noch dazu lieben Spinnen Feuchtigkeit, Ameisen das Trockene, einzige Verbindung: beide sind Insektenweiber, die einen ganz, die andern verkümmert. Vielleicht haben sie hier in unterirdischen Städten gelebt, und die anderen Fluchtwege sind durch die Schwefelinvasion verlegt."

„Spinnen leben nicht in Städten."

„Was verstehst du von Spinnen? Es gibt fünfundzwanzigtausend Arten. Wir reden doch alle nur nach, was uns ein anderer vorgesagt hat."

„Wer zwingt dich dazu? Haben in den letzten fünftausend Jahren alle nur nachgeredet? Laß Bildung beiseite. Wohin die Spinnen hier wandern, werden wir vielleicht doch durch eigene Wahrnehmung feststellen können. Wahrscheinlich in die Wälder."

„Falsch. Zur Applanie."

„Auch die Ameisen?"

„Nur die Ameisen. Die Spinnen habe ich verloren. Ich weiß, man sollte annehmen, daß die Spinnen zur Applanie und die Ameisen in die Wälder fliehen, aber auch sie halten sich eben nicht mehr an die Regeln."

„Wie seltsam verschlungen Gottes Wege sind. Bist du ausnahmsweise zum Essen daheim?"

„Nein. Toni hat mir Eier mit Speck gebraten, ich bin unterwegs, überlasse dir das Besatzungskind, den Heldenbruder, die Chefin, die zukunftsträchtige Constanze und das Amt des Herolds, der die frohe Nachricht vom devisenbringenden Schwefel verkünden darf. Vielleicht findet ihr unter der Kapelle Erdöl und unter Gunthers Schießstand Uran, dann können wir sorgenfrei ins nächste Jahrhundert schauen. Gute Verrichtung."

Er nickte dem Bruder zu, steckte die Hände in die Hosentaschen und ging auf die Treppe zu. Als er die ersten Stufen hinaufgestiegen war, rief Gernot hinter ihm her. „Nur ganz nebei, ich habe mir das Oberlicht in der Kapelle angesehen; deine rationale Erklärung des Gespenstertennis basiert auf einer physikalischen Unmöglichkeit."

Gerhard war stehengeblieben, hatte aber nur den Kopf herumgedreht, zuckte jetzt mit den Schultern und setzte seinen Weg fort. Ohne zurückzublicken, antwortete er: „Tut mir leid. Dann mußt du eben einen Exorzisten kommen lassen."

28

Das Schloß schien immer noch menschenleer. Gernot überlegte, ob er sich in seinem Zimmer an die Arbeit setzen sollte, erinnerte sich, daß er die Anschrift von Uschi Riedl nicht erhalten hatte, und ging in die Küche, wo Toni beim Tisch stand und Zwiebeln schnitt.

„Ich weiß, daß ich störe", sagte er, „ich weiß, daß ich dir lästig bin, aber ich sehe nicht ein, warum ich unser Rätsel allein lösen soll. Schließen wir Frieden."

Sie schnitt weiter. „Gern", antwortete sie. „Ich war nie im Krieg mit Ihnen, habe nur viel zu tun, also schließen wir ein andermal."

„Meinetwegen. Und davon abgesehen: kennst du die Adresse von Uschi Riedl?"

Es blieb eine Weile still. „Riedl? Uschi? Irgendein Mädel in unserem Büro. Keine Ahnung. Drüben ist eine Kartei."

„So ungeschickt werde ich nicht noch einmal sein. Am Sonntag habe ich dort geblättert und sofort eine Riesenspur hinterlassen, was ich lieber vermeiden will. Herrgott, wir wissen doch genau, wie wir zueinander stehen, hör mit der blöden Zwiebelschneiderei auf, benimm dich wie ein erwachsener Mensch, nicht wie ein trotziger Backfisch, und erzähl mir, was du von dieser Uschi weißt."

Sie unterbrach wirklich ihre Arbeit, richtete sich auf, wandte ihm ihr tränennasses Gesicht zu und nickte. „Schön, ich habe Ihnen neulich erklärt, daß Sie mir auf die Nerven gehen. Es tut mir leid, und ich werde es nie wieder tun, wenn Sie mich bitte in Ruhe lassen. Schauen Sie doch her, was das hier für ein Chaos ist! Früher einmal hat man einen Schweinsbraten gemacht, davor Suppe, danach eine Torte. Was ist es heute? Eine Fondue Bourguignonne, wo dann die Leute sagen, daß sie selber am Tisch haben kochen müssen, dabei ist das Fleisch natürlich das einfachste, wenn man früh genug vorbestellt und richtig einkauft, und Gott sei Dank haben wir nur vier Saucen, die Béarnaise darf fertig sein, der Chef hat sie besorgt, aber die Kräuter-Sauce, die Chutney-Sauce und die Bordelaise muß ich selber machen, jede mit mindestens sieben Zutaten, man rührt sich den Drehwurm an. Rohe Zwiebeln in Menge, fein gehackte Cornichons, Schalotten, statt der Suppe gefüllte Avocados, die stehen im Eis neben dem Aperitif, nicht vielleicht ein ordinärer trockener Wermut mit Gin, nein, eine Mischung aus Rosé, Kirschwasser und Grenadine. Natürlich Pommes frites, die sollen knusprig, aber nicht hart sein, und die Baguettes: mit Knoblauch eingerieben, mit Calvados angeträufelt, im Rohr nicht zu stark gewärmt. An alles muß ich denken, sogar an den Saint-Emilion, den habe ich schon gestern vorsichtig in den Salon gelegt, ja nicht rütteln, nur die richtige Temperatur muß er kriegen. Jetzt ist es knapp vor sieben, zwischen halb acht und acht erwarten wir die Gäste, ich soll fertig werden, und dann kommen Sie in die Küche, weil Sie sich mit einem erwachsenen Menschen unterhalten wollen. Ich bin kein trotziger Backfisch, ich bin ein Nervenbündel, und außerdem gehöre ich an den Herd, Sie aber an die Universität. Lassen wir's dabei."

„Mein Vater ist nicht gerade am Herd gestanden."

Ihre Augen wurden klein, und er bemerkte, daß sie sich Mühe gab, ruhig zu bleiben. „Da ist noch etwas, Herr Doktor. Reden wir nicht mehr von Ihrem Vater. Ich glaube, das ist besser für den Frieden."

Wie sie so vor ihm stand, in ihrem weißen Arbeitsmantel, die Ärmel aufgerollt, braune Haut, blondes Haar, er dachte an seine Ankunft, eine Woche war das nun her, damals ein weißes Leinenkleid, und sie hatte festgestellt, daß er wahrscheinlich der Herr Doktor Rabener aus Deutschland sei, ja, damit hatte es angefangen, es sollte keine Brigitte geben, und keinen Heinz, keine Hertha, mit dem Augenblick beim Springbrunnen sollte man beginnen dürfen, bei diesem Haar, diesen braunen Armen, wirklich dumm, was sind schon braune Arme, aber alles treibt mich zu ihr hin, am liebsten würde ich sie an mich ziehen und festhalten, bis der Tod uns scheidet, dabei wissen wir sehr gut, wie wir vom Trieb betrogen werden, eine Lebensgemeinschaft braucht mehr als Erotik, braune Arme genügen nicht, da ist die Verschiedenheit der Interessen und der Kinderstube, da ist der Wechsel der Geschehnisse, da sind Krankheiten des Körpers wie der Seele, da ist das Alter. Es müßte mehr sein.

Und hier ist mehr.

Das glaubst du jetzt. Und was dir diesen Glauben aufzwingt, ist die Erotik.

Ich bin ein Idiot.

Bin ich ein Idiot?

„Mit jedem Tag wächst die Verliebtheit", sagte er. „Morgen schon wird es Liebe sein. Das ist kein Spaß, ich meine das ganz ehrlich. Muß ich Koch werden, Toni?"

Sie griff nach einem schmutzigen Küchentuch, und es schien, als wollte sie ihm das Tuch im nächsten Augenblick ins Gesicht schlagen, dann zögerte sie, ließ das Tuch sinken, ihre Mundwinkel begannen zu zucken, sie lächelte, sie lachte und schüttelte den Kopf. „Nicht mit mir, Herr Doktor! Gleich ist es sieben! Auf Wiedersehen!"

Gernot verbeugte sich, verließ die Küche, ging den Korridor entlang bis zur Kapelle und traf dort Gunther, der eben seinen Golfkarren heimbrachte. „Tolle Sache!" rief er Gernot zu. „Ich weiß schon, warum ich nach Enzesfeld zum Golf fahre! Die Krottenbacher – du kennst doch die Krottenbacher? –, das ist ein Auftrag von mindestens zehn Millionen!"

Er freute sich wie ein Kind unter dem Christbaum, leider aber war die Freude nur von kurzer Dauer, denn knapp darauf kam Hertha aus dem ersten Stockwerk, schon für den Abend umgekleidet, und als er ihr die frohe Botschaft überbracht hatte, offenbarte sich wieder einmal, daß er vom Geschäft keine Ahnung hatte. Die

Krottenbacher seien seit einem Jahr längst nicht mehr, was sie früher gewesen waren, wer sich mit ihnen einlasse, der könne sein Geld gleich in den Rauchfang schreiben, natürlich würden sie liebend gern Millionenaufträge vergeben, weil dadurch irgendwelche arme Irre zu der unsinnigen Annahme verleitet werden könnten, die Firma habe sich erholt und sei wieder im Kommen, was den Krottenbachern die Möglichkeit eröffne, ihren abgestorbenen Kredit neu zu beleben, das nächste Jahr in Freuden zu überdauern und zum Schluß doch in Konkurs zu gehen, bei dem Staat und Angestellte vielleicht, die übrigen Gläubiger aber ganz gewiß nicht zum Zuge kommen würden. Eine betrügerische Krida mache den Krottenbachern schon lange nichts mehr aus.

Gernot sah das Gesicht des Bruders und lenkte ab. „Ich habe vergessen, daß ihr heute Gäste habt", sagte er. „Wen denn?"

„Langer-Ebenau und Miletich", antwortete Hertha kurz. „Zieht euch um. Alle zwei sind für wirkliche Aufträge gut."

„Hals- und Beinbruch. Wißt ihr übrigens, daß ihr eine Schwefelquelle im Springbrunnen habt?"

Sie starrten ihn an, ratlos, wohin dieser Scherz führen sollte. „Schwefelquelle?" fragte Hertha. „Springbrunnen?" fragte Gunther.

Er führte sie hinunter, wies in das geborstene Becken, dessen Boden inzwischen schon zur Gänze mit Wasser bedeckt war. Man sah keine Ameisen, sah keine Spinnen mehr, brauchte auch den Finger nicht in die Flüssigkeit zu tauchen, der Geruch hatte sich wesentlich verstärkt, natürlich war es Schwefel, kein Wunder, so nahe bei Baden. Hertha schrie, jetzt könne man Langer-Ebenau und Miletich heimschicken, den Bauhof auflassen und den aufsässigen Arbeitern kündigen; Gunther warnte vor verfrühten Hoffnungen, man müsse das alles sehr genau überlegen, auch mit der Anforderung eines Gutachtens vorsichtig sein, denn vor allem sei ja noch gar nicht sicher, ob das bißchen Wasser eine großzügige Auswertung rechtfertige, wenn man aber nicht großzügig einsteigen wolle, dann solle man die Quelle lieber zuschütten; die seit 1945 in Österreich herrschende Greißler-Mentalität habe ein früheres Kaiserreich zu einem Zwergstaat von Kropfträgern deformiert, was man weder den etwa gleich großen nordeuropäischen Königreichen noch der ersten österreichischen Republik nachsagen könne.

Eine Weile standen sie noch vor der stinkenden Flüssigkeit, die Zukunft bedeuten sollte, dann kehrten sie zurück in ihr Palais, Gunther und Gernot legten die vorgeschriebene Kleidung an, und als sie in den Salon kamen, saßen dort schon Langer-Ebenau und seine Gemahlin Trixi. Er war dreiundsechzig, sie siebenundzwanzig, und während sie mit ihren lebensfrohen Rundungen und einem offensichtlich nur auf wenige Interessen ausgerichteten Gemüt den Eindruck kaum zu gefährdender Gesundheit machte, wirkte er wie das Gespenst überforderter Virilität: hager, schlohweiß, fahrige Bewegungen, unruhig flackernde Augen in tiefen Höhlen. Man begrüßte einander, als hätte man das letzte Halbjahr ohne gemeinsames trautes Gespräch kaum überstanden, blieb in diesem Spiel, weil gleich darauf die Miletich eintrafen, und wanderte zu den Aperitifs, die von den Gästen als „endlich einmal was ganz anderes" eingestuft wurden. Was sie ja auch sein sollten.

Draußen kauerte die Hitze der Thermenlinie, streckte immer wieder ihre Polypenarme durch die Fenster und trieb die Männer dazu, den Druck der feuchten Hemdkragen auf den Hals durch unauffälliges Einführen eines Fingers ein wenig zu lindern. Die Damen dachten an ihre Bemalung. Der eisgekühlte Aperitif half nur für Sekunden.

Langer-Ebenau, hochgestellter Baureferent eines Ministeriums, war stolz auf seine weiße Weste. Nie hatte man ihm eine Begünstigung gewisser Firmen bei der Erteilung von staatlichen Aufträgen nachweisen können, viel weniger noch, daß sich solche Firmen in irgendeiner Form dankbar gezeigt hätten; seine Villa in Hietzing war ihm durch Erbschaft zugefallen, die Erhaltung bestritt er gemäß eigener Angabe von seinen ganz regulären Bezügen. Das Häuschen am Wörthersee hatte ihm ein branchenfremder Gönner überlassen, der für einen Auftrag überhaupt nicht in Frage kam; der Preis der beiden Autos für ihn und seine Frau schien angemessen; bei den Besuchen der teuersten Restaurants und Bars in Wien war er immer eingeladen; und die Urlaube in allen Erdteilen wurden durch das Entgegenkommen von Freunden in diesen Erdteilen ermöglicht. Daß es trotzdem einiges Gerede gab, brauchte ihn nicht zu stören, weil ja die Beweise fehlten, und überdies interessierte er sich gar nicht für das Bauwesen, seine Liebe gehörte der Philosophie, hier wieder besonders der Staats- und Geschichtsphilosophie, und die Anwesenheit Gernots hatte bei seiner Zusage für diesen Abend den Ausschlag gegeben.

Miletich, fast zwei Meter groß und hundertdreißig Kilogramm schwer, kam aus weniger gutem Stall. Sein Vater war Berufsunteroffizier im österreichischen Bundesheer und in der Deutschen Wehrmacht gewesen, hatte aber seine Laufbahn vor Stalingrad beendet. Wie es der Mutter gelungen war, den einzigen Sohn ins Gymnasium zu schicken, blieb ungeklärt, und wenn dann auch die Hochschule nicht vollendet wurde, war Miletich doch keineswegs so einfallslos gewesen, sich mit einem unterbezahlten Büroposten zufriedenzugeben: er baute eine eigene Kanzlei als Wirtschaftstreuhänder und Steuerberater auf, ohne sich innerlich an solche Tätigkeit zu binden, sammelte Kapital und bastelte eine Zeitlang an einer kleinen Kette von Zeitungskiosken, die zwar nicht mit Tabak handeln durften, aber Porno-Hefte entweder über oder unter dem Ladentisch verkauften. Als das Porno-Geschäft nach Lockerung der Vorschriften gegen Schmutz und Schund weniger lukrativ zu werden drohte, widmete er sich einer neuen produktiven Idee, nämlich der Ansiedlung italienischer Rosticcerie in Österreich. Seit dem Vorjahr besaß er sieben solcher Kleinbetriebe, die sowohl ausbaufähig wie vermehrbar waren. Gewiß nicht geizig und bekannt investitionsfreudig, war er Hertha als möglicher Kunde aufgefallen, und als sie von seiner Verbindung zu Langer-Ebenau erfahren hatte, lud sie ihn sofort ein. Er kam zwar, aber der erhoffte Erfolg blieb aus; sie wiederholte darum jetzt die Einladung, wobei sie Gernot als Köder für Langer-Ebenau, und Langer-Ebenau als Köder für Miletich auswarf.

Die Verbindung zwischen den beiden schien auf den ersten Blick schwach und war es doch nicht, denn Miletich brauchte immer wieder Langer-Ebenaus Beziehungen, und Langer-Ebenau versuchte in mehr als nur einer Hinsicht, die Wünsche seiner jungen Frau zu erfüllen. Diese junge Frau war die fünfte Tochter eines gewissen Josef Grillhuber, Haus Nummer siebzehn in Ober-Hinterstetten, und in Haus Nummer sechzehn hatte Leopoldine Miletich, geborene

Kasleitner, ihre Kindheit verbracht. Ober-Hinterstetten verband also die beiden Damen der Gesellschaft und konnte folglich auch für die Rettung der Firma Rabener in Betracht gezogen werden – wenn man von der Schwefelquelle absah, die leider erst vor wenigen Stunden ans Tageslicht gesickert war.

Gernot fiel auf, daß Hertha nicht nur einmal vom Aperitif nahm; auch bei Tisch schien ihm, als ob Gunther ihr mehrmals Wein nachgieße. Zählen konnte er nicht, weil ihm Langer-Ebenau, nur nebenher mit Spießgabel, heißem Öl und verschiedenen Saucen beschäftigt, seine Zweifel an der Jasperschen Lehre erläuterte, mit der er zwar im rein Grundsätzlichen übereinstimme, die aber, wenn schon nicht in der sicherlich richtigen Erkenntnis der Achsenzeiten und den daraus zu ziehenden Folgerungen, so doch in den meisten Ausweitungen des Themas wegen gewisser fehlender Glieder in den logischen Beweisketten vieles einer exakteren Diskussion überlasse. Dazu kam, daß gleichzeitig Miletich den Gastgebern die Notwendigkeit des politischen Engagements klarmachte und den Aufbau einer neuen starken Partei mit einem neuen starken Mann empfahl, sofern im eigenen Lager überhaupt noch an Abwehr von östlicher Sklaverei und westlichem Chaos gedacht werde. Links hörte Gernot Belege für objektive Werte und Zitate von Plato, Augustinus, Thomas, Marsilius, Machiavelli, Bodin, Locke, Hobbes, Rousseau, Nietzsche und Jaspers; rechts zitierte Miletich sich selbst und blieb Sieger dabei, denn plötzlich schwieg Langer-Ebenau und lauschte den Ausführungen seines Schwagers von Ober-Hinterstetten.

„Wir leben in einer Zeit, die alle Tabus gebrochen hat. Herrlich. Man darf also jetzt ruhig sagen, daß die Bourgeoisie verlogen ist. Toll, nicht wahr? Mutig! Und die Nazis waren böse. Noch mutiger! Was die sich trauen, obwohl doch das Konzentrationslager droht! Da schreit einer tollkühn, daß Religion ein Blödsinn ist, und hat gar keine Angst vor dem päpstlichen Bannstrahl und dem Scheiterhaufen! Dort predigt ein anderer Gruppensex und Homosexualität – wie gefährlich heutzutage! Das Tabu ist tot. Darf man auch sagen: es lebe das Tabu? Nein, das darf man nicht, sonst ist man ein Faschist. Ganz in Ordnung, wenn Neger von der Überlegenheit ihrer Rasse reden; ganz in Ordnung, wenn ein auf Gewalt gegründeter Staat wie Israel fremde Gebiete erobert; ganz in Ordnung, wenn unsere lieben Gesellschaftsverbesserer Banken ausrauben, Kaufhäuser niederbrennen, Lösegeld erpressen und Polizisten umbringen; ganz in Ordnung, daß Polizisten sich nicht wehren dürfen; ganz in Ordnung, wenn man den alten Lehrern die Autorität nimmt und dafür junge einschleust, die unsere Kinder gegen den Staat und für den Kommunismus erziehen; ganz in Ordnung, daß ein Vater seinem faulen und seit langem großjährigen Sohn ein aussichtsloses Studium der Soziologie bezahlen muß, aber seinen Pflichten keinerlei Rechte gegenüberstehen; ganz in Ordnung, wenn Verbrecher im Kittchen besser leben als Pensionistenwitwen, die nie etwas angestellt haben, in ihren Untermietzimmern; ganz in Ordnung, daß die Familie, die nur im Patriarchat Bestand haben kann, endlich zerstört wird. Leuchtende Zukunft totaler gesellschaftlicher Fäulnis, aus der wir dann zur sauberen Sklaverei des Kommunismus emporgehoben werden sollen. Spricht aber jemand offen aus, daß er den ganzen Schwindel durchschaut, dann ist er ein Faschist. Ich habe mich entschlossen. Unter solchen Umständen bin ich eben ein Faschist."

„Wir wollen nicht zu weit gehen", mahnte Langer-Ebenau. „Schon Plato hat gesagt –"

Miletich unterbrach sofort. „Plato hat gesagt, Goethe hat gesagt, Konfuzius hat gesagt, die Bibel sagt alles, was man will, mit Zitaten kann man leicht beweisen, aber meinetwegen. Churchill hat gesagt, Demokratie ist die relativ beste Staatsform, aber regiert hat er diktatorisch, die Wahlen haben ihn abgesägt. Wenn heute sein geliebtes England auf den Hund gekommen ist, dann dankt es das seinem großen Mann, der verlogen genug war, für die Demokratie, an die er nie geglaubt hat, ein Lippenbekenntnis abzulegen."

„Plato meint", erinnerte Langer-Ebenau.

„Ja, ja, Plato meint zum Beispiel, daß er einen durchlöcherten Schuh zu einem gelernten Schuhmacher trägt, weil der etwas von Schuhen versteht. Wenn es aber um das Wohl des Staates geht, dann befragt man Leute, die vom Funktionieren dieses Staates keine Ahnung haben. Soviel zum allgemeinen Wahlrecht und der zum Tabu hochgelobten Demokratie, die schon im Wort selbst Betrug ist, weil ja das den Namen gebende Volk nur alle vier Jahre darüber entscheiden darf, welcher von den beiden ganz undemokratisch organisierten Machtblöcken den Kandidaten gefunden hat, der bessere Zähne hat und stärker auf die Frauen wirkt. Ist dieser Spaß vorbei, dann machen wir, was wir wollen und setzen unsere Freunde auf die wohldotierten Posten. Staatsmänner können wir natürlich nicht sein, dafür sind vier Jahre zu kurz, und außerdem kommt dann vielleicht, wenn man zu verantwortungsbewußt regiert hat, ein anderer mit noch besserem Gebiß und noch stärkerer Hormonausstrahlung."

Langer-Ebenau protestierte. „Wenn man Ihnen so zuhört, kann man sich der Vermutung nicht erwehren, daß Sie gegen die Freiheit reden. Nun ist die Freiheit sicherlich ein sehr schwieriges und dem Dialektischen oft hilflos ausgeliefertes Phänomen, trotzdem aber – und da bin ich mit Jaspers durchaus einer Meinung – halte ich dafür, daß sie sich eben erst in der Gemeinschaft verwirklicht, dort erst eindringt in das Bewußtsein objektiver Wahrheit."

„Wunderbar! Und was ist die objektive Wahrheit? Der Bizeps, der Armbrustbolzen, die Gewehrkugel, die Artilleriegranate, die Atombombe. Ja, das ist Wahrheit, alles übrige nur Vernebelung. Ich weiß schon: das ist primitiv. Gleich werden Sie mich einen Idioten nennen. Aber hat die Menschheit nicht seit jeher die Wahrheit nur von Idioten erfahren?"

„Wenn Sie Hitler erlebt hätten, würden Sie anders sprechen."

Miletich strahlte vor Glück. „Jahrgang sechsunddreißig, ich habe ihn erlebt, neun Jahre lang, und natürlich bedeutet das nichts. Aber ich bin sogar sehr froh, daß ich ihn nicht – in Ihrem Sinn – erlebt habe. Genau das ermöglicht mir nämlich ein klares Urteil. Ich muß nicht fortwährend Angst haben, daß man mir die Vergangenheit vorwirft, nur weil ich ein offenes Wort wage."

Hertha hob die Tafel auf, man ging hinüber in den Salon. Dort erläuterte Miletich seine Gedanken zur Genesung der bürgerlichen Welt, und Langer-Ebenau gestand Gernot, daß er immer noch für Hegel schwärme, obwohl der von den Kommunisten gekidnappt worden sei, und daß er Theodor Lessing mit seiner Geschichte als Sinngebung des Sinnlosen zwar bedingungslos ablehne, aber trotzdem von ihm fasziniert sei.

Alles war gepflegt, alles hatte das gewünschte Niveau, alles zeigte Kultur, wie man sie verstand. Von Aufträgen war nicht die Rede. Im Springbrunnen reichte das stinkende Schwefelwasser schon bis zum Rand.

29

Nachdem sich die Gäste verabschiedet hatten, sagte auch Gernot Gute Nacht und zog sich in sein Zimmer zurück, ging aber nicht gleich zu Bett, sondern lehnte sich ins offene Fenster und schaute hinüber zur Giebellinie des Verwaltungsgebäudes, hinter dem der Mond stand. Er sah nicht den Mond selbst, sah nur sein Licht, gewann Ruhe aus diesem Licht und überdachte den Tag. Frau Binder, eine jähe Schwefelquelle, Miletich, Langer-Ebenau; die ganz unheldische Heldin einer zerfallenden Ordnung, durch Gestank begründeter Glaube an weiteren Fortschritt, Sehnsucht nach einem neuen Führer, Bemühungen eines Korruptionisten um objektive Werte, Gespräche über die Geschichtsschreibung, die Hure aller Huren.

Warum bin ich eigentlich Historiker geworden? Sicherlich Onkel Hermann. Wenn wir aber einmal von ihm absehen, der ja auch nicht Weizen aus Gestein hat wachsen lassen können, dann keinesfalls Jaspers, Hegel oder Theodor Lessing. Wahrscheinlich das Phänomen der Erinnerung. Sie ist doch etwas Geistiges, schon in dem Augenblick geistig, in dem das zu Erinnernde noch Wirklichkeit ist, und trotzdem versuchen wir, durch sie und eine Kette anderer, durchaus fragwürdig verbundener Ahnungen das vergangene Wirkliche, also inzwischen längst unwirklich gewordene, zu erkennen. Was gar nicht möglich ist und, selbst wenn möglich, doch gänzlich sinnlos sein muß, weil die Menschen aus ihrer Geschichte nichts lernen. Applaus, bitte! Wie säge ich am elegantesten den Ast ab, auf dem ich sitze, an der Säge unterhält sie Dozent Rabener. Außerdem falsch. Wenn wir nicht gelernt hätten, gäbe es uns seit Jahrtausenden nicht mehr. Wir haben gelernt, im Klimawechsel, in der Umstellung vom Baumaffen zum Steppenbewohner, vom Früchtefresser zum Raubtier. In der Not. Nur knapp vor dem Aussterben. Wenn wir aber damals ohne Geschichtsschreibung überlebt haben, wozu Geschichte heute?

Dozent Rabener an seiner Säge.

Nein, die Frage nach dem für jeden Spießer sichtbaren Zweck war und ist immer Verrat an der Seele, lieber zurück zu Onkel Hermann und seinem Vergleich zwischen Geschichte und der Entdeckung des Unbekannten, Magellan, Amundsen, Livingstone. Für dich lebt die lockende Wildnis in jedem Dokument des Spätmittelalters, fremde Schrift, fremde Wörter, fremde Denkweise, eine Welt ohne Grenzen tut sich auf, und vielleicht ist gar nicht Onkel Hermann der Anfang, vielleicht beginnt es hier in diesem Zimmer mit seinen englischen Jagdstichen, denn die sind ja erst später aufgehängt worden, früher waren es Holzschnitte in selbst gezimmerten Rahmen, mindestens dreißig oder gar sechzig, zwei Wände, vom Boden bis zur Decke, Großonkel Rudolf hat in diesem Zimmer gewohnt, und wenn du bei seinem Tod auch erst sieben warst, du siehst ihn trotzdem genau vor dir: die schwarze Baskenmütze, den kurz gestutzten weißen Bart, die Strickjacke, die zerbeulte Hose. Immer ist er ruhig, immer heiter, immer nachsichtig, ein echter Gegensatz zum harten Vater, darum bist du ja so gern bei ihm, aber das Wichtigste ist natürlich die Druckfarbe, im Geruch dieser Farbe liegt noch heute der Zauber der Geschichte, denn viele Schnitte haben historische Themen, du fragst nach Tracht, Waffe oder Geste, der Onkel erklärt geduldig, schon in der Welt des Fünfjährigen haben Caesar, Vater, Theoderich, Bruder, Kaiserin, Schwester, Florian Geyer und Gärtner Heinrich gleichberechtigt Platz nebeneinander, die engen Mauern der Gegenwart sind weggesprengt. Anfang in der Magie des Geruchs? Frag den Mond, er weiß es besser.

Ich bin müde und zu jung, um müde zu sein. Jung, alt, groß, klein, dick, dünn, stark, schwach, reich, arm, gut, böse, bilaterale Körpersymmetrie, bilaterales Denken. Ich lasse mich um zwölftausend Mark kaufen, du betrügst deinen Bruder mit seiner Frau, ich will die Geliebte meines Vaters erben, du denkst an einen Buben hinter Glasscheiben – wer? Der Dozent Rabener, du oder ich?

Er geht zu Bett, du gehst zu Bett, ich gehe zu Bett. Wir gehen, ihr geht, sie gehen zu Bett. Wirklichkeit oder Gleis der Grammatik? Ich bist Mond. Mond bin du. Es schläft.

Es bewegt sich, es muß, auf und ab. Es weiß, du mußt. Du bist müde, es will, du bewegst dich, das Leben ist hart, Spruch des Vaters, heiß, sehr heiß, du mußt. Was tust du? Ich tue. Ja, ich. Und ich bin der Dozent Rabener. Ich, ich, ich. Immer wieder: du, du, du. Und was tue ich? Du schläfst mit einer Frau, Busen, Hüften, Bewegung, ist die Frau ein Du, bist du selbst du, ist sie ich, wer sind wir? Frag den Mond.

Der Mond! Ich liege, ohne es gewollt zu haben, mit einer Frau im Bett, es ist Hertha, die große Liebe, die Frau meines Bruders, wie frei ist doch mein Wille, nur durch die große Liebe bin ich entschuldigt, du bist zwar Vergangenheit, Hertha, aber Vergangenheit ist für mich dasselbe wie Gegenwart, ich habe dich geliebt, also will ich dich lieben, ich liebe dich, ich will dich lieben, ich muß dich lieben, ich liebe dich, ich muß, ich muß, ich muß. Endlich.

Als sie entspannt nebeneinander lagen, hob Hertha die Hand nach einer Zigarette, er reichte sie ihr, gab Feuer.

„Du hast schon geschlafen", erklärte sie. „Ich bin neben dich gekrochen, wie früher, ein wenig Zärtlichkeit, du weißt ja, nichts Böses. Aber dann warst du da. Was hätte ich machen sollen?"

Du, Ich? Es? Er lächelte.

„Sag was Liebes", verlangte sie.

„Brauchst du mehr als meine Reaktion im Unterbewußten?"

„Sei nicht so dienstlich."

„War ich denn dienstlich?"

Sie küßte ihn. Eine Weile starrten sie schweigend zur Decke. Der Mond stand im Fenster.

„Sag was."

„Was soll ich sagen?"

„Noch vor ein paar Tagen hast du eine ganze Menge gesagt."

„Seit ein paar Tagen ist eine ganze Menge geschehen."

„Was, zum Beispiel?"

„Die Schwefelquelle, zum Beispiel."

Sie richtete sich halb auf, stützte sich auf den Ellenbogen, sah Gernot an. „Was soll das ändern? Weil du Anteile hast an der Firma und nicht an Roppendorff? Ja, ich bin blöde herausgeplatzt, daß wir den Bauhof aufgeben und die Arbeiter entlassen, aber das war doch die erste Reaktion, Wirtschaftsflaute, alles auf mir, ich könnte es los werden, versteh mich, nichts ohne dich, das mußt du mir glauben, warten wir erst einmal ab, ob die Quelle stark genug ist, und schließlich: sogar für den Fall, daß wir die Firma liquidieren, steigst du bestimmt nicht schlecht heraus dabei."

„Nein. Daran denke ich auch nicht."

„Woran denn?"

Er wandte ihr das Gesicht zu, suchte ihren Blick, wartete, wartete lange und sagte endlich: „An meinen Vater."

Wenn er mit Zorn oder zumindest Unwillen gerechnet hatte, wurde er enttäuscht. Sie rührte sich nicht, betrachtete ihn ein wenig nachdenklich, fast liebevoll, ließ sich Zeit mit ihrer Antwort, seufzte dann tief, entgegnete: „Du mußt ein sehr schlechtes Gewissen haben, wenn du von ihm nicht loskommst. Er ist tot, Gernot."

„Ja, natürlich. Aber überlege doch einmal, womit ich mich als Historiker beschäftige. Was ihr tot nennt, ist mein Leben. Darüber hinaus: jede Erinnerung ist Leben."

„Gekauft. Und was meinst du konkret?"

„Vater hat gebaut, ihr –"

„Was hat er gebaut?" unterbrach sie ihn sofort. „Weiße Quader mit Löchern für Türen und Fenster. Gebaut! Daß ich nicht lache! Geschäfte hat er gemacht, das war es, nichts anderes. Und damit du mich richtig verstehst, ich finde nichts Böses am Geschäfte machen, ich mache selbst gern Geschäfte, wenn ich die Aufträge kriege, ich würde mir wünschen, es wären mehr, aber warum der Heiligenschein, an dem du da bastelst?"

„Ich bastle nicht an einem Heiligenschein, ich analysiere den Patriarchen. Kennst du die Entwürfe seiner Jugend? Da ist ein Mann, der etwas will, aber der Alltag packt ihn, tritt ihn nieder, zwingt ihn zur Entscheidung: was ist wichtiger, dein eigenes Wollen oder der Fortbestand eines Gemeinwesens, von dem ein paar hundert Menschen zehren? Das eigene Wollen wird geopfert –"

„Hör auf!“ schrie sie. „Ich halte das nicht aus! Dein Vater als Märtyrer! Gernot, vorhin hast du von Erinnerung gesprochen! Erinnerst du dich nicht? Da war kein Opfer, da war das genaue Gegenteil, da war jemand, der herrschen wollte, herrschen über möglichst viele Untertanen, die er von sich abhängig gemacht hat, bei der Familie angefangen bis zum letzten Hilfsarbeiter! Die anderen haben Opfer bringen müssen, nicht er! Und du solltest das am besten wissen!“

„Ich weiß. Ich weiß vieles. Und gerade dieses viele Wissen rät mir, besonders vorsichtig zu sein in meinem Urteil. Ein einziger Blickpunkt genügt nicht. Ist der Patriarch wirklich so, wie man ihn heute sieht? Könnte man ihn nicht vielleicht mit der Steuer vergleichen, die zwar niemand liebt, der wir aber doch unser geschütztes Dasein verdanken? Wenn ich sie mir alle vorstelle, die da am Samstag zum Leichenschmaus gekommen sind, Familie, Bekannte, Politiker, Industrielle – wer von ihnen wäre hier gewesen, wenn mein Vater nicht in den Jahren 1935 und 1945 den weiteren Bestand der Firma erkämpft hätte? Beruhige dich, ich rede bewußt als advocatus diaboli, mich langweilen diese Leute, aber du warst doch sehr eifrig um sie bemüht, und neun Zehntel der Menschheit hätten sich an deiner Stelle genauso benommen. Reichtum, Anerkennung, Erfolg, Ehre, Ruhm, Dazugehören, Mitspielen, Mitentscheiden – das alles wird in der großen Welt ebenso wie im kleinsten Dorf immer Geltung haben, auch wenn die Pfarrer und die Dichter dagegen wettern. Einer muß den Karren ziehen, und es ist nur recht und billig –“

„Ja, einer muß den Karren ziehen, heute ziehe ich ihn, und was geschieht? Eine Welle von Ablehnung geht über mich nieder, jeder kritisiert mich, jeder macht mich für unbequeme, aber notwendige Änderungen verantwortlich, viele feinden mich an, weil ich angeblich keine richtige Frau, weil ich berechnend, hart und kalt bin; wenn ich aber frage, ob jemand anderer die Geschäftsführung übernehmen will, dann höre ich nichts als Ausreden. Lassen wir doch endlich das Theater, Gernot. Du glaubst, ich habe etwas gegen deinen Vater. Das ist nicht richtig. Ich war nur der Meinung, daß er zu lange geführt hat. Wir leben in einer schnellen Zeit, Regeln von gestern sind schon morgen veraltet, sechzig ist die äußerste Grenze, sehr bald werden wir bei fünfzig sein, dreiundsechzig ist einfach zuviel, und wenn noch Verkalkung dazukommt, dann muß ein Betrieb unter einer solchen Leitung zugrunde gehen, jeder Wirtschaftsfachmann wird dir das bestätigen. Das ist Punkt eins. Punkt zwei betrifft die leidige Emanzipation, die mir Oswald und Susi ankreiden. Gut, ich bin nun einmal eine Frau und vielleicht würde ich mich lieber meinen Kindern widmen, statt sie Toni zu überlassen, aber wie sieht es denn mit euch Männern aus? Gunther spielt Golf, du verkriechst dich im Mittelalter und Gerhard taumelt in seiner Musik; Willy träumt von der österreichischen Flotte, Florian könnte außerhalb einer Schule keinen Groschen verdienen, Herbert diskutiert im Fernsehen, Horst hat seine Bank, Thaddäus versteht höchstens etwas von Hartfaserplatten, Gustl und Oswald sind zu alt. Was würdet ihr Herren der Schöpfung denn tun, wenn ihr die emanzipierte, kalte, berechnende Hertha nicht hättet? Jetzt predige mir vom Lebenswerk deines Vaters, von seiner genialen Sendung, von eurer großartigen Bautradition! Es gäbe doch längst keine Firma Rabener mehr, wenn ich nicht eingesprungen wäre! Und zum Schluß noch Punkt drei, das Opfer. Ich bin gern eingesprungen, ohne jedes Opfer, ich war eben die Stärkere, und bei deinem Vater war es nichts anderes. Er und ich, wir haben beide nie Sinn für Romantik gehabt, und wäre er jünger gewesen, er hätte wie ich die Organisation verstärkt, weil man in einer allgemeinen Entwicklung nicht zurückbleiben darf, und die Verwertung einer Schwefelquelle auf eigenem Grund wäre für ihn bestimmt kein Verbrechen gewesen, sondern eine selbstverständliche Entscheidung. Nein, kein Wort gegen den jungen Doktor Rabener und sehr viel gegen den verkalkten Patriarchen. Wenn jemand nicht jung stirbt, wird er alt, und dann muß er irgendwann einmal weg, das ist ein Problem, so alt wie die Menschheit, und immer ist es auf dieselbe Art gelöst worden. Brich jetzt meinetwegen den Stab über mich. Ich weiß ja: die Großmutter hat dich bearbeitet, die Toni tut es jeden Tag, der Gerhard jeden zweiten. Wenn dir aber wirklich ein Blickpunkt zu wenig ist, dann denk ausnahmsweise einmal auch an den meinen."

Sie küßte ihn, nahm ihren Schlafrock vom Stuhl und ging.

30

Er überlegte, was sie ihm da so offen verraten hatte, und fand nichts Neues außer der Andeutung, daß man das Altenproblem immer auf die gleiche Art gelöst habe. Welche Art war das gewesen? Soweit seine historische Kenntnis reichte, hatte man Mord, Anhaltung in Kerker oder Kloster und schließlich manchmal nur Drohung angewendet. Die ersten beiden schieden aus, denn der Vater war frei gewesen und hatte sich laut eigenhändig geschriebenem Brief selbst umgebracht; blieb die Drohung, und wenn jemand gedroht hatte, dann mußte es Hertha gewesen sein. Diese Folgerung schien zunächst durchaus schlüssig, gleich darauf aber beschuldigte er sich, nicht an Kriemhild oder Elsa, sondern allein an Hertha gedacht zu haben. War er vielleicht bloß in seiner männlichen Eitelkeit gekränkt, weil sie ihn im Schlaf vergewaltigt hatte, früher ein typisch männliches Verbrechen, das außerhalb der Ehe schwer geahndet worden war? Und warum gekränkt? Sie liebte ihn! Sonntags war sie bei ihm gewesen, Mittwoch wieder gekommen, Gunther wirkte ein wenig träge, und zweimal in der Woche konnte man getrost als Mindestmaß für eine Frau ihres Alters annehmen. Außerdem hatte sie getrunken, man durfte ihr wirklich keinen Vorwurf machen. Aber – zum Teufel mit allem Verständnis und aller Toleranz, es gibt schließlich Grenzen! Gekränkt? Nein. Gedemütigt wäre das richtige Wort. Und bei genauer Prüfung: eine Mischung aus Freude und Zorn.

Er stand auf, trat ans Fenster und lachte. Runde eins an Hertha, Runde zwei ebenfalls an Hertha. Welches taktische Spiel man auch wählte, immer blieb er der Unterlegene, und was tut ein Mann in solcher Lage? Er genehmigt sich einen Whisky, leider aber war der Whisky unten in der Bibliothek, und Gernot mußte sich, um zur Quelle der Beruhigung zu gelangen, entweder anziehen oder nackt hinuntersteigen, was freilich kein großes Risiko bedeutete, weil um diese Tageszeit sicherlich niemand unterwegs war und die Temperatur der Thermenlinie entsprach. Er nahm also allen Mannesmut zusammen und wagte sich nackt auf die Treppe.

Bald darauf saß er, das Glas halb gefüllt, in einem der Fauteuils und sah auf die Wand, von der früher Joseph Calasanza kuhdumm auf seine Betrachter gestarrt hatte; nun war da bloß der Spiegel, und Gernot hatte als Widerpart seinen eigenen unbekleideten Körper, der noch dümmer wirkte als das Starren des fernen Ahnen. Trotzdem erinnerte er sich an das Bild, hob sein Glas und trank dem abgeschafften Vorvater zu. „Prost, geschätzter Bruder im Amt! Unsere Kapelle ist zum Boudoir geworden. Ich heiße Gernotine. Kannst du mir vielleicht ein Mädchen vom Sacré Coeur empfehlen, das mir beibringt, wie man errötet? Nach der ersten Vergewaltigung sollte man doch wenigstens erröten können!"

In ähnlich blasphemischer Art hatte Don Juan den Steinernen Gast beschworen, und obwohl sich Gernot in der genau entgegengesetzten Lage fühlte, hatte auch seine Blasphemie Erfolg. Zwar meldete sich nicht der pietätlos angesprochene Ahne, aber aus der Kapelle mit dem verkohlten Lenkrad hörte Gernot plötzlich das Ping-Pong, das ihn schon am Sonntag gemahnt hatte. Ping-pong, ping-pong, ping-pong. Er sprang auf und lief hinüber ins Heiligtum der Schwedischen Leitern.

Im schwachen Licht des Mondes, das durch die gelben Scheiben drang, sah er deutlich, wie der weiße Ball von einer Seite des Tisches hinübersprang zur anderen, wieder zurück, hinüber, zurück, hinüber, dann kam ein scharf geschnittener Schlag, der Ball traf die Kante, glitt seitwärts ab, kam gerade auf ihn zu und hüpfte in seine Hand, wo er geborgen und trotzdem vorwurfsvoll stillag. Gernot betrachtete ihn. Ein gewöhnlicher Tischtennisball. Das Oberlicht geschlossen. Kein Mensch, kein sichtbarer Engel im Raum, nur das verkohlte Lenkrad und das riesige Gespenst der Angst vor dem wissenschaftlich nicht Erfaßbaren. Draußen im Park rief ein Kauz. Er rief, weil ihm eben so zumute war, kein Filmproduzent hatte ihn bestellt oder gar seine Schallimpulse mittels Band über das Bild gelegt. Gleich darauf strich er ab, ohne zu ahnen, was er durch seinen Ruf angerichtet hatte.

Gernot drehte den Ball in der Hand, wandte sich plötzlich um, lief nackt durch Korridor und Küche in Tonis Zimmer und schlüpfte dort unter die Decke. Toni erwachte, erschrak, wehrte sich ein wenig, gab nach.

Lange lagen sie schweigend nebeneinander. Es begann zu dämmern. „Ich bin geflohen", sagte er endlich.

Sie antwortete nicht.

„Ich brauche dich. Nur mit dir kann ich es ertragen."

Stille.

Stockend erzählte er, was er erlebt hatte, in der Höhle, in der Kapelle. Sie unterbrach nicht, sie fragte nicht.

„Sag doch etwas!" bat er.

Sie seufzte. „Was soll ich sagen? Du bist deinem Vater begegnet. Das ist doch schön. Ein Trost."

„Trost? Es ist schrecklich."

„Nein. Ich wäre froh, wenn er mir begegnet wäre. Man glaubt leichter."

„Glauben? Ich bin ganz durcheinander."

„Und kommst zu mir. Bringst auch mich durcheinander."

„Du bist ruhig."

„Ruhig? Wie kann ich ruhig sein, wenn ich da neben dir liege, mit Helmut verlobt bin und ihn heiraten werde?"

„Wer ist dieser Helmut?" fragte er nach einer Pause.

„Ein Fernsehtechniker."

„Und du liebst ihn."

„Würde ich ihn sonst heiraten?"

Wieder schwiegen sie lang, sehr lange, rührten sich nicht, starrten zur Decke.

Plötzlich wandte sie sich ihm zu, schlang die Arme um ihn, flüsterte: „Ich weiß nicht ein, nicht aus, ich weiß überhaupt nichts mehr, aber ich halte das nicht aus – komm – komm – komm!"

31

Als er gegen zehn erwachte, zählte kein milder Regen Zeitintervalle auf blecherne Fenstersimse. Die Sonne umfaßte ihn, er fühlte, wie alles sich ausdehnte und zusammenzog im ewigen Atem, und diesmal gab es auch keinen Abstieg auf den Hügel der Realisten. Überraschend schnell sah er vor sich, was ihm geschehen war, nicht nur am Vortag, nicht nur nachts, sondern im ganzen bisherigen Leben. Kein Hügel, kein Berg, keine Wolke, kein Stern, kein fester Punkt im Raum, nein, irgendwo, und er selbst oben oder unten, links oder rechts, aber keinesfalls am gleichen Ort wie das Irgendwo.

Warum ist das so? Toni, was sagst du dazu? Warum? Du kannst nichts sagen, und was nützen mir deine braunen Arme und dein Busen, wenn ich nicht einmal irgendwo bin? Ich muß freilich zugeben, daß kausale Fragen nur im Alltag gebraucht werden sollten; noch ärger wird es mit dem Wozu. Hertha, leg dich in die Riemen! Wozu ruderst du? Keine Antwort kann befriedigen. Hier geht es ja um den berühmten Sinn, brutal ausgedrückt: um den Zweck, und Teleologie ist seit langem abgeschrieben, man darf menschliches Zieldenken nicht auf außermenschliche Phänomene anwenden. Ist Tischtennis ein außermenschliches Phänomen? Der weiße Ball sicherlich. Trotzdem stehe ich vor dem uralten Kreuzweg. Verneine ich nämlich den Sinn, dann hat auch mein Leben keinen Sinn, und keine Ausrede hilft, denn das Gerede von Freude oder Trieb bringt ja den Sinn durch die Hintertür wieder herein. Wer den Sinn leugnet und am Leben bleibt, handelt unlogisch; wenn er aber schon unlogisch handelt, könnte er auch den Sinn bejahen. Bejahen wir also den Sinn. Was geschieht dann? Die Folgerung ist zwingend. Wenn ich den Sinn bejahe, dann bejahe ich Gott. Meinetwegen. Aus tiefer Not schrei ich zu dir. Und was tut meine bilaterale Symmetrie? Sie wirkt. Wir haben zwei Augen, zwei Ohren, zwei Arme, zwei Beine, wir erfinden sogar zum Sein ein unvorstellbares Nichtsein, und wie so viele vor mir lande ich trotz bester Absicht im unvermeidlichen Dualismus. Ist Gott nun der Vater im Himmel oder die Mutter in der Erde? Jetzt hilft nicht einmal ein dreifacher Salto, ich muß entscheiden. Ein Bekenntnis, Herr Rabener. Ein Bekenntnis ohne jede Argumentation, früher gern geübt, heute freilich ungewohnt.

Ich wähle den Vater im Himmel. Ich wähle die Metaphysik. Ich wähle den Gral.

Gut. Du hast die Sonne gewählt, nicht die Erde. Die Sonne

zeugt, die Erde gebiert. Und die Sonne befiehlt: das zeugende Prinzip darf sich dem Empfangenden nie unterwerfen, denn das wäre das Ende des Himmels und der Metaphysik. Zeuge, wo immer sich die Möglichkeit bietet, nirgendwo wird so verschwendet wie bei der Zeugung; gehst du aber eine Bindung ein, dann sichere meine Herrschaft, denn ich bin die Sonne, ich bin das Feuer, der Vater, der Kampf, die Ferne, die Unendlichkeit. Ich bin dein Gott und du sollst keine Götter neben mir haben. Ich bin der weiße Ball in deiner Hand. Dein Widersacher ist nicht Satanas oder der Herr der Fliegen, dein Widersacher ist das Weib, die Erde, das Wasser; es kennt keinen Himmel und keine Unendlichkeit, du mußt es hassen, wenn es sich gegen mich erhebt, aber du mußt es lieben, wenn es sich unterwirft. Das sage ich dir, dein Vater, der Vater im Himmel, das ewige Leben, die ewige Sehnsucht nach dem Unerreichbaren. Laß den anderen ihre kleinen Ziele, die so mühelos erreicht werden können, meine Ziele liegen drüben, im nie Endenden, und die Weiber werden lachen über dich, wie sie über Thales gelacht haben, aber ich werde dich schützen. Ich bin das A und das O, ich bin ein zorniger und doch ein bewahrender und ewiger Gott, ich bin der Mann, ich bin die Zeugung, der Gedanke, die Idee, die Phantasie, der Ursprung und der Funke, mit dem die Schöpfung beginnt. Ich bin ein Gott ohne Mitleid, ich werde dich opfern, wie ich meinen Sohn geopfert habe, denn ich bin ein männlicher Gott, und ich segne euer Opfer, weil es dem Grenzenlosen erbracht wird, und ich verdamme das Opfer der Weiber, das nur ihren Kindern, der sterblichen Erde und dem Wasser gilt. Der Mensch ist wie Gras, wenn er aber seine Seele erkennt, wächst sie in den unendlichen Himmel wie der Baum, den ich gepflanzt habe in eure Mitte –

Er erwachte zum zweiten Mal, dachte an die Schwefelquelle, an den weißen Ball, an Hertha und Toni, erinnerte sich an den Auftrag des Sonnengottes, sah den Zug der Kamele durch die persische Wüste, der Führer der Karawane, ein Feueranbeter, zog einen blutigen Dolch aus dem haarigen Burnus und fragte drohend, ob er denn wirklich gemeint habe, daß es seinerzeit keine Geschichte gegeben habe, nur weil sie nicht aufgeschrieben worden sei, es gebe zwar Affen, aber keine Menschen ohne Geschichte. Die Hunde bellen, und die Karawane zieht vorüber, Ameisen wandern aus, die Applanie weitet sich über den Erdball, ich aber trage den weißen Ball in meiner Hand –

Mit einem Ruck sprang er aus dem Bett, schüttelte sich, lief ins Bad und stand zehn Minuten lang unter der Dusche, erst warm, dann lau, fast kalt. Die Vernunft kehrte zurück, der weiße Ball wurde dem Whisky zugeordnet, und was mit Hertha oder Toni geschehen war, würde sich schon irgendwie beilegen lassen. Er kleidete sich an, verzichtete wieder einmal auf das Frühstück, stahl sich aus dem Haus und fuhr nach Mödling. Erst dort befragte er ein Telephonbuch und läutete bald darauf in der Spechtgasse am Gartentor eines Hauses, das Gerhard wahrscheinlich „Eichkatzelburg" genannt hätte, denn es hatte ein schindelgedecktes Türmchen, eine aus kunstvoll gesägten Brettern gefügte zweistöckige Veranda und an mehreren Stellen falsches Fachwerk.

Zum Tor kam ein junges Mädchen, das ihm nicht in die Gegenwart zu passen schien; zwar trug es nur eine winzige Hose aus verwaschenem Drillich und ein weißes Sporthemd, aber es strahlte so viel körperliche und vor allem seelische Sauberkeit aus, daß es ein Dichter des vorigen Jahrhunderts sicherlich mit einer Rosenknospe verglichen hätte. Gernot fragte nach dem Herrn Senatspräsidenten, wurde eingelassen und in einen Empfangsraum geführt. Das Mädchen versprach ihm, daß der Großvater gleich kommen werde, und zog sich mit einem freundlichen Nicken zurück. Es wurde still, bloß eine alte Standuhr tickte schnarrend, erinnerte ihn an Onkel Hermanns Erker und zauberte ihn zurück in die Geborgenheit. Er blickte um sich und fand seinen ersten Eindruck bestätigt, das Vorzimmer eines Heeresmuseums betreten zu haben. Fast an allen Wänden hingen Waffen: Hellebarden, Arkebusen, Schwerter, Karabiner, Stoßdegen, Pistolen, Säbel, Armbrüste, Bajonette und Dolche; dazwischen Stiche von Kürassieren, Grenadieren, Musketieren, Pionieren, Füsilieren; dort eine schwarzgelbe Fahne, hier ein Dragonerhelm, auf dem Tischchen vor ihm eine zur Zigarettenschatulle umgearbeitete Kartusche, daneben ein Terzerol. Über allem lag ein wenig Staub, die Bezüge der Polstersessel waren verschlissen, die Fenster zum Garten schon seit Wochen nicht geputzt, die echten

Orientteppiche abgetreten, die zu Ornamenten gefügten Parketten an manchen Stellen ausgebrochen. Geliebte Mumie Österreich, dachte er. Heute verkaufst du den Touristen deine Liebenswürdigkeit, früher hast auch du gestochen, geplündert, geschossen, geraubt und deine Söhne zum Opfer gezwungen.

Die Tür ging auf, Robert Feiertag begrüßte seinen Gast, der aus Vorsicht noch einmal seinen Namen nannte, aber Feiertag erinnerte sich an den Nachmittag in der Höhle, erinnerte sich an den alten Rabener, bot Platz im verschlissenen Fauteuil, setzte sich gegenüber, öffnete die Kartusche mit den Zigaretten, entzündete selbst eine, nachdem der Gast abgelehnt hatte, und entschuldigte sich. „Wir sind ein bisserl derangiert. Mein Sohn ist in Spanien, die Tochter in England, sie haben alle vier Enkel bei uns deponiert, also confusione, confusione. Nicht, daß die Kinder schlecht erzogen wären, aber halt so lebendig, und wir zwei sind doch längst tot."

Gernot antwortete mit einer Geste des Protestes, Feiertag lachte laut und verkündete strahlend: „Ersparen Sie sich die Höflichkeiten! Tot ist ein Zeitbegriff, und Sie wissen ja gar nicht, wie schön es ist, tot zu sein!" Eine Handbewegung wischte Waffen und Fahnen und Helme aus der Wirklichkeit. „Mein Großvater hat das gesammelt; Milderungsgrund: er war General. Ich selbst kann mich noch an die Monarchie erinnern, dann war die erste Republik, die grüne Diktatur, die braune Diktatur, die zweite Republik, erst Koalition, dann Alleinregierungen – so etwas können Sie sich nicht vorstellen, so ein Ballett der Werte. Was sind Sie für ein Jahrgang?"

„Einundvierzig."

„Sehen Sie! Sie wissen nicht einmal etwas von Großdeutschland. Ich habe als Richter vier ganz konträre Diensteide schwören müssen. Wäre ich 1840 zur Welt gekommen, hätte einer für Franz Joseph genügt. So etwas gibt Festigkeit. Mir ist alles egal. Was sagen Sie zur Gisi? Ich denke immer an Eichendorff oder Dickens."

„Verzeihung – Sie meinen das Mädchen?"

„Das Sie eingelassen hat. Ja. Und dabei schaut sie nicht nur so aus, sie ist Vorzugsschülerin, und ich bin stolz wie ein Siamkater. Freilich gleich die Kehrseite: der Bobby, von meinem Sohn, also der Namensträger, Kronprinz, heute längst egal, aber immerhin, ein bisserl genant ist es schon, jetzt ist er zwölf, eine Niete kat'exochen, und fliegt uns in der Zweiten einfach durch."

Gernot zuckte mit den Schultern auf eine Art, die ausdrücken sollte, daß so etwas eben passieren könne.

Feiertag hob einen mahnenden Zeigefinger. „Nein, nein, man darf das nicht bagatellisieren. Wohin ich auch höre, überall dasselbe, die Buben lernen nicht mehr. Vielleicht vertragen sie das Ameisenschicksal schlechter als die Mädchen. Man hat ihnen den Kampf genommen und sie abgewertet, Heldentum gibt es nur mehr im Terrorismus, also sind sie aus unserer Lebensform ohne Adieu verschwunden. Manche kaufen schwere Motorräder, andere gründen mit sechzehn Verbrecherbanden. Sie spielen nicht mehr mit, aber ihre potentielle Zerstörungskraft ist natürlich geblieben, und niemand kann sie lenken. Das muß eines Tages zu einer Katastrophe führen."

„Auf uns warten so viele Katastrophen."

„Und so viele liegen hinter uns. Zeit ist ja nichts anderes als die Anzahl der Erdumdrehungen zwischen den Katastrophen. – Edler Fremdling, was ist Ihr Begehr? Wo drückt der Schuh? Was liegt Ihnen auf der Seele?"

„Herr Präsident –"

„Nein, das bitte nicht! Präsident paßt zu einem Fußballklub, ich habe im allgemeinen nicht viel übrig für Titel, nur den Doktor habe ich mir schwer verdient, also bin ich immer ein bisserl schockiert, wenn jemand Herr Feiertag zu mir sagt."

„Sie haben meinen Vater gekannt, Herr Doktor."

An Feiertags Äußerem änderte sich fast nichts, in seinem Inneren aber mußte ein Schalter umgelegt worden sein, denn seine Augen wurden plötzlich wachsam, als gäbe es hier ein Verhör, als gelte es, selbst möglichst wenig zu sagen, den andern reden zu lassen und jedes seiner Worte kritisch zu speichern, um ihn schließlich in seinem eigenen Netz zu fangen. „Ja", antwortete er bloß.

„Sie kennen wahrscheinlich die ganze Geschichte vom angeblichen Herzversagen und der Überdosis Schlaftabletten."

„Ja."

„Der Fall ist vertuscht worden."

„Nein. Untersuchung durch die zuständige Behörde nach ärztlichem Befund gesetzmäßig eingeleitet, nicht der geringste Verdacht auf Fremdverschulden, also weitere Befassung unbegründet. Die private Bezeichnung der Todesursache als Herzversagen ist kein Anlaß zu amtlicher Ingerenz."

„Mein Vater hat einen Brief hinterlassen, in dem er davon spricht, daß man ihn mit besonderer Bösartigkeit kaputtgemacht habe, und er keinen anderen Ausweg als den Selbstmord sehe. Ich möchte herauskriegen, was da so bösartig war."

Feiertag grinste belustigt. Seine Augen blieben kalt. „Offenbar eine kleine Fleißaufgabe. Die Behörden werden dafür bezahlt und haben nichts festgestellt. Mord können wir mit hundertprozentiger Sicherheit ausschließen. Selbst wenn Sie jetzt irgendeine Bösartigkeit entdecken, wem soll das nützen? Ihrem Vater doch gewiß nicht, Ihrer Familie auch nicht, dem Unternehmen schon gar nicht. Glauben Sie mir, ich habe diese Sachlage schon vor einem Jahr sehr genau überdacht."

„Und warum, Herr Doktor? Ist Ihnen vielleicht selbst etwas aufgefallen? Als Richter kann Ihnen doch Interesse an der Wahrheitsfindung nicht fremd sein. Spricht es unbedingt gegen mich, wenn ich dafür nicht bezahlt werde? Es geht um den Tod meines Vaters, und ich kann seinen Brief mittlerweile fast auswendig. Da ist die Rede davon, daß er seiner Erziehung, seiner praktischen Erfahrung und seiner Weltanschauung wegen keinen anderen Ausweg weiß, daß er schuldlos ist, man ihm nichts zutrauen dürfe, dessen sich die Familie schämen müsse, und daß nicht einmal die eigene Mutter den Grund für sein Dilemma erfahren solle, weil er sich sonst gar nicht umzubringen brauche. Was kann dieser Grund gewesen sein? Doch offensichtlich etwas Ehrenrühriges, das höchstwahrscheinlich auch unter gesetzlicher Strafandrohung steht. Was tut ein Mann wie mein Vater in einer solchen Situation? Er versucht sich zu orientieren, und zwar juristisch zu orientieren. Unseren Firmenanwalt wird er nicht gefragt haben, das wäre ihm – bei aller Achtung vor der Schweigepflicht der Anwälte – bestimmt zu unsicher gewesen. Aber da sind ja Sie, ein hoher Richter in Pension und unserer Familie nicht bekannt! Mit Ihnen war er in der Höhle,

Ihnen kann er vertrauen, und mit Ihnen hat er auch gesprochen. Diese einfache Lösung ist mir erst heute nacht eingefallen, und darum bin ich heute hier. Bitte sagen Sie mir, was Sie von ihm erfahren haben."

Feiertag schwieg eine Weile und schüttelte dann den Kopf. „Sie sind sich doch hoffentlich im klaren darüber, daß Sie nur Vermutungen vorgebracht haben. Soviel ich weiß, lehren Sie an einer deutschen Universität Geschichte, sind also ein gebildeter Mensch. Wie können Sie annehmen, daß Ihr Vater seiner Mutter etwas verschweigt, es mir aber erzählt, einem wildfremden Mann, den er einige Male in unserer Höhle getroffen hat und darum für einen Narren halten muß? Wie können Sie annehmen, daß ich – soferne er mir etwas mitgeteilt haben sollte, das nicht einmal seine Mutter wissen durfte – sein Vertrauen mißbrauchen und das Geheimnis ausplaudern werde? Schließlich noch eine persönliche Frage, die Sie mir bitte nicht übelnehmen wollen. Da sind vier Kinder, zwei Söhne im Haus, eine Tochter in Wien, und Sie seit vielen Jahren im Ausland; abgesehen davon ist es doch rundum bekannt, daß Sie mit Ihrem Vater verfeindet waren. Warum bemühen gerade Sie sich um diese Angelegenheit? Wollen Sie unbedingt etwas Ehrenrühriges finden, um Ihre Einstellung Ihrem Vater gegenüber zu rechtfertigen?"

Das Fossil beißt, dachte Gernot; man soll sich nicht mit Richtern einlassen, sie können nur an das Böse glauben, wahrscheinlich eine Berufskrankheit wie Lungenkrebs bei Asphaltarbeitern. Am liebsten würde ich gehen, aber ich will ja etwas von ihm, nicht er von mir, und wenn ich gehe, bin ich der Unterlegene. Er beugte sich vor, stützte die Ellenbogen auf die Knie und sprach zum Teppich. „Warum ich annehme, daß mein Vater in seiner Not zu Ihnen gekommen ist, habe ich erklärt. Warum ich annehme, daß Sie mir das Geheimnis verraten könnten, hat einen andern Grund, als Sie eben vermutet haben – denn eine bloße Vermutung war es doch offenbar, sogar eine beleidigende Vermutung, die ich freilich Ihrer Bitte wegen nicht übelnehmen will. Meine Geschwister gehören zu Roppendorff und lassen sich von Bequemlichkeit und den Nützlichkeitserwägungen leiten, wie Sie sie vor ein paar Minuten erwähnt haben: da hat sich zwar jemand umgebracht, aber wem nützt der Grund, der Alte ist tot, überlassen wir das Grab dem Gras, das darauf wachsen wird. Ich bin Historiker und habe mich immer bemüht herauszufinden, was wirklich geschehen ist. Bitte jetzt keine Diskussion über das Problem der Wirklichkeit, auch Sie würden sich wehren, wenn ich das Problem der Gerechtigkeit behandeln wollte, nehmen wir das Wort in diesem Fall nach seinem Alltagswert."

„Keine Gefahr", sagte der Senatspräsident. „Ich diskutiere nicht mehr."

„Danke. Neben diesem beruflichen Interesse steht freilich noch ein anderes. Ich bin mit vierzehn Jahren mit Schimpf und Schande von meinem Vater verstoßen worden und habe während meiner Universitätszeit zwar in Roppendorff Besuch gemacht, war aber damals um die zwanzig und darum bemüht, alle Nabelschnüre abzubeißen und ein eigenes Leben aufzubauen. Jetzt, nach meiner Rückkehr, sehe ich meinen Vater ganz anders, sehe ihn als weniger und als mehr Vater. Weniger, weil ich – selbst wenn er noch am Leben wäre – meine Selbständigkeit nicht mehr beweisen muß; mehr, weil sich der Begriff des Vaters seither für mich geändert hat. Ich erkenne die Kette, ich spüre plötzlich eine Verpflichtung. Ja, mein Vater hat mich schlecht behandelt. Ich ihn wahrscheinlich auch. Und trotzdem bin ich es ihm heute einfach schuldig, mich um ihn zu kümmern, obwohl er seit einem Jahr tot ist. Warum? Weil er mein Vater ist und ich heute stark genug bin, mich zu ihm zu bekennen, was immer zwischen uns war. Verstehen Sie das?"

„Ja. Ich habe es selbst erlebt." Feiertag stand auf, ging durch den Raum, berührte hier eine Hellebarde, dort eine Reiterpistole, blieb eine Weile vor den Fenstern stehen. „Die müßten wieder einmal geputzt werden", sagte er halblaut. Dann betrachtete er den Stich eines Musketiers, wandte sich plötzlich jäh um, kehrte an seinen Platz zurück und setzte sich. „Passen Sie einmal auf. Sie könnten ja auch mein Sohn sein, und ich werde Ihren Vater jetzt vertreten. Vorhin haben Sie angedeutet, daß Sie ihn wahrscheinlich ebenfalls schlecht behandelt haben könnten. Das stimmt. Er mag Sie in Ihrer Kindheit und Jugend hart angepackt haben, später waren Sie es, der ihn durch Schweigen und Ablehnung jeder Annäherung sehr gekränkt hat – gekränkt um so mehr, weil er Ihnen zu dieser Zeit längst gestanden hatte, wie er Ihren Fleiß, Ihre Intelligenz, Ihre Zähigkeit schätzt, und wie ihm Ihr unbeirrbares Verfolgen des eigenen Weges imponiert. Prüfen Sie Ihr Gewissen! War es nicht so?"

„Ich kann mich nicht erinnern. In diesem Alter denkt man wenig an andere."

„Sinnspruch fürs Stammbuch. Lassen wir's. Für Ihren Vater kommt Ihr Bekenntnis leider zu spät. Ich nehme es für ihn entgegen. Er war bei mir, er hat meinen Rat eingeholt und mein Versprechen gefordert, darüber zu schweigen. Ich breche dieses Versprechen, wie ich es meinem eigenen Sohn gegenüber brechen würde. Sollten Sie mein Vertrauen mißbrauchen, dann trifft Sie der Fluch aller Väter, und der ist nicht schwächer als der Fluch der Mütter. Ich sage Ihnen, warum Ihr Vater zu mir gekommen ist, freilich unter einer Bedingung: keine Rache."

Gernot lehnte sich zurück, sah Feiertag an und schüttelte den Kopf. „Darauf kann ich nicht eingehen", antwortete er.

Feiertag hielt den Blick aus, lachte plötzlich, rief dann: „Bravo! Großvater General würde sich freuen! Die Dragoner sterben nicht aus! Pallasch gefällig, Pistole oder Karabiner? Ich bin Richter gewesen, ich hasse die Rache. Aber meinetwegen eine Abschwächung der Klausel. Keine Rache, durch die der Leumund Ihres Vaters mittelbar oder unmittelbar nur im geringsten leiden könnte."

„Einverstanden."

„Gut. Dann einen kleinen Vermouth. Die Tageszeit entspricht." Er sprang auf, lief in die Küche, kam mit der gekühlten Flasche und zwei Gläsern zurück, schenkte ein. „Auf den Gral, auf den Unsinn, der uns zum Sinn zurückführen möge!"

Gernot nippte nur. „Mein Vater war also bei Ihnen."

„Ja. Er war bei mir." Feiertag öffnete die Kartusche, zögerte ein wenig, zuckte nach einigem Überlegen mit den Schultern, entnahm der Kartusche eine Zigarette, entzündete sie, sog den Rauch tief ein, hustete ein paarmal und seufzte dann. „Verdammtes Laster. Schließlich auch schon egal. – Am Tag vor seinem Tod ist er gekommen.

Äußerlich habe ich ihm nichts angemerkt, hier sind wir gesessen, er dort, wo Sie jetzt sitzen. Ich bitte Sie um Ihren Rat, sagt er, einen Rat in einem hypothetischen Fall, der natürlich nicht hypothetisch ist, den wir aber so auffassen wollen. Ich goutiere solche Präambeln nicht sonderlich, bin also ein wenig zurückhaltend, er spürt das sofort und steht auf. Wenn ich Sie langweile, frage ich lieber jemand anderen. Um Gottes willen, antworte ich, so war das doch nicht gemeint, verfügen Sie über mich, hypothetisch, einverstanden! Ja, und jetzt kommt die Geschichte,die ich mit eigenen Worten wiedergeben muß, weil ich nicht mehr alles weiß, was er da erzählt hat. Irgendwer – Namen sind nicht genannt worden – irgendwer will seinen Chef erpressen, weil dieser Chef in der letzten Zeit etliche Male mit einem Bürolehrmädchen abends allein im Büro gewesen und bei dieser Gelegenheit mit ihr in sexuellen Kontakt gekommen sei; das Lehrmädchen ist noch nicht neunzehn, also minderjährig und der Aufsicht des Chefs unterstellt, der Tatbestand des § 212 also gegeben. Kleiner Schönheitsfehler: das Mädchen hat zwar Überstunden gemacht und war darum mit dem Chef allein im Büro, der Chef aber schwört, daß zwischen ihnen nichts vorgefallen sei. Natürlich ist dieser Schwur vor Gericht ohne Relevanz und wird auch in der Voruntersuchung keinen Effekt haben. Nur ein Meister der Verhörtechnik könnte vielleicht das Zeugnis des Mädchens erschüttern, im allgemeinen ist der Mann das wehrlose Opfer – Rest einer Gesetzgebung, die den Frauen zwar keine Gleichberechtigung, dafür aber gewisse Vorrechte zugestanden hat, darunter die Präsumtion, daß in bezug auf das Geschlechtsleben immer der Mann der schuldige Teil ist, sofern er nicht das Gegenteil beweisen kann. Was bedeutet das im hypothetischen Fall unseres hypothetischen Chefs? Das Mädchen behauptet – ich betone: behauptet! –, er habe seine Machtstellung im Betrieb ausgenützt, und ihr sei darum gar nichts anderes übriggeblieben, als mit ihm zu schlafen. Die beiden waren allein. Sie ist Zeugin und beschwört ihre Aussage. Er ist angeklagt und darf nicht schwören. Was immer geschehen ist, wer immer auch der Richter ist, der Mann muß verurteilt werden, laut Strafgesetzbuch zu einer Freiheitsstrafe bis zu drei Jahren. Selbst wenn diese Strafe wegen mehrerer Milderungsgründe niedriger ausfallen sollte, muß sie doch verhängt werden, und damit treten vernichtende gesellschaftliche Folgen ein. Die Situation ist demnach für Erpressung hervorragend geeignet."

„Wer hat ihn denn da erpreßt? Das Mädchen?"

„Das weiß ich nicht, und ich bin auch noch gar nicht fertig. Bisher sind wir nämlich davon ausgegangen, daß der Mann unschuldig war, was die Rückständigkeit unserer Gesetzgebung besonders deutlich erkennen läßt. Wie ist es aber, wenn das Mädchen die Wahrheit gesprochen hat? Was ist dann geschehen? Es ist zu einem sexuellen Umgang irgendwelcher Art gekommen. Früher einmal war das Sünde, heute liest man überall, daß Sex doch in jeder Form natürlich, sauber und keinesfalls strafbar sei, man wirbt dafür und gibt jungen Leuten Ratschläge für Praktiken, die noch vor zwei Jahrzehnten als pervers gegolten haben. Soviel zum Vergehen. Jetzt zur Person. Das Mädchen ist achtzehn Jahre alt. Kann man es mit einem achtzehnjährigen Mädchen aus dem Jahr 1900 vergleichen? Gewiß nicht. Wahrscheinlich hat es schon zehn oder fünfzehn Liebhaber hinter sich, und wenn es mit dem Chef ins Bett geht, dann weiß es sehr gut, warum es das macht. Sollte es aber nicht mit ihm ins Bett gehen wollen, dann weiß es sehr gut, wie man ihn abwehrt. Der Paragraph 212 ist rückständig. Quod erat demonstrandum."

Feiertag sah Gernot triumphierend an.

Der konnte das Interesse seines Gastgebers für einen Paragraphen nicht teilen, wollte trotzdem nicht unhöflich sein und entschloß sich zu einer Antwort. „Ich verstehe Sie, Herr Doktor", sagte er und zögerte ein wenig. „Immerhin –" Er zögerte wieder, holte dann tief Atem und platzte heraus: „Immerhin, ich meine, wenn wir jetzt den umgekehrten Fall nehmen, da ist ein achtzehnjähriger Angestellter, der von seiner Chefin vernascht wird – glauben Sie, daß er zur Polizei läuft oder die Chefin zu erpressen versucht? Ich glaube es nicht."

„Er sollte es aber!" rief Feiertag. „Wo bleibt sonst die Gleichberechtigung?"

„Wahrscheinlich in den Zeitungsartikeln und Fernsehsendungen, die für Frauen gemacht werden, weil die meisten Männer sich mit

Sport und ein wenig Politik begnügen. In Wirklichkeit ist doch alles anders, die Geschlechter sind meiner Ansicht nach immer noch verschieden, und die jungen Männer dürften an den Änderungen der Moral oft mehr profitieren als die Mädchen. Das ganz nebenbei, mein Gebiet ist ja die Gesellschaftspolitik des Spätmittelalters, die heutige beschäftigt mich nur, wenn sie mir zu nahe an den Pelz rückt."

„Was jetzt doch geschehen ist."

„Nein, nein, zumindest nicht, was meinen Vater betrifft. Mein Vater, sehen Sie, mein Vater, wie soll ich das ausdrücken, jetzt stottere ich, weil ich nicht die richtigen Worte finde, man scheut sich auch, so etwas auszusprechen, ach, was soll's, ich bin aufgerufen, ja, das klingt dumm, ich weiß es, aber es ist so, ich bin aufgerufen, sehr hochtrabend, was soll ich machen, ich bin aufgerufen, für meinen Vater einzutreten. Darum geht es. Nicht um Paragraphen. Die nur in zweiter Linie, wenn sie entscheidend mitspielen sollten, und dann so, wie sie sind, nicht, wie sie sein sollten. Es ist doch ganz einfach. Mein Vater behauptet, daß er mit besonderer Bösartigkeit kaputtgemacht worden ist. Können Sie mit Sicherheit sagen, daß dieses hypothetische Mädchen, das da in einem hypothetischen Fall von einem hypothetischen Chef zu einem hypothetischen sexuellen Umgang irgendwelcher Art gezwungen wurde, diejenige Person ist, die meinen hypothetischen Vater hypothetisch erpreßt hat?"

Feiertag starrte ihn eine Weile verdutzt an und schüttelte dann den Kopf. „Junger Freund, Dragoner sind imponierend, aber heute doch ein wenig überholt. Ausgerechnet mich wollen Sie festnageln? Ich weiß gar nichts, und Sie wissen, was Sie wissen sollen. Ich habe Ihnen meine Ansichten über den Paragraphen 212 entwickelt, alles Übrige ist – wie Sie richtig bemerkt haben – hypothetisch, und seit wann kann man aus Hypothesen sichere Schlüsse ableiten?"

„Wenn ich mich recht erinnere, ist doch die Tatsache, daß mein Vater bei Ihnen war, keine Hypothese?"

„Tatsachen sind nie Hypothesen. Er war bei mir."

„Und wie ist er weggegangen?"

„Orientiert – um Ihren Ausdruck zu gebrauchen."

„Über einen hypothetischen Fall."

„Er hat mich in einer Rechtsfrage konsultiert, und ich habe darauf geantwortet. Was würden Sie tun, wenn man Sie über das Spätmittelalter befragt?"

„Es war nur von Gesetzen die Rede?"

„Andere Themen hätte er sicherlich abgelehnt."

„Er muß doch verzweifelt gewesen sein!"

„Das kann man nachträglich vermuten. Auf keinen Fall war er der Mann, der seine Verzweiflung offen herumgetragen hätte wie seine Krawatte. Er wollte eine Information, und ich habe sie ihm Punkt für Punkt unter genauer Berücksichtigung des Sachverhalts gegeben."

Gernot betrachtete die Waffen an den Wänden. „Ja, ja", sagte er leise. „Alles klar. Mir ist nur eingefallen, daß Sie wahrscheinlich der einzige Mensch waren, der meinen Vater hätte retten können."

„Retten? Für diese verlogene Gesellschaft? Für einen Lebensrest, der sehr bitter gewesen wäre? Nein. Er ist drüben wesentlich besser aufgehoben."

„Das gilt für uns alle, Herr Präsident."

Die Sauberkeit ausstrahlende Diana brachte ihn zum Gartentor. Wie alt kann sie sein? fragte er sich. Wahrscheinlich sechzehn; sie muß sich beeilen, daß sie in den nächsten zwei Jahren ihre zehn Liebhaber hinter sich hat und so den Anforderungen unserer Zeit gerecht geworden ist.

Sie lächelte. „Auf Wiedersehen."

„Gern. Sie sind auffallend hübsch."

„Das weiß ich."

Immer noch lächelnd schloß sie hinter ihm ab und ging, ohne sich umzuwenden, zur Feiertagschen Eichkatzelburg zurück.

Ich hätte wenigstens das Terzerol mitnehmen sollen, dachte Gernot.

Schon des Namens wegen.

32

In einer Buchhandlung, die erst um halb eins mit der Mittagspause begann, kaufte er eine Taschenausgabe des Strafgesetzbuchs, fuhr auf den Eichkogel, parkte dort, stieg hinauf zur Kuppe, setzte sich ins Gras und las die Paragraphen 212 und 145. Nachdem er den Text einige Minuten überlegt hatte, steckte er den Band ein und schaute ins Land. Links die Hänge des Anningers, daran geschmiegt das alte Mödling, rechts die dunstige Ebene, im Hintergrund Wien unter einer Glocke von Abgasen. Wind von Südost. Wenn der Südostwind weht, muß man vorsichtig sein, war die Warnung des Vaters gewesen: man wird träge und doch auch gereizt, du tadelst einen Arbeiter und plötzlich springt er dir an die Gurgel; manche rasen mit ihren Wagen in Alleebäume, manche hängen sich auf, manche erstechen überraschend ihre Freundin. Feiertag ist liebenswürdig gewesen, und man darf von einem Ochsen keine Milch erwarten, trotzdem hast du dich geärgert, deine letzte Bemerkung war überflüssig, man tritt einen alten Mann nicht gegen das Schienbein. Wind von Südost. Da reden sie davon, daß Gott alle Menschen gleich erschaffen habe, die anderen predigen die Mileutheorie, Genetiker haben die besseren Argumente, aber denkt ihr auch an das Klima? Sicherlich denkt jemand daran. In Gesetzen wird trotzdem keine Rücksicht darauf genommen, das würde auch zu weit führen. Verallgemeinerungen sind Sünde, und doch braucht man sie zur Ordnung. Gesetz und Ordnung. Jeder denkende Mensch kennt den Argwohn, den man bei diesen Worten empfindet, weil wir alle wissen, wie sie von Politikern und Beamten mißbraucht werden. Aber ohne sie?

Seufzend stand er auf, kehrte zum Wagen zurück, genoß wieder die Fahrt durch die Weinberge, hielt sogar noch einmal an, um hinunterzuschauen auf die Mulde, wo der Turm und die sieben Häuser von Thallern friedlich wie dösende Kühe vor sich hinträumten, eingeschlossen von Reben, Licht und Wärme. Ein wenig von dieser Ruhe strömte auf ihn über, er wollte sie ganz auskosten und konnte es doch nicht, weil die Unrast stärker war und ihn wegtrieb zu einer Aufgabe, von der er noch vor einer Woche nichts geahnt hatte. Weshalb war er hergekommen? Wegen Heinz, und über den Vater hatte er Heinz fast vergessen.

Er legte den Gang ein und rollte langsam abwärts, auf die Bruchstelle zwischen Ebene und Gebirge zu, hinein in das Reich des Schwefels.

Auf Roppendorff war das Becken des Springbrunnens voll bis zum Rand, in der Mitte platzten die Gasblasen, der von Baden bekannte Gestank hing in der Luft, das Wasser floß über, versickerte nur zum Teil, sammelte sich in mehreren Rinnsalen, die Rinnsale vereinigten sich zum Bach, der Bach floß zur Applanie. Der alte Heinrich stand vor dem Becken, verschwitzte Hosenträger über dem nicht gerade sauberen Hemd, neben ihm Gerhard mit nacktem Oberkörper, barfuß, in ausgefransten Jeans. Er lachte, als Gernot auf ihn zutrat.

„Komm nur her, du ausgeflippter Kapitalist! Weißt du, was da davonrinnt? Unsere Firma! Meine vierundvierzig Prozent und deine sieben, imponierende Mehrheit in einem ehrwürdigen Unternehmen, hundert Jahre, schöne Festschrift, aus der du jetzt Papierpfeile machen kannst. Die Zukunft ist kalorisch und sulphurisch, Wärme und Schwefel kommen aus dem Boden, der Boden aber gehört nicht uns, sondern den Alliierten. Die legen uns aufs Eis, edler Fürst, das Königreich der Nibelungen wird immer härter und härter, bis es schließlich ganz Hertha ist."

„Sehr witzig. Dir liegt am ehrwürdigen Unternehmen soviel wie mir."

Der alte Heinrich wandte sich um. „Und was ist mit uns?"

„Was soll schon sein? Der Park ist groß genug. Man verkauft den Südteil, stellt eine Kuranstalt hin, und Sie haben es näher zu den Ärzten."

Gerhard legte dem Bruder die Hand auf den Unterarm. „Vorsicht, Vorsicht! Ganz falsch. Du weißt offenbar nicht, wie groß unser Glück inzwischen geworden ist. Hier haben wir gestern die Quelle zum ersten Mal bemerkt, aber hier ist nicht ihr Ursprung. Der liegt unter dem Schloß, genau unter der Wohnung vom Heinrich, wie die Weisen aus dem Morgenlande festgestellt haben. Wir werden also das Schloß abtragen, damit wir die Quelle richtig fassen können. Roppendorff muß weg. Heinrich muß weg."

„Anna kann nicht mehr gehen. Man soll nicht alt werden. Nehmt euch eine Scheibtruhe und schmeißt uns auf die Applanie."

„Hören Sie auf mit diesem Blödsinn!" rief Gernot ungewöhnlich heftig und dachte sofort an den Südostwind. Ruhig sprach er weiter: „Sie haben hier ein Wohnrecht. Man kann Sie nicht einfach hinauswerfen."

Heinrich antwortete mit einem bösen Lachen. „Wohnrecht! Warten Sie nur! Wo es ums Geld geht, gibt es kein Recht, kein Mitleid und keine Menschlichkeit. Davon wird immer nur geredet, solange es nichts kostet!"

„Eine angemessene Ersatzwohnung muß Ihnen auf jeden Fall geboten werden."

„Ich mag keinen Ersatz."

„Ja, von Ihrem Standpunkt aus verständlich, aber ein bißchen Einsehen wird man Ihnen schon abverlangen. Da ist kein Erdöl, da ist eine Heilquelle. Glauben Sie nicht, daß die Heilung von Tausenden Menschen wichtiger ist als Ihre Abneigung, sich mit einer anderen, sicher besseren und gesünderen Wohnung abzufinden?"

Jetzt lachte Gerhard, und er lachte böser als Heinrich. „Mir kommen die Tränen! Du gehörst ins Fernsehen! Tausende Menschen! Heilung! Wie das klingt! – Weißt du, was sein wird? Eine Gesundheitskaserne bauen sie her, Personal der Verwaltung doppelt so viel wie das der Medizin! Hundert Formulare, Durchuntersuchungen am laufenden Band, stillgestanden vor dem Röntgenapparat, Patient Meyer um sieben Uhr dreißig zur Leberfunktionsprüfung gestellt, danke, rühren! Warum haben Sie Spalte neun nicht ausgefüllt, zurück marschmarsch, wir werden das Ihrer Dienstelle melden, bei uns herrscht Disziplin, Besuche verboten, Rundfunk verboten, Straßenschuhe verboten, Bier verboten, Lachen nach zweiundzwanzig Uhr verboten, Anwesenheit von Patienten auf Stuben, in die sie nicht eingewiesen sind, verboten! Oberschwester, notieren Sie mal, Patient Nowotny hat schon wieder nicht vorschriftsmäßig um sechs Uhr fünfundvierzig uriniert!"

Gernot unterbrach ihn. „Ganz großer Auftritt, bravo, bravo! Du solltest zum Kabarett gehen, dort darf man so übertreiben."

„Gut, dann gleich die andere Tour. Wir kriegen ein Sanatorium mit Ärzten, die sich nicht als Vorgesetzte fühlen, mit einem Verwaltungsdirektor, der sich nach der Medizin richten muß. Die Schwestern sind keine Feldwebel, sondern freundlich und hilfsbereit, die Putzfrauen putzen, das Essen ist genießbar, man darf sogar zwischen mehreren Speisen innerhalb der zugelassenen Diät wählen, Telephon neben dem Bett, jederzeit Besuch, kein allgemeines Wecken, kein Zapfenstreich, keine Formulare. Was glaubst du, was das im Tag kostet? Soll Heinrich wegen solcher Patienten in einen Wohnsilo verschleppt werden?"

„Entsetzliches Schicksal. Vor ein paar Tagen hat er sich beklagt, daß er in einer Gruft lebt und ihm der zugeschüttete Teich ins Bett sickert."

Heinrich hatte teilnahmslos zugehört. „Wenn halt der Herr Doktor noch leben tät", sagte er jetzt.

Der Gong rief.

„Er tut's aber nicht, und wir müssen allein mit der Scheiße fertig werden", antwortete Gerhard, legte dem Bruder die Hand auf die Schulter und zog ihn zur Samboeufschen Treppe. „Auf, ihr Nibelungen, zum nächsten Gefecht!"

33

Es wurde ein Gefecht, obwohl das anfangs niemand vermutete. Sie waren sieben bei Tisch, denn Herthas zweite Tochter Erika hatte nicht schlafen gehen wollen, wurde also in die Runde gesetzt und plapperte lustig vor sich hin, immer wieder unterbrochen von Constanze, die bestrebt war, der kleinen Schwester bessere Manieren beizubringen: sitz gerade, lümmle nicht, mach den Mund zu beim Kauen, schaukle nicht mit dem Sessel. Die Erwachsenen schwiegen, Hertha lächelte.

Gunther nahm plötzlich seinen Teller, warf ihn an die Wand, sagte zu Hertha: „Entschuldige."

Toni sprang auf, um ein feuchtes Tuch, Schaufel und Besen zu holen.

Hertha rührte sich nicht.

Gunther nahm ihren Teller, warf ihn an die Wand, sagte: „Entschuldige."

Hertha nahm Tonis Teller und reichte ihn Gunther. Der warf ihn an die Wand, sagte: „Danke. Würdest du bitte die Tafel aufheben. Toni, Sie bringen die Kinder weg. Beim Essen möchte ich sie erst wieder sehen, wenn sie imstanden sind, den Mund zu halten. – Wir gehen in die Bibliothek. Es gibt einiges zu besprechen."

Drüben ließ er Hertha den Vortritt, schob ihr den Sessel hinter dem Schreibtisch des Vaters zurecht, setzte sich auf das Sofa und wies die beiden Brüder an, auf den Fauteuils Platz zu nehmen. „Ihr zwei habt gestern die Quelle entdeckt. Hertha, erzähle ihnen, was wir inzwischen erfahren haben."

Das war nicht viel, immerhin aber hatten einige Sachverständige Wasser und Boden untersucht und waren zu dem vorläufigen Ergebnis gelangt, daß die Quelle mit größter Wahrscheinlichkeit jenen in Baden gleiche, daß sie auffallend stark sei und man unter Umständen mit weiteren Aufbrüchen in der Umgebung rechnen dürfe; selbstverständlich könne man jetzt noch keine genauen Gutachten erstellen, es sei aber ziemlich sicher, daß es sich um ein für Kurzwecke ausreichendes Vorkommen handle.

Gunther nickte. „In diesem Fall wird es hier rundum ein wenig lebhaft werden. Angeblich ist es nicht unbedingt notwendig, das Schloß abzureißen, wie mir einer der Sachverständigen erklärt hat; ob man weiterhin darin wird wohnen wollen, ist allerdings zweifelhaft. Die neue Situation läßt uns zwei Möglichkeiten, je nachdem, ob man der Quelle oder dem Bauunternehmen den Vorrang einräumt. Hertha ist für die Quelle, braucht aber dazu eure Unterstützung. Ich bin für das bisherige Unternehmen, das durch den Verkauf der ganzen Liegenschaft samt Schloß wieder flottgemacht werden soll. Obwohl ich als alleiniger Grundeigentümer jederzeit verkaufen kann, möchte ich doch lieber keine einsamen Entschlüsse fassen, rede darum jetzt mit euch und habe für heute abend Herbert und Horst zu einer Beratung eingeladen."

Gerhard lachte. „Sehr liberal. Wenn du entscheiden kannst, warum tust du es dann nicht? Glaubst du wirklich, daß bei einer solchen Beratung was herausschaut?"

Die anderen achteten nicht auf ihn. „Auch ich bin eher skeptisch", sagte Hertha. „Herbert und Horst werden uns das Problem nicht abnehmen, aber meinetwegen, Spaß muß sein. Gunther denkt verständlicherweise ein wenig romantisch. Ich denke real. Die Lage in der Bauwirtschaft verschlechtert sich von Tag zu Tag, die Quelle ist ein Geschenk des Himmels, so ein Talent darf man nicht vergraben, das muß man arbeiten lassen. Mein Vorschlag: wir dehnen den Gegenstand der Gesellschaft auf den Betrieb eines Kurhotels aus, nehmen kapitalstarke Teilhaber ins Unternehmen, bauen das Hotel und werten die Quelle selbst aus, statt sie mit dem doch viel romantischeren Schloß zu verschleudern und das Geld in eine Firma zu stecken, die im jetzigen Trend trotz aller Bemühung zwei Jahre später in Konkurs gehen muß."

„Das hat man 1935 und 1945 auch behauptet, und sie ist gehalten worden", widersprach Gunther. „Ich gebe sie nicht kampflos auf, bin darum gegen eine Ausdehnung des Gegenstandes, für die du Einstimmigkeit der Gesellschafter brauchst, sehe in einem solchen Wechsel nicht nur Desertion, sondern finde ihn überdies höchst bedenklich, weil wir ja vom Betrieb eines Kurhotels überhaupt nichts verstehen."

„Wenn man etwas von Geschäften versteht, dann versteht man alles."

„Das Bauunternehmen hat sich durch hundert Jahre bewährt."

„Keine Garantie für weitere hundert Jahre. Und wer soll es führen, wenn ich nicht mitmache?"

„Ich."

Hertha sah ihn eine Weile prüfend und ein wenig mitleidig an. „Guxi, ich will dir nicht weh tun. Du warst wunderbar beim Rennen, du schießt gut, du hast ein imponierendes Handicap beim Golf und wärest sicherlich ein guter Offizier in einem Krieg, der uns hoffentlich erspart bleibt. Aber du mußt doch selbst zugeben, daß dir der zermürbende tägliche Trott im Büro nicht liegt. Nach längstens vier Wochen schmeißt du den Krempel hin. Was dann? Die Hertha soll den Karren aus dem Dreck ziehen. Und ich will einfach nicht mehr. Will vor allem nicht, weil ich es satt habe, immer wieder Löcher zu stopfen, die binnen kürzester Frist wieder aufreißen. Bei einem Kurhotel bieten sich wesentlich bessere Gewinnmöglichkeiten. Bauen müssen die Leute nicht unbedingt. Krank sind sie immer."

„Jetzt habe ich endlich einen Schluß für die Festschrift", sagte Gernot.

„Ganz im Gegenteil! Keinen Schluß! Einen Anfang! Wir bauen das Hotel selbst, es wird ein Schmuckstück, dafür bürgt der Name Rabener, und die Festschrift leitet vom Rückblick über auf unseren zukünftigen Einsatz für Heilung und Gesundheit."

Gernot seufzte nur, Gunther aber schüttelte den Kopf. „Du überzeugst mich nicht, und leider habe ich alle Trümpfe in der Hand. Das Grundstück und das Schloß gehören mir. Ich kann verkaufen oder nicht verkaufen, wie es mir gefällt. Änderung des Gegenstandes nur mit meiner Einwilligung. Für Abtretung von Gesellschaftsanteilen laut Gesellschaftsvertrag Dreiviertelmehrheit, und die kriegst du erst, wenn du außer Elsa auch meine Brüder auf deine Seite ziehst."

„Stimmt", sagte Hertha. „Bei dir sind alle Trümpfe, ich habe nichts als meine Leistung. Das mag nicht gerade viel sein, aber überlegen wir doch einmal, wie das aussieht, wenn ich sie als Posten in unsere Rechnung einsetze. Es gibt drei Möglichkeiten. Erstens: du gehst auf meinen Vorschlag ein, dann ist alles in Ordnung. Zweitens: du gehst nicht darauf ein, und ich kriege mit Hilfe deiner Brüder die Dreiviertelmehrheit; dann darfst du ruhig das Schloß verkaufen, wir aber verscheuern unsere Anteile an ein Unternehmen, von dem ich weiß, daß es interessiert ist, und dir bleiben pompöse zwanzig Prozent am traditionsträchtigen heiligen Betrieb der Rabener. Gott, wie lustig, nicht wahr? Drittens: du gehst nicht auf mich ein, die Brüder stehen zu dir, und ich kriege die Dreiviertelmehrheit nicht, alles bleibt beim alten, du verkaufst Schloß und Park und Quelle, verpulverst das Geld in einem Unternehmen, das nur durch meine Leistung noch nicht abgesackt ist, ich aber spiele nicht mit, ich lege die Arbeit hin und sage ja zu dem gut bezahlten Managerposten in Wien, der mir schon mehrmals angeboten worden ist. Unsere moderne Gesetzgebung hilft mir bei diesem Plan, denn du bist nicht mehr das Oberhaupt der Familie, du kannst mir die Annahme des Postens nicht verbieten, und ich bin nicht verpflichtet, dir in deinen Wohnsitz zu folgen. Du findest sicherlich eine angemessene Wohnung mit einem angemessenen Zimmer für Toni, die hoffentlich mit dir geht, denn irgend jemand muß ja weiterhin für die Kinder sorgen, ich ziehe nach Wien und nehme mir dort eine kleine Wohnung, weil niemand von mir verlangen kann, daß ich täglich zwischen Rainkirchen und Wien pendle. Damit wird es natürlich noch viel lustiger, wie ihr wahrscheinlich alle einseht, und jetzt bin ich nur neugierig, was Herbert oder Horst an dieser Lage ändern könnten."

Sie hatte weder schneller, noch lauter oder erregter gesprochen. Die anderen schwiegen eine Weile, dann meldete sich Gerhard. „Ich weiß nicht, ob ich das ganz richtig erfaßt habe. Wenn Gunther auf dich eingeht, wird nicht verkauft, alles bleibt wie früher, wir verlegen uns bloß mehr auf das Kurhotel. Wenn er nicht auf dich eingeht, verscheuerst du deinen Anteil und brauchst dafür eine Dreiviertelmehrheit. Gilt dasselbe auch für mich, für Gernot und für Elsa?"

„Selbstverständlich."

„Ich kriege also das Geld für meine vierundvierzig Prozent?"

„Ja."

Er stand auf und seufzte. „Tut mir leid, aber unter diesen Umständen ist das Rennen für mich gelaufen. Du hast meine Stimme, Hertha."

„Bist du verrückt?" schrie Gunther. „Vater hat vierzig Jahre für die Firma geschuftet, und du schmeißt sie für ein paar Fetzen hin?"

Gehard zuckte mit den Schultern. „So ist es nun mal im Leben, und Vater hat uns doch zur Härte erzogen. Du nennst mich verrückt, ich denke dasselbe von dir oder von Vater, und vermutlich sind wir alle verrückt. Verzeih mir, wenn ich auf meine Art verrückt sein will und dafür die paar Fetzen brauche." Er nickte mehrere Male und ging.

Sie sahen ihm lange nach, und wieder blieb es still. Endlich wandte erst Gunther und gleich danach auch Hertha den Blick, beide starrten sie Gernot an, der zunächst nur ein verlegenes Lächeln als Antwort fand. „Ja, ja“, sagte er dann. „Ich kann rechnen. Hertha 22, Gerhard 44, Elsa 7 – das ist zu wenig. Es geht um meine sieben Prozent. Die liebe Großmutter und die Verantwortung. Ich glaube, die Festschrift können wir uns sparen. Sieben Prozent, das ist in Wahrheit meine große Aufgabe, und ich werde mich nicht drücken, aber ihr müßt mir schon, ebenso wie Gerhard, das Recht zugestehen, auf meine eigene Art verrückt zu sein. Warten wir einmal auf Herbert und Horst, auch wenn sie nicht viel helfen können. Und dann müssen vorher noch einige Kleinigkeiten geklärt werden. Ich glaube fast, daß du sie längst kennst, Gunther; du warst ein zu guter Mittelfeldspieler, um so etwas nicht zu bemerken, aber du hast lieber deine Golfbälle darüber hinweggeschlagen. Ich halte mich ans Tischtennis. Vater hat sich nicht umgebracht. Er ist umgebracht worden. Nicht etwa, weil seine Zeit vorbei war, sondern weil sie vorbei sein sollte. Warum? Das verrate ich dir heute abend.“

Gunther und Hertha blieben allein zurück.

34

Im Korridor hing eine Wettermeßtafel mit Barometer, Thermomenter und Hygrometer. Das Barometer war leicht gestiegen, das Thermometer stand auf zweiunddreißig Grad, das Hygrometer auf fünfundfünfzig Prozent, nichts Besonderes an einem heißen Julitag in der Thermenzone, aber an den Spitzen der Bäume im Park sah Gernot, daß der Wind aus Südosten stärker geworden war. Gerhard hat recht, dachte er. Wir sind alle verrückt, er mit seiner Geldverachtung und Geldgier freilich nicht weniger als wir. Vor einer Woche bin ich Narr wegen Heinz und zwölftausend Mark hierhergekommen, um eine triviale Festschrift zur Hundertjahrfeier zu schreiben; heute will Gunther Vater kopieren, Hertha ein Kurhotel leiten, und ich soll aus dem Rückblick eine Werbung für die Zukunft machen. Dümmer geht's wirklich nicht mehr. Vergiß sie, vergiß auch Heinz, die Zukunft ist in der Vergangenheit verschwunden, zieh dich zurück in dein Spätmittelalter, und im Sommer fährst du nicht nach Roppendorff, sondern in dein Bauernhaus im Bayrischen Wald, dort wühlst du in der Erde, legst Waldwege an, die im Dickicht enden, schützt deine jungen Bäume gegen die verdammten Rehböcke und baust dir neben den Stadel eine eigene Kapelle, damit du alles in Reichweite hast, sogar den Lieben Gott.

Als er die Küchentür öffnen wollte, wurde sie von innen aufgedrückt, und er stand Toni gegenüber. „Ich muß zu den Kindern", sagte sie und versuchte ihm auszuweichen. „Habe nur schnell das ganz gebliebene Geschirr in die Maschine gestellt."

„Ein paar Minuten hast du Zeit. Ich liebe dich. Und ich meine es ernst."

„Was heißt das? Fünfzig Jahre Ehe und zehn Kinder? So dumm kannst du doch nicht sein. Gut, ich bin nicht aus Holz, ich habe mich heute nacht gehenlassen, aber bei Tag kommt die Vernunft zurück. Wir passen nicht zueinander."

„Nein?"

Er umarmte sie und drückte sie an sich. Sie wehrte sich nicht, rührte sich nicht, bemühte sich, das Holz zu spielen, aus dem sie ihrer eigenen Meinung nach nicht gemacht war, konnte schon nach wenigen Sekunden dem Begehren nicht länger Widerstand leisten, wurde weich, öffnete sich dem Kuß, den sie vorher nur mit geschlossenen Lippen ertragen hatte, preßte sich an den Mann, wie er sich an sie preßte, fand trotzdem ihren Willen plötzlich wieder und stieß Gernot von sich. An der Hand hielt er sie fest, erkannte zunächst den Ernst nicht, entdeckte aber gleich darauf voll Entsetzen die blinde Wut in ihren Augen. „Laß mich endlich!" keuchte sie. Er zuckte zurück, sein Griff lockerte sich, sie riß sich los, lief auf den Treppenaufgang zu und verschwand um die Ecke.

Fast gleichzeitig wurde die Tür zur Bibliothek aufgestoßen, Hertha trat heraus, hörte Tonis Schritte auf den Stufen, sah drüben am anderen Ende des langen Korridors Gernot vor der Küche stehen und schrie: „Natürlich! Der Hang zum Küchenpersonal! Morgen schmeiße ich diesen Trampel hinaus!" Sie drehte sich um und ging in die Bibliothek zurück. Mit lautem Knall fiel die Tür hinter ihr zu.

Wie im Film, dachte Gerot, während er die Küchentür leise und behutsam schloß. Dann schlich er auf den Zehenspitzen zum Ausgang, stieg in seinen Wagen, fuhr nach Rainkirchen und ließ sich auf dem Postamt von einer unwilligen Beamtin, die ihrer Mittagspause nachtrauerte, die Adresse geben. Um spätere Schwierigkeiten zu vermeiden, suchte er jetzt schon das Haus, wußte nun den Weg, den er um fünf nehmen würde, lachte über seine Vorsicht, lachte über die Wichtigkeiten diese Lebens, über Ziele und Erfolge, lachte vor allem über sich selbst und ermahnte sich, um fünf trotz der aufgeladenen Atmosphäre nicht die Nerven zu verlieren. Er mußte Abstand gewinnen, mußte ruhig werden. Vor dem ehrwürdigen gelben Schulhaus hielt er an, stieg aus, badete ein wenig in der nun golden gefärbten Erinnerung an eine seinerzeit gar nicht leichte Kindheit, starrte einige Minuten in die Kronen der Kastanien, überlegte dann, ob er den Alten stören solle, verzichtete darauf und wanderte hinüber zur Applanie, um die Krähen zu besuchen. Krächzend flogen sie auf, als er sich näherte, beäugten ihn mißtrauisch von den kahlen Ästen ihrer Eiche, kamen offenbar überein, daß er harmlos sei, segelten ein wenig im Wind und ließen sich wieder auf den Abfällen der Applanie nieder. Ein Lastwagen torkelte mühsam wie ein verletzter Käfer über die bucklige Straße zwischen den Müllhaufen, irgendwo stocherte ein Greis mit einer Stange nach weggeworfenen Schätzen, und auf einem der Hügel stand gebückt eine alte Frau mit Kopftuch, an dem der Wind zerrte. Draußen in der Ebene hatte jemand an die dürren Grasstoppel seiner abgemähten Wiese Feuer gelegt, gelb loderten die Flammen im Blaßblau, Rauch wehte über die Felder, ätzte die Lungen, und die Welt war sehr hell und sehr weit.

Gernot schlenderte durch das abgelebte Gestern. Manchmal flatterte eine Krähe auf, kehrte aber sofort wieder zum Futterplatz zurück. Da lag ein zerbrochenes Kinderschreibpult, wie er selbst es noch von seinem Vater geerbt hatte, nicht weit davon eine Rechenmaschine mit bunten Holzkugeln, links eine Gipsmadonna, rechts ein Berg von Schnapsflaschen derselben Marke, und dort, wo der Lastwagen eben seine Ladung hingekippt hatte, war ein Karton mit alten Fotografien geplatzt. Der Wind trieb die Bilder über das Land: Urgroßeltern, Tanten, Großeltern, Cousinen, Eltern, Brüder, Bekannte, Nichten, Schwestern, Freunde, Kinder – sie alle flogen nun nach ihrem zweiten Tod zwischen den Krähen in das Vergessen. Er erinnerte sich, daß ihm die Großmutter einmal erzählt hatte, in ihrer Zeit hätten die Kinder jeden Nachmittag, wenn sie aus der Schule entlassen wurden, dem Lehrer im Chor zurufen müssen: Wir danken für den Unterricht!

Ich danke für den Unterricht.

Wie spät? Drei Uhr. Noch zwei Stunden.

Er kehrte zu seinem Wagen zurück, fuhr hinüber nach Laxenburg, zum Teich. Dort war alles so berückend falsch: die Insel, die Burg mit Türmen und Türmchen, Zinnen und Pechnasen, die Zugbrücke, die Grotte, der von Sphinxen bewachte Wasserfall, die Rittergruft, der Turnierplatz und die hoch gebogene, mit Helmen gezierte gotische Brücke, durchwegs Sünden der Romantik des vorigen Jahrhunderts und trotzdem tröstlich, weil er hier voll knabenhaftem Eifer seinen Vater durch das künstliche Mittelalter gerudert hatte. Samstag und Sonntag umsäumten nun den Teich Legionen von Matronen in rosa Unterwäsche; jetzt war er einsam, die Lügen verschwanden hinter der Schönheit, die Landschaft atmete ernste Ruhe, und Gernot merkte deutlich, wie die Spannung in ihm nachließ.

Nichts ist mehr wichtig. Es geht um dich, mein Vater. Sie haben dich getötet, sie besudeln deinen Namen. Vater im Himmel, ich bin dein Sohn, was immer sie dir vorwerfen.

35

Das Haus lag an der Straße nach Baden, die Rainkirchen nur an einem Außenbezirk schnitt, und gehörte zu einer Gruppe von vier Rohziegelkasten neben einer aufgelassenen, halbverfallenen Fabrik, wie man sie um 1890 gebaut hatte. Es gab keine Zäune und keine Gärten, an beiden Seiten des Tores saßen auf Stühlen, die sichtlich aus den Wohnungen herausgetragen worden waren, einige alte Männer und tauschten ihre schlechten Erfahrungen aus. Wäsche trocknete auf zwischen Pfählen gespannten Leinen, aus mehreren

Fenstern schrie ein Rundfunksprecher die letzten Nachrichten, und auf der nahen Straße brausten in kurzen Abständen die Autos vorüber, die um die beginnende Stoßzeit aus Wien nach Baden zurückkehrten.

Das Gespräch der Alten endete jäh, als Gernot auf das Haus zuschritt. Er achtete nicht auf die mißtrauischen Blicke, die ihn trafen, betrat den Flur, fand die richtige Tür und läutete an einer Glocke, die außen einen Drehgriff und innen die Schelle hatte. Knapp danach wurde halb geöffnet, ein junges Mädchen erschien im Spalt, betrachtete ihn, wollte ihn offenbar fragen, was er denn wolle, erkannte ihn dann, schüttelte lachend den Kopf und ließ ihn ein.

„Der Herr Doktor!" sagte sie freundlich. Und mit einer Wendung rückwärts: „Der Bruder von unserem Chef, ein Universitätsprofessor aus Deutschland. Bei der Christl war er schon."

Gernot stand in der Küche. Sie hatte zwar Gasherd, Abwasch, Durchlauferhitzer, Kühlschrank und Spülmaschine, aber diese Geräte waren offensichtlich nach und nach billigst angeschafft worden und bildeten keine Einheit mit der übrigen Einrichtung, besonders der alten Kredenz mit Aufbau und freiem Raum für Brotdose, Waage und Wecker, oder dem Hängeregal mit seinen sechs blauweißen großen Gefäßen für Zucker, Salz, griffiges und glattes Mehl, Gries, Kaffee, und den sechs kleinen für verschiedene Gewürze. Obwohl da und dort der weiße Lack abgerieben oder abgesprungen war, die Wandfarbe unter dem Fenster von der Mauer blätterte und der Kunststoffbelag des Bodens sich an mehreren Stellen aufwölbte, war doch alles sichtlich gepflegt und so sauber wie das Mädchen, das ihn einlud, an einem Tisch Platz zu nehmen, wo schon ein anderer Gast saß, ein junger Mann in schnittigem Stangenanzug der letzten Mode, mit bestechend bunter Krawatte und einem waagrecht bis zu den Koteletten gekämmten langen Schnurrbart, der ihn wahrscheinlich über die schüttere Behaarung des Kopfes hinwegtrösten sollte. Er beugte sich ein wenig vor, als ob er sich erheben wollte, und nickte lässig. Gernot setzte sich ihm gegenüber, dem Mädchen blieb der Hocker an der Längsseite des Tisches.

„Herr Doktor Rabener. – Ein Freund von mir. Herr Adamek."

Noch einmal deutete der junge Mann seine Geste der Höflichkeit an. Dann blieb es eine Weile still.

„Ich hätte Sie gern –", begann Gernot.

„Sie kommen wahrscheinlich –", sagte Uschi gleichzeitig.

Beide schwiegen. Das dauerte einige Sekunden.

Gernot sprach als erster weiter. „Ich hätte Sie gern gefragt, was Sie über den Selbstmord meines Vaters wissen. Das soll kein Verhör sein, ich bin kein Polizist, ich möchte nur endlich herauskriegen, was vor einem Jahr wirklich geschehen ist. Jede kleinste Erinnerung kann mir dabei helfen. Zu Hause in Roppendorff habe ich angefangen, war später bei Direktor Rauch, bei Senatspräsident Feiertag, habe mit Arbeitern, mit Frau Trabitsch und Frau Binder gesprochen. Jetzt bin ich bei Ihnen und bitte um Ihr Verständnis."

„Sie entschuldigen doch", antwortete Herr Adamek für seine Freundin. „Wenn Sie kein Polizist sind und das kein Verhör sein soll, was wollen Sie dann überhaupt?" Seine Aussprache verriet deutliches und trotzdem vergebliches Bemühen um gutes Deutsch.

Gernot betrachtete ihn nachdenklich und ließ sich Zeit. „Eigentlich wollte ich mit Fräulein Riedl sprechen", sagte er endlich.

Herr Adamek lachte. „Und jetzt bin ich da. Enttäuschend, das kann ich mir plastisch vorstellen. Die Binderin haben Sie überfahren. Nicht die Uschi. Da ist Einbahn, und Sie kommen von der falschen Seiten."

Das Mädchen versuchte einzulenken. „Jonny, vielleicht wär's besser –"

„Nix da, laß den Papa nur machen, der erledigt solche Sachen optimal. Grundregel: reden muß er! Wir steigen nicht freiwillig auf die Saff. Herr Doktor, was wollen Sie? Frisch heraus, und nachher schauen wir weiter."

Gernot überlegte kurz und entschloß sich zum Angriff. „Einverstanden. Ich erzähle Ihnen zuerst, was ich bis jetzt erfahren habe, und Sie werden ja dann feststellen können, ob Sie etwas wissen, das mir weiterhilft. Fangen wir damit an, daß Fräulein Riedl in der fraglichen Zeit als einzige Angestellte des Büros abends Überstunden gemacht hat. Das ist an Hand der Dienstzettel nachweisbar."

„Und nicht verboten."

„Nein, nein, durchaus nicht. Am Tag vor seinem Selbstmord

besucht mein Vater den Senatspräsidenten Feiertag in Mödling und bittet ihn um Auskunft wegen einer Erpressung. Man wirft ihm vor, daß er unter Ausnützung seiner Stellung als Chef mit einer minderjährigen Bürokraft, die damals allein Überstunden gemacht hat, in sexuelle Beziehung getreten sei, was den Tatbestand des § 212 unseres Strafgesetzbuches erfüllt. Präsident Feiertag ist bereit, diese Aussage zu beschwören. Die Erpressung treibt meinen Vater in den Tod. Nach § 145 Ziffer 3 ist eine Erpressung, die den Selbstmord des Erpreßten zur Folge hat, mit zehn Jahren Gefängnis zu bestrafen. Für Mitschuldige gilt dasselbe."

Jonny Adamek holte tief Atem. „Mitschuldig? Mir scheint, Sie spinnen! Mitschuldig, wo i von nix an Ahnung hab! Und so aner wül uns weißmachen, daß er ka Polyp is, der stinkt do hundat Meta gengan Wind nach Häfen! Bei mir net, Herr Doktor! Da machens kan Stich! I bin unbescholten, fragens nach bei da Relag, für die geh i seit zehn Jahr als Vertreter, kane Anständ, gute Aufträge! Und mei Versicherung: fünf Blechschäden in die zehn Jahr, immer der andere schuld! Mi werns net einidrahn, und mit so was wül a anständiger Mensch nix ztun ham. A Menschenjaga san Se, des is, was Se san. Weit unter meiner Würde." Er stand auf. „Du wirst das verstehen, Mädi, ich will mich nicht beschmutzen. Auf Morgen. Tschüß." Er küßte sie und ging.

Das Mädchen war aufgestanden, setzte sich nun wieder, sah Gernot an und lachte. „Kavalier. Na, so sind sie eben heute. Und wir sollen schuld sein daran, wegen der blöden Emanzipation."

„Ganz Ihrer Meinung. Aber darüber wollte ich eigentlich nicht mit Ihnen sprechen."

Sie lachte wieder, lachte offenbar gern, was nicht verwunderlich war, denn sie hatte auffallend hübsche Zähne, war überhaupt hübsch, ähnelte sogar ein wenig der Enkelin des Präsidenten, und es fiel Gernot schwer, die Charakterbeschreibung durch Frau Binder auf dieses blonde, scheinbar so saubere Wesen zu beziehen. „Ja, ja, jetzt schauen Sie mich an", sagte sie, „und überlegen, was ich hinter meiner herzigen Fassade für ein Mistvieh bin. Von der Christl weiß ich ja nur, daß Sie bei ihr waren, und angeblich hat sie nichts Böses über mich erzählt. Aber ich kenne die Christl, die hat sicher ganz groß ausgepackt, vom Vater, von der Mutter, vom Bruder, und mit wie vielen Männern ich losgezogen bin. Das stimmt alles, und ich wär schön dumm, wenn ich jetzt vor Ihnen Theater spielen tät. Ich bin keine Heilige. Ein bisserl berechnend, ein bisserl falsch, ein bisserl männernarrisch, aber nicht kriminell. Sie haben schon so viel herumgefragt, darum ist es am besten, ich mach mich ungeniert auf, ob Sie mir dann glauben oder nicht, das liegt bei Ihnen."

„Der Anfang ist gut. Reden Sie weiter."

„Natürlich rede ich weiter, sonst kriege ich Sie ja nie los, und um halb sieben holt mich ein Bekannter ab."

„Herr Adamek?"

„Ach, der Angeber!" Mit einer lässigen Handbewegung deutete sie an, was von dem bärtigen Jonny zu halten sei. „Zehnte Wahl, wenn alles andere schiefgeht. Ich muß mich ja noch bedanken, daß Sie mir die Laus aus dem Pelz genommen haben. – Wissen Sie, es war schon komisch, wie ich überhaupt in euer Balädscherl gekommen bin. In Rainkirchen und Umgebung ist mein Ruf nicht gerade sehr gut, nur die Herren von der Fürsorge, vor denen zieh ich meine Show ab, für die bin ich unschuldig an meinem Ruf, schuld ist die Familie, darum muß man etwas tun für mich, aber meistens geht's ihnen daneben. Dann sind sie da, ganz überraschend, ungefähr eineinhalb Jahre ist es her, ich war wieder einmal wegen einem Mannsbild ohne Stellung, und vermitteln mir den Posten beim Rabener. Ich wundere mich ein bisserl, erkundige mich, und was stellt sich heraus? Die Junge hat ausgerechnet mich haben wollen."

„Welche Junge?"

„Die jetzige Chefin. Ich wundere mich noch mehr, die ist doch ein Eisberg, was findet die an mir, aber probieren wir's halt. Na, was soll ich Ihnen sagen, die ist freundlich zu mir wie sonst nur die Männer, setzt sich zu mir, fragt nach meiner Familie, kann mich so gut verstehen, ganz wir Girls unter uns, für mich ist das neu, Weiber können mich ja nie vergnusen, ich geh ein bisserl aus mir heraus, und dann gibt sie mir den Tip mit dem Alten."

„Was für einen Tip?"

„Daß ich ihn einwickeln soll. Wenn Sie ein bisserl geschickt sind, sagt sie zu mir, ist gar nicht einzusehen, warum Sie nicht

Chefsekretärin werden können; fachlich sind Sie in Ordnung, und der Chef hat eine gewisse Vorliebe für sehr junge Mädchen. Bei Überstunden kommt man einander näher. Frau Trabitsch hat es nicht anders gemacht. – Na, die Trabitsch, die fallt mir sowieso auf den Wecker, die hat den Brotneid, möchte mich am liebsten ins Kloster sperren; das wär doch ein Spaß, wenn ich ihr den Posten und den Mann wegschnappe – der hat zwar schon lang nichts mehr mit ihr, aber das ist egal, sie wird trotzdem weiß werden vor Wut. Ich lasse mir also von der Jungen Überstunden geben und bleibe am Abend im Büro."

„Prächtig. Und was war?"

„Was war? Nichts. Weniger als nichts. Der kommt herein, sieht mich gar nicht, knurrt irgendwas, geht an einen Zeichentisch, überlegt, rechnet, macht Notizen, geht wieder, jedesmal dasselbe. Dabei hätte ich blöde Gans das vorher wissen können, wenn ich nicht blind auf den Tip von Frau zu Frau hereingefallen wäre, denn die Trabitsch war ja schon fett, wie sie bei uns eingetreten ist, und bei den anderen in meinem Alter ist er nie angesprungen; wenn es nicht so gewesen wäre, hätte sich das doch herumgesprochen. Mit einem Wort, der steht nicht auf kleine Mädchen, der will was Handfestes, und ich verschwende nur meine Zeit, also Schluß mit den Überstunden. Zwei Tage später hat er sich umgebracht."

Kriminalkommissar müßte man sein, dachte Gernot. Erfahrung haben mit solchen Menschen und genau wissen, ob sie lügen oder die Wahrheit sagen. Ich glaube ihr, und wahrscheinlich ist das ein Fehler.

Sie beobachtete ihn und lächelte spöttisch. „Jetzt möchten Sie gern herauskriegen, ob ich Ihnen nicht einen Bären aufbinde. Das werden Sie nie. Wenn eine gut schwindelt, legt sie keiner aufs Kreuz, nicht einmal ein Polyp, und Sie sind kein Polyp, Sie sind ein lieber Onkel und Sie gefallen mir sogar."

„Vielen Dank." Er ärgerte sich ein wenig. „Ich frage mich nur, was die Junge für ein Interesse gehabt haben soll, Sie in die Firma zu holen und dann auf den Chef loszulassen."

„Keine Ahnung. Vielleicht war ihr die Trabitsch im Weg. Die zwei haben sich doch nie schmecken können. Vorher war die

Trabitsch Kaiser im Büro, dann ist die Junge gekommen, und von da an war für die Frau Diplomkaufmann alles falsch, was die Trabitsch gemacht hat, und für die Trabitsch alles Blödsinn, was die Studierte neu eingeführt hat."

„Und darum soll sich mein Vater umgebracht haben? Wo bleibt die Erpressung?"

„Da müssen Sie Ihren Senatspräsidenten fragen. Der hat Ihnen erzählt, daß ein Mädel Überstunden gemacht hat. Gut, das war ich, und ich gebe es zu, aber ich habe nichts erpreßt. Warum auch? – Schauen Sie, ich bin ja nicht blöd, das werden Sie inzwischen hoffentlich bemerkt haben, und je durchtriebener und verlogener ich in Ihren Augen bin, desto mehr müssen Sie mir zugestehen, daß ich mir überlege, was ich anfange. Der Alte – entschuldigen: Ihr Vater – war doch bestimmt kein Waserl, der hat ganz schön brutal werden können. Was mache ich, wenn der nicht mitspielt und mich wegen Erpressung anzeigt? Dann bin ich dran, keine Behörde hilft mir mehr, ich sitze im Häfen und kann nachher nur noch auf den Strich gehen. Auf so ein Risiko lasse ich mich nicht ein."

„Es gibt Verbrecher, die gescheit sind und trotzdem viel riskieren."

„Wenn sie wirklich gescheit sind, dann darf das Risiko nie größer sein als das, was bei der Geschichte herausschaut. Wie ist das bei mir? Sagen wir einmal, ich probiere es mit der Erpressung und verlange Geld. Wieviel, bitte? Eine Million? Die hat er nicht oder kann sie nicht flüssigmachen, ich kenne doch den Betrieb. Was geschieht? Er schmeißt mich entweder hinaus oder er bringt sich um – das ist der Fall, an den Sie denken. Aber was habe ich davon? Ich kriege gar nichts, sitze vielleicht sogar im Gefängnis. Man muß also mit kleinen Summen anfangen, die er verschwindeln kann, später kommt man wieder – mein Gott, das weiß ja heute jedes Kind aus den Krimis! Wieviel hätte ich mit der Methode herausholen können? Wenn Sie die Dienstzettel durchgehen, dann werden Sie sehen, daß ich ungefähr fünfmal, und das nur in den letzten drei Wochen, Überstunden gemacht habe. Was schätzen Sie? Wieviel? Höchstens fünfzigtausend, glauben Sie mir. Und wegen der fünzig Blauen soll er sich umgebracht haben?"

„Immerhin –"

Sie schüttelte den Kopf und hob abwehrend beide Arme. „Nein, nein, warten Sie nur, jetzt kommt ja erst das Wichtigste! Vorhin habe ich Ihnen gesagt, daß ich nicht blöd bin, und weil ich nicht blöd bin, hätte ich nie Geld verlangt, sondern ganz einfach den Posten von der Trabitsch."

„Moment! Moment! Posten von der Trabitsch? Als Lehrmädchen? Unter zwanzig?"

„Die Zwanzig können Sie vergessen, nirgends steht was davon, daß man nicht mit achtzehn Privatsekretärin sein darf, und mir haben gerade noch zwei Monate auf die fertige Lehrzeit gefehlt. Also der Posten von der Trabitsch absolut drin, das wären sieben Tausender im Monat mehr, bei vierzehn Gehältern macht das im Jahr hunderttausend, in zehn Jahren die Million, von der die Rede war, alles legal, ohne jedes Risiko, und das Gehalt steigt mit der Inflation, die Million verliert ihren Wert. Wenn nämlich die Teuerung um die fünf Prozent liegt, habe ich schon nach zwei Jahren nur noch neunhunderttausend, und nach fünf Jahren ist ein Viertel davon weg, ohne daß ich einen Groschen verwende. Und verwenden darf ich sie doch nur vorsichtig, ich darf mir zum Beispiel nicht die Eigentumswohnung um fünfhunderttausend kaufen, die mein Traum ist, weil das auffällt und ich gleich die Kiberei auf dem Hals habe. Mit dem höheren Einkommen aber kann ich nicht nur auf Raten kaufen, ich kriege auch Kredit! Auto brauche ich keines, immer ist einer da, der mich mitnimmt, sogar bis Spanien, zum Essen bin ich eingeladen, also höchstens ein Jahr, dann ist die Eigentumswohnung angezahlt, und ich bin draußen aus der Bruchbude da, bin mein eigener Herr in meinen eigenen vier Wänden! Ist das nicht ideal? Und das war ja auch mein Problem, ich habe es genau durchgerechnet, wie mich die Junge auf die Idee gebracht hat. Was ist heutzutage eine Million? Was sind komische fünfzigtausend? Das Zauberwort von heute ist ein Posten mit Sozialversicherung und Pension. Ich weiß das, weil ich nicht blöd bin. – Und jetzt überlegen Sie einmal. Was wäre geschehen, wenn ich Ihrem Vater diesen Vorschlag gemacht hätte? Bei einem Mann wie ihm sehe ich nur zwei Möglichkeiten: entweder gibt er mir zwei

Ohrfeigen oder er stellt mich als Sekretärin ein und hat mit mir ein Verhältnis, bei dem ich bestimmt nicht draufzahle. Das war ja der Plan. Auf jeden Fall tät er heute noch leben. Wenn da eine Erpressung war, dann muß es ganz was anderes sein."

Gernot versuchte sich zurechtzufinden. Sie hatte ihn überzeugt, trotzdem aber blieb der Widerspruch zwischen ihrer Darstellung und Feiertags Erzählung. „Er hat ausdrücklich die Erpressung erwähnt und auf die Minderjährige bezogen! Das saugt er sich doch nicht aus den Fingern! Warum fährt mein Vater nach Mödling, fragt einen alten Richter um Rat, wird von ihm belehrt, daß er in einer peinlichen Situation ist, und bringt sich am nächsten Tag um?"

„Was weiß ich? Damit habe ich nichts zu tun."

„Wenn Sie es aber nicht waren, wer soll es dann gewesen sein?"

„Das müssen Sie schon selber herauskriegen."

36

Als er nach Roppendorff zurückkam und unter dem nun offenen Schlagbaum durchgefahren war, sah er auf dem Parkplatz keinen Wagen mehr, sondern nur die leere Betonfläche zwischen Steinwänden, von der tief stehenden Sonne in eine gelbe und eine blaue Hälfte geteilt, und an der Grenzlinie zwischen Gelb und Blau saß der alte Heinrich, den Kopf in beide Hände gestützt. Er wirkte sehr klein in seiner Wüste, wirkte noch kleiner, weil er sich kaum bewegte, nur der Kopf kreiste im Zirkel des Nichtverstehens und der Verzweiflung, dann war einmal eine Hand gelb, die andere blau, beide gelb, beide blau. Gernot trat auf ihn zu, kauerte sich neben ihn, fragte, was denn geschehen sei. Heinrich antwortete nicht, schien ihn gar nicht wahrzunehmen. Erst als Gernot ihm die Hände löste, hielt er still, starrte vor sich hin auf den Beton zwischen seinen gespreizten Beinen, stöhnte mehrmals laut, begann plötzlich zu zittern und zu husten, rang nach Atem, schrie: „Nein! Nein!" In einem Fenster des Verwaltungsgebäudes wuchs das helle Gesicht einer Putzfrau aus dem Dunkel, die Frau sah hinunter auf den leeren

Hof und die zwei Gestalten in seiner Mitte, schüttelte den Kopf, verschwand. Gernot richtete sich auf, stellte sich hinter Heinrich, packte ihn unter den Armen und zog ihn empor. Schon glaubte er, daß alle Mühe vergeblich gewesen sei, denn der Körper blieb schlaff und die Knie knickten ein wie bei einer Gummipuppe, endlich aber kam wieder Leben in den Alten, er straffte sich, stand selbst, und Gernot mußte ihn nur noch stützen.

„Hinaus!“ murmelte Heinrich. „Unter die Bäume! Hinaus. Es stürzt ein.“

Anfangs wehrte er sich ein wenig und wollte das Schloß nicht betreten, dann gab er nach, ließ sich in seine Wohnung führen und erklärte auf dem Weg, daß die Erde bebe und Risse in den Mauern aufgeklafft seien, daß er seine Frau ins Freie bringen und deshalb den Torwächter holen habe wollen, er aber mit einem Mal vom Schwindel niedergeworfen worden sei und geglaubt habe, in den nächsten Sekunden hinüberzugehen. Nun saß er auf seinem Bett, auf dem andern lag die Frau, lag auf dem Rücken, den Blick zur Decke gerichtet, die Arme über dem Leib verschränkt. Langsam wurde er ruhiger, und als Gernot ihn fragte, wo denn die Risse aufgeklafft seien, blickte er zwar um sich, beharrte aber nicht mehr darauf, diese Risse zu zeigen.

„Sie müssen uns helfen!“ bat er. „Keine Risse, meinetwegen. Sie sind der einzige, der uns helfen kann.“

„Ich habe hier nichts zu reden. Das wissen Sie sehr gut.“

„Ach, die Prozente, was heißt das schon. Wir sind ja halb drüben. Sie können uns helfen. Wir spüren das.“

Die Frau wandte den Blick nicht von der Decke, rührte sich nicht, sagte: „Er ist gut.“

Heinrich nickte. „Heute will das niemand mehr sein. Wir spüren es noch. Ja, Sie sind gut. Das liegt drinnen im Menschen, man sieht es nicht. Das Schloß wackelt, ich rede nicht nur so, es hat wirklich gewackelt, es wird einstürzen, Herr. Wir haben eine Bitte, eine kleine Bitte. Tragen Sie mit mir Anna ins Freie, zu den Bäumen. Es ist ja nicht kalt draußen. Der Himmel ist besser als ein Haus. Wir nehmen die Betten auseinander, mit den Brettern und Matratzen werde ich allein fertig, und wenn wir ein Stück hinuntergehen, auf die Applanie zu, sieht man uns vom Schloß aus nicht mehr."

Gernot legte ihm die Hand auf die Schulter. „Da sind keine Risse, nichts wackelt, das Schloß ist fest. Sie brauchen keine Angst zu haben. Aber einen Arzt werde ich Ihnen schicken, das ist notwendig. Wer ist Ihr Arzt?"

„Nein, nein!" Der Alte versuchte aufzustehen, sank auf das Bett zurück. „Nicht den Doktor! Das müssen Sie mir versprechen, Herr! Nicht den Doktor! Der hilft uns nicht, der weist uns ein, schreibt einen Zettel, der Krankenwagen kommt mit seiner Sirene, zwei Männer mit Tragbahren, sie schnallen uns fest, sie laden uns ein wie Schmutzwäsche, sie bringen uns ins Spital, Anna zu den Frauen, mich zu den Männern, fünfundfünfzig Jahre waren wir beisammen, wir wollen beisammen bleiben, nicht den Doktor, Herr! Nicht den Doktor!"

Es ist dieselbe Verzweiflung wie seinerzeit angesichts von Armesünderkarren und Schafott, dachte Gernot. Trotzdem antwortete er noch, daß nur im Spital Linderung der Schmerzen möglich sei, dann seufzte er, geleitete den Alten hinüber zu seiner Frau, setzte ihn auf ihr Bett, schlug das seine ab, schleppte Bretter, Matratzen, Leintücher, Polster und Decken in den Park, trug die Frau hinaus, holte das zweite Bett, holte den Mann. Die Kronen der Bäume beugten sich über ihn. „Kalt ist es wirklich nicht", sagte er heiter. „Trotzdem: deckt euch gut zu. In der Nacht kann es auffrischen."

Die Frau sah hinauf ins Geäst, lächelte. „Der Herr wird es Ihnen lohnen, Herr."

Sein Hemd war durchnäßt, und der Schweiß rann ihm aus den Haaren über Stirn und Wangen, als er die Treppe hinaufstieg. Oben stand Gerhard und starrte ihn mißtrauisch an.

„Bist du komplett übergeschnappt?"

„Ja, Herr. Wie der Herr es will."

„Laß das Theater! Warum bringst du die Alten in den Park?"

„Ich hoffe, daß sie in der Nacht sterben. Unter den Bäumen."

„Es darf nicht wahr sein! Ein christlicher Mord!"

„Der Herr ist grausam, der Herr ist allgütig. Feiertag hat Feiertag."

„Du verträgst das Wetter nicht. Wo bleibt die Haltung, Herr

Professor? Stell dich unter die kalte Dusche."

Gernot wollte den Bruder ohrfeigen, der fing den Schlag auf, im nächsten Augenblick hatten die beiden einander umschlungen, ihre Muskeln spannten sich, sie keuchten, keiner wollte weichen, jeder den andern auf den Rücken zwingen, dann stolperte Gernot über Gerhards Fuß, stürzte, riß den Gegner mit sich, und beide rollten sie die Treppe hinunter auf den Springbrunnen zu. Als sie aufstanden, trat Gerhard einen Schritt zurück. „Für dein Alter bist du gar nicht so schlecht. Aber warum Nibelungen gegeneinander?"

„Du kotzt mich an! Dein Scheißkapitalismus, deine ausgefransten Blue Jeans, dein Poster von einem Weib im Orgasmus, lässige Sprüche, Beat, wenn es aber ums Geld geht, dann ist der kleine Giselher um nichts besser als seine gierigen germanischen Vorfahren!"

„Ach, das ist es also!" Gerhard lachte und setzte sich auf die unterste Stufe der Treppe. „Komm, Bruderherz, ich sehe schon, ich muß dir das erklären; reden wir, bevor wir uns die Schädel einschlagen. – Na, komm schon, sei friedlich. Du spinnst zwar, aber du spinnst sympathisch und wirst mich verstehen." Er deutete auf den Platz neben sich, Gernot zögerte ein wenig, strich dann sein Haar zurück und setzte sich. Beide Brüder sahen geradeaus, auf den Springbrunnen, von dem das Schwefelwasser in breiten Schleiern niederrann. Eine Weile schwiegen sie, dann griff Gerhard in den Kies zu seinen Füßen, hob einige größere Steinchen auf, warf eins nach dem andern ins Becken und begann zu sprechen.

„Mir geht es nicht um Besitz", sagte er. „Mir geht es um die Freiheit. Die kriegt man heutzutage und hier im Westen nur durch Geld."

„So? Meiner Ansicht nach wird man frei, wenn man lernt, das Geld zu verachten."

„Grundfalsch. Verachten kann es ein Millionär, für uns ist es notwendig. Was notwendig ist, darf man nicht verachten, und Hunger macht unfrei."

„Auch der Hunger nach Geld."

„Hunger nach Besitz, das ist etwas anderes. Schau dir doch an, wie die Leute heute leben. Am frühen Morgen auf, Massenverkehrsmittel, Massenzeitung mit Nachrichten von der Stange, Büro oder Fabrik, Arbeit, mit der uns nichts verbindet, Werksküche, Massenverkehrsmittel oder gefangen in der Autokolonne, Massenfernsehen, Massenkino, vollgepferchte Tanzlokale oder Stadien, Wohnung im Silo oder im Einheitshaus, Urlaub vom Reisebüro, Menschenladungen in Autobussen und Flugzeugen. Täglich Pflichtgottesdienst vor der heiligen Freiheit, wir sollen sogar bereit sein, für sie zu sterben, aber weiß denn noch jemand, was sie wirklich ist? Wir sind vollkommen versklavt und merken es nicht einmal."

„Sehr neu."

„Ich will nicht originell sein, ich sage dir, was ich von unserer Lage halte, und bin auch schon fertig. Jetzt zu mir selbst. Ich studiere, soll später als Jurist in die Firma einsteigen. Nehmen wir an, daß unser ehrwürdiges Unternehmen nicht nächstes Jahr in Konkurs geht, nehmen wir an, es baut lustig weiter, baut dieselben Schuhkartons, wie Vater das getan hat, ich sitze an meinem Schreibtisch, Papier, Sekretärin, Papier, Sitzung, Papier, und zur Entspannung Sex nach Leitfaden und sogenanntes Vergnügen aus Plastik. Nicht ein bißchen Freude. Du hast dir dein Bauernhaus im Bayrischen Wald gekauft; wenn du dort mit deinen Händen aus Feldsteinen einen Raum dazubaust und ihn selber deckst, dann bist du stolz, du freust dich, du lebst. Schuhkartons machen nicht stolz, geben keine Freude, töten das Leben. Und dabei soll ich nicht einmal Schuhkartons bauen, sondern mit Paragraphen jonglieren, vom Bürgerlichen über Zivilprozeß, Exekutionsordnung, Handelsrecht, Unlauteren Wettbewerb und Arbeitsrecht bis zur Sozialversicherung. Nein, bitte nicht. Ich breche aus. Und dazu brauche ich Geld."

Gernot wandte den Kopf, sah den Bruder an. „Ausbrechen? Wohin?"

„Ja. Wohin." Gerhard lachte ein wenig verlegen. „Das klingt natürlich blöd. Gleich wirst du mir pubertäre Phantasterei vorwerfen. Wohin? Zum Holz." Es war heraus, er seufzte erleichtert, sprach weiter. „Tischler. Natürlich nicht in einer Fabrik. Kunsttischler, eigene Werkstatt."

„Das ist ein Handwerk."

„Ja. Man muß es lernen, und wer wird mich mit meinen zweiundzwanzig Jahren als Lehrbuben nehmen? Mit Geld geht es. Mit Geld kann man auch später Werkstatt und Wohnung einrichten. Nebeneinander, das ist wichtig. Versteh mich doch! Ich will nicht Besitz, ich will Freiheit! Ich brauche keine Villa, keinen Luxuswagen, keinen Urlaub auf den Bahamas! Ich möchte gern, daß Leben und Arbeit wieder zusammengehören! Laß mich einen Schrank machen, der nicht auf blauweißen Datenverarbeitungsblättern vorkalkuliert ist, bei dem ich anfange mit der Holzauswahl und aufhöre mit dem Polieren, und polieren wie vor fünfhundert Jahren! Kein Betrieb, sondern richtige Arbeit! Mit meinen Händen. Die verdammte Quantität macht uns doch krank, nur die Qualität gibt uns Freude und Zufriedenheit. Und gerade die Qualität ist heute unwirtschaftlich, unsere liebe Hertha kann dir das beweisen!"

„Wie kommst du auf Holz?"

„Weil es lebt. Wir ersticken alle im Plastik."

Gernot stand auf. Er erinnerte sich, was Rauch über den Vater und das Holz gesagt hatte, hielt dann dem Bruder die Hand hin. „Du bist gut, Herr. Ich gehe unter die Dusche."

„Sie muß ja nicht ganz kalt sein." Gerhard nahm die Hand. „Auch du bist gut, Herr. Nur spinn nicht zuviel, und denk vor allem an den heutigen Abend. Sie versammeln sich wieder einmal in Etzels Palast. Mit Eisen gerüstet. Kriemhild und der Flottenchef sind schon da. Herbert, Anwalt der Rechte, und Horst, Direktor der Banken, werden um acht erwartet. Wir hoffen auf ein heißes Streiten. Salbe die Ringe deiner Brünne. Die Dämmerung ist nahe."

37

Oben war es fast dasselbe wie vor ein paar Tagen, nur stand diesmal nicht er unter der Dusche, sondern Kriemhild. Er wollte zurück in sein Zimmer, sie aber schrie ihn an, ob er denn restlos verspießert sei, er möge nur bleiben, so fremd seien sie einander doch nicht, und abgesehen davon habe sie gar nichts gegen ein wenig Inzest, bei einem Mann wie Willy müsse man sich schon hin und wieder auswärts umtun, wenn man zu etwas kommen wolle. „Schau mich ruhig an, Kleiner, bin ich nicht immer noch Klasse? – Oh, jetzt erst fällt es mir ein, du bist ja seit neuestem in der Küche eingeladen, das ist freilich was anderes, gesunde Hausmannskost mit einer ganzen Menge Fleisch, nicht wahr?"

„Halt's Maul, du burgundische Hopfenstange!" Er drehte sich um, verließ den Raum, schlug die Tür hinter sich zu. Sofort sprang sie aus der Wanne, riß die Tür wieder auf, kehrte unter die Dusche zurück und rief hinüber: „Mich wirst du nicht demütigen, du professorale Rotznase! Außerdem hättest du Rabenaas sagen müssen, mehr Achtung vor unserem uralten Namen, wenn ich bitten darf! Kann seine Schwester nicht nackt sehen, dieser Duckmäuser! Nur Kleinbürger haben Angst vor Sex, und dann bestellen sie per Nachnahme eine aufblasbare Gummidame mit Brustweite hundertvierzig! Schuld ist natürlich dein Sandpapier-Onkel, du bist oberstudienrätlich mißbildet, Steyr hat dich zum Parademuffel geprägt, und dabei erzählt mir neulich jemand, daß es eine wahre Lasterhöhle sein soll. Was ist dein Laster, Kleiner? Aufpeitschendes Küchenparfüm? Wahnsinnig erregend, wenn man ein Schürzenband lösen darf? Sodom und Gomorrah, Knoblauch und Neugewürz! Ich fürchte, du bist so pervers, daß du bei Gesprächen über Tafelspitz und Oberskren nicht einmal das Licht abdrehst!"

Er kannte Kriemhild, seit sie gemeinsam in derselben Wanne gebadet worden waren, er haßte sie und hatte ihr doch nie richtig böse sein können, stand jetzt am Fenster, sah mit zusammengebissenen Zähnen hinunter auf den immer noch blau-gelben Parkplatz und nahm sich fest vor, erst zu antworten, wenn sie zur Vernunft zurückgefunden haben würde. Laß sie lästern, das alles ist Einleitung. Sie will was, sie wird kommen.

Lange brauchte er nicht zu warten, dann war sie da, im Bademantel, warf sich in einen der Polstersessel, beschimpfte kurz die englischen Jagdstiche, weil diese Barbaren nie richtig reiten gelernt hätten, bat um ein Glas Milch, das er ihr nicht bieten konnte, und sagte dann, ohne den Tonfall zu ändern: „Es liegt wieder einmal an dir, Kleiner."

„Ich weiß."

„Gott, wie nett, daß er alles weiß! So begabt! Aus dem Buben machen wir einen Professor! – Sei nicht vernagelt, du Wunderkind! Heute ist Zahltag. Letztesmal habe ich dir erklärt, worum es mir geht. Um diesen Steinkasten und den Park. Dabei bleibt es, ich rede nicht heute so und morgen anders. Wir brauchen deine Stimme. Genau wie am Samstag."

„Ich weiß."

„Und ich weiß, daß du weißt; darum sprech ich ja mit dir. Vielleicht kann ich dir intellektuell nicht das Wasser reichen, aber nach deinen jüngsten Erfahrungen mit handfesten Frauen wird dich ein wenig gesunder Menschenverstand sicher nicht gleich abstoßen. Kann es dir wirklich egal sein, wenn Gunther den Grund verkauft, was weiß ich an wen, es war vom Land oder von einer Gewerkschaft die Rede, die reißen das Schloß ab, verbauen den Park mit ihren häßlichen Betonklötzen, oder, noch ärger: sie lassen das Schloß stehen, und da sitzt dann Krethi und Plethi in unseren Zimmern. Wo sollen wir unsere Kindheit suchen? Auf dem Bauhof, zwischen Ziegeln, Kränen, Baggern und Lastwagen? Das ist doch Selbstmord! Nein, nein, man muß Gunther bremsen, und das kann man nur, wenn man ihm droht, daß er mit zwanzig Prozent sitzenbleibt."

„Ich soll ihm in den Rücken fallen."

„Du sollst ihn zur Vernunft bringen! Der Plan von der Hertha ist phantastisch! Sie hat eine Riesenfirma an der Hand, einen Koloß, Stammsitz Hamburg, Tochtergesellschaft in Österreich, die würden einsteigen, mit denen kriegen wir nicht nur die Baugesellschaft wieder hin, die bauen uns auch das Kurhotel, und das Wichtigste dabei: sie bauen es auf die Applanie, mit den heutigen Methoden ist das möglich, das Schloß bleibt uns, der Park wird nicht verändert, nur hergerichtet und regelmäßig gepflegt, zu bestimmten Tageszeiten dürfen die Kurgäste dort spazierengehen."

„Und die Quelle? Die entspringt doch unter dem Schloß?"

„Wird abgeleitet. Die fünfhundert Meter sind kein Problem."

„Wirklich phantastisch." Er sah sie nachdenklich an. „Alle werden wir reich beschenkt, und die Hamburger spielen den Weihnachtsmann. Ich kenne sie anders. Glaubst du denn im Ernst, daß uns unter solchen Umständen von unserem Unternehmen mehr bleibt als der Name?"

„Laß Hertha nur machen."

„Ja. Laß Hertha nur machen. – Warum hat sich Vater umgebracht?"

Diesmal wurde sie nicht böse, schüttelte bloß den Kopf. „Das hast du am Samstag gefragt. Schon damals war der Grund nicht wichtig. Jetzt ist er es noch weniger."

„Du kennst ihn?"

„Ich kann ihn vermuten."

„Und trotzdem bist du dafür, daß wir bedenkenlos das Unternehmen aus der Hand geben, für das Vater hat sterben müssen?"

Lange sahen sie einander an, dann stand sie auf, ging im Zimmer auf und ab, blieb endlich vor ihm stehen. „Schau, Gernot, ich war nie, was man einen guten Menschen nennen würde. Was heißt schon gut? Das paßt in die Kirche, und nicht einmal dort zieht es heute noch so richtig. Wir werden geboren, wir sterben, und dazwischen bemüht man sich, daß der Weg nicht zu kurz und nicht zu unbequem ist. Man ist gern gut, wenn es sich ohne große Schwierigkeiten einrichten läßt, und man wird mißtrauisch, wenn man merkt, daß gut zu blöd ausartet. Böse aus Freude am Bösen sind doch nur ganz wenige. Soll ich aus Rücksicht auf meinen toten Vater ein Unternehmen halten, das heute verdächtig wackelt und beim nächsten Sturm einstürzt? Noch dazu, wenn wir genau wissen, daß dieser Sturm kommt? Ist Vater damit geholfen? Würde er sich freuen, wenn wir auf die Nase fallen? So mies war er nicht. Und wie haben wir ihn denn gekannt? Am Zeichentisch, im Büro, auf der Baustelle? Nein. Hier im Schloß und im Park. Reiß das Schloß ab, verbau den Park, und du bringst die Erinnerung an ihn um. Dann erst ist er wirklich tot."

Ja, die Erinnerung. Willst du dich denn erinnern, und wenn du dich erinnerst, empfindest du nicht heute noch die gleiche Erbitterung wegen all der Härte, der Lieblosigkeit und Ungerechtigkeit? Hast du nicht seine Welt, diese angeblich beste aller Welten, schon als Kind hassen gelernt?

Er öffnete seine Hand, sah darin den weißen Ball, warf ihn weg, aber da war kein Ball, nur der Glaube an ihn, den er nicht wegwerfen konnte. Ärgerlich blickte er auf zur Schwester. „Du hast ganz recht; trotzdem kann ich Gunther nicht im Stich lassen. Es geht um mehr als um Schwefel und ein paar Ziegel. Es geht um unser Bekenntnis."

„So ein Wahnsinn!" schrie sie, starrte ihn wütend an, erkannte plötzlich den fremden Ernst in seinen Augen, schwieg, zögerte und kniete dann vor ihm nieder, stützte die Arme auf seine Knie. Es dauerte eine ganze Weile, bis er erfaßte, was die blonde Königin der Burgunder hier getan hatte, er wollte sie aufheben, aber sie wehrte sich. „Laß nur", sagte sie. „Wir wissen beide, was geschehen ist. Ja, es ist geschehen, es geschieht, es wird geschehen, wir können es nicht ändern. Jeden Tag liest du es, nicht im Krimi, der ist aus Kunststoff und steril, nein, in der Zeitung, und nicht in den Weltnachrichten, sondern im Lokalteil. Man muß nur die Druckerschwärze in Wirklichkeit übersetzen können, nicht über die Grausamkeit hinweggehen, weil sie andere getroffen hat. Schon morgen kann sie uns treffen, wie ein Gewitter, wie eine Überschwemmung, wie ein Erdbeben. Bei Kriegsende war ich sechs, du warst vier, Willy war schon dreizehn. Das Militär ist ihm erspart geblieben, aber er hat die Zeit noch selbst erlebt, und heute sagt er manchmal, daß wir in einer Retorte eingebildeter Sicherheit wohnen, daß der gewaltsame Tod damals so selbstverständlich war wie der Sonnenaufgang. Heute sind wir nicht mehr imstande, uns das vorzustellen, und trotzdem ist es ganz nahe, kann jeden Augenblick wieder für uns gelten. Es ist das Normale, unser jetziges Leben eine Ausnahme. Wofür sollen wir büßen? Für das Gewitter? Für die Überschwemmung? Für das Erdbeben? Ich bitte dich, Gernot! Denk nicht an den Toten! Denk an uns!"

„Vorhin hast du gesagt, daß er erst wirklich tot ist, wenn das Schloß abgerissen wird. Das Schloß steht – ist er also noch nicht wirklich tot?"

„Schlag mir nicht Logik um die Ohren, vielleicht bin ich nicht logisch, und meinetwegen geht es um mehr als um Schwefel und ein paar Ziegel! Ich bekenne mich ja. Hörst du? Ich bekenne mich! Und verstehe dich! Kannst nicht auch du mich verstehen? Ist das so schwer?"

Was will sie? Den Nibelungenhort, ewige Sicherheit durch ewigen Reichtum? Den Hort, den Hagen im Rhein versenkt hat? Aber dieser Hagen hat uns ja von Anfang an gefehlt, wir müssen ohne ihn fertigwerden, und wenn es ihn nicht gibt, dann ist auch der Hort nicht versenkt worden, und vielleicht gibt es den Hort so wenig wie Hagen. Ein Schloß zur Bewahrung der Kindheit? Sieg über die Zeit durch Erinnerung? Es ist kein Sieg, Schwesterchen, nur Aufschub der Niederlage. Wir sind nichts ohne den Vater.

„Ich verstehe dich", antwortete er. „Wir werden geboren, wir sterben, der Weg dazwischen ist voll Grausamkeit, und wir bemühen uns, ihn möglichst lange und möglichst bequem zu gehen, dafür hat uns Gott den Verstand gegeben; Seele und Moral werden nicht mehr begriffen. Angeblich sind wir darin alle gleich, die einen mit mehr, die anderen mit weniger Gelegenheit zum Mißbrauch der uns anvertrauten Macht. Also ist der Tote eben tot, zur Erinnerung an ihn aber sind ein Schloß und ein Park notwendig. Nicht gerade bescheiden. Laß mir Zeit. Ich will Herbert und Horst anhören. Und überdies ist da noch eine alte Rechnung offen."

„Was für eine Rechnung?"

„Wenn wir nicht die ganze Zeit aneinander vorbeigeredet haben sollen, dann kennst du sie genau."

„Laß endlich die Vergangenheit."

„Guter Rat für einen Historiker. Schau, ich weiß ja selbst kaum –"

Jemand klopfte an die Tür, Kriemhild sprang auf und trat ans Fenster, Gernot rief herein, Toni stand auf der Schwelle und sagte: „Die gnädige Frau würde gern mit dem Herrn Doktor sprechen. Sie ist unten in der Bibliothek."

38

Sie saß hinter dem Schreibtisch, telephonierte und deutete auf das Sofa. Er setzte sich, wartete scheinbar ruhig, blickte um sich, sah den Spiegel, die Handtasche, das kleine Denkmal der Kaiserin auf dem Kaminsims, war sich dessen bewußt, daß er nun wieder den Platz des Vaters auf dem Sofa einnahm und alles davon abhing, ob er sich in der nächsten Stunde bewähren würde. Sehr bald schon beendete sie ihr Gespräch, kam auf ihn zu, beugte sich über ihn, küßte ihn, drückte dann seinen Kopf an ihre Brust. Eine ganze Weile blieben sie so, er spürte ihre Nähe, kämpfte dagegen an und atmete auf, als sie sich endlich neben ihn gleiten ließ und ihn bloß ansah. Wieder vergingen lange Sekunden.

„Erst gestern nacht", sagte sie. „Erst gestern nacht, und schon fehlst du mir. Weißt du, warum ich dich hierhergebeten habe?"

„Wegen meiner sieben Prozent."

Sie lachte. „Unsinn. Du bist immer noch mißtrauisch. Ganz einfach: ich habe dich spüren wollen, und nur hier sind wir ungestört. Außerdem muß ich mich entschuldigen. Ich habe gebrüllt. Ich habe die Tür geknallt. Heute sind wir alle gereizt, denk nur an Gunther beim Mittagessen, dieser verdammte Wind, und natürlich war ich nicht gerade glücklich, wenn du schon wieder der Toni nachsteigst. Warum tust du das? Weißt du immer noch nicht genug über deinen Vater?"

„Nein. Die sieben Prozent sind also unwichtig?"

„Das natürlich nicht. Sie sind wichtig, freilich in ganz anderer Hinsicht als du glaubst. Mir geht es genauso um die Erhaltung der Firma wie Gunther; weil ich aber vom Geschäft etwas verstehe, kann ich unsere Möglichkeiten besser abschätzen als er. Du liest doch die Zeitungen, du interessierst dich nicht bloß für Golf, Autos oder Gewehre, du hast uns am ersten Tag von der Lage in Deutschland erzählt. In der Bauwirtschaft wird es in absehbarer Zeit keine echte Konjunktur geben. Wenn wir überwettern wollen, brauchen wir nicht nur die winzige Kapitalspritze durch den Verkauf der Liegenschaft und der Quelle, wir brauchen einen Teilhaber, der den notwendigen langen Atem hat und außerdem die Kuranstalt finanzieren kann. Das tut er sicherlich nicht umsonst; trotzdem ist es die beste Lösung."

„Dir geht es also um die Erhaltung der Firma. Warum willst du dann deine Anteile abtreten?"

Sie lachte und schüttelte den Kopf. „Das will ich gar nicht. Ganz im Gegenteil, ich will die Firma retten, und das kann ich nicht, solange Gunther stur bleibt. Ich habe versucht, ihn mit vernünftigen Argumenten zu überreden. Nicht zu machen. Er hält Predigten über die Tradition, die Verpflichtung gegenüber den Vorfahren und dem Namen Rabener, ohne zu überlegen, daß er dem allem mit seiner Verbohrtheit nur schadet. Das einzige Mittel, ihn aus seinen Träumereien auf den Boden der Wirklichkeiten zurückzuholen, liegt in der Drohung, daß er mit bloß zwanzig Prozent sitzenbleibt, wenn ihm weiterhin sentimentale Bedenken wichtiger sind als der ungetrübte klare Blick auf die wirtschaftlichen Gegebenheiten.“

„Ich habe ähnliche Bedenken. Immerhin ist Vater wegen der Baufirma gestorben.“

„Was für eine absurde Idee! Wir haben nie erfahren wollen, warum er sich umgebracht hat, aber keinesfalls war die Firma der Grund.“

„Sie war nicht der Grund. Sie war der Anlaß.“

„Woher willst du das wissen?“

„Von einem hohen Richter, mit dem Vater vor seinem Selbstmord gesprochen hat, und von einem kleinen Fräulein namens Uschi Riedl.“

Hertha schwieg, stand dann auf, ging zur Bar, füllte ein Glas mit Whisky, setzte sich hinter den Schreibtisch, trank, schwieg weiter, sah ihn nachdenklich an. „Also doch der Tratsch“, sagte sie endlich.

„Ein wenig mehr. Du hast Uschi auf Vater angesetzt, weil sie minderjährig war und einen schlechten Ruf hat. Vater schreibt in seinem Abschiedsbrief an die Großmutter, daß er sich nichts vorzuwerfen habe; Uschi erklärt, daß zwischen ihnen nichts vorgefallen sei. Der Richter erzählt, daß Vater ihn um Rat gefragt habe, weil er wegen angeblicher Verführung einer minderjährigen Angestellten erpreßt werde. Uschi hat nicht erpreßt. Wer kann es sonst gewesen sein? Nur du.“

„Du glaubst einem solchen Schlampen mehr als mir?“

„Ihre Darstellung war überzeugend. Angefangen damit, daß du sie aus den genannten Gründen in die Firma geholt hast, über deine fraulichen Ratschläge, wie man den Alten am besten einkocht, bis zum Beweis, warum nicht sie die Person sein kann, die ihn erpreßt hat. Gib mir deine Darstellung. Vielleicht glaube ich dann dir.“

Sie leerte das Glas, stand auf. „Lassen wir dieses Gespräch. Es ist lächerlich. Demütigend. Verletzend."

„Wie du meinst. Ich weiß auch ohne deine Lügen, wie alles abgelaufen ist."

„Nichts weißt du! Gar nichts!" Sie nahm das Glas, warf es zu Boden, daß es zersprang, lief hinüber zum Sofa, packte Gernot an den Schultern, schüttelte ihn. „Warum begreifst du nicht endlich, daß ich dich liebe? Warum stellst gerade du dich gegen mich? Warum hilfst du mir nicht? Gut, ich bin ehrgeizig! Ist das ein Verbrechen? Ich bin tüchtig! Ist das ein Verbrechen? Ich habe deinen Vater nicht umbringen wollen! Ich schwöre es dir! Schwöre es bei allem, was mir heilig ist!"

„Hättest du Angst vor einem Meineid? Ist dir etwas heilig?"

„Gernot –!" Sie richtete sich auf, begann zu schluchzen, wehrte sich dagegen, schluchzte trotzdem. Tränen rannen über ihr Gesicht, schlaff hingen ihre Arme herab, und er sah das Mädchen auf dem Eislaufplatz, vor dem Innerbergstadel, er wollte über ihr Haar streichen, wollte sie trösten, aber er bezwang sich, dachte nur an sein Bekenntnis, dem er sich verpflichtet fühlte.

„Bitte keine Tränen. Das zieht nicht bei mir. Setz dich hin und rede."

Sie ließ sich in den Fauteuil neben dem Sofa fallen, sank dort in sich zusammen, barg den Kopf auf ihren Armen und weinte. Jetzt strich er über ihr Haar, immer wieder, wartete geduldig. Endlich beruhigte sie sich, blickte auf, sah ihn aber nicht an.

„Es war eben alles falsch, du kannst dir das nicht vorstellen, jahrelang habe ich studiert, dann komme ich hierher, muß zusehen, wie das Geschäft zugrunde geht, zugrunde gehen muß, weil es einfach nicht geführt wird, wie man heute ein Unternehmen führt! Wenn ich etwas sage, bin ich entweder das dumme Weibsbild oder ein weltfremder Vorzugsschüler, dem man in der Schule nur graue Theorie eingetrichtert hat. Jeden Tag baut man der Praxis neue Altäre; daß sich auch Praxis ändert, will niemand wahrhaben. Jeden Tag muß ich erleben, daß nicht richtig entschieden, nicht richtig geplant, vor allem nicht richtig kalkuliert wird. Eine Folter ist so etwas! Jahrelange Folter! Der Alte hat ja alles im kleinen Finger, mit seinem berühmten sechsten Sinn macht er schlafwandlerisch das Richtige! Weit gefehlt, er macht alles falsch, vielleicht war er früher einmal gut, jetzt ist seine Zeit vorbei! Leider begreift er das nicht, und da ist kein Mittel, ihn zur Vernunft zu bringen! Wer soll mir helfen? Gunther mit seiner Knabenmentalität? Die Großmutter, die blind zu allem ja sagt, was ihr Herzibubi tut? Die Trabitsch, die mich haßt, weil ich jünger bin und ihr etwas Neues beibringen will? Die Ingenieure, die aus Prinzip alles ablehnen, was die Verwaltung vorschlägt – ganz allgemein: die Männer, die ein Frau in leitender Stellung nicht ertragen können? Ich komme mir vor wie ein Steuermann, der wegen der verdammten Hierarchie tatenlos zusehen muß, wie sein wahnsinniger Kapitän das Schiff, das schließlich die gesamte Mannschaft trägt, geradewegs auf ein Riff zutreiben läßt. Bitte sag wenigstens ein einziges Wort, daß du mich verstehst!"

„Ich verstehe dich."

„Gott sei Dank. Ich bin so allein, Gernot. Wäre ich nur die Frau vom Guxi, ich hätte keine Probleme. Gut, dann gut. Schlecht, dann eben schlecht. Ich habe niemanden, der mir die Hand auf die Schulter legen und mir Mut zusprechen würde. Die einen haben keine Ahnung vom Geschäft, die anderen sind Gegner. Ich habe dich doch hergeholt, damit da endlich jemand ist, mit dem ich reden kann."

„Du redest ja mit mir. Was war mit Uschi Riedl?"

„Was war mit Uschi Riedl. Ja, ich gebe es zu. Ich habe da eine Chance gesehen, es war dumm von mir, aber das Riff kommt immer näher, du hältst es nicht länger aus, irgendeine Möglichkeit muß es doch geben, den wahnsinnigen Kapitän von der Brücke zu holen! Dann kommt die Kurzschlußhandlung. Ich habe gehört von dieser Uschi, von ihrem Ruf. Ich habe sie herbestellt, ich habe sie auf ihn gehetzt, ich habe ihn in die Enge getrieben – aber ich habe ihn doch nicht umbringen wollen!"

„Womit hast du ihn erpreßt?"

„Erpreßt? Ich habe ihn nicht erpreßt. Ich habe ihm gesagt, daß die Kleine zu mir gekommen ist und Geld verlangt. Daß wir selbstverständlich zahlen wollen, es für ihn aber das Beste ist, wenn er die Geschäftsführung niederlegt und sie mir überträgt. Weiteren Erpressungsversuchen kann man dann leichter begegnen."

„Und Uschi war gar nicht bei dir?"

„Nein, natürlich nicht. Ist ja auch egal. Das Ganze war ein Schreckschuß. Woher soll ich wissen, daß er sofort hingeht und sich umbringt?"

„Klar. Steht nicht im Lehrbuch. Paßt nicht in unser Jahrhundert. Ein bedauerlicher Betriebsunfall."

„Sei nicht zynisch."

„Ich bin zynisch? Da stirbt ein Mann, ganz offensichtlich ohne jeden Grund. Niemand will ihm böse, besser: viele wollen ihm böse, trotzdem will niemand seinen Tod. Er soll nur abtreten. Seine Zeit ist vorbei. Er begreift das nicht. Da er Prozente besitzt, kann man ihn nicht einfach totschweigen, er muß beseitigt werden, und man wählt eine Methode, die ihm zeigen soll, was er zu tun hat. Leider wirkt bei ihm die Methode wie eine Kopfamputation gegen Kopfschmerz. Er tritt ab, nicht bloß als Inhaber von Prozenten, sondern als Mensch. Großes Erstaunen. Das war doch nicht notwendig. Wer denkt schon an Ehre, noch dazu im sexuellen Bereich? Von der liest man höchstens in alten Romanen. In Kürze noch einmal zusammengefaßt: ein Betriebsunfall."

„Mir gefällt dein Tonfall nicht. Siehst du nicht ein, daß ich keine andere Wahl hatte?"

„Nein, das sehe ich nicht ein. Du hast ihn umgebracht, über die Absicht könnten wir streiten und werden nicht streiten, weil wir das staatliche Gericht vermeiden wollen. Alles nur unter uns. Bei der heutigen Abendberatung möchte ich freilich fairerweise alle Mitglieder der Familie – wieder ganz unter uns – darüber aufklären, inwiefern die Senilität meines Vaters daran schuld gewesen sein soll, wenn wir nun die beste Lösung unserer Probleme darin sehen, die hundertjährige Firma Rabener irgendwelchen Hamburgern mit tiefer Verbeugung in den Schoß zu legen."

Entsetzt starrte sie ihn an. „Soll das heißen, daß du –? Soll das heißen, daß du charakterlos genug bist, das auszuplaudern, was ich dir im Vertrauen erzählt habe?"

„Ja, das heißt es."

Ihr Gesicht wurde plötzlich hart. Sie sprang auf, lief zum

Schreibtisch, entnahm ihrer Handtasche ein Blatt Papier, kam zurück und reichte es ihm. „Ich habe dir gesagt, daß ich dich liebe. Ich habe dich um deine Hilfe gebeten. Ich war so ehrlich und so bereit zu echter Partnerschaft wie nie zuvor in meinem Leben. Du bleibst kalt. Du lehnst mich ab. Du willst nicht mein Freund, du willst unbedingt mein Feind sein. Gut. Mit der Möglichkeit habe ich rechnen müssen. Lies das. Es ist eine Seite aus einem Brief, den du 1968 nach der Zionistenhetze und der Emigration mehrerer hundert Intellektueller aus Polen an deine Großmutter geschrieben hast. Natürlich eine Fotokopie. Zerreißen wäre zwecklos."

Er begriff zunächst nicht, was ein solcher Brief mit ihrem Problem zu tun haben sollte, las dann die unterstrichenen Zeilen und erkannte sofort die Gefahr. „Was die antisemitischen Maßnahmen in Polen betrifft", stand da, „bin ich zwar erschüttert, daß so etwas nach Hitler noch möglich ist, andererseits sieht es freilich ganz so aus, als ob dieses unglückliche auserwählte Volk trotz allen Katastrophen nie lernen wird, seinen Ehrgeiz im Interesse der eigenen Sicherheit ein wenig zu zügeln. Überall, wo es Juden gibt, werden sie bemüht sein, die Schlüsselstellungen des Staates oder zumindest die Presse zu erobern, bleiben dabei aber innerlich immer Juden, und je mehr Erfolg sie haben, desto eher entwickelt sich in der Bevölkerung die Überzeugung, von einer fremden Oberschicht regiert zu werden. Im so besonders katholischen Polen kommen noch religiöse Motive dazu, und in dieser Hinsicht sind die Vorgänge durchaus verständlich."

Wortlos gab er ihr das Blatt zurück.

„Du weißt, was das bedeutet", sagte sie. „Wenn du nicht zur Vernunft kommst, schicke ich diesen Brief an deine Universität und an ganz bestimmte deutsche Zeitungen, deren Interesse für solche Fälle bekannt ist. Judenvertreibung durchaus verständlich! Das schreibt jemand, der an einer unserer Universitäten Geschichte lehrt! Ein Skandal. Du bist erledigt. Kapiert?"

„Kapiert."

Sie ging zurück zum Schreibtisch, schob das Papier in ihre Handtasche, wandte sich um, sah ihn mit traurigem Lächeln an. „Es tut mir leid. Ich liebe dich wirklich. Aber wenn du mich angreifst, muß ich mich wehren."

Er gab keine Antwort.

Eine Weile wartete sie, dann setzte sie sich, griff zum Telephon, wählte. „Eine Woche, dann ist alles wieder gut. Zwischen uns ist mehr, als du dir eingestehen willst. Und jetzt entschuldige mich, da sind noch ein paar Gespräche, die ich erledigen muß, bevor Horst und Herbert kommen."

39

Man hatte in aller Eile umdisponieren müssen, denn überraschend waren Onkel Gustl und Tante Elsa erschienen, und man würde demnach zu zehnt speisen, also zog Toni den Tisch aus, sorgte für zwei weitere Gedecke und Hertha brachte die Kinder zu Bett. Den Aperitif nahm man im Salon und wartete geduldig auf Herbert Leinwater, der als letzter eintraf, eine Wolke von Betriebsamkeit mit sich brachte und sich wortreich entschuldigte, daß er kaum mehr imstande sei, einen Termin einzuhalten, weil ihm das Geschäft langsam über den Kopf wachse. Er lehnte Martini ab, trank Fruchtsaft, ging von Gruppe zu Gruppe, erzählte im Tempo eines Maschinengewehrs die neuesten Witze und lachte schallend dazu; Horst Demmer und Willy Kos unterhielten sich über den deutsch-amerikanischen Finanzkrieg; Elsa und Kriemhild, die einzigen, die saßen, sprachen über die hoffnungslose Schulsituation und kamen überein, daß heute wirklich nur noch die Ursulinerinnen einem Mädchen die richtige Erziehung geben könnten; Gustl hatte erfahren, daß Gernot Dukaten geerbt haben sollte, und beglückte Hertha mit einem leicht gestotterten Vortrag über die wechselnde Differenz zwischen Gold- und Dukatenpreis; Gunther ließ sich erst von Herbert, dann auch von Horst und Willy über die letzten Cliquenkämpfe in der konservativen Partei informieren; Gerhard stand mit Gernot in einer Ecke und berichtete, daß er den alten Heinrich und seine Frau mit Hilfe eines jungen Arztes in ihre Wohnung zurückgebracht habe, mit plötzlichem Ableben über Nacht also nicht unbedingt gerechnet werden müsse. Ein paar

Injektionen, kein Spital: „Bestens geritzt."

Gernot hörte kaum hin, betrachtete halb träumend und trotzdem fasziniert seine Verwandtschaft. Alle schienen so gelöst, sie lachten, sie gurrten, sie kicherten, kein Ton war echt, und während sie in das Speisezimmer einzogen, fielen ihm die Photographien auf der Applanie ein, die im Wind davongeflattert waren – Onkeln, Tanten, Geschwister, Cousins, Schwägerin. Die Sitzordnung war nicht gerade einfach, drei Damen und sieben Herren, man hatte also den beiden Damen die Plätze links und rechts von dem am oberen Ende präsidierenden Hausherrn gegeben und ihre Ehemänner neben sie befohlen. Gernot und Gerhard hielten die Mitte, und die zur Beratung gebetenenen Fachmänner Horst und Herbert saßen links und rechts von der Hausfrau, die das andere Ende der Tafel einnahm. Toni durfte servieren. Gernot sah nur Photographien, aber nun flatterten sie nicht mehr, sondern steckten in den Schlitzen eines uralten Albums. Wer ist das? Onkel Gustl und Tante Elsa. Nie gehört, das muß vor der Sintflut gewesen sein, schau nur, wie komisch sie angezogen sind! Und die zwei? Horst Demmer und Herbert Leinwater, ein Bankdirektor, ein Rechtsanwalt. Sind wir mit denen verwandt? Ja, aber das ist ein wenig kompliziert und dabei doch eigentlich unwichtig, sind alle tot. – In weniger als hundert Jahren Gespenster. Heute leben sie, man kann sie angreifen, vielleicht sogar mit ihnen reden, obwohl sie nie sagen, was sie denken.

Der Südostwind blähte die Vorhänge, manchmal flackerten die Lichter, trotz allem Wortgeplätscher spürte jeder die Spannung, und Toni trug den Hummercocktail auf.

Erst nach dem Braten kam das Thema zur Sprache, und sofort zeigte sich, daß offenbar tagsüber fleißig telephoniert worden war, denn alle wußten über die Ausgangssituation Bescheid. Sie waren sich einig über die Flaute in der Bauindustrie, sie stellten fest, daß in der Medizin immer mehr Wert auf Badekuren gelegt werde, in der Frage jedoch, was mit der neuen Quelle geschehen solle, gingen die Meinungen auseinander. Während Hertha, Kriemhild und Willy für die Beteiligung der Hamburger und den Betrieb einer eigenen Kuranstalt eintraten, wandten sich die drei Fachleute gegen einen solchen Plan. Obwohl sich jeder von ihnen zunächst für nicht voll kompetent erklärte, weil der eine auf Verkehrsrecht, der andere auf Devisen und der dritte auf Grundstückvermittlung spezialisiert sei, hielten sie sich dann doch für erfahren genug, um von dem Projekt aus mehreren Gründen abzuraten. Erstens sei kaum anzunehmen, daß die Hamburger nicht auf der Einbringung der Liegenschaft bestehen würden, auf der die Quelle entspringe, und wenn diese Forderung vorläufig nicht erhoben worden sei, dann habe man doch in den folgenden Gesprächen damit zu rechnen. Aber selbst für den unwahrscheinlichen Fall, daß die Hamburger auf Schloß und Park verzichten sollten, werde die Absicht, umliegendes Land, so vor allem die Applanie, für den Bau der Kuranstalt zu erwerben, kaum zu verwirklichen sein; diese Gründe gehörten der Gemeinde, und Hertha könne in ihrer Hoffnung, die Behörden charmant zu überreden oder auf irgendeine Art zu ködern, nur enttäuscht werden. Was, zweitens, die Beteiligung der Hamburger betreffe, brauche man doch nur an den Fingern einer Hand abzuzählen, welche Leistungen die neuen Gesellschafter zu erbringen hätten und welche Gegenleistungen man ihnen dafür anbiete: auf der einen Seite Bau einer Kuranstalt um etwa fünfzig Millionen plus hohe Betriebskosten während der ersten Jahre, auf der andern Anteile an einem Bauhof, der bei Stillegung des Baugeschäfts nahezu wertlos sei oder bei Weiterführung neuerliche Investitionen nötig mache. Wenn sich die Hamburger unter solchen Umständen wirklich beteiligen wollten, könne man das nur so auslegen, daß sie beabsichtigten, neun Zehntel des von ihnen bezahlten Kuchens für sich zu behalten. Sicherlich imponiere Herthas Unternehmungsgeist, aber hier solle man schon den Spatz in der Hand der Taube auf dem Dach vorziehen, und frisch gewagt sei nicht nur halb gewonnen, sondern logischerweise auch halb verloren. Drittens, die Lage der eigenen Firma. Die sei gewiß nicht rosig, trotzdem werde ein vernünftiger Mensch doch nie daran denken, dem Fuchs den eigenen Hühnerstall aufzuriegeln, nur weil der Eierpreis gefallen sei. Eher solle man gewisse Einsparungen an stehenden Kosten erwägen, und dazu gehöre auch das Schloß samt dem Verwaltungsgebäude, die sich beide leicht in eine Kuranstalt umwandeln ließen. Das Büro habe früher im Bauhof Platz gefunden; das werde auch jetzt möglich sein, wenn man die Zahl der Angestellten ein wenig vermindere. Eine Wohnung für die Familie werde sich finden lassen, man könne also das hiesige Areal der Quelle wegen besonders günstig verkaufen und damit die Firma für einige Zeit entlasten. Sentimentale Erwägungen seien dabei unerheblich, weil ja auch die Einbeziehung der Hamburger den Verzicht auf Schloß und Park notwendig machen würde.

Gerhard fragte, ob es im Hinblick auf die wirtschaftliche Entwicklung nicht das Klügste sei, nicht nur Roppendorff, sondern auch die Firma aufzugeben, und wurde darüber belehrt, daß man zwischen Roppendorff und der Firma streng unterscheiden müsse: der Grundpreis für Roppendorff sei sicherlich so hoch wie nie zuvor, für die Firma hingegen werde man heutzutage kaum Käufer finden; sie müsse man erst über die schwere Zeit hinwegbringen, wie das Vater Andreas getan habe. Willy sprach für Kriemhild und betonte, daß man die freundliche Oase Roppendorff nicht den Götzen Wirtschaft und Technik opfern solle; Horst antwortete ihm, daß er ihn persönlich sehr gut verstehe, daß aber in allen Jahrtausenden der Menschheitsgeschichte wirtschaftliche Interessen immer den Vorrang gegenüber den ästhetischen gehabt hätten. Hertha versicherte, Bedenken seien in allen Jahrtausenden der Menschheitsgeschichte geäußert worden, und wenn man auf die Übervorsichtigen gehört hätte, säßen wir heute noch auf den Bäumen; wie immer der Rat der Alten entscheide, sie werde ihren Plan weiter verfolgen und schon sehr bald konkrete Vorschläge auf den Tisch legen, durch die sie die eben vorgebrachten Argumente als Schwarzseherei entkräften könne. Gunther lehnte es ab, auf das Hamburger Projekt jetzt oder in Zukunft einzugehen. Er werde bedingungslos an der Firma des Vaters festhalten.

„Spiel deine Trümpfe nur aus!“ sagte Hertha. „Zum nächstmöglichen Termin berufen wir eine Generalversammlung ein, dort stimmen wir ab, und ich weiß jetzt schon, was diese Abstimmung bringen wird: achtzig Prozent für die Erlaubnis, daß wir unsere Anteile abtreten dürfen. Dann sitzt du da mit deinen zwanzig Prozent und kannst allein Tradition spielen. Bist du denn ganz verblendet? Verstehst du immer noch nicht, daß ich es bin, die für die Rabener eintritt, und nicht du? Solange du mich nicht durch deine Sturheit zu anderen Maßnahmen zwingst, verteidige ich den Besitz der Rabener. Roppendorff wird nicht verkauft!"

Gunther sah Gernot an und schüttelte den Kopf. Gernot rührte sich nicht, starrte wortlos in sein Weinglas. „Meinetwegen", sagte Gunther nach einer Pause. „Fallt mir in den Rücken. Das ändert nichts. Roppendorff gehört den Rabenern. Auch die Firma heißt Rabener. Mein Urgroßvater hat sie gegründet, mein Großvater und mein Vater haben sie in den letzten Jahrzehnten geführt. Heute stehe ich da, stehe da für sie. Ich werde mich nicht beugen. Berufe deine Generalversammlung ein. Was immer die Abstimmung bringt, was immer da juristisch erpreßt oder gezaubert wird, ich gebe nicht nach. Ich bin es meinem Vater schuldig, daß sein Lebenswerk nicht leichtsinnig verschleudert wird."

Die Bemerkung über eine juristische Erpressung ärgerte Herbert. „Bitte keine Romantisierung! Die Juristen stehen ja auf deiner Seite, wozu die Verzierung mit Lebenswerk und ähnlichen Phrasen? Wir alle wissen, warum sich dein Vater umgebracht hat."

„Nicht sehr taktvoll", flüsterte Kriemhild.

Gernot klopfte an sein Glas. Sie hörten ihn zunächst nicht, weil der Streit zwischen Gunther und Hertha Stoff für aufgesplitterte Unterhaltung geboten hatte. Er klopfte nochmals. Sie schwiegen und er stand auf.

„Meine Lieben, mir scheint in dieser Stunde der standhaften Verteidigung unseres Namens und der erfolgreichen hundert Jahre ein Toast unvermeidlich. Es ist so üblich, und ich freue mich, daß es mir, obwohl so lange in der Fremde, gestattet ist, bei dieser Gelegenheit die offiziellen Worte zu sprechen. Hundert Jahre! Hundert Jahre in Glück und Unglück, Frieden und Krieg, Wohlstand und Not – das ist schon etwas, worauf wir mit einiger Berechtigung stolz sein dürfen, ist darum auch Anlaß für eine Festschrift, zu deren Abfassung man mich hierher geholt hat, ein Auftrag, der mich ehrt und den ich gern übernommen habe. Freilich muß uns bei diesen hundert Jahren eines klar sein: ein Drittel davon hat Diplomingenieur Doktor Andreas Rabener die Firma geführt, und gerade dieses letzte Drittel war das gefährdetste. Zweimal ist unser Unternehmen nur durch den selbstlosen Einsatz, die Geschicklichkeit und das Können jenes Andreas Rabener gerettet worden, der sich im Vorjahr selbst den Tod gegeben hat. Wie wir eben gehört haben, wissen wir alle hier am Tisch, warum er sich umgebracht hat. Zwar wird niemand diesen Grund öffentlich nennen, aber jeder kennt ihn, das steht außer Zweifel und muß nicht erst bewiesen werden. Wesentlich schwieriger ist hingegen die Lösung des Rätsels, woher es jeder weiß. Da war kein Verfahren, da war keine Zeitungsnotiz, kein Abschiedsbrief, keine Äußerung des Verstorbenen, kein Freund, dem er sich anvertraut hätte. Was bleibt? Sprechen wir es ruhig aus: es bleibt der Tratsch, und weil mein Vater die tödliche Wirkung eines solchen Tratsches richtig erkannt hat, ist er auf etwas altmodische Art ausgewichen. Das war sein Grund, der wahre Grund, den ihr bisher nicht erfahren habt. Was ist euch zugetragen worden? Daß er senil war, täglich falsch entschieden hat und überdies ein Monstrum war, das sich an Schulmädchen vergangen hat, wodurch er in die bekannte Zwangslage geraten ist, erpreßt wurde und sich umgebracht hat. Entgegen diesem Tratsch, mit dem ihr euch zufriedengegeben habt, behaupte ich: er war nicht senil und sehr wohl imstande, unsere Firma zu führen, vor allem aber hat er nie ein Schulmädchen angerührt. Sollte jetzt jemand Beweise für diese meine Behauptung verlangen, würde ich ihn am liebsten ohrfeigen, und unsere Juristen werden auch wissen, warum mich dieses Verlangen so verbittert. Ein negativer Beweis kann nicht geführt werden, und es versteht sich eigentlich für jeden anständigen Menschen von selbst, daß derjenige die Beweislast zu tragen hat, der dem andern etwas vorwirft. Wie könnte ich beweisen, daß mein Vater niemals falsch entschieden oder niemals ein Kind geschändet hat? Wer außer ihm ist denn über jede Sekunde seines Lebens informiert? Nein, nein, beweisen muß schon der Ankläger, und solange er nichts beweisen kann, sollte er besser den Mund halten. Ich bin den Anschuldigungen nachgegangen und habe keinen einzigen Beweis für Senilität oder Perversität gefunden. Was man mir aufgetischt hat, war allgemeines Gerede. Habe ich nach einem einzigen konkreten Fall gefragt, konnte man mir keinen nennen;

habe ich mich erkundigt, woher denn dieses Gerede gekommen sei, war die Antwort immer die gleiche: vom Büro. Binnen kurzem habe ich begriffen, daß es hier nicht nur um Tratsch geht, sondern um bewußt geplanten und nach dem Tod des Opfers unvermindert fortgesetzten Rufmord.

Wer soll da geplant haben? Angefangen hat die Verleumdung im Büro. Warum? Sehr einfach. Mein Vater hat das Unternehmen auf eine Art geführt, die heute mit dem Schlagwort patriarchalisch – und damit schlecht – abgetan wird. Ich will auf die unangenehmen Seiten seines Wesens hier nicht eingehen; jeder von euch weiß, daß ich genug unter ihnen zu leiden hatte. Die guten Seiten waren ein ausgezeichnetes Verhältnis zu seinen Arbeitern und eine ausgeprägte Verachtung gegenüber der sogenannten Verwaltung. Daß es gut ist, mit den Arbeitern ein ausgezeichnetes Verhältnis zu haben, wird wohl jeder einsehen. Warum aber ist es gut, die Verwaltung zu verachten? Weil sie unproduktiv ist und trotzdem die Herrschaft anstrebt. Wahrscheinlich kennt ihr alle Parkinsons Beispiel von der englischen Marine, bei der die allgemein feststellbare Entwicklung in unserem Jahrhundert besonders klar sichtbar wird: immer weniger Leute auf See, immer mehr Beamte. Daß wir durch die heute übliche Verwaltungshybris in die Sklaverei getrieben werden, ist eine Binsenwahrheit, man liest sie in jeder Zeitung, ich will euch nicht langweilen, will euch nur erklären, daß mein Vater, der fest der Ansicht blieb, der Bau eines Hauses sei nicht das Werk des Büropersonals, sondern der Ingenieure und Arbeiter, unvermeidlich mit seinem Büro in Konflikt geraten mußte, nachdem sich seine Schwiegertochter, eine durch vier Jahre auf modernes Management gedrillte Akademikerin, der altmodischen Gebarung unseres Hauses angenommen hatte. Da sie ganz genau zu wissen glaubte, wie man heute ein Unternehmen zu führen habe, rechnete sie damit, daß er von ihrer Tätigkeit begeistert sein müsse und ihr mit Handkuß die Zügel überlassen werde. Weil er das nicht tat, erklärte sie ihn für senil und entschloß sich nach einigen Jahren der Enttäuschung zu einer Radikalkur. – Damit sind wir beim zweiten Teil der Affäre, nämlich der angeblichen Schändung von Schulmädchen, wozu ein infamer Trick verwendet wurde, den sich die Schwiegertochter als besonders wirkungsvolle Maßnahme ausgedacht hatte. Freilich war es –"

„Nicht ich!" unterbrach Hertha. „Die Idee kam von Tante Elsa."

„Was? Von mir?" Elsa sprang auf, auch Gustl erhob sich. Eine Weile sah es so aus, als ob Elsa erwidern wolle, dann schluckte sie bloß, wandte sich grußlos um und verließ den Raum. Gustl verriet durch eine Handbewegung und hochgezogene Schultern seine Ratlosigkeit, fragte leise, was denn eigentlich los sei, wartete die Antwort nicht ab, seufzte tief und folgte der Gemahlin.

Gernot blickte in die Runde. Hertha sah ihn, Kriemhild Hertha an, Gerhard starrte mit höhnischem Grinsen zur Decke. Die übrigen Männer hatten den Kopf gesenkt. Niemand rührte sich, und Gernot sprach weiter. „Freilich war es nicht gerade einfach, meinen Vater mit einem Schulmädchen ins Bett zu bringen, wenn er doch – und hier gibt es mehrere Aussagen – nur Vorliebe für reife Frauen hatte. Der Ausweg schien sich darin anzubieten, daß man jemanden auswählte, der zwar jung war, aber früh genug begonnen hatte, um Reife durch Erfahrung ersetzen zu können. Zufällig entdeckte man –"

Wieder unterbrach Hertha. „Kein Zufall. Kriemhild hat mich aufmerksam gemacht."

„Das ist doch die Höhe! Wie sie lügt!" Kriemhild schlug auf den Tisch. „Du hast mich gefragt, ob ich dir kein richtiges Luder wüßte, und ich habe dir geraten, bei der Fürsorge anzurufen!"

Hertha lachte. „Natürlich! Du hast ganz recht. So war es. Aber du wirst doch nicht jetzt noch behaupten wollen, daß du von der Sache nichts gewußt hast?"

Kriemhild schwieg eine Weile, sah endlich hinüber zu Willy und hob die Brauen. Willy nickte, beide standen auf, reichten Gunther, Herbert und Horst die Hand, gingen.

„Ich verstehe noch nicht ganz, worauf du hinauswillst", sagte Gunther, nachdem die zwei verschwunden waren. „Ich möchte dich nur warnen. Niemand wird meine Frau in meinem eigenen Haus ungestraft beleidigen." Er war sehr bleich, und seine Stimme zitterte ein wenig.

Gernot ließ sich nicht stören. „Beleidigen? Ich denke nicht daran.

Wahrheit ist doch keine Beleidigung. Wir werden zwar immer weniger, aber ich hoffe trotzdem, daß ich meinen Toast auf die Familie ausbringen kann. Leider habe ich ihn noch nicht genügend vorbereitet, muß also um ein wenig Geduld bitten. Ihr wißt jetzt schon, daß mein Vater der Vernunft, der Entwicklung, dem Fortschritt, der Wachstumsrate oder auch bloß dem Nachfolger geopfert werden sollte. Wie man das getan hat, wird euch Hertha vielleicht lieber selbst erzählen. Ja, Hertha?"

Sie zögerte nicht eine Sekunde, und es schien, als ob sie auf dieses Stichwort nur gewartet hätte, bevor sie aber noch antworten konnte, mengte sich Gunther ein. „Spielst du hier den Untersuchungsrichter? Ich weiß nicht, was du Hertha vorwirfst, und ich will es auch gar nicht wissen, weil das nur sie und mich angeht! Vater hat schon recht gehabt: dir fehlt die Haltung! Nimm dich ausnahmsweise einmal zusammen, und beenden wir diese peinliche Szene!"

Hertha schüttelte den Kopf. „Nein, Gunther. Du magst ja recht haben, was das Benehmen deines Bruders betrifft, aber er hat das sehr geschickt eingefädelt. Da sitzen Zeugen, die zuviel und zuwenig wissen, also darf man nicht mehr schweigen, darf sich nicht den Gerüchtemachern ausliefern. Überdies – wem sage ich das! – ist das hier wie Eishockey, wie ein Rennen, wie ein Duell. Man hat mich herausgefordert, und ich werde mich nicht drücken. Ich bitte dich! Erlaub mir, daß ich rede!"

Er strich sich übers Haar, zögerte, nickte endlich.

„Danke." Ruhig schilderte sie ihre ständig zunehmende Verärgerung, weil der Alte nicht habe einsehen wollen, daß man mit der Zeit gehen müsse, berichtete von den Gesprächen zwischen ihr, Kriemhild und Elsa und betonte, daß sie alle drei, wenn auch aus verschiedenen Motiven, der gleichen Meinung gewesen seien. Nicht verschwiegen solle dabei werden, daß ein weiterer Umstand, der von Gernot leider nicht erwähnt worden sei, die bloße Sorge um die Zukunft des Unternehmens zu persönlicher Empörung und tief empfundenem Abscheu gesteigert habe, und das sei das Benehmen des Chefs gegenüber seiner kranken Frau gewesen. Habe er doch die Geschmacklosigkeit begangen, unter demselben Dach und als Mann von sechzig Jahren mit der blutjungen Köchin ein Verhältnis anzufangen. Dieser Skandal sei dann auch der Grund gewesen, warum ihm gerade auf diesem Gebiet eine Lektion erteilt werden sollte. Daß ihn die Lektion zum Selbstmord treiben werde, habe niemand annehmen können.

Sie zählte noch kurz auf, was alles mit Uschi Riedl geschehen war, und fragte schließlich Gernot, ob sie im Vergleich zu ihrem früheren Gespräch etwas entstellt oder unterdrückt habe. Er schüttelte den Kopf, und sie wandte sich an die beiden Juristen. „Also, meine Herren? Ihr seht, daß ich mit offenen Karten spiele und mich nicht ausrede wie ein Kind. Könnt ihr mir etwas vorwerfen, das ihr nicht selbst im heutigen Dschungelkampf tun würdet? Und sogar jeden Tag tut? Zugegeben: ich war hart. Predigt ihr nicht fortwährend, daß man im Wirtschaftsleben hart sein muß? Ist Härte nicht Erfolg, Bewährung und Bestätigung? Freilich sieht man sie nicht gern so unverhüllt. Auch ich hätte lieber an der Version festgehalten, daß wir eben leider nicht wissen, was den Chef zu seinem Schritt getrieben haben könnte. Unser Historiker war damit nicht zufrieden. Er wollte die Wahrheit. Jetzt habt ihr sie. Werdet fertig damit. Gute Nacht."

„Hör einmal!" schrie Gunther. „Du kannst doch jetzt nicht einfach davonlaufen!"

„Ich kann nicht? Und wie ich kann! In jedem Theater gibt es einmal eine große Pause. Den vierten und fünften Akt soll Gernot für sich haben. Er wird sich wundern. Komm!"

Er starrte sie lange an. Für einige Augenblicke schien es unsicher, ob er sie nicht allein gehen lassen würde, dann gehorchte er endlich, stieß seinen Stuhl zurück, kam mit großen Schritten auf sie zu, packte sie am Arm und zog sie aus dem Zimmer.

Gernot hob sein Glas. „Auf diese und die nächsten hundert Jahre!"

Die anderen machten keine Miene, auf den Trinkspruch einzugehen. Er trank allein.

„Das hat uns gefehlt", sagte Herbert.

„Wirklich eine gelungene Party", stellte Horst fest und erhob sich.

„Party? Tischtennis war das! Pingpong, verstehst du? So ein

komisches Spiel mit kleinen weißen Bällen!"

Toni stand in der Tür. „Herr Doktor Rabener! Ein Gespräch aus Amerika! In der Bibliothek!"

40

„Daß ich dich endlich erreiche!" rief Brigitte, und es klang, als käme der Anruf nicht aus Detroit, sondern aus Wien. „Zu Hause bist du nicht, auf der Universität wissen sie nichts, endlich sind mir die Lehnerts eingefallen, dort meldet sich niemand, also die Wolfs, nur sie am Apparat, keine Ahnung, vielleicht kann mir Jochen helfen, aber der kommt erst abends, das war gestern, sechs Stunden Unterschied, du weißt ja, und der Jochen sagt mir endlich, daß du in Roppendorff bist. Was ist dir denn da eingefallen? Große Versöhnung? Vielleicht gibt dir dein Bruder sogar die Firma, Blödsinn, du verstehst ja nichts vom Geschäft, hast nie was davon verstanden. Lassen wir's, war nur so ein Genieblitz von mir. Mit einem Wort, hier ist es prächtig und alles wäre okay, wenn dein lieber Sohn nicht auf kompletten Wahnsinn umgeschaltet hätte, tatsächlich reif für die Klinik, neulich hat er doch Mabels space-suit verbrannt, weil er findet, daß Mädchen im Weltraum nichts verloren haben. Bei jeder Gelegenheit ein tantrum, daß du glaubst, ein ganzer Negerstamm ist auf dem Kriegspfad, und am ärgsten benimmt er sich Ernie gegenüber, den würde er am liebsten erwürgen, wenn er nur stark genug wäre. Warum sagst du nichts?"

„Ich habe dich nicht unterbrechen wollen."

„Ach, du dicker Vater, das ist wieder einmal echt Gernot! Mußt du immer nörgeln? Du, ich sage dir, mit Ernie ist es das reine Paradies! Aber dieser Heinz! My cute little nightmare nennt ihn Ernie, oder promising offspring of the Munsters, also nicht Paradies, sondern Hölle, sobald dein Sohn und mein Mann zusammentreffen. Ich habe gleich gewußt, daß es nicht klappen wird, Ernie ist ja so duldsam, nur irgendwann einmal wird es sogar ihm zuviel, und jetzt ist der Ofen endgültig aus. Kannst du dir vorstellen, was der gestern, nein vorgestern, wieder für eine Schau abgezogen hat, dieser

Wechselbalg? Icecream auf Ernies neuen Anzug, nicht vielleicht aus Ungeschicklichkeit, nein, nein, den Anzug aus dem Schrank geholt, aufs Bett gelegt, icecream auf Rock und Hose verteilt und dann mit der flachen Hand verschmiert! Ist das noch normal? Ernie sagt nein, da muß ein Psychiater her, natürlich der beste, und jetzt rate einmal, was dieses Mondkalb als Diagnose verkauft. Der Junge ist frustrated und maladjusted, irgendwo steckt da ein böses Trauma, und offenbar hängt es mit Ernie zusammen, ob er vielleicht einmal Ernie und mich im Bett beobachtet hat? Bei so etwas kann man doch nur vor lauter Lachen kleine Kinder husten – übrigens kriege ich eins, und was dann auf dem Programm stehen wird, daran wage ich nicht zu denken. Wäre doch möglich, daß Heinz glaubt, er ist der Vater. So oder so, ich mache das nicht mehr mit, du hast dein ruhiges Leben, du kannst das nicht verstehen, aber ich bin am Ende."

„Was willst du?"

„Da fragst du noch? Bitte, kein Mißverständnis, ich verzichte keineswegs auf den Jungen, nur im Augenblick darf er hier nicht bleiben, sonst schwimmt meine zweite Ehe den Bach hinunter. Warten wir ein paar Jahre ab, sagen wir einmal, nein, Pubertät ist ganz schlecht, College wäre das beste, vorher nur im Sommer hier, den Flug zahlt Ernie, und vielleicht fangen wir mit den Urlauben erst in zwei Jahren an, bis die beiden sich erholt haben. Auch Mabel kann man das nicht zumuten, und schon gar nicht der Kleinen in meinem Bauch. Anfang nächster Woche haben wir in New York zu tun, da nehmen wir ihn mit und setzen ihn in die Maschine nach Frankfurt. Flugnummer und genaue Ankunftszeit kriegst du telephonisch. du mußt mir bloß sagen, wo du dich aufhältst, damit ich nicht wieder Privatdetektiv spielen muß, um dich mühsam zu locaten."

„Wann willst du anrufen? Dienstag? Mittwoch?"

„Wie ich diese Pedanterie hasse! Was weiß ich! Wenn wir den Flug gebucht haben. So wichtig? Immerhin kommt dein Sohn, da wirst du doch ein paar Treffs absagen können!"

„Es geht nicht um Treffs. Unter Umständen habe ich in der nächsten Zeit mit Komplikationen zu rechnen, muß da oder dort sein. Ruf lieber nicht an, sondern schick mir drei Telegramme, eins nach Hause, eins nach Roppendorff und eins an Jochen.“

„Jochen fährt am Sonnabend nach Korsika.“

„Dann schreib auf: Direktor Karl Rauch, Schulstraße 19, Rainkirchen, Österreich.“

Er wiederholte Teile der Anschrift mehrmals, bis sie richtig notiert hatte. „Bist du irre?“ fragte sie dann. „Roppendorff liegt doch bei Rainkirchen! Und warum nicht die Universität?“

„Ich weiß nicht, ob ich mich auf Roppendorff oder die Universität verlassen kann.“

„Ist der russische Geheimdienst hinter dir her?“

„Noch nicht.“

„Meinetwegen. Das große Geld kommt für mich auf jeden Fall zu spät. Vergiß über deinen Komplikationen – wie heißt sie eigentlich? – vergiß nicht, daß nächste Woche dein Sohn kommt.“

„Nein.“

„Irgendwas Nettes könntest du schon sagen.“

„Die Rehlein falten die Zehlein. Schlaf gut, Rosalinde.“

„Schlaf gut? Hier ist es vier Uhr nachmittags.“

„Hier ist es zehn.“

„Wie groß die Welt doch ist, nicht wahr? Manchmal merke ich voll Entsetzen, daß ich dich ja eigentlich liebe. Es hat nicht sollen sein. Tschüs, Lieber. Küßchen.“

„Küßchen.“

Er legte auf, ging hinaus auf den Korridor, wo Gerhard auf ihn wartete.

„Heinz kommt zurück“, sagte er und hatte das Wunder immer noch nicht ganz begriffen.

Gerhard sah ihn verständnislos an. „Wer zum Teufel ist Heinz?“

„Mein Sohn. Mein Bub. Mein Heinz. Damals in Frankfurt, hinter den Glasscheiben –“

Tränen standen in seinen Augen.

„Bist du verrückt? Du zündest ein Haus an und weinst, weil ein kleiner Bub zurückkommt? Verrate mir lieber, was jetzt sein soll! Wir können doch morgen nicht weitermachen, als ob nichts geschehen wäre!“

„Warum nicht? War doch immer so. Vor zweitausend Jahren

haben sie Gottes Sohn gekreuzigt, und was war am nächsten Tag? Livia hat das Essen gekocht und Gaius beim Rennen ein paar Sesterzen gewonnen. Das Haus brennt! Ich merke nichts davon, merke nur diese drückende Schwüle, diesen verdammten Südostwind." Er deutete auf die Tür zur Kapelle. „Aber der da drinnen wird nicht mehr allein Pingpong spielen. Mit den Verleumdungen ist es vorbei. Vielleicht wacht sogar Gunther auf. Weißt du, wie gut er Eishockey gespielt hat? Was das überhaupt für ein Kerl war, bevor ihm seine Frau den Ring durch die Nase gezogen hat?"

„Gernot, sei vernünftig!"

„Nein! Laß mich, laß das Haus brennen, laß den Nibelungen ihr Tischtennis, ich habe meine Pflicht getan, ich melde mich ab!"

„Hör mir doch zu! Horst und Herbert sind gegangen! Die zwei seilen sich ab, haben Angst vor dem Skandal! Glaubst du denn im Ernst, daß Hertha morgen ins Büro geht?"

„Natürlich! Sie gründet ja eine Betriebsgesellschaft. So etwas macht man am besten von einem Büro aus. Vor allem, wenn man gewöhnt ist, daß ein dienstbarer Geist die Verbindungen herstellt."

„Und Kriemhild? Elsa? Willy? Gustl?"

„Halten das Maul und intrigieren weiter."

„Deine Ruhe möchte ich haben."

„Meine Ruhe? Da wünschst du dir was Feines. Ihr braucht keine Angst zu haben, euer Karren rollt, meiner bleibt vielleicht stehen. Was mach ich mit Heinz, wenn ich meine Stellung verliere?"

„Warum sollst du sie verlieren?"

„Frag sie! Die da oben! Sie hat Vater erpreßt, sie hat es auch bei mir versucht. Ich bin stur geblieben und werde dafür zahlen müssen. – Gute Nacht, Bruderherz. Ich bin in einer Scheißsituation. Wir reden morgen darüber." Er schlug Gerhard auf die Schulter und ging auf die Küche zu.

41

Dort brannte nur die kleine Lampe über dem Herd, das abgetragene Geschirr stand noch auf dem Tisch und auf dem Servierwagen,

Toni saß auf dem Stuhl zwischen Herd und Tisch, das Licht fiel auf ihr Haar, denn sie hatte den Kopf gesenkt und sah erst auf, als Gernot auf sie zutrat. „Ich habe gewußt, daß du kommst", sagte sie. „Du warst großartig. Danke."

„Du weißt?"

„Von Gerhard. Während ich abgedeckt habe und du am Telephon warst."

„Das Telephon, ja. Meine geschiedene Frau. Sie schickt mir meinen Sohn, gewissermaßen per Luftfracht. Er soll bei mir bleiben, und ich stehe vielleicht schon in ein paar Wochen ohne Posten da."

„Ohne Posten? Wieso? Du bist doch beim Staat! Können sie dir denn kündigen?"

Er erzählte. Nachher schwiegen sie beide.

„Und deswegen wirst du einfach rausgeschmissen?" fragte sie endlich.

„Ich weiß es nicht. Meiner Ansicht nach habe ich nichts Böses getan. Privater Brief, keine Aufforderung zum Rassenhaß, kein Gutheißen der Maßnahmen, kein strafbarer Tatbestand, nur der Erklärungsversuch eines Historikers. Soweit in Ordnung. Wenn aber eine der großen Zeitungen eine Affäre daraus macht, dann ist alles möglich. Persönlich habe ich keine Angst, darum ist es mir auch nicht schwergefallen, die Erpressung abzulehnen. Aber was mache ich mit dem Buben? Würdest du mir helfen?"

„Ich? Wie soll ich dir helfen?"

„Blöde Frage. Du sollst mich heiraten."

Sie schüttelte den Kopf, schüttelte ihn immer wieder, begann endlich zu lachen. „Wie steht es in den Inseraten? Akademiker, 34, gute äußere Erscheinung, schuldlos geschieden, sucht liebe Mutti für seinen vierjährigen Buben. Romantischer geht's nicht mehr."

„Gestern, vorgestern, vorvorgestern, jeden Tag war ich romantisch. Das hat dir nicht gepaßt. Jetzt komme ich mit einem handfesten Problem. Auch nicht recht. Wir wissen es doch beide. Ich mag dich. Du magst mich. Vor einer Viertelstunde ist etwas sehr Konkretes dazugekommen. Ich brauche dich, aber auch mein Bub braucht dich. Wir sollten es versuchen."

„Der Bub braucht mich? Dem Stiefvater schmiert er sein Eis auf den Anzug. Was wird er der Stiefmutter antun? Und was heißt schon versuchen? Natürlich kann niemand vorhersagen, was in zehn Jahren sein wird. Aber wenn ich heirate, dann möchte ich es nicht nur versuchen, ich möchte dran glauben können, daß es dauert."

„Und das glaubst du nicht?"

„Ah, du meinst, ich soll glauben und du versuchst? Nein, mein Lieber, das spielen wir nicht mehr. Ich habe bestimmt nichts übrig für die emanzipierten Weiber, die schaden uns Frauen nämlich mehr als sie nützen, aber so ein Hascherl wie vielleicht meine Urgroßmutter bin ich nicht. Ich habe nur ein Leben, das will ich nicht verplempern. Wenn heute einer von Liebe redet, dann lachen alle, und ich lache mit, weil ich nicht gern der einzige Dumme bin. Trotzdem: was soll an allem schon dran sein, wenn es keine Liebe gibt? Dann kann man sich doch gleich umbringen. Ich bin eine primitive Person, ich pfeif aufs Gescheitsein, für mich ist das nicht altmodisch, wenn man sich wirklich gern hat, für mich ist es das Wichtigste überhaupt, und Liebe, mein Gott, das ist eben mehr als ins Bett gehen, das ist Gefallen, Mögen und Sex, Zusammengehören, Arbeit, Sorgen, Freude, Kinder, Alter, einfach alles, was wir haben, und das gemeinsam. An so was willst du herumprobieren?"

„Nein. Ich will bloß – ebenso wie du – nicht für dumm gelten und traue mich an die richtigen Worte nicht heran. Vielleicht sollte ich dich jetzt nur in die Arme nehmen. Das halte ich für falsch, in meiner Lage. Es ist zu billig." Er schob ein Tablett zur Seite und schwang sich auf den Küchentisch. „Du sagst ganz offen, daß du eine primitive Person bist, und gerade das ist so schön an dir. Ich – ich bin ein Intellektueller, gar nicht schön. Ich rede. Eine sehr fragwürdige Tugend. Aber bedenke, der Mensch ist das einzige Lebewesen, das redet. Die Sprache macht uns zu Menschen. Leider ist sie in unserem Jahrhundert so grausam mißbraucht worden, daß wir Angst vor einem ehrlichen Satz haben. Das Mißtrauen ist die babylonische Sprachverwirrung der Gegenwart. Bitte, versuche, mir zu glauben. Ich liebe dich. Ich möchte für meinen Buben eine Mutter wie dich; Mütter, wie sie früher waren, werden doch immer seltener. Ich möchte von dir ein Kind, ich möchte mit dir genauso leben, wie du es vorher beschrieben hast."

„Mit der primitiven Person."

„Ja."

„Helmut ist auch primitiv. Er paßt besser zu mir."

„Tut er das? Schau, Mädchen, ich war hier in den letzten Tagen viel unterwegs, habe mich da und dort wegen Vater erkundigt, einmal aber auch deinetwegen. Da ist in Rainkirchen ein Fernsehtechniker, er heißt Helmut, du bist mit ihm ausgegangen, höchstens einmal in der Woche, und wenn meine Informationen stimmen, dann wird er die Tochter seines Chefs heiraten. Sie ist zwar gar nicht sein Typ, aber sie bringt das Geschäft."

Sie antwortete nicht. Fast eine Minute lang blieb es still, dann sprang er vom Tisch, beugte sich über sie, legte den Arm um ihre Schultern. „Verzeih mir. Das war gemein. Ich kriege nur langsam genug von diesem Helmut. Vielleicht bin ich ein verrückter Intellektueller, aber ich liebe dich! Ich weiß, das ist Kitsch, elender Kitsch, letzter Kitsch, gehört verboten, aber sollten wir nicht endlich einmal wieder den Mut zum Kitsch aufbringen, nachdem sie uns seit Jahrzehnten Kaltschnäuzigkeit vorschreiben, die uns höchstens Geld verspricht und keinesfalls Glück? Die Kaltschnäuzigkeit ist doch nur Stil, aus Stilgründen muß schön häßlich und häßlich schön sein. Ja, zum Teufel, ich kenne dich erst seit einer Woche, ich war nicht bei deiner ersten Kommunion, ich habe keine Ahnung, wie deine Mutter aussieht, was du vom neuen China oder der Abtreibung hältst, welcher Partei du deine Stimme gibst, ob dir moderne Kunst gefällt, was soll das alles, es ist doch immer das gleiche: man trifft jemanden, stellt in ein paar Wochen die Gemeinsamkeiten fest, ist begeistert, wie da alles stimmt, tut sich zusammen und redet die nächsten Jahre nur über Themen, in denen man nicht gleicher Meinung ist. Fangen wir gleich damit an. Und wenn Liebe, Primitivität und guter Wille stark genug sind, dann wird eine richtige Ehe daraus werden, wie du dir sie vorstellst. Schluß jetzt. Ich habe meinen Antrag gemacht und auch für meinen Buben gesprochen. Gib mir eine Antwort."

Eine ganze Weile mußte er warten. „Ich würde gern", sagte sie dann, ohne ihn anzusehen. „Aber wie soll das ausschauen? Auch wenn du deinen Posten verlierst und wir müssen uns irgendwie durchboxen – du beschäftigst dich doch weiter mit Sachen, von denen ich keine Ahnung habe. Irgendwann hat man mir in der Schule etwas von Karl dem Fünften oder von Wallenstein erzählt. Glaubst du, ich weiß, wann die gelebt haben? Oder im Fernsehen, ein Kostümfilm, ich sage Mittelalter und du stöhnst, weil das kein Mittelalter ist, sondern viel später. Ich kann doch unmöglich die zwanzig Jahre nachlernen, die du mir voraus hast, und außerdem interessiert es mich nicht sehr. Ich verstehe überhaupt nichts von Politik. Du wirst die Zeitung lesen, mit mir darüber reden wollen, und ich stehe da wie die Kuh vorm neuen Tor. Wenn du deinen Posten behältst, ist es noch viel ärger. Der Herr Professor, verheiratet mit einer Köchin! Du wirst eingeladen. Gehe ich nicht mit, schaut das komisch aus; gehe ich mit, blamiere ich dich, weil jeder sofort bemerkt, daß ich ungebildet bin. Und erst die Professorinnen! Was für eine Liebe soll das sein, die so etwas aushält? Ich habe Angst. Darum ja auch Helmut."

„Katharina von Rußland war eine Bauerntochter aus Litauen und ist trotzdem Zarin geworden. Laß die Bedenken, Toni. Komm, hilf mir. Hilf dem kleinen Buben." Da sie nicht aufstand, blieb ihm nichts anderes übrig, als vor ihr niederzuknien, wenn er sie umarmen wollte.

Sie wehrte sich nicht. „Verrückt!" flüsterte sie. „Aber du weißt wenigstens, daß du verrückt bist. Nur eins noch: wenn dir schon Helmut nichts ausmacht, hast du eigentlich gar keine Sorge wegen deines Vaters?"

Er hielt sie fest. „Warum? Seit heute weiß ich doch, daß ich mein Vater bin und mein Sohn."

In diesem Augenblick schrie draußen jemand gellend auf, und gleich darauf fiel der erste Schuß.

42

Er hatte noch nie einen in geschlossenem Raum abgefeuerten Karabinerschuß gehört und hielt ihn zunächst für eine Gasexplosion oder eine Bombe. „Was war das?" fragte er Toni, die aber sah ihn nur mit weitaufgerissenen Augen an. Beide rührten sich nicht, schienen wie eingefroren in der letzten Bewegung. Wieder ein Schrei. Mehrere Schreie, dazwischen Worte, die man nicht verstand, ein dumpfer Schlag, das Splittern von Holz, dann ein zweiter Knall, der das Haus erschütterte.

Es, es, es, dachte er bloß, tauchte ein wenig später aus dem Unpersönlichen auf in ungewisse Erfahrung und spürte als erstes Angst. Du weißt nicht, was geschieht, aber es ist furchtbar, es darf dich nicht sehen, nicht finden. Lauf davon, verkriech dich, versteck dich, mach dich klein, mach dich unsichtbar. Ich soll, ich soll, ich soll. Ja, Vater. Ich bin nicht feig, ich lasse mich nicht unterkriegen, ich bin keine Schande für meine Familie, ich werde den inneren Schweinehund überwinden, wie du so oft verlangt hast. Los, dann geh schon! Dort ist die Gefahr! Nicht weg von ihr, sondern auf sie zu! Zeig einmal, daß du nicht nur aus Versehen Hosen trägst! Spieß voran, drauf und dran, durch Jahrtausende sind wir auf frühen Tod hin erzogen worden. Natürlich hast du Angst! Das ist schon in Ordnung, denn in gewissem Ausmaß ist sie lebenserhaltend. Trotzdem mußt du dich erst schämen, daß du Angst hast und sie dann besiegen. Ja, Vater.

Er riß sich zusammen, stürzte hinaus in den Korridor, roch den Pulverdampf, spähte wie ein gehetztes Wild (oder war er schon der jagende Wolf?) nach links und rechts, konnte nichts Außergewöhnliches bemerken, entdeckte endlich die zersplitterte Tür der Toilette neben der Bibliothek, sah, daß die obere Füllung eingeschlagen war, wollte die Tür öffnen, fand sie versperrt, schaute in die durch den Schlag entstandene Öffnung und sah Hertha, die zusammengesunken neben der Muschel in der Ecke kauerte. Ihr Haar war gelöst, fiel in breiten goldenen Wellen vom gesenkten Kopf.

„Hertha!“ schrie er. „Hertha! Ich komme!“

Sie rührte sich nicht. Er rüttelte an der Tür. Wer rüttelt da? Ich? Du? Nein, es rüttelt. Ich kann nicht denken, aber du sollst denken, ich muß denken: wenn versperrt ist, gibt es einen Riegel, der ist innen, greif in die Öffnung, dann kannst du den Riegel herumlegen. Er griff hinein, fand den Riegel nicht gleich, und nun kam der dritte Schuß. Wie der erste und zweite klang er, als ob die Welt zerplatzt wäre.

Oben. Ich weiß, daß er oben gefallen ist! Du lernst, mein Sohn; mit der Erkenntnis, woher das Feuer gekommen ist, fängt es an; mach nur so weiter. Ja, Vater. Vielleicht wird aus dir noch ein Mann. Ja, Vater. Der Mann ist ein Erziehungsprodukt, das für den Fortbestand der Gattung ebenso notwendig ist wie das Männchen. Ja, Vater. Worauf wartest du noch? Oben ist geschossen worden! Dort lauert die Gefahr. Hinauf mit dir!

Er rannte die Treppe hinauf, verpatzt hin, verpatzt her, Nibelunge bleibt Nibelunge, Rabe bleibt Rabe, dafür hat Vater sogar beim Versager gesorgt, und ich bin es leid, ewig der Versager zu sein, drei Stufen auf einmal, dem Untergang entgegen, was ist eigentlich geschehen, ich weiß es immer noch nicht, die Welt zerplatzt und ich verkrieche mich nicht, weil ich ein Erziehungsprodukt bin, ich laufe hinauf, drei Stufen auf einmal, was wird oben sein? Ja, natürlich: die Gefahr. Du mußt auf sie zugehen. Muß ich? Es will nicht. Ich gehe.

Der vierte Schuß.

Es läuft. Es erreicht das Kinderzimmer, die Tür ist offen, drinnen steht Gunther und hält den Karabiner an den Kopf seiner Tochter. Es darf nicht sein. Es schreit. Gunther drückt ab. Der Knall zerfetzt den Raum. Gunther, was tust du? Das ist nicht Eishockey, kein Rennen, das ist Wahnsinn! Du nimmst den Lauf des Karabiners in den Mund! Gunther, sei vernünftig!

Ja, ja, aber was ist nun eigentlich Vernunft?

Ein Polizei-Protokoll, das auf Grund von Vernehmung und Spurensicherung den Ingenieur Gunther Rabener für allein verantwortlich erklärt? Ein medizinisches Gutachten mit seinen Hinweisen auf Schädelzertrümmerung und Gehirnaustritt? Eine dringende Anfrage des Notars bezüglich der Reihenfolge, in welcher die fünf Personen gestorben sind, weil das auch bei Erbunwürdigkeit des Ingenieurs Gunther Rabener große Bedeutung für die Intestaterbfolge habe? Der Bericht der Meteorologen über eine besondere Wetterlage, die nach Ansicht führender Neurologen bei manchen sensiblen Naturen mit labilem Kreislauf sehr wohl Kurzschlußhandlungen auslösen könne? Das Urteil dieser Neurologen? Die Meinung des Schießsachverständigen? Oder die letzten Börsennachrichten von einem neuerlichen Kursverfall des amerikanischen Dollar?

Nein.

Eher diese eigentümliche Klarheit des Denkens, die wir nach einem Schock erleben. Ein Reflex schützt gegen Überbelastung, die Wirkung des Gefühls wird vorübergehend ausgeschaltet, wir spüren keinen Schmerz, wissen genau, was wir zu tun haben, überlegen kühl und handeln schnell. Mein Bruder hat sich, seine Frau und seine drei Kinder erschossen. Das gibt es. Motiv im Augenblick unwichtig. Zunächst wichtig: lebt er noch? Bei der riesigen Ausschußöffnung im Hinterkopf und den auf den Teppich versprühten Gehirnteilen nicht anzunehmen, genaue Überprüfung sicherlich unnötig. Die Kinder? Im ersten Bett ähnliche Situation, ebenso im zweiten und im dritten. Scheußlicher Anblick, Blut und Gehirn auf den Kissen, noch dazu Kinder, kaum zu ertragen, aber es geht nicht um Entsetzen, es geht um Maßnahmen. Toni ist von unten und Gerhard von oben gekommen. Die Gendarmerie muß verständigt werden, auch die Rettung, weil ich ja von Hertha noch nichts weiß. Toni, du sperrst hinter uns diesen Raum ab, beide Türen, nimmst die Schlüssel mit dir hinunter in die Küche und kochst Kaffee in großen Mengen; wenn die Gendarmen da sind, machst du ihnen hier auf und führst sie später in die Bibliothek, die steht ihnen für Vernehmungen zur Verfügung. Gerhard ans Telephon, Gendarmerie, Notruf. Vergiß nicht: Name, Anschrift, Mord, merk dir die genaue Zeit, bei mir ist es jetzt zweiundzwanzig Uhr siebenundzwanzig. Rettung; nicht bloß Krankenwagen mit Trägern, Arzt mitschicken. Was immer die Gendarmen sagen, ruf selbst bei der Rettung an. Dann sorgst du dafür, daß der Schlagbaum geöffnet ist und das Licht im Hof brennt. Warte im Hof. Der Funkwagen wird zuerst da sein.

Gemeinsam hinunter, Gerhard in die Bibliothek zum Telephon, ich zur Toilette, durch die Öffnung greifen, den Riegel herumlegen. Er hat auf das Schloß geschossen, so etwas klappt nur im Film, dann hat er die Füllung eingeschlagen und durch das Loch gezielt. Riegel herum, Tür auf, kein Problem. Ich darf Hertha nicht angreifen, Mord hat seine Gesetze, kein Blut, keine sichtbare Wunde, was soll ich tun? Ich hebe die Haare auf, darunter die Hände, vor das Gesicht gehalten, ich löse eine Hand, ich fühle den Puls, ich spüre nichts, vielleicht muß ich die Hand senken, ich senke sie, immer noch kein Puls, aber ich bin kein Mediziner, verstehe nichts davon, weiß nicht einmal etwas von Erster Hilfe. Sie kann bloß ohnmächtig, kann schwer verletzt, kann tot sein. Tot ohne Blut, ohne Wunde? Wenn sie nicht tot ist, dann warte ich lieber auf Gendarmerie und Rettung. Wenn sie schwer verletzt ist, kann ich sie durch eine falsche Bewegung umbringen. Ich muß die Chancen abwägen, schnell abwägen. Kann ich ihr überhaupt helfen? Nein. Also. Und sie hier sitzen lassen? Zwischen Muschel und Wand eingezwängt? Das ist unmenschlich. Macht, was ihr wollt, ich hole sie heraus. Aber wie? Sie kniet ja, ich kann sie nicht an den Beinen herausziehen, kann sie nicht schieben, und wenn ich nicht aufpasse, fällt sie nach vor und schlägt mit dem Kopf auf die Steine. Nie hätte ich gedacht, wie schwer so ein lebloser Körper ist. Vielleicht sollte ich es umgekehrt versuchen. Ich knie vor ihr, packe sie unter den Armen und zerre sie Ruck für Ruck mit dem Kopf voran durch die Tür. Ja, das geht. Jetzt habe ich sie hier auf dem Boden im Korridor. Die Haare sind zurückgeglitten, das Gesicht ist frei, dasselbe Gesicht wie damals auf dem Eislaufplatz oder in der Schwarzspanierstraße, Hertha, meine Hertha, zum Teufel, nur nicht weich werden, immer noch keine Verletzung sichtbar, kein Blut. Wie stellt man eigentlich fest, ob jemand tot ist oder noch lebt? Bewußtlose legt man auf die Seite, das ist alles, was ich weiß. Ich lege sie auf die Seite. Und jetzt?

Ich kann nichts tun.

Dann etwas anderes, es gibt genug. Verwandte verständigen. Wer zupft mich am Ärmel? Der alte Heinrich, laß mich in Ruhe. Da ist nichts mehr zu machen, sagt er; die Frau ist tot, ich sehe das auf den ersten Blick, vom Krieg her. Laß ihn reden. Geh zurück in deine Gruft, meinetwegen in den Park. Die Verwandten. Kriemhild? Elsa? Susi? Kriemhild genügt. Hallo, Kriemhild? Gunther hat sich, seine Frau und seine Kinder erschossen. Ja, vor ein paar Minuten. Mach, was du willst, ich sage es dir nur. Gute Nacht. Blödsinnig, so was, wenn ich aber nicht anrufe, kreuzigt mich die Familie, sie hat ein Recht auf ihre Sensationen. Herthas Mutter in Steyr? Nein, nicht heute, nicht nachts, das muß schonend gemacht werden. Wichtig ist ein Anwalt, der uns hilft, wenn die Vernehmungen beginnen. Herbert. Die Nummer? Im Buch. Die Seiten kleben, meine Finger zittern, ich muß mich zusammennehmen, Ruhe bewahren. Hier. Langsam wählen, nicht danebengreifen, überhasten kostet meistens die doppelte Zeit. Es läutet dreimal, fünfmal, siebenmal, endlich Ga am Apparat, angeheitert, berückende Party, nein, Herbert ist nicht da, ich habe gedacht, er ist bei euch. Schon weggefahren? Ja, dann – dann – dann säuft er eben irgendwo in einer Bar, nicht zu verdenken, ihr seid doch stinkfad, hahaha. Also eine Niete, auflegen, und wer kann uns sonst helfen bei der Gendarmerie? Der Firmenanwalt hat keine Ahnung vom Strafrecht. Der Oberst in Baden? Beste Beziehungen zur Gendarmerie, aber bei Mord überfordert. Feiertag? Selbstverständlich Feiertag. Wieder langes Läuten, dann eine weibliche Stimme, wahrscheinlich die kleine Diana, und der Herr Präsident hat sich bereits zur Ruhe begeben, er schläft, darf nicht gestört werden. Bitte morgen.

Also doch den Firmenanwalt, wie heißt er, Ledl, Leber, nein, Leeb, da steht die Nummer. Leeb hebt sogar fast sofort ab, ist erschüttert, interessiert, bereitwillig, findet bloß, daß seine Anwesenheit heute abend keineswegs notwendig sei, weil die ersten Erhebungen auf jeden Fall ihren gesetzlich vorgeschriebenen Lauf nehmen würden.

Ich bin allein, beängstigend allein. Ein alter Heinrich, ein viel zu junger Bruder, eine verwirrte Toni, denen muß ja ich helfen, ich brauche jemanden, der mir hilft, jemanden, der ruhiger ist als ich, er muß nicht einmal helfen, er soll nur da sein. Schließlich sind die Rabener in Rainkirchen nicht gerade unbekannt. Der Bürgermeister? Der Minister? Der Bezirkshauptmann? Nein. Zwecklos. Die kommen nicht.

Inzwischen ist die Funkstreife eingetroffen, Gerhard wird die Beamten hinaufführen, Toni ihnen aufsperren, und dann werden sie nur wenig später von ihrem Wagen aus höhere Dienstgrade verständigen, sobald ihnen nämlich klargeworden ist, daß dieser Fall es verlangt. Ich muß schnell sein. Herbert in einer Bar, der Firmenanwalt nur für die Gesellschaft zuständig, Gustl auf Grundstücke,

Horst auf Devisen, Oswald auf Transport spezialisiert, die Spitzen der Verwaltung sicherlich nicht willig, ihren Abend zu opfern. Rauch predigt vom Gral, das imponiert keinem Gendarmen. Es bleibt Feiertag. Er muß her. Zweites Gespräch, reizende Diana, aber jetzt ist jede Rücksicht vergessen, weck deinen Großvater, da steht ein Schloß in Flammen, Katastrophen kann man nicht nach Terminkalender oder Nachtruhe beurteilen, es geht um Mord, fünf Tote, verstehst du, Kleine? Nach langer Pause endlich der Präsident am Apparat, er ist verschlafen, Tote machen kaum Eindruck auf ihn, Baden und seine Umgebung sind ja bekannt für solche Amokläufe, bitte kein Mißtrauen gegenüber der Exekutive, was kann er schon dabei helfen, und überhaupt hat er keinen Wagen. Vielleicht ist das für dich nur Routine, aber ich bin verzweifelt, alter Herr. Merkst du es nicht? Hast du nicht heute mittag noch davon gesprochen, daß ich dein Sohn sein könnte? Ja, er merkt es, er erinnert sich. Begeistert ist er nicht. Und was ist mit der Beförderung? Herr Präsident, ich würde Ihnen gern meinen Bruder schicken. Werden ihn die Beamten nicht zurückhalten? Er knurrt böse, sagt etwas von einem Taxi, legt auf.

So. Mehr kann ich offenbar im Augenblick nicht tun. Die Rettung ist da; ein unfreundlicher junger Mann stellt fest, daß Hertha durch ein Geschoß in den Mittelkopf getroffen worden ist, Einschußöffnung so klein, daß sie von den Haaren verdeckt wird, geringe Blutung, keine Ausschußöffnung, weil die Kugel im Körper steckt, Obduktion abwarten. Also tot, kein Fall für das Krankenhaus. Mit leerem Wagen ziehen sie wieder ab. Hertha bleibt liegen, und die Gendarmen sind böse, weil ich eine Leiche bewegt habe. Plötzlich ist das Haus voll von Menschen. Auch Feiertag kommt, spricht mit einem wichtig aussehenden Zivilisten, beruhigt, regelt, sorgt dafür, daß wir wie Menschen behandelt werden.

Um zwei ist der Behördenzirkus vorüber, kräftige Männer haben die Leichen weggetragen, der Alptraum bleibt. Kriemhild und Willy sind gekommen, wir sitzen mit den beiden in der Bibliothek, Gerhard, Toni und ich, nur die Handtasche auf dem Schreibtisch fehlt, und Constanze wird nie mehr nach Karabinern fragen. Seit ich in der Gegenwart nichts mehr zu tun habe, denke ich an die

Zukunft, ganz unnötig, dazu haben wir morgen und in den nächsten Tagen Zeit, aber ich muß einfach denken, immer weiter denken, wie ein Schwungrad nicht stillesteht, obwohl die treibende Kraft längst ausgesetzt hat. Die Firma, die Quelle, das Schloß, die Erbschaft. Und dazu immer wieder ein Satz, den ich irgendwo irgendwann gelesen habe: fürchte nicht den Tod; nur das Leben ist tödlich.

Vernunft, Herr Professor? Nicht nur Verstand und Disziplin?

Einmal stand er auf und verließ die Runde, ging hinüber in die Kapelle. Nach mehrmaligem Aufblitzen beleuchteten die Neonröhren Sprossenwand, Pokale, Golfschläger, den offenen Gewehrkasten, den Pingpongtisch und das verkohlte Lenkrad genau an der Stelle, wo das Kreuz gestanden war.

„Vater!" schrie er, schrie lautlos, aus ganzer Seele.

Die Kapelle schwieg, und er kehrte zurück zu den Lebenden.

43

Die lebten und taten, was das Leben ihnen vorschrieb. Irgendwann schliefen sie, irgendwann standen sie auf, setzten sich gemeinsam an einen Tisch, aßen, redeten oder schwiegen. Willy hatte einer Fernsehaufnahme wegen nach Wien fahren müssen, Herbert durfte bei einem wichtigen Prozeß nicht fehlen, also waren sie zuerst nur zu dritt, dann holte Gernot Toni, und ein wenig später kam der Firmenanwalt Doktor Leeb. Er versicherte allen sein Beileid, fügte einen Satz über Katastrophen im allgemeinen hinzu, die leider jeden einmal selbst treffen könnten, und erklärte nahezu übergangslos, daß man nun zwar nicht nur eine, sondern sogar zwei Verlassenschaftsabhandlungen abzuwarten habe, die Firma aber durch den Prokuristen Ingenieur Theo Fazekas funktionsfähig bleibe, bis die Generalversammlung den neuen Geschäftsführer bestelle, für welchen Posten sicherlich eben dieser Fazekas, der bisher schon alle Außenarbeiten geleitet habe, der geeignetste Mann sei; die Führung des Büros werde man wieder Frau Trabitsch übertragen. Er hatte eben noch Zeit, Kriemhilds Fragen nach der Dauer von Verlassenschaftsabhandlungen zu beantworten, dann erschien der Obmann des Betriebsrats und verlangte, daß das Unternehmen im Hinblick auf die Arbeitsplatzsicherung keine Entlassungen aussprechen und vor allem eine Liquidation vermeiden solle. Leeb entgegnete, daß man die Interessen der Arbeitnehmer selbstverständlich berücksichtigen werde, die weitere wirtschaftliche Entwicklung jedoch vorläufig nicht einmal annähernd voraussehbar sei. Der Obmann kündigte Schritte bei der Gewerkschaft an, Leeb ermunterte ihn dazu, der Obmann ging, und Gernot fragte, wie der Anwalt über die von ihm zitierte Entwicklung denke. Die schien plötzlich sehr genau voraussehbar. Die Firma habe schon seit geraumer Zeit einen empfindlichen Rückgang an Aufträgen verzeichnen müssen, jetzt fehle noch dazu die alte Führung, und es sei mehr als fraglich, ob eine neue über jene Beziehungen verfügen werde, die eine Verbesserung der Auftragslage erwarten ließen. Seiner Meinung nach solle man entweder liquidieren oder die Anteile an Dritte abtreten. Wie er vor kurzem von Frau Diplomkaufmann Rabener erfahren habe, gebe es ja einen Interessenten in Hamburg, der sicherlich auch bereit sei, die Liegenschaft zu erwerben.

Kriemhild meldete sich sofort und lehnte den Verkauf des Schlosses rundweg ab. Leeb seufzte. Er sei hier etwas vorschnell gewesen, meinte er; im Augenblick wisse er nicht einmal, ob der Grundeigentümer, Ingenieur Gunther Rabener, ein Testament gemacht habe, oder ob die gesetzlichen Erben, also die Geschwister, zum Zuge kämen. Freilich dürfe man auch bei Vorliegen eines Testaments fast mit Sicherheit annehmen, daß man darin die nächsten Verwandten als Erben finden werde: Frau oder Kinder oder wieder die Geschwister. Da nur noch die Geschwister lebten, würden sie in jedem Fall über das Schicksal des Schlosses zu bestimmen haben. Vielleicht auch bloß einer von ihnen; ob das allerdings Frau Kos sei, könne man nicht sagen. Wenn er als Firmenanwalt überhaupt auf die Liegenschaft eingegangen sei, dann einzig aus dem Grund, weil sich der Verkauf eventuell mit der Anteilabtretung verbinden lasse; es bestehe aber durchaus die Möglichkeit, daß hiesige Körperschaften bessere Bedingungen böten. Eine Entscheidung darüber liege beim Erben, die Notwendigkeit des Verkaufs an sich hingegen stehe doch wohl außer Zweifel. Schon in früheren Jahren sei die Erhaltung des Schlosses nur durch das damals hochaktive Bauunternehmen gesichert worden, das nicht nur wesentlich kapitalstärker, sondern auch imstande gewesen sei, alle Reparaturen billigst durchzuführen und die Reinigung von den Putzfrauen der Büros besorgen zu lassen; das werde in Zukunft wegfallen, das Haus überdies kaum bewohnt sein, und allein die Beheizung, wenn auch nur zu besonderen Anlässen, eine unzumutbare Belastung darstellen. Hingegen dürfe man seit der Entdeckung der heißen Schwefelquelle – soferne Bohrungen und genauere Gutachten die erste Meinung der Fachleute bestätigten – mit einem beträchtlich erhöhten Verkaufspreis rechnen.

Ihr Vater habe Schloß und Park durch die schwierigsten Zeiten gerettet, sagte Kriemhild, und sie sehe nicht ein, warum man die beiden opfern solle, wenn doch erstens der Denkmalschutz gewisse Begünstigungen biete und man zweitens die Quellnutzung auch ohne Verkauf der Liegenschaft einräumen könne. Das käme auf den Versuch an, erwiderte Leeb, nur seien unter solchen Umständen die Verhandlungen mit den präsumtiven Interessenten wesentlich erschwert, der Preis werde gering sein und die ständig notwendigen Aufwendungen für das Schloß nicht lange decken; was den Denkmalschutz anlange, seien die Meinungen über seine Wirksamkeit sehr geteilt, und man dürfe sich auf keinen Fall von dieser Seite ausreichende Hilfe erwarten. Kriemhild versicherte daraufhin, daß gerade die Erhaltung alter Schlösser von den Behörden sehr wohl ausreichend gefördert werde, wofür es viele Beispiele gebe; Leeb zuckte mit den Schultern, und Kriemhild erkundigte sich, ob aus dem Erlös des Waldes bei Gloggnitz noch etwas übrigbleiben werde, ob sie selbst Bargeld zu erwarten habe, und wie hoch man den Wert der Markensammlung und der Dukaten veranschlagen dürfe, die Gernot dem Gerücht nach vermacht worden seien.

„Ich bin Anwalt der Gesellschaft und nicht der Gesellschafter. In meiner Kanzlei sind Testamente weder ausgearbeitet noch hinterlegt worden, ich glaube aber mit Sicherheit sagen zu können, daß die eventuell anfallenden Beträge bei weitem nicht genügen werden, den Besitz hier zu erhalten, und jeder vernünftige Mensch, der

Schloß und Park kennt, wird mir darin beistimmen."

Kriemhild lächelte freundlich. „Ich bin nicht vernünftig, Herr Doktor."

Leeb lächelte ebenfalls. „Wie schön für Sie, gnädige Frau. Leider verpflichtet mich mein Beruf, nur vernünftige Ratschläge zu geben, gleichgültig, ob ich nun mit vernünftigen oder unvernünftigen Klienten zu tun habe."

Jetzt lächelten sie alle. Die fünf Leichen lagen im Kühlhaus oder schon auf dem Obduktionstisch.

„Verzeihen Sie einem unvernünftigen Klienten trotzdem seine Neugier? Ich wundere mich, daß Sie unseren Nibelungenschatz bagatellisieren, also doch irgendwie informiert zu sein scheinen, obwohl Sie nicht Anwalt der Gesellschafter sind. Könnten Sie uns nicht wenigstens so ganz ungefähr verraten, wieviel die Marken und die Dukaten wert sind?"

„Nur sehr ungefähr, und der Hort liegt bekanntlich auf dem Grunde des Rheins. In der Markensammlung fehlen die interessanten Stücke. Entweder gibt man sie einem Händler in Kommission oder man annonciert; vielleicht findet sich ein Anfänger als Käufer. Die Geschichte mit den Dukaten rührt mich ein wenig. Die alte Dame hat für den verstoßenen Enkel sorgen wollen und von 1955 bis 1971 monatlich zwei Vierfachdukaten in den Strumpf gesteckt. Einfache Rechnung: 16 mal 12 macht 192, mal 8 die Zahl der Einfachdukaten, 1536, nehmen Sie den jetzigen Kurs und ziehen Sie die Steuer ab: damit kann Herr Doktor Rabener gerade sein Bauernhaus renovieren lassen. Sollte er das Geld für das Schloß verwenden, gehört er – wie Sie, verehrte gnädige Frau – zu meinen weniger vernünftigen Klienten."

„Vernunft hin, Vernunft her, ich werde Schloß und Park nicht kampflos aufgeben. So schlecht, wie Sie glauben, Herr Doktor, stehen unsere Chancen nicht."

Nach diesem Gespräch fuhren sie zum Notar, dann ließ sich Kriemhild von einem Firmenwagen nach Wien bringen, Gerhard suchte Abwechslung bei seinen Freunden, und Gernot ordnete im Bestattungsladen die Bedingungen des Begräbnisses. Ein auf Mitgefühl gedrillter Angestellter erklärte ihm, daß man wegen der

Obduktion – das Entgegenkommen der Behörden vorausgesetzt – frühestens mit dem Samstag der nächsten Woche rechnen dürfe, und bat dann mit entschuldigendem Lächeln um einen möglichst zurückhaltenden Text der Todesanzeige, weil es sich ja immerhin um Mord und Selbstmord handle. Wie man es mit der Religion halte? Freilich wisse jeder, daß die Rabener katholisch seien, trotzdem, der Herr Doktor werde verstehen. Gernot verstand, verzichtete auf den Pfarrer, der Mitfühlende nickte zufrieden, Gernot kehrte nach Roppendorff zurück, bemühte sich zwei Stunden lang um eine möglichst zurückhaltende und unkonfessionelle Fassung der Anzeige und lieferte das Ergebnis noch vor Büroschluß ab.

Abends war er mit Toni allein im Schloß, wenn man von Heinrich und seiner Frau absah. Er klopfte an ihre Tür, sie öffnete nicht, er aß in einem Badener Restaurant, trank bei einem Heurigen vier Viertel Wein, stieg nachher entgegen seiner Gewohnheit in den Wagen, weil den Behörden schon recht geschah, wenn sie ihm jetzt den Führerschein abnahmen, klopfte nochmals vergeblich an die verschlossene Tür, gönnte sich einige Gläser Whisky in der Bibliothek, ging endlich zu Bett. Erst gegen elf erwachte er. Als er in die Küche kam, saß Toni dort wie zwei Tage vorher, zwischen Herd und Tisch, den Kopf gesenkt, die Ellenbogen auf die Knie gestützt. Ohne aufzuschauen deutete sie auf ein Tablett, das sie für ihn angerichtet hatte.

Er achtete nicht darauf. „Weißt du, wie mir zumute ist?“ fragte er.

„O ja. Weißt du, wie mir zumute ist? Laß mir Zeit.“

„Heute abend bist du frei.“

„Ja.“

„Du triffst dich.“

„Ja.“

„Wirst du an mich denken?“

„Auch an dich. Aber ich kann das Bild nicht loskriegen. Die Kinder. Die kleinen Betten voll Blut und –“ Sie begann krampfhaft zu schluchzen, ihr ganzer Körper wurde geschüttelt von diesem Schluchzen. Er tröstete sie. Es nützte nicht viel. Endlich ging sie.

Ein langer Nachmittag unter trübem Himmel, ein leeres Schloß, träge kreisende Krähen, fünf Leichen im Kühlhaus. Vom Fenster in Großmutters Zimmer beobachtete er den alten Heinrich, der mit schleppendem Schritt und kopfschüttelnd den Springbrunnen umrundete, dann dem kleinen Bach folgte, der vom Brunnen zur Applanie abfloß. Immer wieder läutete das Telephon. Er hob nicht ab, weil er Angst hatte vor den vielen Fragen, die ihm Verwandte und Bekannte stellen würden. Herthas Mutter war immer noch nicht verständigt worden, ich kann es einfach nicht, und inzwischen wird sie ja aus der Zeitung vom Schicksal ihrer Tochter erfahren haben. Nein, ich halte es hier nicht länger aus, die Krähen machen mich krank, Heinrich macht mich krank, die Applanie, der Himmel; gestern war ich noch stark, heute breche ich zusammen, ganz natürlich, wird jeder Psychologe sagen, aber was hilft das schon? Zu Rauch kann ich nicht gehen, wenn er mir den Gral serviert, werde ich wahnsinnig, und dasselbe gilt für Feiertag mit seinen Betrachtungen über die Gesetzgebung. Ich möchte irgendwo unterkriechen, im Warmen die Augen schließen, rasten dürfen. Warum fällt dir die Trabitsch ein? Du Idiot, erst hast du dem Sonnengott geopfert und jetzt suchst du Schutz bei Mutter Erde? Mutter Erde? Eine Büroleiterin ohne Ehe und ohne Kinder? Ja. Sie ist es trotzdem. Ach, wirklich? Und schämst du dich nicht vor deinem Vater? Mußt du ihm alles nachmachen? Können wir mehr? Und Toni? Sie erkundigt sich bei ihrer Familie und ihrem Helmut, ob eine Verbindung mit mir tragfähig ist. Ich liebe sie und bin bereit, für sie dazusein; im Augenblick brauche ich jemanden, der für mich da ist. Du weißt: diese Trabitsch ist einsam. Einsamkeit plus Einsamkeit ergibt doppelte Einsamkeit. Zu zweit vergißt man sie. Glaubst du? Vielleicht ist Bims bei ihr. Das Wochenende gehört dem Bügelbrett. Oder ein anderer. Ich rufe an.

Er rief an, Frau Trabitsch erwartete ihn, gab ihm zu essen, war ihm Mutter, war ihm Geliebte, ließ sich lange von Toni erzählen, lachte ein wenig, sagte: „Was sind wir doch alle für arme Narren“ – und sprach ihm Mut zu. Es wurde spät. Sonntag mittag fand er den Frühstückstisch gedeckt, Kaffee in einer Thermosflasche, ein Paket Weißbrot neben dem Toaster, Toni aber hatte das Haus bereits verlassen, und Gerhard war immer noch nicht zurückgekehrt. Das Telephon läutete, Heinrich wanderte um den Springbrunnen, die Krähen flogen. Gernot ging von Raum zu Raum, saß in der Bibliothek am Schreibtisch des Vaters, stand in der Kapelle vor dem immer noch offenen Gewehrschrank, fuhr endlich auf den Eichkogel, setzte sich unter eine Föhre und blickte hinunter auf Mödling, Wien und die große Ebene. Erst vor wenigen Tagen war er hier gewesen und hatte im Strafgesetzbuch geblättert. Ja: was sind wir doch für arme Narren. Ein Gepenst ruft dich, du liest Paragraphen und fällst, ohne es zu wollen, das Todesurteil über fünf Menschen. Was unterscheidet dich von Hertha?

Nachher wieder bei der Trabitsch, nein, jetzt heißt sie Gretl, es ist nicht mehr wie gestern, aber wieder hilft die Büroleiterin, die große Mutter der Gegenwart, er kann verdrängen, was geschehen ist und was geschehen soll, die Nacht ist weich und freundlich.

Montag war Gerhard wieder da, er hatte das Wochenende mit einem Mädchen in Salzburg verbracht, der Postbote lieferte einen Stoß von Telegrammen ab, Herbert erschien und beklagte sich, daß niemand seine Anrufe entgegengenommen habe, einige Geologen bemühten sich um die Quelle, und Toni erklärte, daß man auf Heinz warten müsse. Am Nachmittag meldete sich Brigitte. Ja, sie habe, wie besprochen, gekabelt, aber so fühle sie sich sicherer, sie seien in New York, Heinz werde morgen einem Bekannten anvertraut und mit ihm am Donnerstag in Frankfurt landen. Gerhard riet zum Flug, Gernot entschied sich für den Wagen, weil er Heinz nicht vom fremden Quartier in ein fremdes Quartier bringen wolle. Mittwoch verließ er Roppendorff, übernachtete daheim, war Donnerstag in Frankfurt, sah wieder durch die Scheiben. Dann war Heinz da, sehr fremd, sehr ernst, sehr schweigsam. Auf der Fahrt sprachen sie kaum ein Wort. Erst vor dem Haus wurde der Kleine ein wenig verlegen, die Treppe fiel ihm schwerer als früher, vor der Wohnungstür zögerte er. Dann lief er in sein Zimmer.

Dort lag der Stoffbär, den Brigitte vergessen hatte, und dieser Bär wurde zur Heimat. Heinz preßte ihn an sich, begann zu weinen, hemmungslos zu weinen, und lange konnte ihn Gernot nicht beruhigen. Endlich brachte er ihn zu Bett, gab ihm den Bären als

Tränenkissen, strich ihm übers Haar, weinte selbst ein wenig, ohne sich dessen zu schämen, dachte an die kleinen Betten in Roppendorff, riß sich zusammen, legte sich nieder, konnte nicht einschlafen, träumte dann von Gunther und dem verkohlten Lenkrad, vom Karabiner im Mund des Bruders, von einer Hertha, die den endlosen Korridor auf ihn zuschwebte, immer größer wurde, riesig vor ihm stand, auf ihn herabsah und sagte: „Du weißt es doch – ich habe dich immer geliebt."

Was sind wir doch für arme Narren. Fünf Leichen im Kühlhaus.

Ich habe Angst vor Roppendorff, vor der Applanie, vor den Krähen.

Du mußt. Du sorgst für das Ende. Du schließt ab. Wozu hätte ich dich sonst verstoßen?

Ja, Vater.

Am nächsten Morgen, als sie gemeinsam nach Österreich fuhren, taute Heinz auf. Bis München schwieg er noch, dann sprach er fast ununterbrochen. Amerika ist Scheiße, cute little Mabel ist Scheiße, immer will sie mich erziehen, ich mag Mädchen nicht. Und Ernie, always he's grinning, ich mag das nicht. Warum grinnt er? Immer? Das kann doch niemand! Und er ist der Daddy. Ich mag keinen Daddy. Wenn ich das sage, geben sie mir an ice-cone. They stink. I mean it. Wirklich stinken? Weiß nicht. They stink, that's all. Yeah, I-m naughty! I wanna be naughty, auch wenn Mammi schimpft. Schlimmer Junge, schlimmer Junge, schlimmer Junge! Ja, das bin ich. They stink. Nur TV, das ist fein, das mag ich! Weißt du, da war was, einer with a tommy-gun –

In Roppendorff holte Gernot eins der Kinderbetten für Kriemhilds Mädchen in sein Zimmer, Toni legte den Kleinen nieder und küßte ihn zum Abschied. Gernot blieb zurück und betete mit Heinz das Vaterunser.

„Wie gefällt dir die Tante?" fragte er dann.

Heinz sah ihn nachdenklich an. „Willst du sie heiraten?"

„Warum?"

„Ist sie dann meine Mammi?"

„Ja. Vielleicht. Wenn du willst. Es hängt von dir ab. Wir zwei gehören doch zusammen."

„Zusammen? Du hast mich nach Amerika geschickt."

„Nicht so ganz. Ich habe dich schicken müssen."

Eine Weile konnte man glauben, daß der Sohn den Vater bewußt zappeln ließe. Sogar ein kleines Grinsen, wie er es bei Ernie so entschieden ablehnte, spielte um seine Mundwinkel. „Du magst sie?" fragte er nach einer Pause.

„Ja."

„She smells good. I think I like her."

Sie riecht gut. Was will man mehr.

Das Leben geht weiter. Die Zukunft gehört ihm.

44

Die ganze Nacht hatte es geregnet, und als am frühen Nachmittag die Sonne durchbrach, stiegen überall aus der nassen Erde Schwaden auf, bedeckten die Ebene mit tausend weißen Wölkchen, die sich, immer in Bewegung, hier ballten und dort wieder in kleinen Windstößen auflösten. Sie schwebten durch die Weingärten, wirbelten durch die Straßen, spielten um Fenster und Türen, zogen durch den Friedhof, verhüllten die Grabsteine, gaben sie unvermutet wieder frei. Die Konturen verzitterten, die Äste der Bäume wurden zu Nymphenarmen, die Wege wanden sich wie Schlangen, aus dem wogenden Dunst blickten Dämonen, änderten ihr Gesicht in Sekundenschnelle, einmal drohend, dann wieder gütig oder höhnisch oder voll Zorn. Der Raum verlor sein wichtigstes Gesetz, die Zeit ihre Richtung: Gernot glaubte zwei Körper am selben Ort, später sogar die Toten zwischen den Lebenden zu sehen, und weil die Fessel abgefallen war und er so oft im Spätmittelalter dachte und fühlte, ahnte er plötzlich hinter den Schleiern die Danse macabre auf dem Friedhof der Unschuldigen Kinder in Paris, das erste Bild vom Tanz der Mächtigen und der Unmächtigen, der Erfolgreichen und der Erfolglosen, der Geliebten und der Ungeliebten, jeder den sichtbaren Tod an seiner Seite. Hier wie dort die Arkaden, und dieses weiße Flimmern läßt alles tanzen, die Toten und die Lebenden, die Pflanzen und die Dämonen, die Wege und

Steine. Alles Fleisch ist Gras, predigt Jesaja. Also ist Gras auch Fleisch, und Fleisch ist Staub, und Staub ist Leben und Leben ist wie der Dunst, der wirbelt und verfließt, sich löst und bindet, dahintreibt im Atem der Winde, sich niedersenkt und wieder erhebt. Welches Siegel öffnet das Lamm? Das erste oder das siebente? Haben wir die Zeichen übersehen?

Einmal schaute er hinüber, Rauch stand unter dem erhobenen Arm des Engels, dann nahm der Nebel die Sicht; als er zerstob, war der Platz leer, und bald darauf verschwamm das Bild wieder wie ein nasses Aquarell, über das man Wasser gießt.

Viele waren gekommen, nicht nur aus Rainkirchen, äußerlich glich die Szene der vor vierzehn Tagen, aber es waren Statisten, Volk, Chor, die Protagonisten fehlten, nicht einmal Golf-Club oder Schützenvereinigung hatten Vertreter gesandt, nur die Rennfahrer waren treu geblieben, sechs von ihnen trugen Gunthers Sarg und ihr Präsident sprach einige Worte von Gefahr, Bewährung und denen, die aus ihrer letzten Kurve nicht mehr heimkehren. Als er zurücktrat, ließ man die Särge hinab in die Gruft, niemand wußte, ob die Zeremonie damit zu Ende sein sollte, das gewohnte kirchliche Ritual fehlte, und schließlich wandte sich Gruppe um Gruppe dem Ausgang zu, weil erst der eine und dann der andere entdeckt hatte, daß offenbar alles vorüber war. Nur wenige schlossen sich der Reihe der Beileidwünschenden an, fast durchwegs Arbeiter oder, wie man früher gesagt hätte: einfache Leute.

In Roppendorff wartete Toni, wartete wie vor zwei Wochen, und wartete vergeblich. Kein Bürgermeister, kein Minister, kein Abgeordneter, kein Parteisekretär, kein Industrieller, kein Mitglied der sogenannten Gesellschaft. Zu elft standen sie in der Halle vor der Samboeufschen Treppe. Gernot und Toni, Kriemhild und Willy, Herbert und Gerhard, Susi und Oswald, Ingenieur Fazekas, Frau Trabitsch und eine große schlanke Frau mit starrem Gesicht, Herthas Mutter. Gernot bemühte sich um sie, dann wollten ihr Kriemhild und Susi Trost zusprechen, aber sie antwortete kaum, vergoß keine Träne, versicherte allen, daß sie an Einsamkeit gewohnt, das Leben eine Prüfung und die Seelenmesse in Steyr für ihre schuldlose Tochter wichtiger sei als dieses sonderbare Begräbnis;

nahm ein Brötchen, trank ein Glas Wodka und ließ sich von Gerhard nach Wien zum Bahnhof bringen.

„Im Zug darf sie weinen", sagte Kriemhild.

Die Halle blieb leer, ebenso leer waren alle anderen sogenannten Repräsentationsräume, die nun ihren Sinn verloren hatten. Der Rest der Nibelungen verschanzte sich in der Bibliothek und bereitete sich auf die Flucht vor. Gerhard würde vorläufig zu seiner Freundin nach Mödling ziehen, Gernot mit Toni nach Deutschland fahren. Das Schloß überließ man dem alten Heinrich, seiner Frau, den Geologen und den Anwälten.

Herbert wies auf die Regale rundum. „Da ist doch noch eine Menge. Manches wertvoll, vielleicht nicht gerade die Bücher, aber sonst alles mögliche im Haus. Gibt es in Deutschland so wichtige Geschäfte? Mitten in den Ferien? Warum reißt du aus?"

„Ich reiße nicht aus, ich will heim. Von hier möchte ich nichts anderes als drei Bücher und den Schrittzähler, den Vater von seinem Großvater geerbt hat, ein längst überholtes Gerät, das man in die Hosentasche steckt und dann am Ende irgendeiner Strecke daran ablesen kann, wie viele Schritte man gemacht hat." Er erwähnte nicht seinen Brief an Valerie, den er schon verbrannt hatte.

„Nimm dir die paar Schwarten und den Schrittzähler mit."

„Dem Nachlaß entzogen? Ungeschätzt?"

Herbert schaute auf die Verwandten, alle nickten, und Gernot dankte Gott erstmals, daß seine Familie alte Schwarten für wertlos hielt.

45

Heinz hatte den Nachmittag mit Kriemhilds Töchtern im Park verbracht. Als die Gäste nach Wien zurückkehrten, nahm ihn Toni mit in die Bibliothek, dort spielte er vor dem Kamin mit kleinen Autos und brabbelte vor sich hin.

„Muß es wirklich schon morgen sein?" fragte Toni.

„Was hält dich noch in diesem Grabhügel? Es ist nie zu früh, wenn man etwas Neues beginnen will."

„Vielleicht. Trotzdem wie ein Schritt im Dunklen, wenn man nicht weiß, ob man nicht an einem Abgrund steht. Du hast einmal gesagt, daß wir es versuchen sollen. Damals hat mir das nicht gefallen. Aber es ist wirklich ein Versuch, und ich habe immer noch Angst."

„Gut so. Mein Vater hat immer nur von Mut gesprochen. Auch die Angst ist notwendig. Ohne Mut verkümmert man; ohne Angst geht man in der ersten Gefahr zugrunde."

Sie lachte. „Die Gefahr bist du?"

„Nein. Die Ehe. Eins der größten Wagnisse unserer Zeit."

„Weisheit des Alters."

„Kaum. Dieselbe Angst. Freilich auch Mut. Väter sind nicht ganz unnütz. Kommst du mit zur Weisheit?"

„Wo soll das sein?"

„Der alte Rauch. Mit ihm hat es angefangen. Ich will mich verabschieden. Komm mit. Wir gehen zu dritt."

Der Nebel war verschwunden, eine tiefe Wolkendecke hing über dem Land, löste sich aber da und dort bereits auf: morgen würde wieder die heiße Sonne der Thermenlinie auf die Reben scheinen. Sie wanderten durch den Park, Heinz fragte nach dem Salettl, interessierte sich für die Kette am Tor, die man so leicht abnehmen konnte, knickte Zweige, raufte Blumen, stapfte durch eine Pfütze. Dann waren sie bei dem aufgelassenen gelben Schulhaus unter seinen Kastanien, wurden freundlich empfangen und saßen bei Rauch im Studierzimmer. Jakob hockte auf dem Schreibtisch, betrachtete den jüngsten Rabener voll Mißtrauen und sagte plötzlich ganz deutlich: „Ich kann reden. Könnt ihr fliegen?"

„Keine Überheblichkeit!" antwortete Rauch. Und zu Toni: „Ich habe gehört, daß du denen helfen willst. Das freut mich. Er ist gut, dein Mann. Damit meine ich nicht tüchtig, das mag er ja sein, aber es ist nicht wichtig. Du bist auch gut, ich erinnere mich noch an dich, wie du bei mir warst, die kleine Steiner, links vorn, beim Fenster. Heute weiß niemand mehr, was gut heißt. Aber mit euch, das wird gutgehen."

„So einfach ist das nicht."

„Was ist schon einfach? Eine bequeme Ausrede, daß Christus uns erlöst hat und seither ein paar Wassertropfen auf einen Säugling die Erbsünde wegschwemmen. Wie hat dieser Jesus gelehrt? Mit Gleichnissen. Auch sein Tod ist ein Gleichnis, und jeder Mensch ein Opfer. Wir müssen handeln und werden durch das Handeln unvermeidbar schuldig. Es gibt keine Erlösung vom Fließband, Erlösung ist ein altes Handwerk und das schwerste Handwerk, sie ist eine Kunst und die Königin unter den Künsten. Ja, wir leben am Ende einer Epoche. Neues wird kommen, aber sicherlich nicht das Neue, das sie uns verkünden. Und ich sehe einen neuen Himmel und eine neue Erde, denn der erste Himmel und die erste Erde vergingen, das Meer ist nicht mehr, und Gott wird abwischen alle Tränen von ihren Augen. Der wahnsinnige Johannes. Geht mit Gott, Kinder. Geht, hört, seht."

Jetzt sollte er noch die Geige aus dem Schrank nehmen, uns aufstehen lassen in unseren Bänken, und wir würden singen, irgend etwas von damals, Am Brunnen vor dem Tore, Ein Männlein steht im Walde, Fuchs, du hast die Gans gestohlen, und alle sitzen rund um die Lampe, im Ofen knistern die Scheite, ein Apfel brutzelt auf der Platte, Großmutter schaukelt das Enkelkind, Vater schnitzt eine Krippe für das Christkind und Mutter liest im Hauskalender. Nein, bitte, nein. Vorbei. Schon seinerzeit Schwindel, heute längst als Schwindel entlarvt. Wir kennen nur Grausamkeit. Wohin aber sollen wir gehen, was sollen wir hören, was sehen?

Sie gingen durch die Felder, sie hörten den Wind und sahen den Horizont, ihren engen Horizont, den Horizont der Liebe. Beim Tor mit der nutzlosen Kette wandte Gernot sich um und blickte zurück. Dort drüben lag die Applanie, Haufen von faulendem Unrat, zerknülltem Papier und verhöhntem Gestern, und zwischen diesen Haufen ging Rauch in seinem dunklen Anzug, den dünnen Knoten der schwarzen Krawatte verschoben, auf der Schulter den Raben, auf der Brust den Dudelsack zu Ehren von Culloden, zu Ehren aller Unterdrückten. Aufrecht schritt er dahin, gefaßt, voll Würde und Zuversicht, treu seinem Ziel, dem Gral, von dem wir nicht einmal wissen, was er gewesen sein soll.

Die Wolken teilten sich, und Gernot lächelte, weil plötzlich der Himmel offen stand.